Goldmann GELBE
Band 696

Pearl S. Buck · Die gute Erde

Zu diesem Buch

Pearl S. Buck veröffentlichte 1931 nach ihrem Erstlingswerk ›Ostwind – Westwind‹ den Roman ›Die gute Erde‹, der in alle Kultursprachen übersetzt, für die Bühne bearbeitet, von der Kritik übereinstimmend als Meisterwerk gerühmt wurde und als Vorlage für einen Film diente.

›Die gute Erde‹ schildert das einfache Leben des chinesischen Bauern Wang Lung, der sein Land, die gute Erde, die ihm allein Nahrung und Leben verbürgt, über alles liebt. Das ewig Menschliche bestätigt sich im ergreifenden Schicksal Wang Lungs und seiner zahlreichen Familie. Glück und Elend, Freude und Leid liegen nah beisammen in einer Welt, die ständig von Mißernten und Hungersnöten bedroht ist.

Die Hauptgestalt des Buches ist neben Wang Lung seine Frau O-lan, die still und ohne zu murren das schwere Arbeitsdasein der Bäuerin auf sich nimmt und auch dann nicht zerbricht, als Wang Lung, reich geworden, eine Konkubine ins Haus führt und die Mutter seiner Kinder kaum eines Blickes würdigt. Als sie stirbt, fühlt Wang Lung, daß er der nächste sein wird, der zu der guten Erde zurückkehren soll. Im ewigen Rhythmus von Geburt und Tod spricht sich ein unzerstörbares Ja zum Menschen und zum Leben aus. Es ist auch das Ja der Dichterin, die von sich selbst sagte: »Ich glaube an die Menschheit, aber mein Glaube ist ohne Sentimentalität.«

In der Reihe Goldmann GELBE sind von Pearl S. Buck bereits erschienen:

›Das Mädchen Orchidee‹ (Band 895),
›Über allem die Liebe‹ (Band 773),
›Die Wandlung des jungen Ko-sen‹ (Band 574).

PEARL S. BUCK

Die gute Erde

Roman des chinesischen Menschen

WILHELM GOLDMANN VERLAG
MÜNCHEN

Ungekürzte Ausgabe

7037 · Made in Germany · V · 56165
Titel des amerikanischen Originals: The good earth. Ins Deutsche übertragen von Ernst Simon. Taschenbuchausgabe mit Genehmigung des Kurt Desch Verlages, München, in dem die Originalausgabe erschienen ist. Umschlagentwurf von Herbert Lorenz. Gesetzt aus der Linotype-Garamond-Antiqua. Druck: Presse-Druck- und Verlags-GmbH Augsburg. Verlagsnummer 696 · St/sei
ISBN 3-442-00696-1

I

Es war Wang Lungs Hochzeitstag. Als er im Dunkel seiner Bettvorhänge die Augen öffnete, fiel es ihm nicht gleich ein, warum ihm die Dämmerung anders erschien als sonst. Das Haus war still bis auf das leise keuchende Husten seines alten Vaters, dessen Zimmer dem seinigen gegenüber jenseits des Mittelraumes lag. Am Morgen war das Husten des alten Mannes stets das erste Geräusch, das an Wang Lungs Ohren drang. Gewöhnlich blieb er lauschend liegen, bis es näher kam und er die Türe des Zimmers, in dem der Alte schlief, knarren hörte.

An diesem Morgen wartete er nicht. Er sprang auf und schob die Gardinen zur Seite. Es war trüb und dämmrig, und durch das winzige viereckige Fenster, vor dem ein zerfetzter Papiervorhang flatterte, schimmerte ein Stückchen bronzefarbigen Himmels herein. Er ging zum Fensterloch und riß das Papier weg.

»Es ist Frühling, und ich brauche keinen Vorhang mehr«, murmelte er.

Er wünschte, das Haus möge an diesem Tage ordentlich und sauber aussehen, aber er wollte sich dies nicht eingestehen. Das Loch ließ gerade Raum für seine Hand. Er streckte sie aus, um die Luft zu prüfen. Von Osten her wehte ein sanfter Wind, der warm und regenschwanger war. Das war ein gutes Omen. Die Felder brauchten Regen, um Frucht zu tragen. Heute würde es freilich noch nicht regnen, aber wenn der Wind anhielt, mußte er in einigen Tagen Feuchtigkeit bringen. So war es gut. Gestern erst hatte Wang Lung zu seinem Vater gesagt, daß die Ähren des Weizens leer bleiben würden, wenn der ewige Sonnenschein kein Ende nehme. Nun hatte es den Anschein, als ob der Himmel diesen Tag gewählt habe, um ihm Glück zu wünschen. Die Erde würde Frucht tragen . . .

Er eilte in den Mittelraum, legte während des Gehens seine blaue Hose an und knotete den blauen Gürtel aus Baumwolltuch um seine Hüften. Den Oberkörper ließ er nackt, da das Wasser für das Bad noch nicht gewärmt war. Er betrat den Schuppen, der als Küche diente und aus dessen Halbdunkel der Ochse, der neben der Türe sein Lager hatte, ihn anäugte. Die Küche war wie das ganze Haus aus Lehm gebaut, der aus den eigenen Feldern gegraben war, und mit dem Stroh des eigenen Weizens war das Haus gedeckt. Auch den Herd, der schwarz und durchgebrannt war vom langjährigen Gebrauch, hatte Wang Lungs Großvater in seiner Jugend aus dem Lehm der eigenen Erde gefertigt. Auf diesem Lehmgebilde stand ein großer runder Kessel.

Der junge Mann füllte das Gefäß zur Hälfte mit Wasser aus dem irdenen Krug, der danebenstand, aber er tat dies mit großer Vorsicht, denn Wasser war kostbar. Dann hob er mit plötzlichem Entschluß den Krug empor und goß seinen ganzen Inhalt in den Kessel. An diesem Tage wollte er seinen ganzen Körper waschen. Seit er ein Kind auf seiner Mutter Knie gewesen war, hatte niemand seinen Körper angesehen. Heute aber würde dies geschehen, und er wollte rein sein.

Er ging um den Herd herum, wählte eine Handvoll trockener Gräser, die in der Ecke der Küche lagen, und steckte sie mit Sorgfalt in den Herd. Dann machte er mit Hilfe von Zündstein und Schwamm Feuer.

Heute mußte er zum letzenmal Feuer machen. Jeden Morgen hatte er diese Arbeit verrichtet, seit seine Mutter vor sechs Jahren gestorben war. Jeden Morgen hatte er Feuer angezündet, Wasser gekocht, das Wasser in einen Napf gegossen und es in das Zimmer getragen, in dem sein Vater hustend und nach seinen Schuhen suchend auf dem Bett saß. Jeden Morgen diese sechs langen Jahre hindurch hatte der alte Mann darauf gewartet, daß sein Sohn ihm heißes Wasser bringe, um seinen Morgenhusten zu lindern. Nun würden Vater und Sohn ruhen können, denn eine Frau wurde im Hause erwartet. Nie wieder würde Wang Lung im Sommer wie im Winter in der Morgendämmerung aufstehen müssen, um Feuer zu machen. Er würde im Bett liegen und warten können; auch ihm würde man einen Napf voll Wasser ans Bett bringen, und in gesegneten Jahren würden Teeblätter im Wasser schwimmen.

Einst, wenn die Frau müde geworden wäre, würden Kinder dasein, um Feuer zu machen, die vielen Kinder, die sie Wang Lung gebären würde. Wang Lung hielt inne, ergriffen von dem Gedanken, daß Kinder in den drei Zimmern des Hauses ein und aus laufen würden. Seit dem Tode seiner Mutter war ihm das Haus immer halb leer erschienen. Stets mußten sie Verwandte abwehren, die zahlreicher waren; vor allem der Onkel mit seiner großen Kinderschar drang unausgesetzt in ihn:

»Wie können zwei Männer allein so viel Raum beanspruchen? Können Vater und Sohn nicht zusammen schlafen? Die Wärme des jungen Körpers wird den Husten des Alten lindern.«

Aber immer hatte der Vater geantwortet: »Ich spare mein Bett für meinen Enkel; er wird mir in meinen alten Tagen die Knochen wärmen.«

Jetzt würden die Enkel kommen – Enkel über Enkel! Es würde nötig werden, die Wände entlang und im Mittelzimmer Betten aufzustellen. Voll mit Betten würde das Haus sein ... Das Feuer im Herd verglomm, während Wang Lung an alle die Betten dachte, die das halbleere Haus füllen würden. Und das Wasser im Kessel begann zu erkalten. Die schattenhafte Gestalt des alten Mannes tauchte im Türrahmen auf. Der Alte ächzte unter Husten und Spucken:

»Wie kommt es, daß ich noch kein Wasser habe, um meine Lungen zu wärmen?«

Wang Lung fuhr zusammen und murmelte beschämt:

»Das Gras ist feucht und will nicht brennen.«

Der Greis hustete beharrlich weiter und hörte nicht auf, ehe das Wasser kochte. Wang Lung füllte den Napf, öffnete nach kurzer Überlegung einen glänzenden Krug, der auf dem Ofensims stand, entnahm ihm eine Handvoll Teeblätter und streute sie auf die Oberfläche des Wassers. Die Augen des Alten öffneten sich gierig, und doch begann er zu klagen:

»Warum bist du so verschwenderisch? Einer, der Tee trinkt, ist wie einer, der Silber ißt.«

»Heute ist der Tag«, entgegnete Wang Lung mit einem kurzen Lachen, »trink und sei getröstet.«

Der alte Mann umklammerte den Napf mit seinen dürren, knotigen Fingern, wobei er leise grunzende Töne ausstieß. Er beobachtete, wie die Blätter sich öffneten und sich auf der Oberfläche des Wassers ausbreiteten, und er brachte es nicht über sich, das kostbare Getränk zu genießen.

»Der Tee wird kalt«, mahnte Wang Lung.

»Wahr«, rief der Alte bestürzt und begann, den heißen Tee in großen Schlucken zu trinken. Er geriet in einen Zustand triebhafter Befriedigung wie ein Kind, das ganz mit seinem Essen beschäftigt ist. Dennoch entging ihm nicht, daß Wang Lung das Wasser achtlos aus dem Kessel in einen tiefen Bottich schöpfte. Er hob den Kopf und starrte seinen Sohn mit weit offenen Augen an.

»Das ist ja genug Wasser, um ein ganzes Feld zu bewässern«, sagte er vorwurfsvoll.

Wang Lung fuhr schweigend fort, das Wasser bis zum letzten Tropfen in den Bottich zu schöpfen.

»Heda!« rief sein Vater laut.

»Seit Neujahr habe ich meinen Körper nicht mehr ganz gewaschen«, erwiderte Wang Lung leise.

Er schämte sich, seinem Vater zu gestehen, daß er seinen Körper rein wissen wollte um einer Frau willen. Eilends trug er den Bottich in sein Zimmer. Die Tür schloß nicht dicht. Der alte Mann wackelte in den Mittelraum, näherte seinen Mund der Türspalte und keifte:

»Es wird von Übel sein, die Frau an solche Dinge zu gewöhnen – Teeblätter im Morgenwasser und diese verschwenderische Wascherei.«

»Es ist ja nur heute«, rief Wang Lung und fügte hinzu: »Ich will das Wasser auf die Erde gießen, wenn ich fertig bin, und es ist nicht alles verschwendet.«

Darauf schwieg der alte Mann.

Wang Lung löste seinen Gürtel und schlüpfte aus seiner Kleidung. In dem Licht, das durch das viereckige Fensterchen hereinströmte, tauchte er ein kleines Handtuch in das dampfende Wasser und rieb seinen dunklen, schlanken Körper kräftig ab. Dann ging er zu seiner Truhe, die einst die Kleider seiner Mutter enthalten hatte, und zog ein frisches Gewand aus blauem Baumwollstoff hervor. Vielleicht würde er heute ohne die wattierte Winterkleidung ein wenig frieren, aber er konnte es nicht über sich bringen, das schmutzige und zerrissene Kleidungsstück auf der Haut zu spüren. Er wollte nicht, daß die Frau ihn zum ersten Male in Kleidern sähe, aus deren Löchern die Wattierung herausstand. Später würde sie waschen und flicken müssen, nicht aber am ersten Tage. Über Jacke und Hose zog er ein langes Übergewand, gleichfalls aus blauem Baumwollstoff gefertigt – das einzige, das er besaß und das er nur an Festtagen trug, im ganzen höchstens zehnmal im Jahr. Dann flocht er mit flinker Hand den langen Zopf auf, der ihm den Rücken hinabhing, und begann, das Haar mit einem hölzernen Kamm zu kämmen.

Wieder näherte sich der Alte der Türspalte.

»Bekomme ich denn heute nichts zu essen?« klagte er. »In meinem Alter sind die Knochen des Morgens wie Wasser, solange Nahrung sie nicht gekräftigt hat.«

»Ich komme schon«, antwortete Wang Lung, während er geschickt eine schwarze Seidenschnur in den Zopf flocht.

Rasch warf er das lange Obergewand ab, wand sich den Zopf um den Kopf und verließ mit dem Wasserbottich in der Hand den Raum. Das Frühstück hatte er ganz vergessen. Voll Ärger erinnerte er sich daran, daß er das Wasser, das im Kessel gewesen war, bis zum letzten Tropfen für sein Bad verwendet hatte und daß er nun aufs neue Feuer machen müsse.

»Dieser alte Kopf denkt nur an Essen und Trinken«, brummte er in sich hinein, während er am Herd herumhantierte; laut aber sagte er nichts. Es war der letzte Morgen, an dem er die Mahlzeit für den alten Mann zubereiten mußte.

Er holte ein wenig Wasser aus dem Brunnen vor dem Haustor, brachte es zum Sieden, rührte einen Brei zurecht und brachte ihn dem Alten.

»Heute abend werden wir Reis essen, mein Vater«, sagte er. »Iß inzwischen diese Grütze.«

»Es ist nur noch wenig Reis im Korb«, mahnte der Alte, nahm an dem Tisch im mittleren Zimmer Platz und rührte mit seinen Eßstäbchen in dem dicken, gelben Brei.

»Wir werden etwas weniger davon essen als zum Frühlingsfest«, beruhigte ihn Wang Lung. Aber der Alte hörte schon nicht mehr zu. Er aß bereits, schmatzend und mit sichtlichem Vergnügen am Essen.

Wang Lung kehrte in sein Zimmer zurück, legte wieder das lange Übergewand an und band den Zopf los. Dann fuhr er sich mit der Hand über den rasierten Kopf und die Wangen. Vielleicht würde es besser sein, sich frisch rasieren zu lassen? Die Sonne war kaum erst aufgegangen. Er könnte seinen Weg durch die Straße der Barbiere nehmen, bevor er zu dem Hause ging, wo die Frau auf ihn wartete. Er beschloß, dies zu tun, falls er genug Geld haben würde.

Er zog einen kleinen schmutzigen Geldbeutel aus dem Gürtel und zählte sein Geld. Es waren sechs Silberdollar und eine Handvoll Kupfermünzen. Seinem Vater hatte er noch gar nicht gesagt, daß er für heute Gäste zum Abendessen eingeladen hatte – seinen Vetter, den jungen Sohn seines Onkels, und um seines Vaters willen auch den Onkel selber und drei Bauern aus der Nachbarschaft. Er hatte geplant, Schweinefleisch, einen kleinen Fisch und Kastanien aus der Stadt mitzubringen. Vielleicht könnte er auch noch ein paar Bambusschößlinge aus dem Süden und ein wenig Rindfleisch kaufen, um es mit dem Kohl, den er im eigenen Garten zog, zu schmoren, dies aber nur, wenn ihm nach dem Einkauf des Bohnenöls und der Sojabohnentunke noch Geld bliebe. Wenn er sich den Kopf rasieren ließe, würde er vielleicht das Rindfleisch nicht kaufen können. Und dennoch würde er sich den Kopf rasieren lassen, beschloß er.

Er verließ den alten Mann ohne Abschiedswort und schritt in den frühen Morgen hinaus. Die aufgehende Sonne durchbrach die Wolken am Horizont, und in ihrem hellen Schein funkelte der Tau auf dem sprießenden Getreide. In diesem Augenblick erwachte der Bauer in Wang Lung, und er beugte sich nieder, um den Stand der Saat zu prüfen. Noch war die Frucht nicht reif und wartete auf Regen. Schnuppernd zog er die Luft ein und blickte in ungeduldiger Erwartung zum Himmel empor. Ja, es war Regen in der Luft, dort drüben hing er in den schweren Wolken. Er beschloß, ein wenig Weihrauch zu kaufen und ihn in dem kleinen Tempel der Erdgötter niederzulegen. An einem Tag wie heute mußte er das tun.

Auf dem schmalen Pfade zwischen den Feldern schritt er fürbaß. Dort drüben erhob sich bereits der graue Stadtwall. Hinter diesem Wall stand das große Haus, in dem die Frau seit ihrer Kindheit als Sklavin diente, das Haus der Hwangs. Es gab manche, die sagten: »Es ist besser, allein zu leben, als ein Weib zu heiraten, das Sklavin in einem großen Hause gewesen ist«, aber als er seinen Vater gefragt hatte: »Werde ich denn niemals eine Frau besitzen?«, hatte dieser geantwortet: »In dieser schlechten Zeit, in der eine Hochzeit eine große Summe Geldes kostet und jede Frau Goldringe und Seidenkleider verlangt, ehe sie einen Mann nimmt, gibt es für den Armen nur Sklavinnen.«

So hatte sich der Vater damals aufgemacht, war zum Hause der

Hwangs gegangen und hatte gefragt, ob sie nicht eine überflüssige Sklavin hätten.

»Eine Sklavin, nicht zu jung und vor allem nicht hübsch«, hatte er hinzugefügt.

Wang Lung hatte es weh getan, daß sie nicht hübsch sein durfte; es wäre gut gewesen, eine hübsche Frau zu haben, zu deren Besitz ihn die anderen Männer beglückwünscht hätten. Sein Vater hatte sein unwilliges Gesicht bemerkt und hatte ihn angefahren:

»Was sollen wir mit einer hübschen Frau beginnen? Wir brauchen eine Frau, die das Haus besorgt und Kinder zur Welt bringt und dabei auf dem Felde arbeitet. Wird eine hübsche Frau solche Dinge tun? Sie wird immer an Kleider denken, die ihr zu Gesicht stehen! Nein, nein, keine hübsche Frau in unser Haus. Wir sind Bauern. Außerdem – wer hat je von einer hübschen Sklavin in einem reichen Haus gehört, die eine Jungfrau gewesen wäre? Alle die jungen Herren hätten ihre Lust an ihr gestillt. Es ist besser, der erste bei einer häßlichen Frau zu sein als der hundertste bei einer schönen. Bildest du dir ein, eine hübsche Frau werde deine Bauernhände so angenehm finden wie die weichen Hände eines reichen Mannes und dein von der Sonne geschwärztes Gesicht so schön wie die goldene Haut derer, die sie genommen haben, um ihrer Lust zu frönen?«

Wang Lung hatte eingesehen, daß sein Vater wohl gesprochen hatte. Dennoch hatte er mit seiner Fleischeslust zu kämpfen gehabt und heftig geantwortet:

»Wenigstens will ich keine Frau haben, die pockennarbig ist oder die eine gespaltene Oberlippe hat.«

»Wir werden ja sehen, was zu haben ist«, hatte sein Vater darauf geantwortet.

Nun denn, die Frau war weder pockennarbig, noch hatte sie eine Hasenscharte, soviel wußte er, aber mehr nicht. Sie hatten zwei vergoldete Ringe und silberne Ohrringe gekauft, und diese hatte sein Vater der Besitzerin der Sklavin als Bestätigung des Verlöbnisses gebracht. Sonst wußte er nichts über die Frau, die ihm gehören sollte, außer, daß er sie heute abholen könne.

Er schritt in die dunkle Kühle des Stadttores hinein. Wasserträger, an deren Tragstangen große Kübel hingen, passierten das Tor während des ganzen Tages, und das Wasser spritzte aus den Gefäßen auf die Steine. Es war immer feucht und kühl in dem tunnelartigen Tor unter dem mächtigen Wall aus Erde und Stein, so daß die Melonenverkäufer ihre Früchte auf den Steinen ausbreiteten, um sie kühl und frisch zu erhalten. Melonen gab es freilich so früh im Jahre noch nicht, aber Körbe voll harter, grüner Pfirsiche standen längs der Wände, und die Händler priesen schreiend ihre Ware an:

»Die ersten Pfirsiche des Frühjahres, die ersten Pfirsiche! Kauft, eßt, reinigt eure Eingeweide von den Giften des Winters!«

Wang Lung sprach zu sich:

»Wenn sie sie gerne ißt, werde ich ihr auf dem Rückweg eine Handvoll Pfirsiche kaufen.« Er konnte es noch nicht recht fassen, daß eine Frau hinter ihm ginge, wenn er wieder dieses Tor passieren würde.

Jenseits des Tores wandte er sich nach rechts und befand sich gleich darauf in der Straße der Barbiere. Zu dieser frühen Stunde waren erst wenige Kunden anwesend, nur einige Bauern, die ihre Gemüse am Abend vorher zur Stadt gebracht hatten, um sie auf dem Frühmarkt zu verkaufen und rechtzeitig zur Feldarbeit zurückzukehren. Sie hatten fröstelnd und über ihren Körben zusammengekauert geschlafen. Wang Lung wich ihnen aus, aus Furcht, einer von ihnen könne ihn erkennen und über ihn als Freier Witze machen. Die ganze Straße entlang standen die Barbiere in einer langen Reihe hinter ihren kleinen Ständen, und Wang Lung ging zum allerletzten, setzte sich auf den Stuhl und winkte dem Mann, der gerade mit seinem Nachbarn plauderte. Der Barbier kam sogleich herbei und begann flink, heißes Wasser aus dem auf einer Pfanne voll Holzkohle stehenden Kessel in sein Messingbecken zu gießen.

»Alles wegrasieren?« fragte er im Berufston.

»Kopf und Gesicht«, antwortete Wang Lung.

»Auch die Haare aus den Ohren und Nasenlöchern entfernen?« fragte der Barbier.

»Wieviel würde das mehr kosten?« erkundigte sich Wang Lung vorsichtig.

»Vier Groschen.«

»Ich will dir zwei geben.«

»Dann werde ich dir ein Ohr und ein Nasenloch reinigen«, entgegnete der Barbier schlagfertig. »Auf welcher Gesichtshälfte, he?« Er blinzelte dem Berufsgenossen nebenan zu, und dieser brach in schallendes Gelächter aus. Wang Lung erkannte, daß er einem Witzbold in die Hände gefallen war, und da er sich aus unerklärlichen Gründen jedem dieser Stadtbewohnter unterlegen fühlte, selbst wenn es eine so geringe Person wie ein Barbier war, so sagte er hastig:

»Wie du willst . . . wie du willst.«

Dann überließ er sich dem Einseifen und Rasieren des Barbiers, und da dieser im Grunde genommen kein geldgieriger Geselle war, so gab er ihm ohne Sonderberechnung eine Reihe von ordentlichen Klapsen auf Schultern und Rücken, um seine Muskeln zu lockern. Während der Barbier Wang Lungs Kopf rasierte, gab er seiner Meinung über den Kunden Ausdruck:

»Du würdest gar nicht so übel aussehen, wenn du dir den Zopf abschneiden ließest, wie es jetzt Mode ist.«

Sein Rasiermesser streifte den Haarkreis auf Wang Lungs Kopf bedenklich, so daß der junge Mann erschrocken ausrief:

»Ich kann ihn nicht abschneiden lassen, ohne meinen Vater zu fragen.« Da lachte der Barbier und wich dem Haarkreis aus.

Als es vorüber war und Wang Lung das Geld in die runzelige, von Wasser und Seife aufgeweichte Hand des Haarkünstlers gezählt hatte, durchzuckte ihn ein jäher Schrecken. So viel Geld! Aber während er wieder die Straße hinunterschritt und der frische Wind seine rasierte Haut umspielte, sagte er sich:

»Es ist ja nur dies eine Mal!«

Er begab sich zum Markt, kaufte zwei Pfund Schweinefleisch, sah dem Metzger zu, wie er es in ein getrocknetes Lotosblatt wickelte, und erstand nach kurzem Zögern auch noch sechs Unzen Rindfleisch. Nachdem er alles gekauft hatte, was er sich zu kaufen vorgenommen hatte, ging er noch in den Laden eines Wachsziehers und handelte zwei Weihrauchstäbchen ein. Sodann lenkte er seine Schritte mit großer Scheu zum Hause der Hwangs.

Als er aber beim Tor des Hauses angelangt war, überkam ihn mit einem Male Angst. Wie hatte er nur allein kommen können! Er hätte seinen Vater – seinen Onkel – selbst seinen Nachbarn Ching – kurz irgend jemand ersuchen sollen, ihn zu begleiten.

Noch nie war er in einem großen Hause gewesen. Konnte er denn mit seinen Hochzeitseinkäufen auf dem Arm eintreten und sagen, er sei gekommen, um sich eine Frau zu holen?

Lange starrte er auf das fest geschlossene Tor. Es bestand aus zwei großen, schwarz bemalten, mit Eisen beschlagenen und verzierten Flügeln. Zwei Löwen aus Stein standen rechts und links vor dem Tore Wache. Kein Mensch war zu sehen. Er wandte sich ab. Nein, es ging nicht!

Plötzlich ergriff ihn ein Schwindelgefühl. Er wollte sich zuerst etwas zu essen kaufen, denn er hatte noch nichts zu sich genommen, hatte es vergessen. In einem nahen Speisehaus ließ er sich nieder und legte zwei Kupfermünzen auf den Tisch. Ein schmutziger Aufwärterjunge mit einer speckigen, schwarzen Schürze näherte sich Wang Lung, der ihm zurief:

»Zwei Schalen Nudeln!« Und als diese kamen, schob er die Nudeln mit seinen Speisestäbchen hastig in den Mund und schlang sie gierig hinunter. Der Junge stand indessen daneben und rieb die Kupferstücke zwischen Daumen und Zeigefinger.

»Willst du noch?« fragte der Bursche gleichgültig.

Wang Lung schüttelte den Kopf. Er richtete sich auf und blickte um sich. In dem kleinen, dunklen Raum war niemand, den er kannte. Nur wenige Männer saßen essend oder Tee trinkend umher. Es war ein Lokal für arme Leute, und unter diesen sah Wang Lung sauber und beinahe wohlhabend aus, so daß ein vorübergehender Bettler ihn anjammerte:

»Habt ein gutes Herz, gelehrter Herr, und gebt mir ein kleines Kupferstück – mich hungert!«

Noch nie hatte ein Bettler von Wang Lung eine Gabe verlangt, noch war er je »gelehrter Herr« tituliert worden. Er war erfreut und warf auf den Teller des Bettlers zwei kleine Kupferstücke, deren jedes den fünften Teil eines Groschens wert war.

Wang Lung saß und saß, und die Sonne stieg immer höher. Der Aufwärter schlich ungeduldig um ihn herum. »Wenn du nichts mehr verzehrst«, sagte er schließlich in frechem Tone, »mußt du Miete für den Stuhl bezahlen.«

Der junge Mann war ob dieser Dreistigkeit erzürnt, und er wäre aufgestanden, wenn ihm nicht bei dem Gedanken, daß er in das große Haus der Hwangs gehen und dort eine Frau verlangen müsse, der Schweiß aus allen Poren gebrochen wäre, so, als würde er auf dem Felde arbeiten.

»Bringe mir Tee«, sagte er unsicher zu dem Jungen. Im Nu brachte der kleine Bursche das Verlangte und fragte scharf:

»Wo bleibt das Geld?«

Und Wang Lung fand zu seinem Schrecken, daß ihm nichts anderes übrigblieb, als aus seinem Gürtel neuerdings einen Groschen hervorzuziehen.

»Das ist Raub«, murmelte er unwillig. Da bemerkte er, wie sein Nachbar, den er zum Hochzeitsessen eingeladen hatte, das Speisehaus betrat. Hastig legte er die Münze auf den Tisch, stürzte den Tee hinunter, ging rasch zum Seiteneingang hinaus und befand sich wieder auf der Straße.

»Es muß sein«, sagte er sich entschlossen und lenkte seine Schritte langsam zu dem großen Tore.

Da jetzt die Sonne bereits hoch am Himmel stand, war das Tor geöffnet, und der Torhüter stand müßig auf der Schwelle. Er war ein langer Bursche, der ein großes Muttermal auf der linken Wange hatte, aus dem drei lange schwarze Haare herauswuchsen, die nie geschnitten worden waren. Als Wang Lung auftauchte, brüllte der Torwächter ihn grob an, da er aus dem Korb am Arm des jungen Mannes schloß, daß dieser etwas verkaufen wollte.

»Heda, was willst du da?«

Mühsam brachte Wang Lung die Worte heraus:

»Ich bin der Bauer Wang Lung.«

»Und was weiter?« brummte der Wächter, der niemandem außer den reichen Freunden seiner Herrschaft gegenüber höflich war.

»Ich bin gekommen . . . ich bin gekommen . . .«, stotterte Wang Lung.

»Das sehe ich«, sagte der Torwächter spöttisch, indem er die langen Haare seines Muttermals drehte.

»Es ist nämlich eine Frau hier«, sagte Wang Lung, unbewußt die Stimme dämpfend. Sein Gesicht war feucht vor Aufregung. Der Wächter lachte dröhnend.

»Also der bist du!« brüllte er. »Man hat mir gesagt, daß heute ein Bräutigam kommen werde. Aber mit dem Korb an dem Arm habe ich dich nicht erkannt.«

»Es ist nur ein bißchen Fleisch drin«, entschuldigte sich Wang Lung und wartete darauf, nunmehr von dem Torwächter hineingeführt zu werden. Dieser aber rührte sich nicht. Endlich fragte der junge Mann ängstlich:

»Soll ich allein gehen?«

Der andere tat darob ganz erschrocken.

»Der Herr würde dich umbringen!«

Als er bemerkte, daß Wang Lung zu einfältig war, klärte er ihn auf:

»Ein bißchen Silber ist ein guter Schlüssel.«

Wang Lung begriff endlich, daß der Mann Geld von ihm haben wollte.

»Ich bin ein armer Bursche«, sagte er flehend.

»Laß mich mal sehen, was du im Gürtel hast«, meinte der Torwächter.

Grinsend sah er zu, wie Wang Lung in seiner Einfalt tatsächlich seinen Korb auf die Steine stellte, sein Gewand aufhob, den kleinen Geldbeutel aus dem Gürtel zog und das Geld, das ihm geblieben war, in die ausgestreckte linke Hand schüttete. Es waren ein Silberstück und acht Kupfermünzen.

»Das Silber nehme ich«, sagte der Torwächter kühl, und ehe Wang Lung dagegen Einspruch erheben konnte, hatte der Mann das Silberstück in seinem Ärmel verschwinden lassen. Dann ging er voran und rief laut:

»Der Bräutigam ist da!«

Trotz seines Ärgers über das, was ihm gerade widerfahren war, und trotz seines Schreckens über die geräuschvolle Anmeldung blieb Wang Lung nichts anderes übrig, als zu folgen. Und das tat er auch, nachdem er seinen Korb an sich genommen hatte.

Obgleich er das erstemal im Hause einer großen Familie war, konnte er sich später an nichts mehr erinnern. Mit brennendem Gesicht und gesenktem Kopf ging er durch viele Höfe. Vor ihm tönte die Stimme seines Führers, und von allen Seiten drang leises Gelächter an sein Ohr. Dann plötzlich – ihm war, als sei er durch hundert Höfe gewandelt – schob ihn der Torwächter in einen kleinen

Warteraum. Dort blieb er allein, während der Mann im Nebenzimmer verschwand. Gleich darauf kehrte er aber zurück und sagte:

»Die alte Herrin gebietet, du mögest vor ihr erscheinen.«

Wang Lung tat einen Schritt nach vorne, aber der Wächter hielt ihn zurück und rief entsetzt:

»Du kannst doch vor einer großen Dame nicht mit einem Korb am Arm erscheinen! Wie willst du dich denn verbeugen!«

»Wahr . . . wahr«, flüsterte Wang Lung aufgeregt. Aber er wagte nicht, den Korb niederzustellen, denn er fürchtete, man würde ihm etwas daraus stehlen. Er dachte nicht daran, daß nicht jeden nach Delikatessen, wie zwei Pfund Schweinefleisch, sechs Unzen Rindfleisch und einem kleinen Fisch gelüsten könne. Der Torwächter bemerkte seine Angst und rief voller Verachtung:

»In einem solchen Hause füttern wir mit diesem Zeug die Hunde!« Er ergriff den Korb, schleuderte ihn hinter die Tür und schob Wang Lung vor sich her.

Sie gingen durch einen langen, engen Gang und kamen in einen Saal, wie ihn Wang Lung sein Lebtag noch nie gesehen hatte. Ein Dutzend Häuser wie das, in dem er wohnte, hätte man in diesen Raum stellen können, so weit und hoch war er. Während er den Kopf hob und voller Bewunderung die großen geschnitzten und gemalten Balken über sich betrachtete, stolperte er über die hohe Schwelle und wäre gefallen, wenn der Wächter ihn nicht beim Arm gepackt hätte.

Tief beschämt über seine Ungeschicklichkeit blickte Wang Lung nun geradeaus und bemerkte auf einem erhöhten Thronsessel in der Mitte des Saales eine sehr alte Dame, deren kleiner, zarter Körper in glänzende, perlgraue Seide gekleidet war. Auf der niedrigen Bank neben ihr brannte eine Opiumpfeife über einer kleinen Lampe. Die Dame blickte ihn mit Augen an, die stechend und tiefliegend wie die Augen eines Affen in ihrem mageren, faltigen Gesicht standen. Die Haut der Hand, mit der sie das Pfeifenende hielt, war so glatt und gelb über ihre dünnen Knochen gezogen wie die Vergoldung über eine Götterstatue. Wang Lung sank in die Knie und berührte mit dem Kopf den fliesenbelegten Boden.

»Heb ihn auf!« sagte die alte Dame ernst zu dem Torwächter.

»Diese Ehrfurchtsbezeigungen sind nicht notwendig. Ist er gekommen, die Frau zu holen?«

»Ja, ehrwürdige Herrin«, entgegnete der Torwächter.

»Warum spricht er nicht für sich selbst?« fragte die alte Dame.

»Weil er ein Tölpel ist, ehrwürdige Herrin«, antwortete der Mann.

Das brachte Wang Lung auf, und er blickte den Torwächter gekränkt an.

»Ich bin nur ein einfacher Mensch, große und ehrwürdige Dame«, sagte er. »Ich weiß nicht, welche Worte man in Gegenwart der Großen gebraucht.«

Die alte Dame blickte ihn aufmerksam und mit tiefem Ernst an, und es schien, als wolle sie sprechen. Statt dessen schloß sich aber ihre Hand um die Pfeife, die ein Sklave ihr reichte, und mit einem Male schien sie Wang Lung vergessen zu haben. Sie beugte sich nieder, zog einen Augenblick lang an der Pfeife, und die Schärfe wich aus ihren Augen, über die sich der Schleier des Vergessens breitete. Wang Lung blieb regungslos vor ihr stehen, bis ihr schweifender Blick wieder auf seine Gestalt fiel.

»Was tut dieser Mensch hier?« fragte sie in plötzlichem Ärger. Es war, als habe sie alles vergessen. Das Gesicht des Torwächters blieb unbeweglich. Er sprach kein Wort.

»Ich warte auf die Frau, große Herrin«, sagte Wang Lung verwundert.

»Die Frau? Was für eine Frau ...?« begann die alte Dame. Die Sklavin an ihrer Seite neigte sich zu ihr nieder und flüsterte ihr etwas ins Ohr. »Ja richtig, ich vergaß ... eine unwichtige Sache ... du bist wegen der Sklavin O-lan gekommen. Ich erinnere mich ... wir versprachen sie einem Bauern. Bist du dieser Bauer?«

»Ja, der bin ich«, antwortete Wang Lung.

»Rufe O-lan, rasch!« gebot die alte Dame ihrer Sklavin. Es war, als sei sie plötzlich ungeduldig geworden und wünsche, all dies hinter sich zu haben und in der Stille des großen Raumes mit ihrer Opiumpfeife allein zu bleiben.

Einen Augenblick später erschien die Sklavin und führte eine vierschrötige, ziemlich große, mit einer sauberen blauen Jacke und Hose bekleidete Frau an der Hand herein. Wang Lung warf einen raschen Blick auf sie und sah dann klopfenden Herzens weg. Dies war seine Frau.

»Komm her, Sklavin«, sagte die alte Dame gleichgültig. »Dieser Mann ist gekommen, dich zu holen.«

Die Frau trat vor die Dame hin und stand mit gesenktem Kopf und ineinandergelegten Händen da.

»Bist du bereit?« fragte die Herrin des großen Hauses.

Die Stimme der Frau erklang leise wie ein Echo. »Bereit.«

Wang Lung, der diese Stimme zum erstenmal hörte, blickte auf den Rücken der Frau, die vor ihm stand. Es war eine gute Stimme, nicht laut und nicht leise, klar und nicht übellaunig. Das Haar der Frau war ordentlich und glatt und ihre Jacke sauber. Einen Augenblick lang war er enttäuscht darüber, daß ihre Füße nicht eingebunden waren. Aber daran konnte er nicht lange denken, denn die alte Dame sagte gleich darauf zu dem Torwächter:

»Trag ihre Sachen zum Tor!« Dann winkte sie Wang Lung und sagte zu ihm: »Stell dich neben sie, während ich spreche.« Und als Wang Lung vorgetreten war, fuhr sie fort: »Dieses Mädchen kam als zehnjähriges Kind in unser Haus, und hier hat sie bis jetzt gelebt; nun ist sie zwanzig Jahre alt. Ich kaufte sie in einem Jahre der Hungersnot, als ihre Eltern nach dem Süden gewandert waren, weil sie nichts zu essen hatten. Sie waren aus dem Norden, aus Schantung, dorthin sind sie zurückgekehrt, und ich habe nichts mehr von ihnen gehört. Du siehst, daß sie den kräftigen Körper und die eckigen Züge der Leute aus dem Norden hat. Sie wird gut für dich arbeiten im Felde und Wasser aus dem Brunnen holen und alles tun, was du von ihr verlangst. Sie ist nicht schön, aber das brauchst du auch nicht. Nur Männer der Muße bedürfen schöner Frauen, um sich zu zerstreuen. Sie ist auch nicht klug. Aber sie führt alles getreulich aus, was man ihr zu tun gebietet, und sie ist verträglichen Gemütes. Soweit mir bekannt ist, ist sie Jungfrau. Sie hat nicht genug Schönheit, um meine Söhne und Enkel zu reizen. Und außerdem hielt sie sich stets in der Küche auf. Wenn sie einen Mann gehabt hat, so kann es nur ein Sklave gewesen sein, aber da die hübschen Sklavinnen in Scharen in meinen Höfen herumlaufen, bezweifle ich, daß sie einer gehabt hat. Nimm sie und behandle sie gut. Sie ist eine gute Sklavin, wenn auch etwas langsam und einfältig – und wenn ich nicht den Wunsch gehabt hätte, mir für das nächste Leben bei den Göttern Verdienste zu erwerben, indem ich sie fruchtbar werden lasse, so hätte ich sie behalten, denn für die Küche ist sie gut genug. So aber verheirate ich meine Sklavinnen, wenn jemand sie haben will und die Herren in diesem Hause ihrer nicht begehren.«

Zu dem Mädchen aber sprach sie:

»Gehorche ihm und gebäre ihm Söhne und abermals Söhne. Das erste Kind bringe mir, auf daß ich es sehe.«

»Ja, ehrwürdige Herrin«, sagte O-lan untertänig.

Zögernd standen sie da, und Wang Lung war sehr verlegen, denn er wußte nicht, ob er sprechen solle oder nicht.

»Geht! Worauf wartet ihr?« sagte die alte Dame gereizt, und Wang Lung machte eine hastige Verbeugung, wandte sich um und ging hinaus, hinter ihm her das Mädchen und hinterdrein der Torwächter mit O-lans Truhe auf der Schulter. Er stellte diese Truhe im Nebenzimmer, in dem Wang Lung seinen Korb wiederfand, nieder und wollte sie nicht weitertragen; ja, er entfernte sich sogar ohne ein einziges Wort des Abschieds.

Da wandte sich Wang Lung seiner Frau zu und blickte sie zum ersten Male ordentlich an. Sie hatte ein derbes, ehrliches Gesicht, eine kurze, breite Nase, und auch ihr Mund stand wie ein breiter Strich in diesem Gesicht. Ihre Augen waren klein und von mattem Schwarz, und unbestimmte Trauer lag in ihnen.

Ihre Züge schienen starr, als könnten sie nichts ausdrücken, selbst wenn sie es wollten. Geduldig hielt sie Wang Lungs Blick aus, ohne Verlegenheit und ohne Erwiderung, so, als ob sie einfach warte, bis er sie zur Genüge angesehen habe. Er erkannte, daß in Wahrheit keine Spur von Schönheit in ihrem Gesicht war – ein braunes, gewöhnliches, geduldiges Gesicht. Aber auf ihrer dunklen Haut waren keine Blatternarben, und auch ihre Oberlippe war nicht gespalten. In ihren Ohren sah er seine Ohrringe hängen, die silbernen Ringe, die er ihr gekauft hatte, und an ihren Händen waren die vergoldeten Ringe, die er ihr geschenkt hatte. Voll inneren Jubels wandte er seinen Blick von ihr ab. So, nun hatte er eine Frau!

»Hier – die Truhe und der Korb«, sagte er schroff.

Ohne ein Wort zu sprechen, beugte sie sich nieder, lud die Truhe auf die Schulter und versuchte vergebens, sich unter dem schweren

Gewicht wieder aufzurichten. Er sah ihr dabei zu und sagte plötzlich:

»Ich will die Truhe nehmen, nimm du den Korb.«

Er lud die Truhe auf seine Schulter, ohne Rücksicht darauf, daß er sein bestes Gewand trug, während sie wortlos den Korb ergriff. Er dachte an die hundert Höfe, durch die er gekommen war, und an sein lächerliches Aussehen unter der Bürde.

»Wenn es ein Seitentor gäbe ...«, murmelte er; sie nickte, aber erst nach einigem Nachdenken, so, als ob sie seine Worte nicht gleich verstanden hätte. Dann führte sie ihn über einen verlassenen, von Unkraut überwucherten Hof und durch ein altes, rundes Tor auf die Straße hinaus.

Ein- oder zweimal blickte er sich nach ihr um. Gleichgültigen Gesichtes trottete sie dahin, fest und ruhig, als sei sie ihr ganzes Leben so gewandert. Unter dem Stadttor blieb er unschlüssig stehen und suchte mit der freien Hand im Gürtel nach den Kupferstücken, die ihm geblieben waren. Bei einem Obsthändler kaufte er sechs kleine, grüne Pfirsiche.

»Da, nimm und iß!« sagte er beinahe barsch. Sie drückte die Früchte gierig an sich, wie ein Kind es getan haben würde, und hielt sie wortlos in der Hand. Als er sich auf dem Pfade zwischen den Kornfeldern nach ihr umsah, biß sie gerade vorsichtig in einen der Pfirsiche, aber als sie seinen Blick bemerkte, bedeckte sie die Frucht mit der Hand und hörte auf zu kauen.

So wanderten sie, bis sie den Tempel der Erdgötter erreichten, der auf dem westlichen Felde stand. Es war ein kleines Gebäude, nicht höher als die Schulter eines Mannes, aus grauen Ziegeln erbaut und mit Schiefer gedeckt. Wang Lungs Großvater, der die gleichen Felder bestellt hatte, auf denen jetzt Wang Lung sein Leben zubrachte, hatte den Tempel errichtet; die Ziegelsteine hatte er selbst auf seinem Schubkarren aus der Stadt hierhergebracht. Die Außenseite der Wände war weiß gekalkt und in einem guten Jahr von einem Dorfmaler mit einer Landschaft aus Bergen und Bambusbäumen bemalt worden. Doch der Regen vieler Jahrzehnte hatte das Gemälde verwischt, so daß von den Bambusbäumen nur noch ein schwacher Schatten und von den Bergen überhaupt nichts übriggeblieben war.

Im Innern des Tempels thronten, wohlbehütet unter dem Dache, zwei feierliche Figuren, in Wahrheit Götter der Erde, denn der Lehm, aus dem sie geformt waren, entstammte der Erde dieser Felder.

Der Gott selbst thronte dort und seine Gemahlin. Sie trugen Gewänder aus rotem und goldfarbenem Papier, und der Gott hatte einen spärlichen, herabhängenden Schnurrbart aus echtem Haar. Alljährlich zum Neujahrstag brachte Wang Lungs Vater rote Papierbogen und schnitt und klebte neue Gewänder für das heilige Paar. Und jedes Jahr drangen im Winter Schnee und Regen und im Sommer die Sonne herein und zerstörten die Kleider der Götter.

Jetzt aber waren die Gewänder noch neu, denn das Jahr war noch jung, und Wang Lung war stolz auf das schmucke Aussehen der Götter. Er nahm der Frau den Korb ab und suchte vorsichtig nach den Weihrauchstäbchen, die zwischen den Eßwaren lagen. Er fürchtete, sie seien gebrochen, das wäre ein böses Omen gewesen; aber sie waren ganz geblieben, und er steckte sie in die Asche der zahlreichen Weihrauchstäbchen, die die Nachbarn den beiden kleinen Statuen dargebracht hatten. Dann entzündete er den Weihrauch.

Seite an Seite standen Mann und Frau vor den Göttern ihrer Felder. Die Frau sah zu, wie die Spitzen der Stäbchen sich rot und dann grau färbten. Als die Asche schwer geworden war, beugte sie sich vor und streifte sie mit dem Zeigefinger ab. Dann blickte sie Wang Lung rasch und ängstlich an, als fürchte sie, etwas Unrechtes getan zu haben, aber ihre Geste hatte Wang Lung gefallen. Es war, als habe sie gefühlt, daß der Weihrauch ihnen gemeinsam gehöre; ihm war, als gehörten sie von diesem Augenblick an zusammen. In tiefem Schweigen standen sie nebeneinander, während der Weihrauch langsam verqualmte; und da die Sonne schon unterging, lud Wang Lung die Kiste wieder auf die Schulter, und sie gingen dem Hause zu.

Bei der Türe des Hauses stand der alte Mann, um die letzten Sonnenstrahlen zu genießen. Er machte keine Bewegung, als Wang Lung mit der Frau herankam. Es wäre unter seiner Würde gewesen, ein Weib zu beachten. Statt dessen heuchelte er großes Interesse für die Wolken und rief:

»Die Wolke dort über dem zunehmenden Mond verkündet Regen. Spätestens morgen abend wird er kommen.« Und als er sah, wie Wang Lung der Frau den Korb abnahm, keifte er:

»Hast du am Ende gar Geld ausgegeben?«

Wang Lung stellte den Korb auf den Tisch. »Wir werden heute abend Gäste haben«, sagte er kurz, und er trug die Truhe in das Zimmer, in dem er schlief, und stellte sie neben die Kiste, in der seine eigenen Kleider waren. Da kam der Alte zur Türe und sagte vernehmlich:

»Es ist des Geldausgebens kein Ende in diesem Hause.«

Innerlich freute er sich darüber, daß sein Sohn Gäste eingeladen hatte, aber er hielt es für richtig, vor der Schwiegertochter nichts als Klagen vernehmen zu lassen, damit sie sich von Anfang an nicht an Verschwendung gewöhne. Wang Lung sagte nichts, sondern ging hinaus und trug den Korb in die Küche, und die Frau folgte ihm. Stück für Stück nahm er die Eßwaren aus dem Korb und legte sie auf den kalten Herd, und er sagte zu ihr:

»Hier ist Schweinefleisch, und hier ist Rindfleisch, und hier ist Fisch. Wir werden unser sieben sein. Kannst du Essen zubereiten?« Während des Sprechens sah er die Frau nicht an; es wäre nicht schicklich gewesen. Sie antwortete mit ihrer rauhen Stimme:

»Ich bin Küchenmädchen gewesen, seit ich in das Haus der Hwangs gekommen bin. Es gab Fleisch zu jeder Mahlzeit.«

Wang Lung nickte und ging hinaus, und er sah sie nicht wieder, bis die Gäste herbeigeeilt kamen, sein Onkel, vergnügt, schlau und hungrig, des Onkels Sohn, ein frecher, fünfzehnjähriger Bursche, die Bauern ungeschlacht und vor Verlegenheit lächelnd. Zwei davon waren Männer aus dem Dorfe, mit denen Wang Lung zur Erntezeit Saat und Arbeit tauschte, einer war sein nächster Nachbar, Ching, ein kleiner, ruhiger Mann, der nie sprach, wenn er nicht dazu gezwungen war. Aus Höflichkeit weigerten sich die Gäste, zuerst Platz zu nehmen, aber schließlich saßen sie doch alle im Mittelzimmer um den Tisch herum. Wang Lung ging in die Küche, um der Frau zu sagen, sie möge anrichten. Er freute sich, als sie zu ihm sagte:

»Ich will dir die Schüsseln reichen, damit du sie auf den Tisch stellen kannst. Ich mag nicht vor Männern erscheinen.«

Wang Lung verspürte großen Stolz darüber, daß diese Frau ihm gehörte und daß sie sich nicht fürchtete, vor ihm zu erscheinen, wohl aber vor anderen Männern. Bei der Küchentür nahm er ihr die Schüsseln aus der Hand, stellte sie auf den Tisch und rief laut:

»Eßt, mein Onkel und meine Brüder.« Und als der Onkel, der einen Spaß liebte, sagte: »Kriegen wir die Braut mit dem Schmetterlingsgesicht nicht zu sehen?«, antwortete Wang Lung entschieden: »Noch sind wir nicht eins geworden. Es ist nicht Brauch, daß andere Männer die junge Frau sehen, bevor sie mit ihrem Manne geschlafen hat.«

Er nötigte seine Gäste zu essen. Sie sprachen den guten Speisen wacker und schweigend zu. Doch dann pries dieser die braune Tunke des Fisches und jener den leckeren Schweinebraten, und immer und immer wieder wehrte Wang Lung das Lob ab:

»Es ist ein armseliges Zeug und schlecht zubereitet.« Im Innern seines Herzens aber war er stolz auf die Speisen, denn die Frau hatte das Fleisch, das sie zur Verfügung hatte, mit Zucker und Essig und ein wenig Wein und Sojatunke so köstlich gemischt, daß es Wang Lung war, als habe er an den Tischen seiner Freunde noch nie etwas so Vortreffliches gekostet.

Lange verweilten die Gäste noch beim Tee, und mancher Spaß wurde gemacht; nachdem Wang Lung endlich den letzten Besucher hinausbegleitet hatte, ging er in die Küche und fand die Frau auf dem Strohhaufen neben dem Ochsen eingeschlafen. Als er sie aufrüttelte, erhob sie, noch halb im Schlafe, jäh den Arm, wie um sich vor einem Schlag zu schützen. Als sie endlich die Augen öffnete, sah sie ihn mit ihrem seltsamen, ausdruckslosen Blick an, und ihm war, als stehe er vor einem Kinde. Er nahm sie bei der Hand, führte sie in das Zimmer, in dem er am Morgen um ihretwillen gebadet hatte, und zündete eine rote Kerze an, die auf dem Tische stand. In dieser Helle wurde er auf einmal schüchtern, da er sich mit der Frau allein sah, und er mußte sich ins Gedächtnis zurückrufen:

»Dies ist mein Weib. Die Sache muß getan werden!«

Langsam begann er sich auszuziehen, auch die Frau schickte sich an, vom Vorhang halb verdeckt, sich zu entkleiden. Wang Lung sagte schroff:

»Lösch das Licht aus, ehe du zu Bette gehst.«

Dann legte er sich nieder, zog die dicke Decke um die Schultern und tat, als ob er schliefe. Aber er schlief nicht. Er lag bebend da, jeder Nerv seines Körpers war wach. Und als nach einer langen Weile das Zimmer dunkel wurde und der Mann spürte, wie der Körper der Frau still und zögernd neben den seinen glitt, jagte ein wilder Schauer der Wonne durch seinen Leib. In der Dunkelheit leise aufstöhnend, packte er sie.

II

Das Leben war leicht geworden. Am nächsten Morgen lag Wang Lung auf seinem Bett und sah der Frau zu, die ihm jetzt ganz gehörte. Sie erhob sich, brachte ihr Gewand in Ordnung und schlüpfte in ihre Stoffschuhe. Ein schmaler Lichtstreifen, der durch die Fensteröffnung fiel, warf einen schwachen Schein auf ihr Gesicht. Dies Gesicht war unverändert geblieben. Wang Lung war erstaunt darüber. Es schien ihm, daß die Nacht es verändert haben müsse. Und doch stand die Frau von seinem Bette auf, als habe sie solches ihr Leben lang getan. Der Husten des alten Mannes drang kläglich durch die trübe Morgendämmerung, und Wang Lung sagte zu seiner Frau: »Bring meinem Vater zuerst eine Schale heißes Wasser für seine Lunge.«

Sie fragte, und ihre Stimme klang genauso wie gestern: »Sollen Teeblätter darin sein?«

Diese einfache Frage brachte Wang Lung in Verlegenheit. Er hätte gern geantwortet: »Natürlich müssen Teeblätter darin sein; glaubst du, wir seien Bettler?« Er hätte die Frau gern glauben gemacht, daß Teeblätter in diesem Hause etwas Selbstverständliches seien. Im Hause der Hwangs war selbstverständlich jede Schale Wasser grün vor Blättern. Dort trank am Ende nicht einmal eine Sklavin pures Wasser! Aber er wußte, daß sein Vater sich ärgern würde, wenn die Frau ihm am ersten Tage statt Wasser Tee brächte. Schließlich waren sie auch wirklich nicht reich. Deshalb antwortete er leichthin:

»Tee? Nein, nein – sein Husten wird ärger von Tee.«

Dann lag er warm und zufrieden im Bett, während in der Küche die Frau Feuer machte und Wasser kochte. Er wäre gern wieder eingeschlafen, jetzt, wo er es durfte, aber sein närrischer Körper, den er all die Jahre hindurch jeden Morgen so früh zum Aufstehen gezwungen hatte, wollte sich nicht zum Schlafen bequemen, und so lag er denn und kostete genießerisch den Luxus des Müßigseins aus.

Er schämte sich noch ein wenig, an die Frau zu denken. Wohl dachte er auch an seine Felder und daran, wie die Ernte wohl ausfallen werde, und an die Rübensaat, die er von seinem Nachbarn Ching kaufen wollte, wenn sie handelseins würden. Aber in dieses Gewebe alltäglicher Gedanken schlang sich der Gedanke an das Neue in seinem Leben, und plötzlich, bei der Erinnerung an die vergangene Nacht, geschah es ihm, daß er sich fragte, ob er ihr wohl gefalle. Das war etwas ganz Neues für ihn. Er hatte sich bisher nur die Frage vorgelegt, ob sie wohl ihm gefallen und ob er in Bett und Haus mit ihr zufrieden sein werde. Wenn ihr Gesicht auch reizlos war und rauh die Haut ihrer Hände, so war ihr Körper doch weich und unberührt, und er lachte, als er daran dachte – ein kurzes, hartes Lachen. Die jungen Herren aus dem Hause der Hwangs hatten nur das häßliche Gesicht der Küchensklavin gesehen, ihr Leib war schön, sehnig und doch gerundet. Er wünschte plötzlich, sie möge sich freuen, ihn zum Manne zu haben, und dann schämte er sich dieses Gedankens.

Die Tür öffnete sich; in ihrer stillen Art kam sie herein und brachte ihm das dampfende Gefäß. Er richtete sich im Bette auf und nahm es aus ihren Händen. In dem Wasser schwammen Teeblätter. Rasch blickte er sie an; sie fürchtete sich und sagte:

»Dem alten Manne brachte ich keinen Tee – ich tat, wie du mich geheißen –, dir aber –«

Wang Lung sah, daß sie Angst vor ihm hatte, und freute sich darüber; bevor sie ausgesprochen hatte, sagte er: »Ganz recht – ganz recht –« und trank den Tee mir schlürfendem Behagen.

Ein warmes Gefühl wallte in ihm auf, das er sich selbst nicht einzugestehen wagte: Diese meine Frau hat mich gern.

Es schien ihm, als tue er während der nächsten Monate nichts anderes, als seine Frau betrachten. In Wirklichkeit arbeitete er, wie er immer gearbeitet hatte. Er spannte den Ochsen vor den Pflug und pflügte und ackerte wie gewöhnlich, aber die Arbeit schien ihm wie ein Spiel, denn wenn die Sonne den Zenit erreicht hatte, konnte er in sein Haus gehen, wo das Essen fertig auf dem Tische stand und die Näpfe und Eßstäbchen daneben, wie es sich gehörte. Bisher hatte er das Essen immer erst bereiten müssen, wenn er müde nach Hause gekommen war, es sei denn, daß der Alte vor der Zeit hungrig geworden war und flaches, ungesäuertes Brot gebacken oder ein anderes kärgliches Mahl bereitet hatte.

Jetzt aber wartete das Essen bereits auf ihn, und er brauchte sich nur auf die Bank beim Tisch zu setzen und zuzugreifen. Der Lehmboden war sauber gekehrt und der Brennstoffvorrat ergänzt. Die Frau streifte des Morgens, wenn er weg war, mit dem Bambusrechen die Umgebung ab, sammelte hier ein wenig Gras, dort einen Zweig oder eine Handvoll Blätter und kehrte um die Mittagszeit mit genug Brennmaterial zurück, um das Mittagessen zu kochen. Der Mann war es wohl zufrieden, daß er kein Geld mehr auszugeben brauchte, um den Herd zu heizen.

Am Nachmittag nahm sie eine Schaufel und einen Korb und ging zur Landstraße, die in die Stadt führte und auf der Maultiere, Esel und Pferde Lasten hin und her trugen. Dort las sie den Mist der Tiere von der Erde auf, trug ihn nach Hause und häufte ihn im Hofe als Dünger für die Felder auf. All dies tat sie wortlos und ohne daß es ihr befohlen worden wäre, und am Abend ging sie nicht zur Ruhe, bevor sie nicht den Ochsen in der Küche gefüttert und ihm so viel Wasser gereicht hatte, wie er trinken wollte.

Und sie nahm die zerrissenen Kleidungsstücke zur Hand und flickte sie mit Zwirn, den sie selbst auf einer Bambusspindel gesponnen hatte. Das Bettzeug trug sie in die Sonne hinaus und trennte die Hüllen von den dicken Bettdecken und wusch sie und reinigte die Baumwolle, die sich darin befand, von dem Ungeziefer, das sich im Laufe der Jahre angesammelt hatte. Tag für Tag tat sie etwas anderes, bis die drei Zimmer rein und beinahe wohlhabend aussahen. Der Husten des alten Mannes wurde besser, und er saß an der Südwand des Hauses in der warmen Sonne und schlummerte ein wenig ein und erwachte wieder und war zufrieden.

Aber sie sprach niemals, diese Frau, außer, wenn die kleinen Notwendigkeiten des Lebens es erforderten. Wang Lung sah ihr zu, wie sie sicher und langsam auf ihren großen Füßen im Hause umherging, und heimlich beobachtete er auch ihr derbes Gesicht, den ausdruckslosen, immer ein wenig ängstlichen Blick ihrer Augen. Doch sie blieb ihm fremd. Des Nachts wurde er mit der Festigkeit ihres Körpers vertraut, aber am Tage verbargen ihre Kleider, die schmucklose blaue Jacke und Hose aus Baumwollstoff, all das, was er des Nachts kannte, und sie war wie eine treue, stumme Magd, die eine Magd ist und sonst nichts. Es wäre nicht passend gewesen, sie zu fragen: »Warum sprichst du nicht?« Es war genug, daß sie ihre Pflicht erfüllte.

Zuweilen, wenn er die Furchen seines Ackers bearbeitete, geriet er in Nachdenken über sie. Was hatte sie in jenen hundert Höfen gesehen? Wie war ihr Leben gewesen, dieses Leben, das sie nicht mit ihm teilte? Er wurde nicht klug aus ihr. Dann wieder schämte er sich seiner Neugierde und der Gedanken, die er sich über sie machte. Sie war ja schließlich nur eine Frau.

Nun sind aber drei Zimmer und zwei Mahlzeiten nicht genug, um eine Frau zu beschäftigen, die Sklavin in einem großen Hause gewesen ist und von Sonnenaufgang bis Mitternacht gearbeitet hat. Eines Tages, als Wang Lung sein Weizenfeld mit dem Spaten umgrub und sein Rücken schon zuckte von harter Arbeit, fiel plötzlich ihr Schatten quer über die Furche, über die er sich gebückt hatte, und sie stand da mit einem Spaten auf der Schulter.

»Im Hause gibt es nichts zu tun bis zum Abend«, sagte sie schlicht, und ohne ein weiteres Wort begann sie, die Furchen zu seiner Linken umzugraben.

Die Sonne brannte heiß auf die beiden nieder, denn es war schon beinahe Sommer, und bald rann der Frau der Schweiß vom Gesicht. Wang Lung hatte seinen Rock ausgezogen, und sein Oberkörper war nackt; sie aber arbeitete in ihrem dünnen Gewand, das naß wurde und an ihrer Haut zu kleben begann.

Während sie so nebeneinander arbeiteten, stumm, Stunde um Stunde, fühlte er sich ihr so verbunden, daß ihm die Arbeit leicht ward. Kein bestimmter Gedanke war in ihm wach, nur die vollkommene Übereinstimmung der Bewegung spürte er, mit der sie die Erde umgruben und dem Lichte darboten, diese ihre Erde, die ihren Körper nährte und aus der ihr Haus und ihre Götter gemacht waren. Fett und dunkel lag die Erde da und fiel in lose Schollen auseinander unter ihrem Spatenstich. Zuweilen stießen sie auf ein Stück Ziegel oder vermodertes Holz. Das hatte nichts zu bedeuten. Zu irgendeiner Zeit, irgendeinmal waren die Körper von Männern und Frauen hier begraben worden, Häuser hatten hier gestanden, waren zerfallen und wieder zu Erde geworden. So würde auch ihr Haus einmal wieder zu Erde werden, ihr Haus und ihre Körper. Einem Geschlecht nach dem anderen gehörte diese Erde. Stumm, in gemeinsamer Arbeit mühten sie sich um die Frucht ihres Feldes.

Als die Sonne untergegangen war, straffte sich langsam sein Rükken, und er blickte auf die Frau. Ihr Gesicht war naß und voller Erde. Sie war so braun wie der Ackerboden selbst. Ihre feuchten, dunklen Kleider hatten sich an ihren kräftigen Körper gelegt. Langsam ebnete sie die letzte Furche, dann sagte sie schlicht und unbewegt in der Stille des Abends:

»Ich bin schwanger.«

Wang Lung stand ganz still da, und was sollte er auch dazu sagen! Sie beugte sich nieder, um ein Stück Ziegel aufzuheben, und warf es aus der Furche. Es war, als ob sie gesagt hätte: »Ich habe dir Tee gebracht«, oder als ob sie gesagt hätte: »Das Essen ist bereit.« So selbstverständlich schien es ihr zu sein! Ihm aber – er konnte nicht sagen, was es für ihn war. Einen Augenblick setzte sein Herzschlag aus. Jetzt war die Erde für sie da, für ihn und für diese Frau!

Plötzlich nahm er ihr den Spaten aus der Hand und sagte mit gepreßter Stimme: »Laß es genug sein für heute. Der Tag ist zu Ende. Wir wollen es dem alten Manne sagen.«

Dann gingen sie heim, sie einige Schritte hinter ihm her, wie es sich für eine Frau ziemt. Der Alte stand bei der Tür, er war schon hungrig und wartete auf das Abendbrot, das er sich jetzt, wo eine Frau im Hause war, nie mehr selbst bereiten wollte. Ungeduldig rief er ihnen entgegen:

»Ich bin zu alt, um so lange auf mein Essen zu warten.«

Wang Lung aber sagte, während er ins Haus trat:

»Sie ist schon schwanger.«

Er versuchte, das so leichthin zu sagen, wie man sagen würde: »Heute habe ich im westlichen Feld gesät«, aber er konnte es nicht.

Obwohl er leise sprach, war es ihm, als habe er die Worte hinausgeschrien.

Der alte Mann blinzelte einen Augenblick; dann verstand er, um was es sich handelte, und lachte meckernd.

»Hehehe«, meckerte er noch immer, als seine Schwiegertochter eintrat. »Die Ernte ist in Sicht.« Ihr Gesicht konnte er in der Dämmerung nicht sehen; sie sagte gleichgültig:

»Ich bereite jetzt das Essen.«

»Jaja – essen«, echote der Alte gierig und folgte ihr in die Küche wie ein Kind. Der Gedanke an das Essen ließ ihn den zu erwartenden Enkel vergessen.

Wang Lung aber saß im Dunkeln auf einer Bank beim Tische und stützte den Kopf in die Hände. Aus diesem seinem Leib, aus diesen seinen Lenden sollte Leben kommen!

III

Als der Tag der Geburt herannahte, sagte Wang Lung zu seinem Weibe:

»Wir brauchen eine Frau, die dir hilft, wenn deine Stunde da ist.«

Aber sie schüttelte den Kopf. Sie war gerade dabei, nach dem Abendessen die Näpfe wegzuräumen. Der alte Mann lag bereits in seinem Bett, und die beiden waren allein in der dunklen Stube, in der nur die flackernde Flamme einer kleinen, mit Bohnenöl gefüllten Flasche ein wenig Helligkeit verbreitete.

»Du willst keine Frau?« fragte er bestürzt. Er begann jetzt, sich an diese Gespräche zu gewöhnen, zu denen sie kaum mehr beitrug als eine Bewegung des Kopfes oder der Hand oder höchstens ein gelegentliches, fast widerwillig gesprochenes Wort. »Es wird aber sonderbar sein – mit niemand als zwei Männern im Hause!« fuhr er fort. »Meine Mutter hatte eine Frau aus dem Dorfe. Ich verstehe nichts von diesen Dingen. Gibt es niemand in dem großen Haus – eine alte Sklavin, die gut zu dir war und die dann kommen könnte?«

Es war das erstemal, daß er das Haus erwähnte, aus dem sie gekommen war. Sie sah ihn an, wie sie ihn noch nie angesehen hatte;

ihre schmalen Augen wurden groß, etwas wie Ärger regte sich in ihren Zügen.

»Niemand aus dem Haus dort!« rief sie beinahe schreiend.

Er ließ seine Pfeife fallen, die er gerade gefüllt hatte, und starrte die Frau an. Aber ihr Gesicht war plötzlich wieder wie sonst, und sie räumte den Tisch ab, als ob sie gar nicht gesprochen habe.

»Nein, so etwas!« sagte er erstaunt. Sie aber schwieg. Dann redete er wiederum auf sie ein: »Wir zwei Männer wissen nicht, was in einem solchen Falle zu tun ist. Für meinen Vater wäre es unpassend, deine Stube zu betreten, und ich selbst habe noch nicht einmal eine Kuh gebären sehen. Meine ungeschickten Hände könnten dem Kinde Schaden zufügen. Eine aus dem großen Hause, in dem die Sklavinnen immer Kinder zur Welt bringen . . .«

Sie blickte ihn einen Augenblick lang aufmerksam an und sprach:

»Wenn ich in jenes Haus zurückkehre, so will ich es mit meinem Sohn auf dem Arm tun. Er wird ein rotes Jäckchen und ein rotes Höschen mit roten Blumen darauf tragen und auf dem Kopfe einen Hut mit einem kleinen vergoldeten Buddha. Ich aber will neue Schuhe tragen und eine neue Jacke aus schwarzer Seide, und ich will in die Küche gehen, in der ich meine Tage zubrachte, und auch in den großen Saal will ich gehen, in dem die alte Herrin mit ihrer Opiumpfeife sitzt, und allen dort will ich mich und meinen Sohn zeigen.«

Noch nie hatte er so viele Worte aus ihrem Munde vernommen. In ruhigem Strom, beinahe langsam, kamen diese Worte aus ihrem Munde, und er begriff, daß sie sich all dies seit langem ausgedacht hatte. Bei der Arbeit neben ihm auf dem Felde hatte sie sich alle diese Dinge ausgedacht! Wie erstaunlich dies war! Er hatte geglaubt, sie habe an das Kind kaum gedacht, so ruhig hatte sie tagaus, tagein ihre Arbeit getan. Statt dessen hatte sie immer das Kind vor sich gesehen, lebendig und schön gekleidet, und sich selbst als Mutter in einer neuen Jacke! Jetzt fand er keine Worte; bedächtig knetete er zwischen Daumen und Zeigefinger den Tabak zu einer Kugel und stopfte seine Pfeife.

»Ich vermute, daß du Geld brauchen wirst«, sagte er schließlich mit gemachter Barschheit.

»Wenn du mir drei Silberstücke geben willst . . .«, begann sie ängstlich, »es ist viel Geld, aber ich habe alles genau berechnet, und ich will nichts davon verschwenden. Ich werde mir vom Stoffhändler ein billiges Restchen Stoff geben lassen.«

Wang Lung suchte in seinem Gürtel. Am Vortage hatte er anderthalb Ladungen Rohr vom Teich im westlichen Feld auf dem Markte verkauft, und er hatte etwas mehr Geld im Gürtel, als sie erbeten hatte. Er legte die drei Silberdollar auf den Tisch. Dann, nach kurzem Zögern, fügte er ein viertes Silberstück hinzu, das er lange bei sich getragen hatte, um gelegentlich im Teehaus sein Glück im Spiel zu versuchen. Bisher hatte er nie etwas anderes getan, als um die Spieltische herumzustreichen und den klappernden Würfeln zuzusehen, denn er fürchtete zu verlieren. Gewöhnlich beendete er seine freien Stunden in der Stadt mit einem Besuche in der Bude des Geschichtenerzählers, in der man den alten Märchen lauschen konnte und beim Absammeln nur ein Kupferstück in die Schüssel zu werfen brauchte.

»Da, nimm auch noch diesen vierten Dollar«, sagte er, während er die Pfeife umständlich in Brand setzte. »Sein Jäckchen soll aus Seide sein. Schließlich ist er der erste.«

Sie nahm das Geld nicht sogleich, sondern blickte ihn mit unbewegten Zügen an. Dann flüsterte sie kaum hörbar:

»Es ist das erstemal, daß ich Silbergeld in der Hand habe.«

Plötzlich nahm sie es an sich, umschloß es fest mit der Hand und eilte in die Schlafstube.

Wang Lung blieb sitzen, rauchte und dachte an das Silber, das vor ihm auf dem Tische gelegen war. Es war aus der Erde gekommen, dieses Silber – aus seiner Erde, die er pflügte und eggte und der er seine ganze Kraft gab. Er lebte von dieser Erde; im Schweiße seines Angesichtes gewann er ihr Frucht ab, und die Frucht wurde zu Silber. Wenn er bisher jemandem von seinem Silber gegeben hatte, so war es ihm gewesen, als gäbe er leichtfertig ein Stück seines Lebens dahin. Zum erstenmal bereitete ihm das Geben keinen Schmerz. Er sah das Silber nicht in der fremden Hand eines Händlers in der Stadt; er sah es sich in etwas verwandeln, das noch wertvoller war als das Silber selbst – in Kleidung für den Leib seines Sohnes. Wie seltsam doch diese Frau war, die ihre Arbeit verrichtete, nicht sprach, nichts zu sehen schien und die doch als erste das Kind in seinen schönen Kleidern vor sich gesehen hatte . . .

Sie wollte niemanden um sich haben, als ihre Stunde kam. Die kam eines Abends, als die Sonne kaum untergegangen war. Sie arbeitete neben ihm im Erntefeld. Der Weizen hatte Frucht getragen und war geschnitten worden; dann war das Feld unter Wasser gesetzt und der Reis gesät worden; jetzt war die Ernte da, und die Ähren waren reif und voll nach dem Sommerregen und der warmen, segenspendenden Sonne des frühen Herbstes. Gemeinsam beugten sie sich den ganzen Tag zur Erde nieder und schnitten die Frucht mit kurzen Sicheln. Sie bückte sich schwerfällig wegen ihres gesegneten Leibes und kam mit der Arbeit langsamer voran als er, immer langsamer und langsamer schnitt sie, als der Mittag sich zum Nachmittag und dann zum Abend wandelte, und er blickte sich ungeduldig nach ihr um. Sie hielt inne und richtete sich auf, während die Sichel ihren Händen entglitt. Auf ihrem Gesicht stand Schweiß, der Schweiß nie gefühlter Schmerzen.

»Es ist soweit«, sagte sie. »Ich will ins Haus gehen. Komm nicht in die Stube, bevor ich dich rufe. Bring mir nur frisch geschnittenes Rohr und spalte es, damit ich das Leben des Kindes von meinem trennen kann.«

Sie schritt quer durch die Felder ihrem Hause zu, als stünde nichts bevor, und nachdem er ihr nachgesehen hatte, ging er zum Rand des Teiches, suchte ein schlankes, grünes Schilfrohr aus, schälte es sorgsam und spaltete es mit der Schneide seiner Sichel. Rasch sank die Dunkelheit des Herbstabends herab; er schulterte seine Sichel und ging heim.

Als er das Haus betrat, dampfte das Abendessen schon auf dem Tische, und der alte Mann aß. Sie hatte trotz ihrer Wehen das Mahl bereitet! Wahrlich, sie war eine Frau, dergleichen man nur selten findet. Er ging zur Tür ihres Zimmers und rief: »Hier ist das Rohr.« Er wartete darauf, daß sie ihn auffordern werde, es ihr hereinzubringen. Aber sie tat es nicht. Sie kam zur Tür und streckte die Hand durch die Spalte und nahm das Rohr entgegen. Sie sprach kein Wort, aber er hörte sie stöhnen, wie ein Tier stöhnt, das einen langen Weg gelaufen ist. Der Alte blickte von seinem Napf auf und sagte:

»Iß, oder alles wird kalt«, und dann sagte er: »Sorge dich nicht – es wird lange dauern. Ich erinnere mich noch gut daran, wie mein Erster geboren wurde; es dauerte bis zum Morgen. Oh, wenn ich bedenke, daß von all den Kindern, die deine Mutter mir geboren hat – viele, viele, wieviel, weiß ich gar nicht mehr –, nur du noch am Leben bist! Jetzt siehst du, warum eine Frau gebären und immer wieder gebären muß.« Und dann sagte er, als sei ihm der Gedanke daran erst jetzt gekommen: »Morgen um diese Zeit werde ich Großvater eines Enkels sein.« Plötzlich begann er zu lachen und hörte zu essen auf, und lange saß er in der dämmerigen Stube und kicherte in sich hinein.

Wang Lung aber stand an der Tür und lauschte auf das schwere Stöhnen. Ein Geruch warmen Blutes drang durch die Ritze, ein widerlicher Geruch, der ihm den Atem benahm. Das Stöhnen der Frau dort drinnen wurde schnell und laut wie unterdrücktes Schreien. Als er es nicht länger ertragen konnte und im Begriff war, in die Stube zu treten, ertönte ein dünnes Weinen, das ihn alles andere vergessen ließ.

»Ist es ein Knabe?« rief er ungestüm, ohne Rücksicht auf die Frau. Wieder drang das leise Wimmern an sein Ohr.

»Ist es ein Knabe?« rief er aufs neue. »Sag mir nur das eine – ist es ein Knabe?« Die Stimme der Frau antwortete so leise wie ein Echo:

»Ein Knabe!«

Er ging und setzte sich wieder an den Tisch. Wie rasch alles gegangen war. Das Essen war seit langem kalt, und der alte Mann schlief auf der Bank, und doch war alles so rasch gegangen! Er rüttelte den Alten auf. »Es ist ein Knabe!« rief er triumphierend. »Du bist Großvater, und ich bin Vater.«

Der alte Mann erwachte jäh und begann zu lachen, wie er gelacht hatte, ehe er eingeschlafen war.

»Ja – ja – natürlich«, lallte er. »Großvater – Großvater.« Er stand auf und ging, noch immer in sich hineinkichernd, zu Bett.

Wang Lung nahm den Napf mit kaltem Reis und begann zu essen. Er war plötzlich sehr hungrig geworden und konnte die Speise kaum rasch genug in den Mund schieben. In der Stube nebenan hörte er die Frau sich herumschleppen, und das Kind weinte unaufhörlich und durchdringend.

»Ich glaube, wir werden in diesem Hause keine Ruhe mehr haben«, dachte er voll Stolz.

Als er seinen Hunger gestillt hatte, ging er wieder zur Tür, und sie rief ihn herein, und er trat ein. Der Geruch des vergossenen Blutes erfüllte noch immer die Stube, aber von dem Blute selbst war keine Spur zu erblicken, außer in dem hölzernen Bottich. In diesen aber hatte sie Wasser gegossen und ihn unter das Bett geschoben, so daß er kaum zu sehen war. Die rote Kerze war angezündet, und die Frau lag sauber zugedeckt im Bett. Neben ihr lag, in eine alte Hose eingehüllt, wie es Landesbrauch ist, das Kind.

Wang Lung trat näher, und zunächst fand er keine Worte. Sein Herz schlug bis in den Hals hinauf, und er beugte sich über seinen Sohn, um ihn anzusehen. Das Kind hatte ein rundes, runzliges Gesicht, das sehr dunkel aussah, und das Haar auf dem Kopf war lang und schwarz. Es hatte aufgehört zu schreien und lag mit festgeschlossenen Augen da.

Er blickte seine Frau an, und sie gab den Blick zurück. Ihr Haar war noch feucht von den ausgestandenen Schmerzen, und die geschlitzten Augen lagen tief in ihren Höhlen. Im übrigen war sie, wie sie immer war. Ihn aber rührte sie, wie sie dort lag. Sein Herz schlug den beiden, die da lagen, entgegen, und er sagte, da er nicht wußte, was anderes zu sagen sei: »Morgen will ich in die Stadt gehen und ein Pfund roten Zucker kaufen und ihn in heißes Wasser rühren, für dich zum Trinken.« Und als er nun wieder auf das Kind blickte, kam ihm ein Gedanke, so plötzlich, daß er ihn laut hinausschreien mußte:

»Wir müssen einen großen Korb voll Eier kaufen und sie alle rot färben, für das ganze Dorf. So wird jeder wissen, daß ich einen Sohn habe!«

IV

Am Tage, nachdem das Kind auf die Welt gekommen war, stand die Frau auf wie gewöhnlich und bereitete das Essen, aber sie ging nicht mit Wang Lung aufs Feld, und so arbeitete er denn allein bis zur Mittagsstunde. Dann zog er sein blaues Gewand an und wanderte in die Stadt. Er ging auf den Markt und kaufte fünfzig Eier, keine frischgelegten zwar, aber sie waren noch gut genug, und für jedes bezahlte er einen Groschen. Dann kaufte er rotes Papier, um es in Wasser zu kochen und die Eier damit rot zu färben. Hierauf erstand er beim Zuckerwarenhändler ein Pfund roten Zucker und sogar noch ein wenig darüber. Der Händler packte die süße Ware sorgfältig in braunes Papier und ließ unter den Bindfaden, der das Paket zusammenhielt, lächelnd ein Stück rotes Papier gleiten.

»Ist es vielleicht für die Mutter eines neugeborenen Kindes?« fragte er.

»Für die Muttes eines Erstgeborenen«, antwortete Wang Lung stolz.

»Nun dann, viel Glück«, warf der Mann achtlos hin und wandte seine Aufmerksamkeit bereits einem gutgekleideten Kunden zu, der soeben eingetreten war.

Viele Male, ja beinahe jeden Tag, pflegte der Kaufmann dies jemandem zu sagen, aber Wang Lung erschien es als etwas Besonderes; er freute sich über des Mannes Höflichkeit und verbeugte sich, und als er den Laden verließ, verbeugte er sich noch einmal. Als er jetzt in der brennenden Sonne durch staubige Straßen ging, war ihm, als ob noch niemals einem Menschen so viel Glück widerfahren sei.

Zuerst bereitete ihm dieser Gedanke Freude, aber dann beinahe Furcht. Es war nicht gut, in diesem Leben zuviel Glück zu haben. Luft und Erde waren voll feindseliger Geister, die das Glück der Sterblichen nicht duldeten, am wenigsten das der Armen. Mit plötzlichem Entschluß betrat er den Laden des Wachsziehers, der auch Weihrauch verkaufte, und hier kaufte er vier Weihrauchstäbe, einen für jede Person in seinem Hause, und mit diesen vier Stäben ging er in den kleinen Tempel der Erdgötter und steckte sie in die kalte Weihrauchasche, die von dem gemeinsamen Besuch mit seiner Frau herstammte. Er zündete die vier Stäbe an und ging dann beruhigt nach Hause. Sie waren sehr mächtig – diese kleinen schützenden Gestalten, die dort gelassen unter dem niedrigen Dache saßen!

Und dann war die Frau eines Tages wieder neben ihm im Felde. So kurz war ihre Abwesenheit gewesen, daß er sie kaum recht verspürt hatte. Nun war die Ernte vorüber, und sie droschen das Korn in der Tenne. Sie bearbeiteten es mit Dreschflegeln, er und die Frau gemeinsam. Und sorgfältig wurde die Spreu von der Frucht getrennt. Dann wieder mußten die Felder für den Winter bestellt werden, und wenn Wang Lung den Ochsen einspannte und den Boden pflügte, folgte ihnen die Frau mit dem Spaten und brach die Schollen in den Furchen.

Sie arbeitete jetzt den ganzen Tag, und das Kind lag, auf eine alte zerrissene Decke gebettet, auf dem Boden und schlief. Wenn es weinte, unterbrach die Frau die Arbeit und setzte sich auf die Erde und reichte dem Kinde die Brust. Die Spätherbstsonne sandte wärmende Strahlen auf Mutter und Kind, und beide waren so braun wie der Ackerboden, und sie saßen da wie aus Erde geformte Figuren. Der Staub der Felder lag auf dem Haar des Weibes und auf dem zarten, schwarzen Kopf des Kindes.

Aus der großen, braunen Brust der Frau aber strömte die Milch für das Kind weiß wie Schnee, und wenn das Kind an der einen Brust saugte, floß die andere über wie ein Brunnen, und die junge Mutter tat dem keinen Einhalt. Mehr als genug für das Kind, so gierig es auch trank, war da, Leben genug für viele Kinder, und im Bewußtsein ihres Reichtums ließ sie den Überfluß sorglos verströmen. Zuweilen hob sie die Brust und ließ, um ihre Kleidung zu schonen, die Milch zu Boden fließen, und diese sank in die Erde, und es gab einen großen dunklen Fleck. Das Kind war dick und zufrieden und genoß voll Behagen das unerschöpfliche Leben, das die Brust der Mutter ihm bot.

Der Winter rückte heran, und sie waren gegen ihn gewappnet. Die Ernte war reicher gewesen als seit vielen Jahren, und die drei kleinen Stuben des Hauses waren übervoll, und von den Balken des strohgedeckten Daches hingen unzählige Zwiebel- und Knoblauchschnüre, und in allen drei Räumen befanden sich große, aus Schilf geflochtene Gefäße, die mit Weizen und Reis gefüllt waren. Vieles davon war zum Verkauf bestimmt, aber da Wang Lung genügsam war und nicht wie viele andere im Dorf sein Geld im Spiel oder für Leckereien verschwendete, mußte er nicht wie diese das Getreide zur Erntezeit verkaufen, wenn der Preis niedrig war. Statt dessen sparte er es auf, bis der Schnee den Boden bedeckte und die Städter jeden geforderten Preis für Nahrungsmittel zahlten.

Sein Onkel war immer gezwungen, sein Korn zu verkaufen, ehe es noch recht reif war. Manchmal verkaufte er sogar, um sich ein wenig Bargeld zu verschaffen, und um sich Mühe und Arbeit zu ersparen, die Frucht auf dem Halm. Der Onkel hatte freilich eine dumme Frau, die dick und faul war und immer nach Süßigkeiten und diesen und jenen Speisen und nach neuen, in der Stadt gekauften Schuhen verlangte. Wang Lungs Frau machte selbst alle Schuhe für ihn und für den Alten und für die eigenen Füße und die des Kindes.

An den Balken im baufälligen, alten Hause seines Onkels waren niemals Vorräte aufgehängt. In Wang Lungs Haus aber gab es sogar eine riesige Schweinskeule, die er von seinem Nachbarn Ching gekauft hatte. O-lan hatte das Fleisch eingesalzen und zum Dörren aufgehängt; auch zwei mitsamt den Federn gedörrte und mit Salz gefüllte Hühner gab es.

Inmitten all dieses Überflusses saßen sie daher ruhig in dem Hause, als der Winterwind aus der nordöstlichen Wüste zu ihnen kam, der rauhe, beißende Winterwind. Den Tag, an dem das Kind einen Monat alt wurde, feierten sie mit einem Festmahle, bei dem es als besonderen Leckerbissen Nudeln gab. Wang Lung hatte die gleichen Gäste wie zu seiner Hochzeitsfeier eingeladen, und einem jeden von ihnen gab er volle zehn Stück von den Eiern, die er gekocht und rot gefärbt hatte, und jedem der andern aus dem Dorfe, die kamen, um Glück zu wünschen, gab er zwei Eier. Alle beneideten ihn um seinen Sohn, ein großes, wohlgenährtes Mondgesicht mit vorstehenden Backenknochen, wie seine Mutter sie hatte. Jetzt, als der Winter kam, saß das Kind auf der Decke, die man nun auf den Lehmboden des Hauses statt auf das Feld gebreitet hatte, und sie öffneten die Türe auf der Südseite des Hauses, um Sonne hereinzulassen. An der Nordseite aber schlug der Wind vergebens an die dicke Mauer des Hauses.

Bald verschwanden die Blätter von dem Dattelbaum vor der Schwelle und von den Weiden und den Pfirsichbäumen drüben bei den Feldern. Nur die Bambusblätter klammerten sich an die Äste und hielten stand, mochte der Wind die Stämme auch noch so heftig biegen.

In diesem trockenen Wind konnte die Wintersaat, die in der Erde lag, nicht sprießen, und Wang Lung wartete ängstlich auf Regen. Und dann kam der Regen plötzlich an einem stillen, grauen Tage, als der Wind sich gelegt hatte und die Luft ruhig und warm war, und sie saßen alle in dem Hause, voll Wohlbehagen, und sahen dem Regen zu, wie er dicht und gerade herniederfiel und in die Ackererde eindrang. Das Kind war des Erstaunens voll und streckte die Händchen aus, um die silbernen Streifen zu fangen, und es lachte, und sie lachten mit ihm; der alte Mann hockte sich neben das Kind auf den Boden und sagte:

»Es gibt kein Kind wie dieses in allen Dörfern ringsumher. Die Bälger meines Bruders bemerkten so etwas nie, bevor sie gehen konnten.«

Und auf den Feldern sproß die Saat, und kleine zartgrüne Speere brachen aus der nassen, braunen Erde hervor.

Um diese Zeit pflegte man sich Besuche abzustatten, denn jeder Bauer war sich bewußt, daß nun einmal der Himmel die Arbeit auf den Feldern besorgte und daß die Saat bewässert werde, ohne daß sein Rücken von der schweren Last der Wassereimer gebeugt wurde; am Vormittag versammelten sie sich bald in diesem, bald in jenem Haus, tranken Tee und wandelten barfuß unter großen Papierschirmen auf den schmalen Fußpfaden von einem Hause zum anderen. Die Frauen blieben zu Hause und machten Schuhe und besserten die Kleider aus und dachten an die Vorbereitungen für das Neujahrsmahl.

Wang Lung und seine Frau aber beteiligten sich selten an diesen Besuchen. Unter dem halben Dutzend weitverstreuter Häuser, aus denen das Dörfchen bestand, war keines so voll Wärme und Überfluß wie das ihre, und Wang Lung befürchtete, daß man sich Geld von ihm ausleihen werde, wenn er mit den anderen auf zu vertrautem Fuße verkehrte. Neujahr stand vor der Tür, und wer hatte wohl Geld genug für die neuen Kleider und den Festschmaus? Er blieb meist zu Hause, und während die Frau flickte und nähte, besserte er mit Sorgfalt die Feldgeräte aus.

Und was er für das Feldgerät tat, tat O-lan für das Hausgerät. Wenn ein irdener Krug einen Sprung hatte, so warf sie ihn nicht wie andere Frauen beiseite, sondern mischte Erde und Ton und kittete den Sprung, so daß das Gefäß so gut wie ein neues war.

So saßen sie denn einträchtig in ihrem Hause, und jedes freute sich über das Tun des andern, obgleich ihr Reden aus nichts anderem bestand als aus kurzen Sätzen wie:

»Hast du den Samen für die nächste Aussaat sorgfältig aufbewahrt?« Oder: »Wir wollen das Weizenstroh verkaufen und die Bohnenstengel in der Küche brennen.« Nur selten sagte Wang Lung etwa: »Dieses Gericht Nudeln ist gut«, worauf sie bescheiden antwortete: »Das Mehl aus unserem Getreide ist gut in diesem Jahr.«

Der Verkauf der Feldfrüchte hatte Wang Lung in diesem guten Jahre eine Handvoll Silberdollars mehr eingetragen, als sie für den Lebensunterhalt brauchten, und er hütete sich ängstlich, dieses Geld in seinem Gürtel herumzutragen oder jemand anderem als seiner Frau etwas davon zu sagen. Sie berieten, wo sie das Silber aufbewahren sollten, und schließlich bohrte die Frau geschickt ein kleines Loch in die Innenwand ihrer Stube, und zwar hinter dem Bett; in dieses Loch steckte Wang Lung das Geld, und sie verdeckte das Versteck mit einem Lehmklumpen, und es war so, als sei nichts da. Wang Lung und O-lan aber gab dies das Gefühl des geheimen Reichtums und der Sicherheit. Wang Lung war sich bewußt, mehr Geld zu besitzen, als er auszugeben brauchte, und wenn er unter seinen Nachbarn einherging, so war er zufrieden mit sich und der Welt.

V

Neujahr nahte heran, und in jedem Hause des Dorfes traf man Vorbereitungen für das Fest. Wang Lung ging in die Stadt zu dem Laden des Kerzenziehers und kaufte viereckige Zettel aus rotem Papier, worauf mit Goldtusche das Schriftzeichen für Glück gemalt war, und einige mit dem Zeichen für Reichtum. Und diese Zettel klebte er auf seine Ackergeräte, auf daß das neue Jahr ihm Glück bringe. Sodann befestigte er an den Türen das Hauses lange Streifen, gleichfalls aus rotem Papier und mit Segenssprüchen bemalt; über den Hauseingang aber klebte er eine höchst kunstvoll in Form von Blumen ausgeschnittene rote Papierkette. Der alte Mann verfertigte mit zitternden Händen Gewänder aus rotem Papier für die beiden kleinen Götter in dem Tempel der Erde; auch ein wenig

Weihrauch zündete Wang Lung vor ihnen an aus Anlaß des neuen Jahres, und für sein Haus kaufte er zwei rote Kerzen, um sie in der Neujahrsnacht auf dem Tisch unter dem an die Wand geklebten Götterbilde im mittleren Raum zu verbrennen.

Und Wang Lung ging wiederum in die Stadt und kaufte fettes Schweinefleisch und weißen Zucker, und die Frau mischte und knetete feinen Neujahrskuchen, Mondkuchen genannt, so wie man sie im Hause der Hwangs aß.

Als der Kuchenteig in Streifen geschnitten und zum Backen bereit auf dem Tische lag, schwoll Wang Lung das Herz voll Stolz. Keine andere Frau im Dorfe wäre fähig gewesen zu tun, was seine getan hatte – Kuchen zu machen, wie sie nur die Reichen bei ihren Gastmählern aßen. Manche Kuchen hatte sie mit Hagebutten und getrockneten Pflaumen prächtig verziert.

»Es ist schade, diese Kuchen zu essen«, meinte Wang Lung. Der alte Mann trippelte um den Tisch herum und freute sich wie ein Kind über die bunten Farben. Er rief:

»Rufe meinen Bruder, deinen Onkel, und seine Kinder – sie sollen dies sehen.«

Aber der Wohlstand hatte Wang Lung vorsichtig gemacht. Man konnte hungrige Menschen nicht einladen, damit sie die Kuchen nur sähen.

»Es bringt Unglück, die Kuchen vor Neujahr anzusehen«, antwortete er hastig. Und die Frau, deren Hände weiß von dem feinen Mehl waren, fügte hinzu:

»Diese Kuchen sind nicht für uns bestimmt, nur ein oder zwei von den gewöhnlichen werden wir unseren Gästen zu kosten geben. Wir sind nicht reich genug, um weißen Zucker und Schmalz zu essen. Ich bereite sie für die alte Herrin in dem großen Hause. Am zweiten Tage nach Neujahr werde ich unser Kind hinbringen und die Kuchen als Geschenk mitnehmen.«

Nun waren die Kuchen noch viel wichtiger geworden, und Wang Lung war erfreut darüber, daß im großen Saal, in dem er so arm und schüchtern gestanden war, seine Frau jetzt als Besucherin stehen sollte, seinen Sohn auf dem Arm, gekleidet in Rot, und mit Kuchen, die aus dem besten Mehl, dem besten Zucker und dem besten Schmalz gebacken waren.

Neben diesem Besuch versank alles andere, was das neue Jahr mit sich brachte, in Bedeutungslosigkeit. Die neue Jacke aus schwarzem Baumwollstoff, die O-lan ihm genäht hatte, ließ ihn, als er sie zum erstenmal anzog, nur an den kommenden Besuch denken. »Ich werde sie tragen, wenn ich sie zum Tor des großen Hauses führe«, jubelte er.

Sogar der Neujahrstag selbst, an dem sein Onkel und seine Nachbarn ins Haus strömten, um seinem Vater und ihm Glück zu wünschen, schien ihm unwichtig. Er hatte persönlich dafür gesorgt, daß die buntverzierten Kuchen versteckt wurden, damit er sie nicht gewöhnlichen Leuten anbieten mußte. Freilich kam es ihn hart an, beim Lob der einfachen Kuchen nicht laut herauszuschreien: »Da müßt ihr erst die bunten sehen!«

Aber er hielt sich zurück, so groß war sein Wunsch, das große Haus mit diesen vornehmen Kuchen zu betreten.

Am zweiten Tag des neuen Jahres aber, dem Tage, an dem die Frauen einander zu besuchen pflegten, nachdem die Männer am Tage vorher nach Herzenslust gegessen und getrunken hatten, standen sie im Morgengrauen auf, und die Frau kleidete das Kind in die rote Jacke und die schönen Schuhe, die sie ihm gemacht hatte, und sie setzte auf sein von Wang Lung am letzten Tag des alten Jahres frisch rasiertes Köpfchen die rote Kappe mit dem kleinen goldfarbenen Buddha vorne darauf. Wang Lung kleidete sich rasch an, während seine Frau ihr langes, schwarzes Haar kämmte und es mit dem versilberten Haarpfeil befestigte, den er für sie gekauft hatte; dann legte auch sie ihre schwarze Jacke an, die aus demselben Stück gemacht war wie die seine, vierundzwanzig Ellen guter Stoff für beide mit zwei Ellen Zugabe für gutes Maß, wie es bei den Stoffhändlern Brauch ist. Nun machten sie sich auf den Weg durch die winterkahlen Felder; er trug das Kind und sie den Korb mit den Kuchen.

An dem großen Tore des Hauses der Hwangs empfand Wang Lung eine große Genugtuung, denn der Torwächter machte große Augen über all das, was er da sah, und er zwirbelte die drei langen Haare auf seinem Muttermal und rief:

»Sieh da, Wang der Bauer! Und diesmal sind es drei statt einem«, und nachdem er die neuen Kleider, die sie alle trugen, und das Kind, das ein Sohn war, näher betrachtet hatte, setzte er hinzu: »Man braucht dir nicht mehr Glück im neuen Jahr zu wünschen, als du im alten gehabt hast.«

Wang Lung antwortete herablassend: »Die Ernten waren gut«, und trat selbstbewußt über die Schwelle des Hauses.

Der Pförtner, auf den die Familie Eindruck gemacht hatte, lud Wang Lung mit großer Höflichkeit ein:

»Nimm in meiner unwürdigen Stube Platz, während ich dein Weib und dein Kind anmelde.«

Wang Lung sah ihnen nach, wie sie über den Hof gingen, sein Sohn und seine Frau, die dem Oberhaupt eines großen Hauses Geschenke brachte. Es war alles zu seiner Ehre, und erst als sie den letzten der vielen Höfe durchschritten hatten und seinen Blicken entschwunden waren, trat er in das Pförtnerhaus ein und nahm als eine Selbstverständlichkeit den Ehrenplatz auf der linken Seite des Tisches an, den die pockennarbige Frau des Torwächters ihm anbot; ebenso selbstverständlich, mit einem leichten Kopfnicken, nahm er die Schale Tee entgegen, die sie ihm reichte, aber er trank nicht davon, als ob die Qualität der Teeblätter nicht gut genug für ihn sei.

Es dauerte lange, bis der Pförtner wiederkam und die Frau und das Kind zurückbrachte. Wang Lung blickte seiner Frau einen Augenblick lang aufmerksam ins Gesicht, um zu sehen, ob alles gut abgelaufen sei; er hatte ja inzwischen gelernt, in diesen unbeweglichen, stumpfen Zügen kleine Veränderungen zu erkennen, die ihm anfangs unsichtbar geblieben waren. Jetzt trug ihr Gesicht den Ausdruck vollkommener Zufriedenheit, und plötzlich ergriff ihn Ungeduld zu erfahren, was denn in den ihm verschlossenen Frauengemächern vor sich gegangen war.

Deshalb verabschiedete er sich von dem Torwächter und dessen Frau rasch und mit kurzen Verbeugungen und drängte O-lan zum Gehen; das Kind, das eingeschlafen war, nahm er selbst auf den Arm.

»Nun?« rief er über die Schulter hinweg der Frau, die ihm folgte, zu. Dies eine Mal machte ihn ihre Langsamkeit ungeduldig. Sie näherte sich ihm ein wenig und flüsterte:

»Ich glaube, es steht nicht mehr so gut wie früher in diesem Hause.«

»Was willst du damit sagen?«

Aber sie ließ sich nicht drängen. Worte waren für sie Dinge, die einzeln aufgefangen und mühsam hinausgelassen wurden. »Die alte Herrin trug in diesem Jahre das gleiche Gewand wie im vergangenen. Früher ist das niemals vorgekommen. Die Sklavinnen aber hatten keine neuen Jacken.« Nach einer Pause sprach sie weiter: »Ich sah nicht eine einzige Sklavin, deren Jacke so schön gewesen wäre wie die meine.«

Und nach einer Weile fügte sie hinzu: »Und unter den Kindern der Frauen, mit denen der alte Herr selbst schläft, war nicht eines, das sich unserem Sohn an Schönheit und Kleidern vergleichen kann.«

Langsam breitete sich ein Lächeln über ihr Gesicht; Wang Lung aber lachte laut und drückte das Kind zärtlich an sich. Wie gut ging es ihm doch! Dann aber packte ihn plötzlich Angst; wie töricht war es von ihm, so unter freiem Himmel dahinzuwandern, mit einem so prächtigen Sohn auf dem Arm, so daß jeder böse Geist, der zufällig durch die Luft streifte, diesen sehen konnte! Er öffnete hastig seine Jacke, bedeckte den Kopf seines Kindes und rief mit lauter Stimme:

»Wie schade, daß unser Kind ein Mädchen ist und außerdem noch voll Pockennarben! Wir wollen beten, daß es sterben möge!«

»Ja – so sei es –«, sagte die Frau so rasch, als es ihr möglich war, undeutlich begreifend, in welcher Gefahr sie geschwebt hatten.

Durch diese Vorsichtsmaßregeln beruhigt, drang Wang Lung neuerdings in seine Frau:

»Hast du herausgefunden, warum die Hwangs ärmer geworden sind?«

»Ich konnte nur einen Augenblick ungestört mit der Köchin sprechen, unter der ich früher arbeitete«, entgegnete sie. »Sie sagte: ›Das Haus kann nicht ewig bestehen mit den fünf jungen Herren, die in der Fremde Geld wie Spülwasser ausgeben und ein Weib nach dem andern, dessen sie überdrüssig geworden sind, nach Hause schicken. Und mit dem alten Herrn, der sich jedes Jahr ein paar neue Konkubinen nimmt; die alte Herrin aber verraucht jeden Tag genug Opium, daß man für den Kaufpreis zwei Schuhe mit Gold füllen könnte.‹«

»Ist dem wirklich so?« murmelte Wang Lung, starr vor Staunen.

»Und dann soll die dritte Tochter im Frühling verheiratet werden«, fuhr O-lan fort, »und ihre Mitgift ist groß genug, um einem Fürsten als Lösegeld zu dienen oder um einen hohen Beamtenposten zu kaufen. Ihre Kleider werden aus reinster Seide mit besonders für sie angefertigten Mustern sein. Und ein Schneider mit seinem Gefolge von Unterschneidern wird aus Schanghai kommen, sonst fürchtet sie, daß ihre Kleider nicht so elegant sein werden wie die der Damen in den fremden Ländern.«

»Wen wird sie denn heiraten? Für wen werden alle diese Ausgaben gemacht?« fragte Wang Lung, den Bewunderung und gleichzeitig Schrecken ob solcher Verschwendung packte.

»Sie soll den zweiten Sohn eines Staatsbeamten in Schanghai heiraten«, entgegnete die Frau und fügte nach einer langen Pause hinzu: »Sie müssen wohl ärmer geworden sein, denn die alte Herrin selbst erzählte mir, daß sie ein Stück Land unmittelbar vor der Stadtmauer verkaufen wollen, wo sie jedes Jahr Reis gepflanzt haben, weil es gutes Land ist, das aus dem Wallgraben leicht zu bewässern ist.«

»Ihr Land verkaufen sie?« wiederholte Wang Lung. »Dann muß es ihnen wirklich schlecht gehen. Land ist das Fleisch und Blut des Menschen.«

Er dachte eine Weile nach; plötzlich kam ihm ein Gedanke, und er griff sich an die Stirn.

»Warum habe ich nicht gleich daran gedacht!« rief er. »Wir wollen das Land kaufen!«

Sie sahen einander an, er beglückt, sie beinahe erschrocken.

»Aber das Land . . . das Land . . .«, stammelte sie.

»Ja, ich will es kaufen«, verkündete er stolz. »Ich will es kaufen von dem großen Hause der Hwangs.«

»Es ist zu weit entfernt«, meinte sie bestürzt. »Wir müßten stundenlang gehen, um es zu erreichen.«

»Und dennoch werde ich es kaufen«, entgegnete er trotzig.

»Es ist ein gutes Ding, Land zu kaufen«, sagte sie beschwichtigend. »Sicherlich ist es besser, als Geld in der Mauer des Hauses zu verstecken. Aber warum nicht ein Stück Land von deinem Onkel? Er brennt darauf, das Stück, das an dein westliches Feld grenzt, zu verkaufen.«

»Das Land meines Onkels will ich nicht haben«, sagte Wang Lung laut und entschieden. »Er hat seit zwanzig Jahren Ernte um Ernte herausgepreßt und der Erde nichts zurückgegeben. Der Boden ist ausgeblutet. Nein, das Land der Hwangs will ich kaufen.«

Er sagte »das Land der Hwangs« so leichthin, als sage er »Chings Land«; der Bauer Ching war sein Nachbar. War er, Wang Lung, diesen Leuten aus dem großen, törichten, verschwenderischen Hause nicht zumindest gleichwertig? Er sah sich schon mit dem Silber in der Hand vor sie hintreten und ganz einfach sagen: »Hier ist Geld. Wieviel kostet das Land, das ihr verkaufen wollt? Den Preis, den ein anderer zahlt, zahle ich auch.« Und seine Frau, die als Sklavin in den Küchen dieser stolzen Familie gedient hatte, würde die Frau eines Mannes sein, der ein Stück jenes Landes besäße, das seit Generationen das Haus der Hwangs groß gemacht hatte!

Es war, als spüre sie seine Gedanken, denn plötzlich hörte ihr Widerstand auf, und sie sagte:

»So kaufe es denn! Reisboden ist guter Boden. Und er ist nahe dem Stadtwall, und wir werden jedes Jahr Wasser haben. Das Geld ist gut angelegt.«

Und wieder breitete sich langsam ein Lächeln über ihr Gesicht, jenes Lächeln, dem es niemals gelang, ihre matten schwarzen Augen zu erhellen. Sie schwieg lange; dann endlich sagte sie:

»Vergangenes Jahr um diese Zeit war ich Sklavin in jenem Hause.«

Und sie wanderten weiter, und sie schwiegen, denn ihr Herz war voll.

VI

Dieses Stück Land, welches Wang Lung nun besaß, veränderte sein Leben sehr. Als er das Silber aus dem Versteck geholt und in das große Haus gebracht hatte und als die Freude darüber, mit dem großen Herrn wie ein Gleicher zum Gleichen gesprochen zu haben, verklungen war, hatte sich seiner zunächst eine Niedergeschlagenheit bemächtigt, die nicht weit von Reue entfernt war. Wenn er an das leere Loch in der Wand dachte, wünschte er, den Silberschatz zurückzuhaben. Wenn er es recht bedachte, würde ihm dieses Land viel schwere Arbeit verursachen. Auch war es, wie O-lan richtig bemerkt hatte, sehr weit von seinem Hause entfernt. Übrigens war der Kauf nicht ganz so rühmlich verlaufen, wie er es sich vorgestellt hatte. Er ging zu früh in das große Haus, und der alte Herr schlief noch. Es war zwar bereits Mittag, aber als er mit lauter Stimme rief: »Sage Seiner Gnaden, daß ich in wichtigen Geschäften komme – daß es sich um Geldsachen handelt!«, antwortete der Pförtner mit großer Gelassenheit:

»Alles Geld der Welt könnte mich nicht dazu bewegen, den alten Tiger zu wecken. Er schläft mit seiner neuen Konkubine Mandelblüte, die er erst seit drei Tagen besitzt. Ihn zu wecken, würde mich das Leben kosten«, und dann fügte er ein bißchen spöttisch hinzu: »Und glaube nur ja nicht, daß der Klang des Silbers ihn wecken wird – seit der geboren ist, hat er immer so viel Silber gehabt, wie er wollte.«

Schließlich mußte er es sich daran genügen lassen, mit dem Verwalter des alten Herrn zu verhandeln, einem aalglatten Schurken, dessen Hände schwer waren von dem Gelde, das bei der Abwicklung der Geschäfte an ihnen kleben blieb. Manchmal schien es daher Wang Lung, als ob das Silber doch wertvoller sei als das Land. Der Glanz des Silbers war etwas, das man sehen konnte.

Jetzt aber gehörte das Land ihm!

An einem grauen Morgen im zweiten Monat des neuen Jahres machte er sich auf, um das Land zu besichtigen. Noch wußte niemand, daß es ihm gehörte, und er wanderte ganz allein hinaus, um das große Stück schwarzen Lehmboden anzusehen, das sich längs des Wallgrabens dahinzog. Sorgfältig schritt er das Land ab, dreihundert Schritte der Länge nach und einhundertzwanzig Schritte der Breite nach. Noch bezeichneten vier Steine, die das Wappen der Hwangs trugen, die Grenze des Besitzes. Nun, das würde er ändern lassen! Er würde Steine mit seinem eigenen Namen aufstellen lassen – zwar jetzt noch nicht, denn die Leute sollten noch nicht wissen, daß er reich genug war, um Land von dem großen Haus zu kaufen, aber später, wenn er so wohlhabend sein würde, daß er nach der Meinung der Leute nicht mehr zu fragen brauchte. Mit einem Blick auf das langgestreckte Stück Land dachte er bei sich:

»Für die in dem großen Hause bedeutet diese Handvoll Erde nichts, für mich aber bedeutet sie viel!«

Und auf einmal fiel ihm ein, wie gering er noch war, daß ein Stückchen Land so wichtig für ihn sei. Hatte der Verwalter, als Wang Lung ihm voll Stolz das Silber hingezählt hatte, das Geld nicht gleichgültig beiseite geschoben und gesagt: »Es reicht gerade, um den Opiumbedarf der alten Herrin auf ein paar Tage zu dekken?«

Plötzlich schien ihm die Kluft, die noch zwischen ihm und dem großen Haus lag, so unüberbrückbar wie der wassergefüllte Graben vor ihm. Da ergriff ihn trotzige Entschlossenheit, und er gelobte sich, das Loch in der Wand wieder und wieder mit Silber zu füllen, so lange, bis er so viel Land vom Hause der Hwangs gekauft haben würde, daß das Land, welches er jetzt besaß, klein und armselig dagegen erschien.

Und so wurde dieses Stück Land für Wang Lung ein Wegzeichen und ein Symbol.

Der Frühling kam mit brausenden Winden und zerrissenen Regenwolken und brachte Wang Lung lange Tage schwerer Feldarbeit. Der alte Mann paßte jetzt auf das Kind auf, während die Frau mit dem Manne vom Morgengrauen bis zum Sonnenuntergang auf dem Felde arbeitete. Und als Wang Lung eines Tages bemerkte, daß sie wieder ein Kind erwartete, war seine erste Regung Ärger darüber, daß sie jetzt während der Ernte unfähig zur Arbeit wurde. Gereizt vor großer Müdigkeit, schrie er sie an: »Also gerade diese Zeit hast du dir ausgesucht, um wieder ein Kind zu tragen!«

Sie antwortete ruhig:

»Diesmal macht es nichts. Nur das erstemal ist es schwer.«

Sonst wurde über das zweite Kind nichts gesprochen, bis im Herbst der Tag kam, an dem sie am Morgen den Spaten weglegte und sich in das Haus schleppte. An diesem Tage ging er nicht einmal zur Mittagsmahlzeit nach Hause, denn am Himmel standen drohende Gewitterwolken, und das Binden der Reisgarben duldete keinen Aufschub. Noch ehe die Sonne unterging, war sie wieder bei ihm auf dem Felde, flachen und erschöpften Leibes, aber still und unverdrossen. Es drängte ihn, zu ihr zu sprechen:

»Für heute ist es genug. Geh und lege dich ins Bett.« Aber der erschöpfte Zustand seines eigenen Körpers machte ihn grausam. Und er sagte sich, daß die Arbeit dieses Tages geradeso schwer für ihn gewesen sei wie das Gebären für sie. So fragte er denn nur zwischen zwei Sichelhieben:

»Ist es ein Knabe oder ein Mädchen?«

Sie antwortete schlicht:

»Es ist wieder ein Knabe.«

Sonst sagten sie nichts zueinander, aber er freute sich, und das endlose Bücken und Niederknien schien ihm jetzt weniger anstrengend. So arbeiteten sie fort, bis der Mond über rötlichen Wolken auftauchte; erst als sie die Arbeit auf dem Feld beendet hatten, gingen sie heim.

Nachdem er gegessen und seinen brennenden Körper mit kaltem Wasser gewaschen hatte, ging Wang Lung hinein, um seinen zweiten Sohn zu sehen. O-lan hatte sich, nachdem sie das Essen gekocht hatte, auf das Bett gelegt, und das Kind lag neben ihr – ein kräftiges wohlgeratenes Kind, wenn auch nicht so groß, wie das erste gewesen war. Wang Lung blickte es an und ging dann zufrieden in die mittlere Stube zurück. Wieder ein Sohn, und dann jedes Jahr wieder und wieder einer – man würde sich nicht jedes Jahr die Mühe nehmen, rote Eier zu beschaffen; mit dem einen Male war es genug gewesen. Jedes Jahr einen Sohn! Das Haus war voller Segen – diese Frau hatte ihm nichts als Segen gebracht. Laut rief er seinem Vater zu:

»He, Alter, jetzt, wo ein zweiter Enkel da ist, werden wir den großen zu dir ins Bett legen müssen!«

Der alte Mann strahlte. Er hatte seit langem gewünscht, das Kind möge in seinem Bett schlafen und seine altersstarren Glieder mit seinem jungen Körper wärmen, aber es wollte seine Mutter nicht verlassen. Jetzt hingegen hatte es sich auf unsicheren Füßchen dem Neugeborenen genähert, das neben der Mutter lag, und hatte es mit ernsten Augen betrachtet, und es schien zu begreifen, daß ein anderes Wesen seinen Platz eingenommen hatte; ohne Widerspruch nahm es nun seinen Platz im Bette des Großvaters ein.

Und wieder kamen gute Ernten, und Wang Lung sammelte Silber aus dem Verkauf seiner Feldfrüchte, und wieder versteckte er es in der Wand. Der Reis aber, den ihm das Feld der Hwangs trug, brachte ihm doppelt soviel ein wie der von seinem eigenen Lande. Die Erde jenes Ackers war feucht und schwer, und der Reis wuchs darauf so üppig wie Unkraut. Und jedermann wußte nun, daß dieses Land Wang Lung gehörte, und im Dorfe sprach man davon, ihn zum Ortsvorsteher zu machen.

VII

Der Onkel begann um diese Zeit so lästig zu werden, wie Wang Lung es schon längst erwartet hatte. Dieser Onkel war der jüngste Bruder von Wang Lungs Vater und hatte nach altem Brauch Anspruch darauf, sich von Wang Lung erhalten zu lassen, wenn er sich und seine Familie nicht selbst ernähren konnte. Solange Wang Lung und sein Vater arm waren und kümmerlich lebten, mußte sich der Onkel dazu bequemen, ein bißchen auf seinem Acker herumzuwühlen und ihm genug abzugewinnen, um seine sieben Kinder und seine Frau und sich selbst zu füttern. Die Frau fand es zu anstrengend, den Fußboden der Hütte zu kehren, und ebensowenig hielten es die Kinder für nötig, die Speisereste von ihrem Gesicht zu entfernen. Es war eine Schande, daß die Mädchen, als sie heranwuchsen und in das heiratsfähige Alter kamen, noch immer mit wirrem, ungekämmtem Haar in der Dorfstraße herumliefen und sogar zuweilen mit Männern sprachen. Und als Wang Lung seine älteste Base eines Tages bei solchem Tun ertappte, war er so erzürnt über die Schande, die damit der Familie angetan wurde, daß er sich getraute, zur Frau seines Onkels zu gehen und ihr zu sagen:

»Wer wird wohl ein solches Mädchen heiraten, das jeder Mann ansehen darf? Seit drei Jahren ist sie heiratsfähig, und dennoch läuft sie auf der Straße herum; heute sah ich, wie ein Lümmel seine Hand auf ihren Arm legte, und ihre einzige Antwort war ein freches Lachen.«

Nur eines war an der Frau des Onkels fleißig, und das war ihre Zunge. Diese setzte sie nun in Bewegung:

»Du hast leicht reden, aber wer wird die Mitgift und den Hochzeitsschmaus und den Heiratsvermittler bezahlen? Die, welche mehr Land haben, als sie brauchen, und die mit ihrem überflüssigen Silber noch Land von großen Familien dazukaufen können, haben es leicht; dein Onkel aber ist ein vom Unglück verfolgter Mann seit jeher. Sein Geschick ist übel ohne seine Schuld. Der Himmel will es so. Wo andere gute Frucht ernten, verdorrt ihm das Korn im Boden, und nur Unkraut sprießt heraus, und das alles, obgleich er sich zu Tode arbeitet!«

Sie brach in ein lautes Geheul aus und geriet in immer größere Wut. Sie riß an ihrem Haarknoten und zog sich die aufgelösten Haarsträhnen über das Gesicht und begann, weithin hörbar zu jammern:

»O weh, o weh! Das ist etwas, was du nicht kennst – vom Schicksal verfolgt zu werden! Wo die Felder der anderen guten Reis und Weizen tragen, tragen die unseren nur Unkraut; wo das Haus der anderen hundert Jahre lang steht, bebt die Erde unter dem unseren, so daß die Wände springen; wo die anderen männliche Nachkommen haben, gebäre ich ein Mädchen, selbst wenn ich einen Sohn empfangen habe! O weh, o weh, wie übel uns das Schicksal mitspielt!«

Sie kreischte immer lauter, und die Nachbarinnen stürzten aus ihren Häusern, um zu sehen und zu hören, was es da gäbe. Wang Lung aber blieb ungerührt und beschloß, nicht eher zu gehen, bis er das gesagt hatte, was zu sagen er gekommen war.

»Und dennoch«, sprach er, »muß ich, obwohl es mir nicht zukommt, dem Bruder meines Vaters Ratschläge zu erteilen, dieses sagen: Es ist besser, daß ein Mädchen verheiratet wird, solange es noch eine Jungfrau ist, und hat man je von einer Hündin gehört, die auf der Straße herumlaufen darf und etwas anderes als elende Bastarde wirft?«

Nachdem er so klar und deutlich seiner Meinung Ausdruck gegeben hatte, ließ er seines Onkels Weib weiterjammern und ging zu seinem Hause zurück. Er trug sich mit dem Gedanken, in diesem Jahre weiteres Land von dem Hause der Hwangs zu kaufen und dann immer noch mehr, Jahr für Jahr. Auch träumte er davon, sein Haus zu vergrößern, und es verdroß ihn, daß nun, da er zum wohlhabenden Grundbesitzer wurde, seine Verwandten, die denselben Namen trugen wie er, ein so unwürdiges Leben führten.

Am nächsten Tage kam sein Onkel auf das Feld, auf dem er arbeitete. O-lan war nicht dort, denn zehn Monate waren seit der Geburt des zweiten Kindes verstrichen, und eine dritte Entbindung stand unmittelbar bevor; dieses Mal fühlte sie sich nicht so wohl, und seit ein paar Tagen war sie nicht auf das Feld gekommen. Wang Lung arbeitete allein, und sein Onkel kam schlotternden Schrittes auf ihn zu; sein Gewand war niemals ordentlich geknöpft, sondern vom Gürtel notdürftig zusammengehalten, so daß es schien als ob er beim ersten Windstoß plötzlich nackt dastehen würde. Jetzt hatte er Wang Lung erreicht und sah schweigend zu, wie dieser eine schmale Furche umgrub. Endlich sagte Wang Lung spöttisch, ohne aufzublicken:

»Verzeihe, mein Onkel, daß ich meine Arbeit nicht unterbreche. Wie du weißt, müssen diese Bohnen, um zu gedeihen, zweimal, ja sogar dreimal bearbeitet werden. Du bist mit den deinen wohl schon fertig. Ich bin sehr langsam – ein armer Bauer, der seine Arbeit niemals früh genug beendet, um sich ausruhen zu können.«

Der Onkel erkannte wohl den Spott in Wang Lungs Worten, aber er antwortete ruhig:

»Ich bin ein Mann, der von bösem Geschick verfolgt wird. Dieses Jahr gedeiht nur eine von zwanzig Saatbohnen, und auch diese ist so armselig, daß es nicht der Mühe wert ist, den Spaten in die Hand zu nehmen. Wir werden Bohnen kaufen müssen, wenn wir welche essen wollen.« Er seufzte schwer.

Wang Lung verhärtete sein Herz. Er merkte, daß sein Onkel gekommen war, um etwas von ihm zu verlangen. Sorgfältig und mit gleichmäßigem Schwung fuhr er fort, mit dem Spaten das Erdreich aufzulockern. Er wartete. Endlich begann sein Onkel zu sprechen:

»Das Weib in meinem Hause hat mir von der Anteilnahme berichtet, die du meiner ältesten Tochter, dieser wertlosen Kreatur, entgegenbringst. Alles, was du gesagt hast, ist richtig; du bist weise für dein Alter. Sie sollte schon verheiratet sein. Fünfzehn Jahre ist sie alt und könnte schon drei Kinder haben. Ich fürchte, daß sie eines Tages von einem hergelaufenen Strolch geschwängert wird und Schande über mein und dein Haus bringen wird. Wie schrecklich wäre es, wenn ein solches Unglück über mich, den ehrenwerten Bruder deines ehrenwerten Vaters, hereinbräche!«

Wang Lung stieß seinen Spaten hart in die Erde. Gern hätte er dem Onkel offen seine Meinung gesagt. Gern hätte er ihn gefragt: »Warum gibst du nicht acht auf sie? Warum hältst du sie nicht im Hause, wie es sich gehört, und läßt sie fegen und kochen und Kleider für die Familie nähen?«

Aber solcherart darf man zu der älteren Generation nicht sprechen. Deshalb schwieg er, arbeitete weiter und wartete.

»Wenn ich das Glück gehabt hätte«, fuhr sein Onkel klagend fort, »eine gute Frau zu heiraten, so wie dein Vater eine, die arbeiten und gleichzeitig Söhne gebären könnte, und nicht eine wie die meine, die nichts tut, als Fett ansetzen und Sklavinnen zur Welt bringen bis auf den einen Sohn, der in seiner Faulheit noch ärger ist als ein Mädchen, so wäre ich heute vielleicht auch reich, wie du es bist. Dann würde ich meinen Reichtum mit dir teilen – mit Freuden würde ich das tun, und deine Töchter würde ich an brave Männer verheiraten, und deinen Sohn würde ich als Lehrling in einem Kaufmannsladen unterbringen und gern das Lehrgeld für ihn bezahlen; mit wahrem Vergnügen würde ich dein Haus instand setzen. Und dich würde ich mit den feinsten Leckerbissen füttern, dich und deinen Vater und deine Kinder, denn wir sind eines Blutes.«

Wang Lung antwortete kurz:

»Du weißt, daß ich nicht reich bin. Ich habe jetzt fünf Mäuler zu stopfen; mein Vater ist alt und arbeitet nicht mehr, und doch will er essen. Und ein neuer Esser wird in meinem Hause vielleicht gerade in diesem Augenblick geboren.«

Sein Onkel entgegnete mit schriller Stimme:

»Du bist reich – du bist reich! Du hast das Land von dem großen Hause zu einem die Götter wissen wie hohen Preis gekauft – gibt es einen zweiten im Dorf, der das vermöchte?«

Diese Worte brachten Wang Lung in Wut. Er warf seinen Spaten zur Erde, und funkelnden Blickes schrie er seinen Onkel an: »Wenn ich eine Handvoll Silber habe, so ist dies der Fall, weil ich arbeite und weil meine Frau arbeitet und weil wir nicht wie gewisse andere Leute an den Spieltischen herumlungern oder in müßigem Geschwätz auf nie gekehrten Türstufen sitzen, während auf dem Felde das Unkraut wuchert und unsere Kinder verhungern!«

Plötzlich schoß das Blut in das gelbe Gesicht des Onkels; er stürzte sich auf den Neffen und versetzte ihm zwei kräftige Ohrfeigen.

»Da hast du!« brüllte er. »Für die Frechheit, so zum Bruder deines Vaters gesprochen zu haben! Hast du keine Religion, keine Moral, daß du keinen Respekt vor der älteren Generation kennst? Hast du nie davon gehört, daß die heiligen Gebote verbieten, einen Älteren zurechtzuweisen?«

Trotzig und unbeweglich stand Wang Lung da; er war sich des begangenen Fehlers bewußt, aber sein Herz war erfüllt von Grimm gegen diesen Mann, der sein Onkel war.

»Ich werde deine Worte dem ganzen Dorf verkünden«, kreischte der Onkel, heiser vor Zorn, »gestern hast du meine Familie angegriffen und laut über die Straße gerufen, daß meine Tochter keine Jungfrau sei; heute machst du mir Vorwürfe, mir, der die Stelle deines Vaters einnehmen wird, wenn dieser einstmals dahingeht! Wenn alle meine Töchter aufgehört hätten, Jungfrauen zu sein, so würde doch keine von ihnen es wagen, so zu mir zu sprechen!« Und ein über das andere Mal wiederholte er: »Ich werde es dem ganzen Dorfe sagen, ich werde es dem ganzen Dorfe sagen . . .!«

Endlich fragte Wang Lung widerwillig:

»Was verlangst du von mir?«

Es verletzte seinen Stolz, daß diese Sache vielleicht wirklich dem ganzen Dorfe zu Ohren kommen sollte. Schließlich war der Mann, der da vor ihm stand, seines Blutes.

Mit dem Onkel ging eine plötzliche Veränderung vor. Sein Ärger schien verflogen, er lächelte und legte seine Hand auf Wang Lungs Arm.

»Ich kenne dich ja – du bist ein guter Bursche«, sagte er freundlich. »Dein alter Onkel kennt dich – du bist mein Sohn. Höre, mein Sohn, ein bißchen Silber in diese arme, alte Hand – sagen wir zehn Silberstücke oder gar nur neun, dann könnte ich wegen meiner mißratenen Tochter mit dem Heiratsvermittler sprechen. Du hast wirklich recht! Es ist Zeit – höchste Zeit!« – Seufzend schüttelte er den Kopf und blickte dann scheinheilig zum Himmel empor.

»Komm mit ins Haus«, sagte Wang Lung nach kurzer Überlegung barsch. »Ich trage kein Silber mit mir herum wie ein Fürst.« Er machte sich auf den Weg, voll Bitterkeit darüber, daß ein Teil des guten Silbers, mit dem er neues Land zu kaufen beabsichtigt hatte, in die Hand seines Onkels gleiten sollte, um von dort aus den Weg zum Spieltisch zu nehmen, noch ehe es Nacht wurde.

Er trat in das Haus, seine beiden Söhnchen, die im warmen Sonnenschein nackt auf der Türschwelle spielten, unwillig beiseite schiebend. Der Onkel sprach mit schmeichelnder Stimme zu den Kindern und entnahm einem Versteck in seinem zerknitterten Gewand eine Kupfermünze für jedes der beiden Kinder. Er drückte die kleinen, dicken Körper an sich, steckte seine Nase in den weichen Hals der Kinder und atmete voll Behagen den frischen Geruch des sonngebräunten Fleisches ein.

»Ach ja, ihr seid zwei kleine Männer!« seufzte er, die Kinder auf den Arm nehmend.

Wang Lung aber ließ sich nicht aufhalten. Er ging in die Stube, in der er mit seiner Frau und dem letztgeborenen Kinde schlief. Der Raum schien ihm sehr dunkel, da er aus dem hellen Sonnenlicht gekommen war, und trotz des Lichtstreifens, der durch das Fensterchen hereinströmte, konnte er nichts unterscheiden, aber der warme Blutgeruch, an den er sich so wohl erinnerte, füllte seine Nasenlöcher, und er rief hastig:

»Wie steht es – ist deine Zeit gekommen?«

Die Stimme der Frau erklang von dem Bett her schwächer, als er sie je gehört hatte:

»Es ist wieder einmal vorbei. Nur eine Sklavin ist es dieses Mal – nicht der Rede wert.«

Wang Lung stand still da. Eine Vorahnung kommenden Unheils erfaßte ihn. Ein Mädchen! War es nicht ein Mädchen, das alles Üble im Hause seines Onkels angerichtet hatte? Nun war auch ihm ein Mädchen geboren worden . . .

Ohne ein weiteres Wort ging er zur Wand, tastete nach der rauhen Stelle, die das Versteck bezeichnete, und kratzte die darüberliegende Lehmschicht weg. Dann wühlte er in dem kleinen Haufen Silber und zählte neun Geldstücke ab.

»Warum nimmst du das Silber heraus?« tönte plötzlich die Stimme seiner Frau durch die Dunkelheit.

»Ich bin genötigt, es meinem Onkel zu leihen«, entgegnete er kurz.

Erst nach einer Weile sagte die Frau in ihrer stillen, schwerfälligen Art:

»In dem Hause dort gibt es kein Leihen, da gibt es nur Schenken.«

»Das weiß ich wohl«, gab Wang Lung seufzend zu, »es drückt mir das Herz ab, ihm das Geld zu geben, nur weil wir eines Blutes sind.«

Dann ging er hinaus, warf auf der Schwelle dem Onkel die Silberstücke zu, und eilte auf das Feld zurück, wo er mit so verbissenem Eifer zu arbeiten begann, als ob er die Arbeit eines Monats in einem Tage vollenden wolle. Dabei dachte er an nichts anderes als an das Silber. Er sah es achtlos auf einen Spieltisch gestreut, sah es von der Hand eines anderen Müßiggängers zusammengerafft – sein Silber, das Silber, das er in harter Arbeit der Erde entrissen und das er wiederum in neue Erde umzuwandeln beabsichtigt hatte!

Es wurde Abend, ehe sein Ärger verraucht war und er an Heimgehen und Essen dachte. Da fiel ihm der neue Esser ein, der heute ins Haus gekommen war, und es bedrückte ihn schwer, daß nun die Zeit der Töchter gekommen war, der Geschöpfe, die nicht ihren Eltern gehören, sondern für andere Familien geboren und großgezogen werden. In seinem Grimm über den Onkel hatte er nicht einmal daran gedacht, einen Blick auf das Gesicht des kleinen, neuen Wesens zu werfen.

Er stand auf seinen Spaten gelehnt, und Traurigkeit überfiel ihn. Er würde nun auf eine neue Ernte warten müssen, ehe er das Stück Land neben dem, das er bereits besaß, kaufen konnte, und außerdem gab es nun einen Mund mehr zu füttern. Quer über den blaßgrauen Abendhimmel flog tiefschwarz ein Zug Krähen und flatterte laut krächzend über ihn hinweg.

Er beobachtete, wie die Vögel gleich einer Wolke in den Bäumen bei seinem Hause verschwanden, und rannte ihnen schreiend und mit dem Spaten drohend nach. Sie stiegen langsam auf, kreisten wieder und wieder über seinem Haupte, verspotteten ihn mit ihrem heiseren Geschrei und entschwanden schließlich in den dunklen Himmel.

Er stöhnte laut auf. Es war ein schlimmes Vorzeichen.

VIII

Wenn die Götter sich einmal von einem Menschen abgewendet haben, so ist es, als ob sie ihm nie wieder ihre Gnade zuwenden wollen. Die Regenfälle, die der Frühsommer in anderen Jahren mit sich brachte, blieben aus, und Tag für Tag erstrahlte der Himmel in unbarmherziger Helle. Kein Mitleid fand die ausgedörrte, dürstende Erde. Von Sonnenaufgang bis Sonnenuntergang zeigte sich keine Wolke, und in den Nächten standen die Sterne am Himmel, golden und grausam in ihrer Schönheit.

Obgleich Wang Lung die Felder mit verbissenem Trotz bearbeitete, barst die Erde vor Trockenheit, und die jungen Weizenhalme, die im Frühling mutig ihre Köpfchen erhoben hatten, hörten auf zu wachsen, standen zuerst regungslos unter der Sonne und verdorrten schließlich, ohne Frucht getragen zu haben. Die Reisbeete hoben sich als schmutziggrüne Vierecke von der braunen Erde ab. Tag für Tag lud Wang Lung schwere Eimer voll Wasser auf Bambusstangen und schleppte sie auf den Schultern hinaus zu den Feldern. Doch alle Plage war vergebens. Dann trocknete der Teich aus und wurde zu lehmigem Morast, und selbst das Wasser im Brunnen sank so tief, daß O-lan zu ihrem Mann sagte:

»Wenn die Kinder trinken und der Alte sein heißes Wasser haben sollen, so müssen die Felder auf Wasser verzichten.«

Verzweifelt antwortete Wang Lung:

»Wenn die Felder verhungern, so verhungern wir alle.«

Nur das Stück Land beim Wallgraben trug Frucht, und als der Sommer ohne Regen hinschwand, gab Wang Lung alle seine anderen Felder auf und verbrachte den ganzen Tag auf diesem einen Felde, und er schöpfte Wasser aus dem Graben und goß es auf die lechzende Erde. In diesem Jahre verkaufte er zum erstenmal die Frucht gleich nach der Ernte, und als er das Silber in der Hand spürte, umklammerte er es mit harter Entschlossenheit. Den Göttern und der Dürre, die sie gesandt hatten, zum Trotz wollte er tun, was er sich vorgenommen hatte. Er hatte sich fast zu Tode gerackert um diese Handvoll Silber, aber nun war sie sein. So eilte er denn zum Hause der Hwangs, ließ sich bei dem Landverwalter melden und sagte ohne Umschweife:

»Ich habe Geld, um noch mehr Land zu kaufen.«

Wang Lung hatte hier und dort gehört, daß die Hwangs der Verarmung nahe waren, denn auch für dieses große Haus war das Jahr übel gewesen. Die alte Herrin hatte seit vielen Tagen nicht mehr die gewohnte Menge Opium erhalten und sich in ihrer Gier wie eine Tigerin gebärdet; jeden Tag hatte sie den Landverwalter kommen lassen und hatte ihn beschimpft und ihm mit ihrem Fächer ins Gesicht geschlagen und geschrien: »Wir haben doch noch viele Joch Land!«

So lange und so laut hatte sie geschrien, daß er den Kopf verloren hatte. So vollkommen hatte er ihn verloren, daß er nicht einmal mehr daran dachte, einen Teil des eingenommenen Geldes in die eigene Tasche zu stecken. Und als ob all dies nicht genug gewesen wäre, hatte der alte Gebieter des Hauses noch eine Konkubine genommen, die Tochter einer Haussklavin. Das Mädchen war erst sechzehn Jahre alt, aber je älter, gebrechlicher und feister der alte Herr wurde, desto mehr gelüstete es ihn nach Frauen, die schlank und jung und beinahe noch Kinder waren, auf daß sie seine müde werdende Begierde aufs neue anfachten. Wie die alte Herrin um ihr Opium wütete, so brüllte er, wenn man ihm verständlich machen wollte, daß er nicht genug Geld bekommen könne, um seinen Favoritinnen Ohrgehänge aus Jade zu geben und ihre hübschen Hände mit goldenen Ringen zu schmücken.

Und da die jungen Herren ihre Eltern so sahen, zuckten sie die Achseln und folgten ihrem Beispiel. In einem waren sich alle einig, nämlich darin, dem Verwalter seine Mißwirtschaft heftig vorzuwerfen, so daß dieser, der einstmals behäbig und würdevoll gewesen war und dem man die Wohlhabenheit angesehen hatte, sich in ein ängstliches, jämmerliches Männlein verwandelte, um dessen Glieder die Haut wie ein zu weit gewordenes Gewand schlotterte.

So kam es, daß Wang Lung, als er rief: »Ich habe Silber«, geradeso empfangen wurde wie einer, der zu dem Hungernden kommt und sagt: »Ich bringe dir Nahrung.«

Der Verwalter griff mit beiden Händen zu, und es dauerte nicht lange, bis das Geld den Besitzer gewechselt und die Verträge ausgetauscht worden waren.

Aber diesmal kam es Wang Lung nicht schwer an, sich von dem

Silber, so hart es auch erarbeitet worden war, zu trennen, denn er kaufte damit etwas, auf das sein ganzes Sinnen gerichtet war. Er besaß jetzt ein ausgedehntes Stück gutes Land, denn das neue Feld war doppelt so groß wie das erste. Noch mehr aber als die Fruchtbarkeit des schwarzen, fetten Ackerbodens bedeutete ihm der Umstand, daß diese Erde einem großen Herrn gehört hatte. Diesmal sagte er niemand, was er getan hatte, nicht einmal O-lan.

Ein Monat verging nach dem anderen, und noch immer fiel kein Regen. Als der Herbst herannahte, kräuselten sich kleine leichte Wolken am Himmel, und in der Dorfstraße konnte man die Menschen müßig stehen sehen, die, den Blick zum Himmel emporgerichtet, miteinander darüber redeten, ob diese oder jene Wolke wohl Regen bringen könne oder nicht. Aber ehe sich genug Wolken gesammelt hatten, um ihre Hoffnung zu verwirklichen, erhob sich im Norden ein scharfer Wind, der aus einer fernen Wüste hergeweht kam, und fegte die Wolken vom Himmel weg, wie ein Besen den Staub vom Boden wegfegt. Und wieder war der Himmel leer und ohne Hoffnung, und gewaltig erhob sich an jedem Morgen die Sonne, vollendete ihren Weg und ging an jedem Abend einsam unter. Und der Mond ging zu seiner Zeit auf, und sein Licht war so stark und klar, als wäre er eine zweite Sonne.

Die magere Ernte, die Wang Lungs Felder ihm in diesem Jahre gaben, bestand aus ein paar dürftigen Weizenähren und aus Bohnen, die der Dürre widerstanden hatten. Er achtete scharf darauf, daß nicht ein einziges Körnchen beim Dreschen verlorenging. Und als er den Häckerling als Brennmaterial beiseite legte, sprach sein Weib:

»Nein – wir wollen ihn nicht auf diese Weise verschwenden. Ich erinnere mich, daß in Schantung, als ich ein Kind war, einmal der Häckerling gemahlen und gegessen wurde. Er ist besser als Gras.«

Als sie diese Worte gesprochen hatte, schwiegen alle, sogar die Kinder. Wie drohendes Unheil bedrückte sie der helle Glanz dieser Tage, in denen die Erde sie im Stich ließ. Nur das kleine Mädchen kannte keine Furcht; die beiden schweren Brüste der Mutter hatten noch genug Milch für das Kind. Während O-lan den Säugling stillte, murmelte sie: »Trink, kleines Närrchen – trink, solange noch etwas zum Trinken da ist.«

Und dann, als ob des Übels noch nicht genug gewesen wäre, wurde O-lan abermals schwanger, und ihre Milch versiegte, und das geängstigte Haus war erfüllt vom Geschrei eines Kindes, das unausgesetzt nach Nahrung wimmerte.

Wenn jemand Wang Lung gefragt hätte: »Und wie wirst du im Herbst den Hunger stillen?«, so hätte er geantwortet: »Ich weiß es nicht – ein wenig Nahrung hier und da.«

Aber niemand war da, um ihn dies zu fragen. In der ganzen Gegend fragte keiner den anderen: »Wie wirst du deinen Hunger stillen?« Jeder fragte nur sich selbst: »Wie werde ich meinen Hunger stillen?«

Für seinen Ochsen hatte Wang Lung gesorgt, solange es möglich war. Er hatte dem Tier ein wenig Stroh gegeben, solange es ging; dann war er ins Freie gegangen und hatte Blätter von den Bäumen gerissen, um den Ochsen zu füttern. Als der Winter gekommen war und die Bäume kahl wurden, sandte er das Tier aus, auf daß es selbst nach Nahrung suche. Auf den Rücken des Ochsen hatte er den ältesten Knaben gesetzt, der das Tier an einem Strick führte, damit es nicht gestohlen werde. In letzter Zeit hatte er aber nicht einmal mehr dieses gewagt, denn er fürchtete, daß Männer aus dem Dorfe den Knaben überwältigen und den Ochsen töten könnten, um ihren Hunger zu stillen. So hielt er ihn denn auf der Schwelle des Hauses, bis er mager wurde wie ein Gerippe.

Aber der Tag kam, an dem kein Reis mehr im Hause war und auch kein Weizen, sondern nur noch einige Bohnen und ein bißchen Korn; der Ochse war vor Hunger dem Verenden nahe, und der alte Mann sagte:

»Wir werden den Ochsen essen.«

Da schrie Wang Lung auf, denn ihm war, als hätte einer gesagt: »Nun wollen wir einen Menschen essen.« Der Ochse war sein Gefährte bei der Arbeit, und Wang Lung war hinter ihm einhergeschritten und hatte ihn gelobt oder ihn gescholten, wie gerade seine Laune war. Und er hatte das Tier gekannt, seitdem es als Kälbchen ins Haus gekommen war. Und er sprach:

»Wie können wir den Ochsen essen? Wie sollen wir je wieder pflügen?«

Da entgegnete der alte Mann leise:

»Es geht um dein Leben oder das des Tieres – und um deines Sohnes Leben oder das des Tieres. Und ein Mensch kann leichter wieder einen Ochsen kaufen als sein eigenes Leben wiedergewinnen.«

Wang Lung aber wollte das Tier an diesem Tage nicht töten. Der nächste Tag ging vorüber und der übernächste, und die Kinder schrien nach Nahrung und wollten sich nicht beruhigen lassen. Da blickte O-lan ihren Mann flehend an um der Kinder willen, und schließlich sah er, daß es getan werden müsse. Mit rauher Stimme sagte er:

»Gut denn, er soll geschlachtet werden, aber ich kann es nicht tun.«

Er ging in den Raum, in dem er schlief, und er warf sich auf das Bett und vergrub seinen Kopf in der Decke, damit er den Todesschrei des Tieres nicht hören müsse.

Da nahm O-lan ein großes, eisernes Messer aus der Küche und schlich zu dem Tier hin, und sie durchtrennte mit einem einzigen Schnitt seinen Hals. Sie fing das Blut des toten Ochsen in einer Schüssel auf und enthäutete und zerhackte ihn. Wang Lung kam nicht heraus, ehe alles geschehen war und das Fleisch gekocht auf dem Tisch stand. Aber als er versuchte, von dem Fleisch des Ochsen zu essen, würgte es ihn im Halse, und er konnte keinen Bissen herunterbringen und trank nur ein wenig von der Suppe. O-lan aber sagte zu ihm: »Ein Ochse ist nur ein Ochse, und dieser hier ist alt geworden. Iß! Es werden wieder bessere Tage kommen.«

Das tröstete Wang Lung ein wenig, und er aß ein Stückchen und dann noch eines, und alle aßen. Schließlich war der Ochse aufgezehrt. Nichts blieb von ihm übrig außer der Haut, die O-lan auf einem Bambusrahmen spannte, um sie zu trocknen.

Zuerst feindete man Wang Lung im Dorfe an, da man vermutete, daß er Silber und Nahrungsmittel versteckt halte. Sein Onkel kam als ungebetener Gast zu seiner Tür, und wirklich hatte er mitsamt seiner Frau und seinen sieben Kindern nichts zu essen. Wang Lung maß ihm widerwillig ein Häufchen Bohnen und eine Handvoll Korn zu, sodann aber erklärte er in entschiedenem Tone:

»Das ist alles, was ich entbehren kann; zuerst müßte ich an meinen alten Vater denken, selbst wenn ich keine Kinder hätte.«

Als sein Onkel wiederkam, rief Wang Lung:

»Von meiner Ehrfurcht vor dem Bruder meines Vaters werden meine Kinder nicht satt.«

Und er ließ den Onkel mit leeren Händen davongehen.

Von diesem Tage an war ihm sein Onkel feindlich gesinnt wie ein Hund, der einen Tritt bekommen hat. Er ging von Haus zu Haus und raunte den Leuten ins Ohr: »Was sagt ihr zu meinem Neffen? Er hat Silber, und er hat Lebensmittel, aber niemandem will er davon geben. Nicht einmal mir und meinen Kindern, die sein eigen Fleisch und Blut sind. O weh, wir müssen verhungern!«

Und als eine Familie nach der anderen ihre letzten Vorräte aufgezehrt und die letzte Münze auf dem dürftig gewordenen Markt der Stadt ausgegeben hatte und als die Winterwinde von der Wüste herangebraust kamen, kalt und schneidend wie ein Stahlmesser, ergriff Verwirrung die Herzen der Dorfbewohner, da sie nicht nur selber hungerten, sondern auch das jämmerliche Geschrei ihrer Kinder hilflos mit anhören mußten. Als nun Wang Lungs Onkel wie ein herrenloser Hund durch die Straßen taumelte und mit vor Hunger zitternden Lippen flüsterte: »Einen gibt es, der zu essen hat – einen gibt es, dessen Kinder noch fett sind«, ergriffen die Männer eines Nachts Knüttel, und sie gingen zu Wang Lungs Haus und pochten an die Türe. Und als er öffnete, fielen sie über ihn her und stießen ihn über die Schwelle, und sie trieben seine verängstigten Kinder aus dem Hause und durchsuchten jeden Winkel. Als sie trotz eifrigen Suchens nur ein paar armselige Bohnen und einen Napf voll getrockneten Korns fanden, erhoben sie vor Enttäuschung und Verzweiflung ein großes Geschrei, und sie bemächtigten sich allen Hausgerätes, des Tisches, der Bänke und sogar des Bettes, auf dem der alte Mann schreckerfüllt und weinend lag.

Da trat O-lan unter sie und sprach zu ihnen still, ruhig und beherrscht:

»Noch ist es nicht an der Zeit, den Tisch, die Bänke und das Bett aus unserem Hause zu nehmen. Noch habt ihr den Tisch und die Bänke aus eurem eigenen Hause nicht verkauft. Wir haben nicht eine Bohne und nicht ein Körnchen mehr als ihr – nein, ihr habt mehr als wir, denn ihr habt uns alles genommen, was wir hatten. Der Himmel wird euch strafen, wenn ihr unser Haus plündert. Wir wollen nun zusammen ins Freie gehen und uns Gras und Baumrinde zur Nahrung suchen, ihr für eure Kinder und wir für unsere drei Kinder und für das vierte, das in so schlechten Zeiten geboren werden wird.« Sie legte die Hände auf ihren Leib, während sie so sprach, und die Männer schämten sich vor ihr, und sie gingen still hinaus, einer nach dem anderen. Denn sie alle waren keine bösen Männer, nur verwirrt vor Hunger.

Ein einziger nur verweilte, einer namens Ching, ein kleiner, schweigsamer Geselle mit einem häßlichen Gesicht, das zu jeder Zeit dem eines Affen glich, nun aber auch noch eingefallen und abgezehrt war. Er hätte gern ein paar gute Worte gesprochen, denn er war ein ehrlicher Mensch, und nur der Gedanke an sein weinendes Kind hatte ihn zu Üblem getrieben. Aber er hatte ein wenig von den geraubten Bohnen in seinem Gewand versteckt, und er hatte Angst, sein Gewissen würde ihn dazu drängen, sie zurückzugeben, wenn er spräche; so blickte er denn O-lan nur mit demütigen Augen an und schlich davon.

Wang Lung stand in dem Hofe, in dem er in all den guten Jahren sein Korn gedroschen hatte und der nun seit vielen Monaten unbenutzt und öde dalag. Im Hause war nichts mehr, um seinen Vater und seine Kinder zu füttern – nichts mehr, um dem Weib da drinnen Nahrung zu geben, das nicht nur sich selbst, sondern auch den neuen Menschen zu ernähren hatte, der in ihrem Leib zum Leben drängte und nach dem ewigen Gesetz der Natur am Fleisch und Blut der Mutter zehrte. Einen Augenblick lang packte ihn Verzweiflung, dann aber strömte in sein Blut wie belebender Wein dieser Gedanke: Mein Land können sie mir nicht nehmen! Die Arbeit meiner Hände – das Erträgnis meiner Erde habe ich wieder zu Erde gemacht. Hätte ich Silber gehabt, sie hätten es mir genommen, hätte ich für das Silber Vorräte gekauft, sie hätten mir auch diese genommen. Die Erde aber können sie mir nicht nehmen, sie ist mein!

IX

Wang Lung sagte sich, daß nunmehr etwas geschehen müsse. Sie konnten nicht in diesem leeren Haus bleiben und sterben. Seinen mageren Körper, um den er den Gürtel täglich enger schnürte, hielt unerschütterlicher Lebenswille aufrecht. Er wollte sich das Leben, das sich ihm in diesen Jahren erst recht erschloß, nicht durch die Tücke des Schicksals rauben lassen. Zuweilen packte ihn blinde Wut, so daß er in die Tenne, die ihm in trostloser Leere entgegenstarrte, hinauslief und die Arme zum unbarmherzig wolkenlosen und klaren Himmel emporreckte.

»Wie böse du bist, du alter Mann im Himmel!« schrie er gellend, und wenn ihm einen Augenblick lang ob seiner Lästerung bange wurde, so setzte er in verbissenem Trotz hinzu: »Schlimmeres, als mir schon geschehen ist, kann mir nicht mehr widerfahren!«

Einmal schleppte er sich, entkräftet vor Hunger, zu dem Tempel der Erde und spie dem kleinen Gott, der dort in unerschütterlichem Gleichmut neben seiner Göttin thronte, ins Gesicht. Seit vielen Monaten war dem göttlichen Paar kein Weihrauch mehr geopfert worden, und die papierenen Gewänder der Figuren waren zerrissen und ließen durch die Löcher die tönernen Körper sehen. Die Götter aber saßen da, unbewegt von all dem. Wang Lung schnitt ihnen eine höhnische Grimasse, und er wankte stöhnend zu seinem Haus zurück und warf sich verzweifelt auf das Bett.

Kaum daß einer von ihnen noch aufstand. Es hätte auch keinen Sinn gehabt, und der unruhige Schlaf ersetzte wenigstens zeitweilig die mangelnde Nahrung. Längst waren die letzten Hülsen aufgezehrt, und seit langem hatte das ganze Dorf nichts mehr zu essen als Baumrinde und das spärliche Gras, das auf den winterlichen Hügeln noch zu finden war. Weit und breit gab es kein Tier mehr, tagelang hätte man wandern können, ohne einen Ochsen, einen Esel oder anderes Vieh irgendwelcher Art zu sehen.

Die Bäuche der Kinder waren gedunsen vor Hunger, und niemals sah man in diesen Tagen in der Dorfstraße ein Kind spielen. Höchstens krochen die beiden Knaben Wang Lungs einmal aus dem Hause und setzten sich in die Sonne, die grausame Sonne, die niemals aufhörte zu scheinen. Das kleine Mädchen konnte noch nicht aufrecht sitzen, obgleich es schon alt genug dazu gewesen wäre, sondern lag Stunde um Stunde ohne zu klagen da, in eine alte Decke gewickelt. Früher hatte sein unaufhörliches Schreien das Haus erfüllt, jetzt aber war es still geworden und lutschte kraftlos an allem, was man ihm in den Mund steckte. Die Lippen waren blau und vertrocknet wie die eines alten, zahnlosen Weibes, und die tiefliegenden Augen starrten verwundert aus dem eingefallenen Gesichtchen.

Die seltsame Widerstandskraft dieses kleinen Lebens gewann dem Kind die Zuneigung des Vaters. Wäre es wie andere Kinder seines Alters gesund und fröhlich gewesen, so hätte er seiner nicht geachtet, denn es war ja nur ein Mädchen. Zuweilen blickte er es an und flüsterte sanft:

»Armes Närrchen, armes, kleines Närrchen!«

Und einmal, als das Mädchen mit seinem zahnlosen Mündchen zu lächeln versuchte, kamen ihm die Tränen, und er nahm die winzige Faust zart in seine magere Hand. Von diesem Zeitpunkt an hob er es zuweilen, nackt wie es dalag, empor und barg es in seinem warmen Rock, und er drückte es an seine Brust und setzte sich mit ihm auf die Schwelle des Hauses und blickte auf die verdorrten Felder hinaus.

Dem alten Mann ging es ein wenig besser als den anderen, denn sooft sich ein wenig Speise fand, erhielt er sie, selbst wenn die Kinder ohne Nahrung waren. Wang Lung sagte sich stolz, daß ihm in seiner Todesstunde keiner würde nachsagen können, daß er seinen Vater vergessen hätte. Wenn es nötig gewesen wäre, so hätte er den Vater mit seinem eigenen Fleisch genährt. Der alte Mann schlief fast immer und aß, was ihm gegeben wurde. Und er hatte noch genug Kraft in sich, um des Mittags, wenn die Sonne warm schien, vor die Schwelle des Hauses zu kriechen. Er war heiterer als alle anderen, und einmal schwatzte er mit seiner zitternden Greisenstimme vor sich hin: »Es hat schon schlechtere Zeiten gegeben – es hat schon schlechtere Zeiten gegeben. Einmal habe ich gesehen, wie die Menschen ihre Kinder aßen.«

»Niemals – niemals wird das in meinem Hause geschehen!« rief Wang Lung außer sich vor Schrecken.

Dann kam ein Tag, an dem der Nachbar Ching, der nur noch dem Schatten eines Menschen glich, zum Tor von Wang Lungs Haus schlich, und seine Lippen, die trocken und schwarz wie Erde waren, wisperten:

»In der Stadt werden schon die Hunde gegessen. Wir haben das

Vieh, das unsere Felder pflügte, verzehrt und das Gras und die Rinde der Bäume. Was bleibt uns nun zur Nahrung?«

Wang Lung schüttelte das Haupt in Verzweiflung. Gegen seine Brust gelehnt, ruhte der leichte, abgezehrte Körper seiner kleinen Tochter; er blickte auf das zarte, knochige Gesicht hinab und in die traurigen Augen, die unablässig zu ihm emporschauten. Immer, wenn sein Blick diese Augen traf, huschte über das Gesicht des Kindes ein flackerndes Lächeln, das ihm fast das Herz brach.

Ching flüsterte ihm ins Ohr: »Im Dorf essen sie Menschenfleisch. Man sagt, daß dein Onkel und seine Frau dies tun. Wie könnten sie sonst leben und Kraft genug haben, um umherzugehen – sie, die niemals etwas besessen haben?«

Wang Lung fuhr entsetzt vor diesem Totengesicht zurück, das sich mit geschlossenen Augen dem seinen genähert hatte. Eine plötzliche Angst ergriff ihn, eine Angst, die er selbst nicht verstand. Er erhob sich jäh, als müsse er einer gefahrvollen Umklammerung entrinnen.

»Wir wollen diesen Ort verlassen!« rief er laut. »Wir wollen südwärts ziehen! Ringsumher im Land verhungern die Menschen, wir wollen uns davor retten, wir wollen nicht untergehen!«

Sein Nachbar blickte ihn geduldig an. »Du bist jung«, sagte er traurig, »ich bin älter als du. Auch mein Weib ist alt, und wir haben niemanden, nur eine Tochter. Wir können ruhig sterben!«

»Du bist glücklicher als ich«, sagte Wang Lung, »ich habe meinen alten Vater und drei Mäuler zu füttern, und ein viertes Kind trägt mein Weib im Leib. Wir müssen diesen Ort verlassen, wenn wir einander nicht auffressen wollen, wie es die wilden Hunde tun.«

Und plötzlich schien es ihm, als ob dieser Entschluß nicht mehr aufgeschoben werden dürfe, und er rief O-lan, die nun, da für den Ofen und den Herd keine Heizung mehr vorhanden war, tagaus, tagein schweigend auf ihrem Bette lag, zu:

»Komm, Weib, wir wollen südwärts wandern!«

Fröhlichkeit war in seiner Stimme wie seit langem nicht mehr. Die Kinder horchten auf, und der alte Mann kam herbeigehumpelt, und auch O-lan erhob sich mühsam von ihrem Bette, und sie kam zur Zimmertür und sagte, während sie sich kraftlos an den Türpfosten lehnte:

»Es ist gut, wir wollen es tun.«

Das Kind in ihrem Leib hing von ihren dünnen Lenden herab wie eine knotige Frucht, und ihr Gesicht war bis auf die Knochen abgemagert. »Nur, warte bis morgen«, setzte sie hinzu, »bis ich geboren habe. Ich spüre, daß meine Stunde bevorsteht.«

»Morgen, so sei es«, nickte Wang Lung. Dann blickte er auf das Antlitz seines Weibes, und Mitleid bewegte ihn, stärker als das Mitleid mit sich selbst. Dieses arme Wesen schleppte ein zweites mit sich herum!

»Wie wirst du wandern können, armes Geschöpf?« murmelte er, und so schwer es ihn auch ankam, sagte er doch zu Ching, der noch an der Haustür lehnte: »Wenn du noch ein wenig Speise übrig hast, so gib mir aus Barmherzigkeit eine Handvoll, um das Leben der Mutter meiner Söhne zu retten. Dann will ich vergessen, daß ich dich als Räuber in meinem Hause sah.«

Ching sah ihn beschämt an und erwiderte demütig:

»Seit jener Stunde habe ich nie wieder in Frieden an dich denken können. Dein Onkel, dieser Hund, war es, der mich aufstachelte, weil er mir vorlog, du habest Vorräte aufgestapelt. Bei dem grausamen Himmel hier über uns schwöre ich dir, daß ich nichts habe als eine Handvoll roter Bohnen, die ich unter meiner Türschwelle eingegraben habe. Ich habe sie dort versteckt, damit wir – ich, mein Weib und mein Kind – in unserer letzten Stunde etwas zu essen haben und nicht mir leerem Magen sterben müssen. Aber etwas davon will ich dir geben. Morgen ziehe gen Süden, wenn du kannst. Ich bleibe hier mit den Meinen. Ich bin älter als du und habe keinen Sohn, und es ist gleich, ob ich lebe oder sterbe.«

Er ging weg und kam nach einer Weile mit einem baumwollenen Tuch zurück, in das er eine kleine Menge roter Bohnen geknotet hatte. Die Kinder krochen bei diesem Anblick zu Wang Lung hin, aber dieser scheuchte sie zurück und trug die Nahrung seinem Weibe hinein. Sie schüttelte den Kopf, aber schließlich aß sie doch davon, denn ihre schwere Stunde war nahe, und sie wußte, daß sie, ohne Nahrung zu sich zu nehmen, die Wehen nicht überstehen würde.

Nur einige wenige Bohnen verbarg Wang Lung in seiner Hand und steckte sie in den Mund. Er zerkaute sie zu einem weichen

Brei, und er legte seinen Mund auf den seiner kleinen Tochter und schob ihr so die Nahrung in den Mund, und als er das Mündchen sich bewegen sah, fühlte er sich selbst gesättigt.

Die Nacht verbrachte er in dem mittleren Raum. Die zwei Knaben waren in der Stube des Alten untergebracht worden, und in dem dritten Zimmer lag O-lan einsam in Wehen.

Wang Lung wartete, wie er bei der Geburt des ersten Kindes gewartet hatte; sein Weib wollte in ihrer schweren Stunde nicht einmal ihn um sich haben.

Er horchte angespannt auf die hohen, wimmernden Laute, die er so wohl kannte. In Verzweiflung wartete er. Ob Knabe oder Mädchen, das galt ihm jetzt gleich – es war wieder ein Mund mehr, der gefüttert sein wollte . . .

»Es wäre eine Gnade, wenn es nicht leben würde«, murmelte er vor sich hin. Dann auf einmal hörte er ein schwaches, ein unendlich schwaches Weinen über der Stille schweben. Aber es gibt ja keine Gnade mehr in diesen Tagen, dachte er bitter und saß lauschend da.

Doch nichts regte sich mehr, und die Stille im Hause wurde unerträglich. Seit vielen Tagen war ringsumher Stille gewesen – die Stille der Untätigkeit und der Menschen, die, ein jeder in seinem Haus, auf den Tod warteten. Das Haus war voll von dieser Stille, aber plötzlich konnte Wang Lung sie nicht mehr ertragen. Er hatte Angst. Er erhob sich und ging zur Tür der Stube, in der O-lan war, und er sprach zu ihr durch die Türritze. Der Klang seiner eigenen Stimme gab ihm ein wenig Mut.

»Bist du wohlauf?«

Er lauschte. Wenn sie nun gestorben wäre, während er hier saß! Doch nein – er hörte ein leises Rascheln. Sie bewegte sich im Zimmer umher, und endlich antwortete sie, und ihre Stimme klang wie ein Seufzen:

»Komm!«

Da ging er hinein. Sie lag auf dem Bett, und die Decke wölbte sich kaum über ihrem mageren Leib. Sie lag allein.

»Wo ist das Kind?« fragte er.

Ihre Hand bewegte sich schwach auf der Decke, und auf dem Boden sah er den Körper des Kindes.

»Tot?« schrie er.

»Tot«, flüsterte sie.

Er bückte sich und befühlte das Häuflein Haut und Knochen – ein Mädchen! Und gerade wollte er zu O-lan sagen: »Ich hörte es doch schreien – es lebte.« Da blickte er dem Weibe ins Gesicht. Ihre Augen waren geschlossen, und ihr Gesicht war aschfahl, und die Knochen standen spitz unter ihrer Haut – ein armes, stummes Gesicht war es, das dort lag, das Gesicht eines Menschen, der mehr erduldet hatte, als ein Mensch erdulden kann –, und er konnte nicht sprechen.

Er dachte an die Hungerqualen, die dieses Weib hatte erdulden müssen mit dem an ihrem Leben zehrenden kleinen Wesen in ihrem Leibe.

So trug er denn das tote Kind in den benachbarten Raum, legte es auf den Lehmboden und suchte, bis er eine zerrissene Matte fand, in die er die kleine Leiche einwickelte. Das runde Köpfchen baumelte hin und her, und am Halse des Kindes sah er zwei dunkle, blutunterlaufene Stellen, aber er hielt in seinem Werk nicht inne. Dann nahm er das Bündel auf die Arme, trug es so weit vom Hause weg, wie es seine Kräfte erlaubten, und legte es an der Seite eines alten Grabes nieder. Dieses Grab lag inmitten vieler anderer verlassener und vergessener Gräber auf einem Hügel an der Grenze von Wang Lungs westlichem Felde. Kaum hatte er die leichte Bürde niedergelegt, als ein ausgehungerter wolfsähnlicher Hund hinter ihm hervorhumpelte. So verhungert war das Tier, daß es, obgleich Wang Lung einen Stein nach ihm warf und seine magere Flanke traf, sich nicht verscheuchen ließ. Allmählich fühlte Wang Lung seine Beine schwach werden. Er schlug die Hände vors Gesicht und ging davon.

»Es ist besser so«, murmelte er vor sich hin, und zum ersten Male füllte Hoffnungslosigkeit sein ganzes Herz.

Als am nächsten Morgen die Sonne in unverändertem Glanz am blauen Himmel aufging, schien es ihm wie ein Traum, daß er jemals daran gedacht hatte, das Haus zu verlassen, sein Haus mit den hilflosen Kindern, dem geschwächten Weib und dem alten Manne. Wie konnte diese ihren Leib Hunderte von Meilen weit schleppen, selbst wenn am Ziel Überfluß lockte? Und wer konnte mit Sicherheit sagen, ob im Süden des Landes Nahrung zu finden sei oder nicht? Es schien, als ob dieser höhnende Himmel ewig währen wollte. Vielleicht würden sie ihre letzte Kraft verausgaben, nur um auch anderwärts hungernde Menschen zu finden, noch dazu fremde Menschen. War es nicht am Ende besser, hier zu bleiben, wo sie wenigstens in ihren Betten sterben konnten! Er saß grübelnd auf der Schwelle seines Hauses und starrte leeren Blickes auf die verdorrten Felder, auf denen nichts mehr zu finden war, das als Nahrung oder Heizmaterial zu verwenden gewesen wäre.

Er hatte kein Geld. Seit langem war die letzte Münze ausgegeben. Aber selbst Geld würde ihm wenig genützt haben, denn es gab keine Nahrungsmittel, die man damit hätte kaufen können. Wohl hatte er gehört, daß es in der Stadt reiche Menschen gäbe, die Lebensmittel für sich und zum Verkauf an andere Reiche aufgestapelt hätten, aber selbst das versetzte ihn nicht mehr in Zorn. Selbst wenn er in der Stadt umsonst ernährt worden wäre, hätte er nicht mehr die Kraft gehabt, hinzuwandern. Eigentlich war er gar nicht mehr hungrig.

Das quälende Nagen, das er am Anfang im Magen verspürt hatte, war vergangen, und er konnte nun Erde, die sich an einer bestimmten Stelle eines seiner Felder fand, seinen Kindern bringen, ohne selbst ein Bedürfnis danach zu empfinden. Diese Erde hatten sie, mit Wasser verrührt, seit einigen Tagen gegessen – Gnadenerde wurde sie genannt, weil sie ein wenig nährende Kraft enthielt, wenn man auch auf die Dauer das Leben nicht damit fristen konnte. Aber dieser Brei stillte den würgenden Hunger der Kinder wenigstens kurze Zeit hindurch. Auch war er nicht dazu zu bewegen, die paar Bohnen anzurühren, die er von Ching für O-lan erhalten hatte, und es gab ihm eine Art Trost, wie sie die Früchte von Zeit zu Zeit einzeln zwischen den Zähnen zerbiß.

Wie er so auf der Türschwelle saß, aller Hoffnung bar, und schmerzlich davon träumte, auf seinem Bett zu liegen und sanft in den Tod hinüberzuschlummern, kam jemand über die Felder auf ihn zu. Männer waren es. Gleichmütig ließ er sie auf sich zukommen und sah, daß es sein Onkel war, begleitet von drei Männern, die er nicht kannte.

»Ich habe dich seit langer Zeit nicht gesehen«, rief sein Onkel laut, mit gespielter Herzlichkeit. Als er näher kam, rief er im gleichen lauten Tone: »Wie gut es dir geht! Und wie befindet sich dein Vater, mein älterer Bruder?«

Wang Lung blickte seinen Onkel an. Der Mann war wohl mager, sah aber nicht so verhungert aus, wie zu erwarten gewesen wäre. Wang Lung spürte, wie die letzte Lebenskraft seines eingeschrumpften Leibes zu verheerendem Zorn über diesen Menschen, der sein Onkel war, anwuchs.

»Wie satt du bist – wie satt du bist!« stieß er mit gepreßter Stimme hervor. Er dachte weder an die fremden Männer noch an die Gebote der Höflichkeit; er sah nur den Onkel, der noch Fleisch am Leibe hatte. Dieser öffnete die Augen weit und reckte die Arme zum Himmel empor.

»Satt!« schrie er. »Wenn du mein Haus sehen würdest! Nicht einmal ein Sperling könnte dort einen Brosamen aufpicken. Erinnerst du dich daran, wie stark mein Weib war – wie fett und ölig ihre Haut. Jetzt aber klappern unter ihrer Haut die Knochen, und von unseren Kindern sind uns nur noch vier geblieben. Die drei kleinen haben wir verloren – ja, verloren –, und ich – so sieh mich doch nur an!« Er wischte sich mit einem Zipfel seines Ärmels umständlich zuerst das rechte, dann das linke Auge.

»Du bist satt – du hast gegessen!« wiederholte Wang Lung dumpf.

»Ich habe nur an dich und an deinen Vater gedacht, der mein Bruder ist«, gab sein Onkel zurück, »und ich werde es dir beweisen. Die guten Männer, die du hier siehst, haben mir etwas Nahrung gegeben. Als Dank dafür versprach ich, ihnen beim Kauf von Land in unserer Gegend behilflich zu sein. Zuerst dachte ich an das gute Land, das du, der Sohn meines Bruders, besitzest. Sie sind gekommen, um dein Land zu kaufen, um dir Geld dafür zu geben – Geld – Nahrung – Leben!«

Als der Onkel diese Worte gesprochen hatte, trat er zurück und verschränkte mit großartiger Geste die Arme.

Wang Lung rührte sich nicht. Weder stand er auf, noch begrüßte er die Männer, die gekommen waren. Aber er hob den Kopf, um sie anzusehen, und er erkannte, daß es in der Tat Leute aus der Stadt waren, gekleidet in lange seidene Gewänder, die staubig waren von dem weiten Weg. Ihre Hände waren weich und ihre Nägel lang. Sie sahen aus, als ob sie gegessen hätten und als ob das Blut noch rasch durch ihre Adern flösse. Mit einem Male ergriff ihn bitterer Haß gegen diese Männer. Sie, die gegessen und getrunken hatten, standen hier neben ihm – neben ihm, dessen Kinder verhungerten. Sie waren gekommen, um ihm in seiner letzten Not sein Land herauszulocken. Finster blickte er auf sie, mit Augen, die tief und übergroß in seinem knochigen Totenschädel standen.

»Ich verkaufe mein Land nicht«, sagte er.

Der Onkel tat einen Schritt auf ihn zu. In diesem Augenblick kam Wang Lungs jüngerer Sohn auf Händen und Füßen zur Schwelle gekrochen.

»Ist das dein Sohn?« rief der Onkel. »Der kleine dicke Knabe, dem ich im Sommer ein Kupferstück gab?« Alle blickten auf das Kind, und plötzlich begann Wang Lung, der während all dieser Zeit nicht geweint hatte, innerlich zu weinen, und die Tränen sammelten sich in seiner Kehle wie schmerzende Klumpen, und dann flossen sie ungehemmt die Wangen hinab.

»Was bietet ihr?« fragte er schließlich kaum hörbar. Sie mußten essen, diese drei Kinder – sie und der Alte! Er und sein Weib konnten sich draußen irgendwo Gräber graben, sich hineinlegen und schlafen. Die Kinder da wollten leben!

Da begann einer der Männer aus der Stadt, einer, dessen linkes Auge blind war, salbungsvoll zu sprechen:

»Armer Mann, um dieses hungernden Knaben willen wollen wir dir einen besseren Preis geben als den, welchen du von anderen erhalten könntest. Wir wollen dir hundert Groschen für das Joch geben!«

Wang Lung lachte bitter auf. »Das hieße, euch das Land schenken. Ich selbst zahle das Zwanzigfache, wenn ich Land kaufe!«

»Ganz recht, aber nicht, wenn du es von einem kaufst, der dem Verhungern nahe ist«, sagte der zweite Mann aus der Stadt, ein kleiner, schwächlicher Geselle, aber seine Stimme klang unerwartet kräftig und hart.

Wang Lung sah die drei der Reihe nach an. Sie waren seiner sicher, diese Männer! Sie wußten wohl, daß ein Mann für seine hungernden Kinder und seinen alten Vater alles tut! Die schicksalsergebene Schwäche in seinem Innern schlug jäh in Wut um, wie er sie noch nie im Leben verspürt hatte. Er riß sich empor und sprang die Männer an, wie ein Hund seinen Feind anspringt.

»Niemals werde ich das Land verkaufen«, herrschte er sie an. »Scholle für Scholle will ich meine Felder aufgraben und meine Kinder mit der Erde selbst füttern, und wenn sie sterben, so will ich sie in meiner Erde begraben, und ich und mein Weib und mein alter Vater, wir wollen auf dem Lande sterben, das uns geboren hat.«

Unaufhaltsam strömten die Tränen aus seinen Augen. Sein Zorn war so plötzlich entschwunden, wie er gekommen war, und er stand zitternd und weinend da. Die Männer aus der Stadt lächelten unbewegt und der Onkel mit ihnen. Aus diesem Mann sprach der Wahnsinn, und sie warteten darauf, daß Wang Lung wieder zu Verstand käme. Da trat O-lan plötzlich aus der Tür und redete zu ihnen, und ihre Stimme klang nüchtern, als ob ihr alle Tage solche Dinge begegneten. »Das Land wollen wir nicht verkaufen, sonst haben wir nichts, um uns zu ernähren, wenn wir heimkehren. Aber den Tisch wollen wir verkaufen und die zwei Betten und das Bettzeug und die vier Bänke und sogar den Kessel vom Herd. Aber die Rechen und den Spaten und den Pflug wollen wir nicht verkaufen, noch auch das Land.«

Die schlichte Überzeugung, mit der sie sprach, war von stärkerer Wirkung als all der Grimm Wang Lungs, und der Onkel fragte unsicher:

»Wollt ihr wirklich fortwandern?«

Schließlich flüsterten die Männer aus der Stadt miteinander, und der einäugige Mann sprach:

»Euer Hausgerät ist altes Gerümpel und nur zum Verheizen gut. Zwei Silberstücke für das Ganze und nicht einen Groschen mehr.«

Geringschätzig wandte er sich ab. Aber O-lan antwortete ruhig:

»Es ist weniger als der Preis eines Bettes, aber wenn du das Silber hast, so gib es mir rasch und nimm die Sachen.«

Der Einäugige zog das Geld aus seinem Kittel und ließ es in ihre ausgestreckte Hand gleiten, dann kamen die drei Männer in das Haus und trugen gemeinsam den Tisch und die Bänke und das Bett mit dem Bettzeug heraus und nahmen auch den Kessel vom Herd. Als sie aber die Stube des alten Mannes betraten, blieb Wang Lungs Onkel draußen stehen. Er wollte nicht, daß sein älterer Bruder ihn sähe, noch wollte er dabeisein, wenn dem alten Manne das Bett unter dem Leibe weggezogen würde. Als alles beendet und das Haus bis auf das Ackergerät leer war, sagte O-lan zu ihrem Manne:

»Laß uns gehen, solange wir noch die zwei Silberstücke haben und ehe wir die Balken des Hauses verkaufen müssen, so daß wir kein Loch haben, in das wir bei unserer Rückkehr kriechen können.«

Wang Lung nickte: »Ja, wir wollen gehen.«

Und er blickte auf die Gestalten der Männer, die sich über die Felder entfernten. Und ein über das andere Mal murmelte er leise: »Das Land ist mir geblieben – das Land ist mir geblieben!«

X

Nichts blieb mehr zu tun übrig, als die Tür fest zu schließen und die eisernen Riegel vorzulegen. Alle Kleider, die sie besaßen, trugen sie auf dem Leibe. Jedem Kind gab O-lan einen Reisnapf und ein Paar Eßstäbchen in die Hand, und die beiden Knaben hielten sie fest umklammert als Verheißung kommender Sättigung. So nahmen sie denn ihren Weg über die Felder, ein trauriger kleiner Zug, der sich so langsam fortbewegte, daß es schien, als ob er niemals die Stadt erreichen würde.

Wang Lung trug das kleine Mädchen so lange auf dem Arm, bis er bemerkte, daß der alte Mann dem Umfallen nahe war; dann übergab er das Kind O-lan, lud den Vater auf die Schultern, und so leicht der ausgemergelte Körper des Greises auch war, so keuchte Wang Lung doch unter der Last. Still und stumm wanderten sie dahin, an dem kleinen Tempel vorbei, in dem würdevoll die beiden kleinen Götter saßen und dessen nicht achteten, was den Menschen geschah. Wang Lung drang vor Schwäche, trotz des kalten, schneidenden Windes, der Schweiß aus den Poren. So heftig und unablässig blies ihnen der Wind ins Gesicht, daß die beiden Knaben vor Kälte zu weinen begannen. Wang Lung aber munterte sie scherzhaft auf: »Ihr seid zwei große Männer, die nach dem Süden reisen. Dort ist es warm, und jeden Tag gibt es zu essen, weißen Reis für uns alle jeden Tag. Essen werdet ihr, essen und wieder essen!«

Endlich kamen sie zum Stadtwall. Durch die Öffnung im Wall,

die sie zu durchschreiten hatten, um in die Stadt zu gelangen, blies der Sturm mit furchtbarer Gewalt. Die Knaben konnten auf dem vereisten Boden nicht weiterkommen, und auch O-lan hielt sich unter der Bürde des Kindes, das sie trug, nur mühsam aufrecht. Wang Lung schleppte den alten Mann hinüber, setzte ihn nieder und kehrte zurück, um ein Kind nach dem andern auf die andere Seite des Walles zu schaffen. Dann aber versagten seine Kräfte, so daß er sich lange mit geschlossenen Augen und keuchendem Atem gegen den feuchten Wall lehnen mußte, während ihn die Seinen, vor Kälte zitternd, umstanden.

Endlich waren sie bei dem großen Haus angelangt, aber es war fest verschlossen. Gewaltig und abwehrend hielten die steinernen Löwen zu beiden Seiten des eisernen Tores Wache. Auf der Schwelle kauerten einige erbärmliche Gestalten, Männer und Frauen, deren hungerstarrer Blick auf das geschlossene Tor gerichtet war. Als die armselige Gruppe Wang Lungs und seiner Familie vorüberzog, ertönte eine heisere Stimme:

»Die Herzen dieser Reichen sind hart wie die Herzen der Götter. Sie haben noch Reis zu essen, und aus dem Reis, den sie nicht essen, machen sie Wein, während wir verhungern.« Und ein anderer murmelte:

»Wenn in dieser meiner Hand noch ein Funken Kraft wäre, so würde ich Feuer legen an das Tor und an die Häuser und Höfe da drinnen, und wenn ich in den Flammen umkäme, Fluch – tausendfacher Fluch den Müttern, die die Kinder der Hwangs geboren haben!«

Wang Lung aber sagte nichts, und schweigend wanderten sie weiter gen Süden.

So langsam bewegten sie sich vorwärts, daß es dunkel geworden war, als sie die Stadt auf der Südseite verließen. Wang Lung begann gerade darüber nachzudenken, an welcher Stelle des Walles sie eng aneinandergeschmiegt die Nacht verbringen könnten, als er sich und seine Familie in ein Gewühl von Menschen eingeklemmt fand, die alle dem gleichen Ziel zuzustreben schienen. Er fragte einen, der dicht neben ihm vorwärtsdrängte: »Wohin gehen alle diese Menschen?«

Der Mann antwortete:

»Wir sind Hungernde, und wir befinden uns auf dem Weg zu dem Feuerwagen, der uns gen Süden tragen soll. Er fährt von dem Hause dort drüben ab, und für Leute, wie wir es sind, gibt es Wagen, in denen die Fahrt nicht einmal ein kleines Silberstück kostet.«

Feuerwagen! Ja, Wang Lung hatte von ihnen gehört. In vergangenen Tagen hatte er im Teehaus Männer von diesen Wagen sprechen hören, die aneinandergekettet waren und weder von Menschen noch von Tieren gezogen wurden, sondern von einer Maschine, die Feuer und Wasser ausatmete wie ein Drache. Oft hatte er sich vorgenommen, sich selbst davon zu überzeugen, ob es wahr sei, aber er fand niemals Zeit dazu, denn auf den Feldern hörte die Arbeit niemals auf. Dann verspürte er auch Mißtrauen gegen das, was er nicht kannte und verstand. Es ist nicht gut für den Menschen, mehr zu wissen als das, was er für sein tägliches Leben braucht.

So wandte er sich denn voller Zweifel an die Frau:

»Sollen auch wir diesen Feuerwagen besteigen?«

Sie lösten den alten Mann und die Kinder mit Mühe aus dem Menschenstrom und blickten einander fragend und angstvoll an. Der Alte sank vor Müdigkeit sogleich zu Boden, und auch die Knaben setzten sich auf die Erde, trotz der vielen Füße, die um sie her trampelnd vorwärtsstrebten. O-lan trug noch immer das kleine Mädchen; der Kopf des Kindes hing kraftlos über ihren Arm, und seine geschlossenen Augen lagen so tief in den Höhlen wie die eines Toten. Da vergaß Wang Lung alles andere und schrie auf:

»Ist die kleine Sklavin schon tot?«

O-lan schüttelte den Kopf.

»Noch nicht. Noch flackert Atem in ihr, aber sie wird in dieser Nacht sterben, und wir alle werden sterben, wenn nicht . . .«

Sie sah ihn nur an, erschöpft und verfallen, so, als ob sie kein Wort mehr sprechen könne. Wang Lung bedachte, daß sie nach einem zweiten Tag wie diesem morgen abend alle tot sein würden. So nahm er denn sein letztes Restchen Lebenskraft, das noch in ihm war, zusammen und feuerte die Knaben an:

»Auf, meine Söhne, und helft auch dem Großvater auf! Wir wollen den Feuerwagen besteigen und sitzend gen Süden wandern.«

Gerade in diesem Augenblick dröhnte es aus der Dunkelheit wie die Stimme eines Drachens, und zwei große feurige Augen kamen näher und näher, so daß jeder schrie und lief. Wang Lung und sein Weib wurden in der Verwirrung hin und her gestoßen, aber sie klammerten sich mit aller Gewalt aneinander, bis sie schließlich mitten in der Dunkelheit und im gellenden Geschrei vieler Stimmen durch eine offene Tür in einen kistenähnlichen Raum gedrängt wurden. Dann raste das Ding mit endlosem Gebrüll in die Nacht hinein und trug sie in seinem Bauche mit sich fort.

XI

Mit seinen zwei Silberstücken zahlte Wang Lung den Fahrpreis für hundert Meilen, und der Beamte gab ihm eine Hand voll Kupfergroschen heraus. Für einige dieser Münzen kaufte er von einem Händler, der seine Waren in die Öffnung des Wagens reichte, als dieser stillstand, vier kleine Laibe Brot und einen Napf weichen Reis für das Mädchen. Das war mehr, als sie seit langer Zeit auf einmal zu essen gehabt hatten, und obgleich sie ausgehungert waren, verloren sie das Verlangen nach Speise, sobald diese in ihrem Munde war. Nur mit Mühe konnten die Knaben dazu überredet werden, die Nahrung zu schlucken. Nur der alte Mann lutschte mit seinem zahnlosen Munde gierig an dem Brote.

»Essen muß man«, kicherte er vor sich hin und nickte allen freundlich zu, die ihn umdrängten, während der Feuerwagen schaukelnd dahinrollte. »Es kümmert mich wenig, daß mein einfältiger Bauch durch das lange Nichtstun faul geworden ist; er muß gefüttert werden. Es fällt mir nicht ein, zu sterben, weil mein Bauch nicht arbeiten will.« Ringsumher begann man über den drolligen alten Mann mit dem dünnen, weißen Bart zu lächeln.

Aber nicht alle Kupfergroschen gab Wang Lung für Nahrung aus, und er hielt soviel wie möglich zurück, um Matten zu kaufen, damit er dort im Süden den Seinen ein Obdach bieten könne. In dem Feuerwagen fanden sich Männer und Frauen, die in früheren Jahren schon einmal in der Fremde gewesen waren; manche von ihnen reisten jedes Jahr in die reichen Städte des Südens, um dort zu arbeiten und zu betteln. Als Wang Lung sich an das Wunder gewöhnt hatte, daß draußen vor den Löchern des Wagens das Land vorübersauste, begann er darauf zu hören, was diese Leute redeten. Sie sprachen sehr laut, wie es solchen zukommt, die Bescheid wissen, während andere unwissend sind.

»Zuerst mußt du sechs Matten kaufen«, belehrte ihn ein Mann, dessen Lippen herabhingen wie die eines Kamels. »Der Preis ist zwei Groschen für eine Matte, wenn du klug bist und dich nicht benimmst wie ein Bauerntölpel, denn sonst wird man drei Groschen von dir verlangen, und das ist zuviel. Mich können die Männer in den Städten des Südens nicht prellen.« Er wackelte mit dem Kopf und blickte, Bewunderung heischend, umher. Wang Lung hörte begierig zu.

»Und dann?« fragte er. Er kauerte nur auf dem Boden des Wagens, der, wenn man ihn näher betrachtete, nichts anderes war als ein großes, leeres Zimmer.

Der Mann sprach jetzt noch lauter, um den Lärm der eisernen Räder, die sich dicht unter ihnen befanden, zu übertönen. »Dann mußt du die Matten zu einer Hütte zusammenbinden, und dann mußt du ausgehen, um zu betteln; aber vorher mußt du dich mit Straßenkot beschmieren, damit du jämmerlich aussiehst.«

Nun hatte aber Wang Lung in seinem ganzen Leben noch niemals gebettelt, und der Gedanke daran mißfiel ihm sehr.

»Muß man denn betteln?« erkundigte er sich.

»Natürlich muß man das«, antwortete der Mann mit dem Kamelmaul. »Aber vorher muß man essen. Die Leute im Süden haben so viel Reis, daß du jeden Morgen in eine öffentliche Küche gehen und dir für einen Groschen den Bauch mit weißem Reisbrei anfüllen kannst. Dann kannst du gemütlich betteln gehen und Kohl und Knoblauch kaufen.«

Wang Lung entfernte sich ein wenig von den anderen und zählte insgeheim die Groschen, die ihm geblieben waren. Er hatte genug Geld, um die sechs Matten und Reis für die Familie zu kaufen, und dann würden ihm noch drei Groschen bleiben. Mit einem Gefühl der Beruhigung sagte er sich, daß er so das neue Leben beginnen könne. Freilich bedrückte ihn der Gedanke, die Vorübergehenden in den Straßen anzubetteln. Das war wohl etwas für den alten Mann und für die Kinder, ja selbst für das Weib – er aber hatte seine beiden Hände.

»Gibt es keine Arbeit für die Hände des Menschen?« fragte er den Mann, sich diesem plötzlich wieder zuwendend.

»Arbeit, pfui!« rief der Mann verachtungsvoll und spuckte auf den Boden. »Du kannst einen reichen Mann in einer gelben Rikscha ziehen, wenn du willst; aber du schwitzt dir vor Hitze dein Blut heraus, während du läufst. Und dann gefriert dir der Schweiß zu einem Mantel von Eis, wenn du dastehst und auf einen Kunden wartest. Da lobe ich mir das Betteln.« Und er fluchte so fürchterlich, daß Wang Lung ihn nicht weiterfragen wollte.

Und doch war es gut, daß Wang Lung die Worte des Mannes gehört hatte, denn als Wang Lung mit den Seinen den Feuerwagen verlassen mußte, hatte er bereits einen fertigen Plan. Er setzte den alten Mann und die Kinder an die lange graue Mauer eines Hauses und gebot der Frau, auf sie aufzupassen; dann fragte er sich nach dem Markte durch, um die Matten zu kaufen. Zuerst konnte er kaum verstehen, was man zu ihm sagte, so spröde und hart war die Sprache dieser Menschen im Süden. Manche von ihnen wurden ungeduldig, wenn er fragte und sie seine Frage nicht verstanden. Bald aber lernte er die Leute beobachten, und er fragte nur noch die, welche ein freundliches Gesicht hatten.

Endlich fand er auf diese Art den Mattenladen am Rande der Stadt und legte seine Groschen auf den Tisch wie einer, der den Preis der Waren kennt, und er trug seine Rolle Matten mit sich fort. Als er zu der Stelle zurückkehrte, wo er die anderen verlassen hatte, standen sie dort und warteten; die Knaben jauchzten, als sie ihn sahen, denn dieser fremde Ort hatte sie mit Schrecken erfüllt. Nur der alte Mann sah sich alles mit vergnügtem Erstaunen an, und er murmelte Wang Lung zu:

»Sieh doch nur, wie fett sie sind, diese Leute des Südens, und wie weiß und ölig ihre Haut ist. Sicherlich essen sie jeden Tag Schweinefleisch.«

Keiner der Vorübergehenden beachtete Wang Lung und seine Familie. Geschäftige Menschen kamen und gingen die gepflasterte Straße zur Stadt entlang und würdigten das Bettelvolk keines Blickes; hie und da zog eine Herde Esel klappernd ihres Weges; die Tiere waren mit Körben voll Ziegelsteinen beladen, andere trugen große Säcke von Korn auf dem Rücken. Auf dem letzten Esel ritt stets der Treiber mit einer großen Peitsche in der Hand, und diese Peitsche ließ er knallend über die Rücken der Tiere sausen. Wenn die Eseltreiber an Wang Lung vorbeikamen, blickten sie ihn verachtungsvoll und hochmütig an, als ob sie Fürsten wären. Sie vergnügten sich damit, diesem erbärmlichen fremden Pack ordentlich eins in die Ohren zu knallen, und sie lachten roh und schallend, wenn die Familie erschreckt auffuhr. Als dies zwei- oder dreimal geschehen war, ärgerte sich Wang Lung und wandte sich ab, um eine Stelle zu suchen, wo er seine Hütte errichten konnte.

An der Mauer hinter ihnen klebten bereits andere Hütten; was aber jenseits der Mauer war, wußte niemand. Lang und grau und sehr hoch zog sie sich dahin, und die kleinen, aus Matten errichteten Hütten klammerten sich an sie an wie Flöhe auf den Rücken eines Hundes. Wang Lung betrachtete die Hütten und begann seine Matten zu formen, aber sie waren steif und schwer zu biegen. Da sagte O-lan plötzlich:

»Ich kann es; ich erinnere mich daran von meiner Kindheit her.« Und sie setzte das Mädchen auf die Erde, zog die Matten zurecht und formte ein rundes Dach, das bis auf den Boden reichte und so hoch war, daß ein Mensch darunter sitzen konnte. Die unteren Ränder der Matten beschwerte sie mit Ziegelsteinen, welche die Knaben emsig herbeischleppten. Als die Hütte fertig war, gingen sie hinein. Die letzte Matte breiteten sie auf dem Boden aus und setzten sich hin und hatten ein Obdach.

Als sie so saßen und einander anblickten, kam es ihnen beinahe unmöglich vor, daß sie erst vor einem Tag ihr Haus und ihr Land verlassen hatten und nun hundert Meilen von der Heimat entfernt waren. Wochenlang hätten sie wandern müssen, um in diese fremde Stadt zu gelangen, und sicherlich wären einige von ihnen unterwegs umgekommen.

In dieser reichen Stadt schien niemand zu hungern; das Gefühl des allgemeinen Überflusses teilte sich der Familie mit, und als Wang Lung sagte: »Laßt uns die öffentliche Küche suchen gehen«, erhoben sich alle beinahe fröhlich und machten sich auf den Weg. Diesmal klapperten die Knaben während des Gehens mit ihren Speisestäbchen gegen die Näpfe, die nun bald gefüllt werden sollten. Sie erkannten bald, weshalb die Hütten gerade an der langen

Mauer errichtet worden waren; in der Nähe führte eine Straße vorbei, auf der viele Leute mit leeren Näpfen und anderen Gefäßen dahinwanderten; alle diese Leute gingen zu den Armenküchen, die nicht weit entfernt waren.

Wang Lung und die Seinen mischten sich unter die anderen und kamen zu zwei großen, aus Matten errichteten Gebäuden, in die alle die Menschen hineinströmten.

Im Hintergrunde jedes dieser Gebäude befanden sich Herde aus Lehm, die größer waren als alle Herde, die Wang Lung je gesehen hatte, und auf denen eiserne Kessel standen, jeder so groß wie ein Teich. Darin kochte und brodelte der gute weiße Reis, und wohlriechende Dampfwolken stiegen daraus empor. Als nun die Leute diesen Duft verspürten, erschien er ihren Nüstern wie der süßeste Duft der Welt. Alles drängte nach vorne; ein großes Gedränge entstand, Mütter, die Angst hatten, daß ihre Kinder zertreten würden, kreischten auf, Kinder schrien, Säuglinge weinten, und die Männer beim Kessel brüllten:

»He, ihr da! Einer nach dem andern! Es ist genug da für alle!«

Aber nichts konnte die Masse aufhalten, und sie kämpften wie Tiere, bis alle gesättigt waren. Wang Lung hatte große Mühe, durch das Gewirr nicht von den Seinen weggerissen zu werden. Schließlich waren sie aber doch alle bei dem großen Herd angelangt, ließen sich ihre Näpfe füllen und warfen ihre Groschen hin.

Dann standen sie wieder auf der Straße und aßen von dem Reis, bis sie satt waren. In Wang Lungs Napf aber war ein wenig zurückgeblieben, und er sagte:

»Das will ich nach Hause mitnehmen, um es am Abend zu essen.«

Doch neben ihm stand ein Mann, der eine Art Aufseher war, denn er trug ein besonderes Gewand, blau und rot, und fuhr ihn an:

»Nein! Du darfst nur das von hier wegtragen, was in deinem Bauche ist.«

Da wunderte sich Wang Lung und sagte:

»Wenn ich meinen Groschen bezahlt habe, was kümmert es dann dich, ob ich den Reis innen oder außen trage?«

Der Mann gab ihm Auskunft:

»Diese Vorschrift ist notwendig, denn es gibt solche, deren Herz so hart ist, daß sie den Reis, der für die Armen bestimmt ist, nach

Hause tragen und ihre Schweine damit füttern. Der Reis ist aber für die Menschen und nicht für die Schweine.«

Wang Lung lauschte diesen Worten voll Erstaunen und rief:

»Gibt es wirklich Menschen, die so hart sind?« und dann setzte er hinzu: »Aber warum gibt man den Armen Reis, und wer ist es, der ihn gibt?«

Der Mann antwortete:

»Die Reichen und Vornehmen der Stadt tun dies. Einige tun es, auf daß es ihnen einstmals im Himmel als gute Tat angerechnet werde, und einige tun es wiederum, um sich damit großzutun, auf daß man gut von ihnen spreche.«

»Auf jeden Fall ist es eine gute Tat, aus welchem Grunde immer sie getan wird«, meinte Wang Lung, »und es muß wohl auch einige geben, die es aus ihrem guten Herzen tun.« Und da er bemerkte, daß der Mann darauf keine Antwort gab, fragte er beinahe flehentlich: »Nicht wahr, auch solche gibt es?«

Aber der Mann war es müde geworden, mit ihm zu sprechen, und er drehte ihm den Rücken und summte lässig ein Liedchen vor sich hin. Die Kinder zupften Wang Lung bittend am Gewande, und Wang Lung führte sie alle zurück zu der Hütte, die sie sich gemacht hatten. Dort legten sie sich nieder und schliefen bis zum nächsten Morgen, denn seit langem war es der erste Tag, an dem sie satt waren, und Schlummer kam über sie, tief und fest.

Am nächsten Morgen mußte aufs neue Geld beschafft werden, denn die letzten Kupferstücke waren für den Morgenreis ausgegeben. Wang Lung blickte O-lan an, im Zweifel, was weiter geschehen solle. Aber es war kein Blick der Verzweiflung, wie daheim in den Tagen des Hungers. Hier, wo die Straße von wohlgenährten Menschen wimmelte, Fleisch und Gemüse auf den Märkten feilgeboten wurden, wo Fische in den Bottichen der Fischhändler umherschwammen, war es sicherlich nicht möglich, daß ein Mann und seine Kinder verhungerten. Hier war es nicht wie in der Heimat, wo man nicht einmal für Silber Nahrung kaufen konnte, weil es keine gab. O-lan sagte ruhig, als habe sie dieses Leben von jeher geführt:

»Wir, ich und die Kinder, können betteln gehen und der alte Mann auch. Seine weißen Haare werden manchen rühren, der mir nichts geben würde.«

Sie rief die beiden Knaben herbei, denn diese hatten nach Kinderart alles vergessen außer dem einen, daß sie wieder zu essen hatten und an einem fremden Ort waren, und sie liefen immer wieder auf die Straße, um alles anzustarren, was sich dort begab. Sie unterwies ihre Söhne:

»Jeder von euch nimmt eine Schale und hält sie hin – seht ihr, so – und schreit – so –«

Und sie ergriff ihre leere Schale und hielt sie vor sich hin und flehte jämmerlich:

»Habt ein Herz, guter Herr – habt ein Herz, gute Dame – habt ein gutes Herz – eine gute Tat für euer Leben im Himmel! Die kleine Münze – die Münze, die ihr achtlos wegwerft – stillt den Hunger eines armen Kindes!«

Die Knaben starrten sie an, und Wang Lung tat das gleiche. Wo hatte sie gelernt, so zu jammern? Wieviel steckte in dieser Frau, das er nicht kannte! Sie beantwortete seine stumme Frage:

»So bettelte ich, als ich ein Kind war, und so ernährte ich mich. In solch einem Jahre wurde ich als Sklavin verkauft.«

Nun erwachte der alte Mann, der geschlafen hatte. Sie gaben auch ihm eine Schale, und alle vier machten sich auf den Weg, um zu betteln. Die Frau begann zu jammern und ihre Schale jedem Vorübergehenden hinzuhalten. Sie barg das kleine Mädchen an ihrer entblößten Brust, und das Kind schlief; sein Köpfchen wakkelte hin und her, während sie mit der Schale in der ausgestreckten Hand umherlief.

Während sie auf das Kind an ihrem Busen deutete, schrie sie laut:

»Wenn ihr mir nichts gebt, guter Herr, gute Dame – stirbt dieses Kind – wir verhungern – wir verhungern –.« Und wirklich sah das Kind aus, als ob es tot sei, mit dem hin und her baumelnden Köpfchen. Und einige, wenn auch nur wenige, warfen widerwillig eine Scheidemünze hin.

Die Knaben aber begannen nach einer Weile, das Betteln als ein Spiel anzusehen, und der Ältere schämte sich und grinste blöde, während er bettelte, und als O-lan dies bemerkte, zog sie sie in die Hütte und gab ihnen rechts und links eine Ohrfeige, und sie schalt die Knaben voll Ärger:

»So! Ihr sprecht vom Verhungern und lacht dabei! So verhungert denn, ihr Narren!« Und sie schlug sie wieder und wieder, bis sie ihre Hände schmerzten und bis die Knaben zu schluchzen begannen. Da jagte sie sie mit den Worten auf die Straße:

»Jetzt könnt ihr betteln, wie es sich gehört! Und wenn ihr noch einmal lacht, so kriegt ihr wieder eure Schläge!«

Wang Lung hingegen suchte in den Straßen umher und fragte hier und dort, bis er die Stelle fand, wo Rikschas vermietet wurden; er mietete ein solches Gefährt auf einen Tag zum Preise von einem halben Silberdollar, der am Abend zu bezahlen war, und zerrte das Ding hinter sich her auf die Straße hinaus.

Wie er den wackeligen hölzernen Wagen auf seinen zwei Rädern hinter sich herzog, schien es ihm, als ob ihn jeder für einen Narren hielte. Er fühlte sich so linkisch zwischen den Deichseln wie ein Ochse, der zum erstenmal vor den Pflug gespannt wird, und er konnte sich kaum fortbewegen; und doch mußte er laufen, wenn er seinen Lebensunterhalt verdienen wollte, denn überall in den Straßen liefen die Männer, die in ihrer Rikscha andere Männer hinter sich herzogen. Er ging in eine enge Seitenstraße, in der es keine Läden, sondern nur geschlossene Türen von Wohnhäusern gab, und bewegte sich einige Male auf und ab, um sich an das Ding zu gewöhnen. Gerade als er sich verzweifelt sagte, daß es doch besser wäre, betteln zu gehen, öffnete sich eine Tür, und ein alter, bebrillter Mann in der Kleidung eines Gelehrten kam auf ihn zu und rief ihn an.

Wang Lung versuchte, dem Manne klarzumachen, daß er noch zu kurze Zeit seinen Beruf ausübe, aber der alte Mann war taub, und hörte nichts von dem, was Wang Lung ihm sagte, sondern stieg bedächtig ein, und sein gelehrtes Aussehen verbot Wang Lung, sich ihm zu widersetzen.

Steif dasitzend gebot der alte Mann:

»Fahre mich zum Tempel des Konfuzius!«

So blieb Wang Lung denn nichts übrig, als sich in Bewegung zu setzen, obgleich er keine Ahnung hatte, wo sich der Tempel des Konfuzius befand.

Unterwegs erkundigte er sich, und da die Straßen voll waren mit Verkäufern, die mit ihren Körben hin und her liefen, mit Frauen, die auf den Markt gingen, mit Wagen, die von Pferden gezogen wurden, und mit vielen Rikschas gleich der seinen und da alles dicht aneinandergedrängt durcheinanderwimmelte, so hatte er gar keine Möglichkeit zu laufen, sondern ging statt dessen, so rasch er konnte. Lange bevor er die Mauern des Tempels erreichte, schmerzten ihn die Arme, und seine Hände waren voll Blasen.

Als das Gefährt bei dem Tor des Tempels angelangt war, stieg der alte Gelehrte aus und zog aus den Tiefen seines Gewandes eine kleine Silbermünze, welche er Wang Lung mit den Worten überreichte:

»Mehr zahle ich niemals, und beklage dich nicht; es wäre zwecklos.« Sodann wandte er sich ab und ging in den Tempel.

Wang Lung aber hatte gar nicht daran gedacht, sich zu beklagen, denn er hatte eine solche Münze noch niemals gesehen, und er wußte nicht, wieviel Groschen er dafür erhalten würde. Er betrat einen nahe gelegenen Reisladen, in dem Geld gewechselt wurde, und der Wechsler gab ihm für die Münze sechsundzwanzig Groschen. Wang Lung war höchlich erstaunt, wie leicht man hier im Süden Geld verdienen konnte, aber ein anderer Rikschaläufer, der ihm zusah, als er das Geld zählte, sagte zu ihm:

»Nur sechsundzwanzig! Wie weit hast du den alten Esel gezogen?« Nachdem Wang Lung ihm Auskunft gegeben hatte, rief der Mann: »Welch kleinlicher alter Kerl, er gab dir nur die Hälfte dessen, was dir gebührt. Hast du denn nicht mit ihm gefeilscht, ehe du dich auf den Weg machtest?«

»O nein«, antwortete Wang Lung, »er sagte ›komm‹, und ich kam.«

»Seht euch nur diesen bezopften Bauerntölpel an!« rief er den Umstehenden zu. »Irgend jemand sagt ›komm‹, und er kommt und feilscht nicht ein bißchen. Diesem Sohn eines Narren fällt es gar nicht ein, zu fragen, ›wieviel willst du mir geben, wenn ich komme?‹ Merke dir, du Dummkopf, daß man nur weiße Fremde ohne Feilschen fahren kann, denn die sind solche Narren, daß sie von nichts den richtigen Preis kennen und das Silber wie Wasser aus ihrer Tasche rinnen lassen.« Und alle, die dem Manne zuhörten, lachten zustimmend.

Wang Lung schwieg beschämt. Er fühlte sich sehr klein und unwissend inmitten dieser Stadtleute und machte sich mit seinem Fahrzeug still davon. »Immerhin ist es genug, um morgen meine Kinder zu ernähren«, sagte er sich, aber dann fiel ihm ein, daß er am Abend die Miete für die Rikscha zahlen müsse und daß er noch nicht einmal die Hälfte des vereinbarten Mietpreises habe.

Während des Vormittags hatte er noch einen weiteren Fahrgast, und mit diesem feilschte er und machte einen Fahrpreis aus, und am Nachmittag riefen ihn noch zwei Stadtbewohner an. Als er am Abend sein Geld zählte, hatte er nur einen Groschen über den Mietpreis der Rikscha, und er ging in großer Bitterkeit zu seiner Hütte zurück, denn mit Arbeit, die schwerer war als die Arbeit eines Tages auf dem Felde, hatte er nur einen einzigen Kupfergroschen verdient. Mit einem Male überflutete ihn die Erinnerung an seine Erde. Während dieses ganzen seltsamen Tages hatte er nicht ein einziges Mal daran gedacht, jetzt aber erfüllte ihn der Gedanke an die Felder, die in weiter Ferne auf ihn warteten und ihm gehörten, mit Freude, und so kam er zu seiner Hütte.

Als er eintrat, fand er, daß O-lan mit des Tages Bettelarbeit vierzig kleine Scheidemünzen, im ganzen nicht einmal fünf Groschen, verdient hatte, während der ältere Knabe acht kleine Münzen und der jüngere dreizehn gesammelt hatte; alles zusammen reichte aus, um am nächsten Tag den Morgenreis zu bezahlen. Als er das Geld des kleineren Knaben zu dem anderen legen wollte, wehrte sich dieser, denn er hing an dem Gelde, das er erbettelt hatte, und er hielt es sogar während des Schlafens in der Hand und verlangte, daß er sich selbst seinen Reis dafür kaufen dürfe.

Der alte Mann aber hatte gar nichts eingenommen. Wohl saß er den ganzen Tag brav und gehorsam am Straßenrand, aber er bettelte nicht; er nickte ein, erwachte wieder und starrte neugierig auf das, was um ihn her vorging, und wenn er müde wurde, schlief er wieder ein. Da er aber alt war, so durfte man ihn nicht schelten. Als er sah, daß seine Hände leer waren, sagte er nur:

»Ich habe Land gepflügt, und ich habe Saat gesät, und ich habe Frucht geerntet, und so habe ich meinen Reisnapf gefüllt, und ich habe einen Sohn gezeugt, der wiederum Söhne gezeugt hat.«

Und er vertraute wie ein Kind darauf, daß man ihn füttern werde, hatte er doch einen Sohn und zwei Enkel.

XII

Als jedoch Wang Lungs erster Hunger gestillt war und als er sah, daß seine Kinder täglich satt wurden, hörte das neue Leben auf, für ihn seltsam und fremd zu sein, und er versuchte, sich mit der Stadt vertraut zu machen, an deren Saum er sich angesiedelt hatte. Da er den ganzen Tag in den Straßen umherlief, lernte er auch den ganzen Tag auf seine Art die Stadt kennen. Er begriff, daß die Leute, die am Morgen in sein Fahrzeug stiegen, die Märkte besuchten, wenn es Frauen waren, und die Schulen und Geschäftshäuser, wenn es Männer waren. Von den Schulen wußte er freilich nichts anderes zu ergründen als die Namen, etwa »Die große Schule der Gelehrsamkeit« oder »Die große Schule von China«, denn er kam niemals weiter als bis zu den Toren, und er wußte wohl, daß man ihn hinausgewiesen hätte, wenn er sich in das Innere vorgewagt hätte. Auch was für Geschäftshäuser es waren, zu denen er die Leute fuhr, wußte er nicht; er mußte sich damit zufriedengeben, daß man ihn am Eingang entlohnte. Und am Abend wußte er, daß er Männer zu großen Teehäusern und zu Stätten der Freude fuhr – der Freude, die offen ist und in die Straßen hinausströmt im Klang der Musik und im Geschrei derer, die da spielen mit elfenbeinernen Würfeln auf hölzernen Tischen – und der Freude, die geheim ist und stumm und verborgen hinter Mauern. Aber keine dieser Freuden lernte Wang Lung selber kennen, denn seine Füße überschritten keine Schwelle außer der seiner eigenen Hütte, und sein Weg endete stets an einem Tore. Er lebte in dieser reichen Stadt so fremd wie im Hause des reichen Mannes eine Ratte, die von weggeworfenen Krumen lebt, sich hier und dort verbirgt und keinen Teil hat an dem wirklichen Leben des Hauses.

So kam es, obgleich hundert Meilen nicht so weit sind wie tausend und der Landweg nie so weit wie der Wasserweg, daß Wang Lung und sein Weib und seine Kinder dennoch in dieser Stadt des Südens wie Fremde lebten. Gewiß, die Menschen, die die Straßen bevölkerten, hatten schwarzes Haar und schwarze Augen genauso wie Wang Lung und seine Familie, und man konnte das, was sie sprachen, verstehen, wenn auch schwer.

Aber Anhwei ist nicht Kiangsu. In Anhwei, wo Wang Lung geboren war, war die Sprache langsam und tief und strömte hervor aus der Kehle. Hingegen in der Stadt in Kiangsu, in der sie nun lebten, sprachen die Menschen in Silben, die von den Lippen splitterten und von den Enden ihrer Zungen. Und während Wang Lungs Felder zweimal des Jahres langsam und in Muße Weizen und Reis und ein wenig Korn und Bohnen und Knoblauch trugen, zwangen die Bauern rings um diese Stadt ihr Land mit Hilfe von übelriechendem Dünger dazu, neben dem Reis und dem Getreide viele Arten seltener Gemüse in Hast hervorzubringen.

In Wang Lungs Heimat nannte man es eine gute Mahlzeit, wenn man ein Brot aus gutem Weizenmehl hatte und ein wenig Knoblauch dazu, und man brauchte nicht mehr. Hier aber waren die Leute an Pasteten und Bambusschößlinge und geschmortes Huhn mit Kastanien gewöhnt, und wenn ein ehrlicher Mann kam, der nach Knoblauch roch, so rümpften sie die Nase und riefen: »Pfui, ein stinkender, bezopfter Kerl aus dem Norden!« Der Geruch des Knoblauchs war den Tuchhändlern ein Anlaß, den Preis des blauen Baumwollstoffes zu erhöhen, so als ob es sich um einen Fremden handelte. Die kleine Hüttensiedlung an der großen Mauer wurde in der Tat niemals zu einem Teil der Stadt, und einmal, als Wang Lung an der Ecke des Konfuziustempels, an der jeder reden darf, der den Mut dazu hat, einen jungen Mann sagen hörte, daß China eine Revolution haben und sein Haupt gegen den verhaßten Fremden erheben müsse, da war Wang Lung beunruhigt und schlich hinweg, denn er fühlte sich als der Fremde, gegen den der junge Mann mit soviel Eifer wetterte, und als er an einem andern Tag einen andern jungen Mann reden hörte – die Stadt war voll mit jungen Männern, die redeten –, daß das Volk von China sich zusammentun und an seiner Erziehung arbeiten müsse, da dachte Wang Lung gar nicht daran, daß dies auch ihn angehen könne.

Aber einmal, als er in der Straße der Seidenhändler nach einem Fahrgast Umschau hielt, erkannte Wang Lung, daß es Menschen gab, die noch fremder in dieser Stadt waren als er selbst. Aus einem der Läden kam plötzlich ein Geschöpf heraus, desgleichen er nie gesehen hatte. Er hatte keine Ahnung, ob es ein Mann oder eine Frau sei, aber es war groß und in ein enganliegendes schwarzes Gewand aus hartem Stoff gehüllt, und um seinen Hals hatte das Geschöpf das Fell eines toten Tigers geschlungen. Als er vorbeikam, gebot ihm das Geschöpf, ob es nun männlich oder weiblich war, in scharfem Ton, die Deichseln der Rikscha zu senken. Er tat, wie ihm geheißen, und als er wieder aufrecht stand, noch ganz verwirrt von dem, was ihm widerfahren war, befahl ihm das seltsame Wesen in schwer verständlichen Worten, nach der Straße der Brücken zu laufen. Wang Lung setzte sich eilig in Bewegung, und als er einem Berufsgefährten begegnete, den er flüchtig kannte, fragte er ihn:

»Sieh doch nur – was ist das, was ich da ziehe?«

Und der Mann rief entzückt:

»Eine Fremde – ein Weib aus dem Westen –, freue dich, du bist reich . . .!«

Wang Lung rannte so rasch, wie er konnte – aus Furcht vor dem fremdartigen Geschöpf hinter ihm, und als er die Straße der Brücke erreicht hatte, war er erschöpft und schweißbedeckt. Die Frau stieg aus und sagte:

»Du hättest dich nicht zu Tode laufen müssen!« und sie legte zwei Silberstücke in seine Hand, das Doppelte des üblichen Lohnes.

Jetzt erst wußte Wang Lung, daß es eine reiche Fremde war, noch fremder in dieser Stadt als er selbst, und daß die Menschen mit schwarzem Haar und schwarzen Augen dennoch von einer Art waren und die Menschen mit hellem Haar und hellen Augen von einer anderen Art, und von Stund an fühlte er sich nicht mehr völlig fremd in dieser Stadt.

Als er diesen Abend mit dem Silber, das er beiseite gelegt hatte, in die Hütte zurückkehrte, erzählte er O-lan sein Erlebnis, und sie sagte:

»Ich kenne diese Leute. Ich bettle sie immer an, denn nur diese werfen eher Silber als Kupfer in meine Schale.«

Aber sowohl Wang Lung als auch seine Frau fühlten, daß die Fremden nicht aus Gutherzigkeit Silber spendeten, sondern aus Unwissenheit, und weil sie nicht wußten, daß es passender ist, Bettlern Kupfer zu geben statt Silber.

Trotzdem lernte Wang Lung aus dieser Begegnung das, was die jungen Redner ihn nicht gelehrt hatten, nämlich, daß auch er zu dem Volke dieses Landes gehörte, zu dem Volk, das schwarzes Haar und schwarze Augen hatte.

Es schien, daß in dieser großen, geschäftigen, reichen Stadt Mangel an Nahrung unbekannt sein müsse. Wang Lung und seine Familie waren aus einer Gegend gekommen, in der die Menschen hungerten, weil keine Nahrung vorhanden war, wenn das Land unter einem erbarmungslosen Himmel keine Frucht trug. Silber in der Hand war in solchen Zeiten wenig wert, denn man konnte nichts damit kaufen, weil es nichts zu kaufen gab.

Diese Stadt hingegen strömte über von Lebensmitteln; die gepflasterten Straßen des Fischmarktes waren umsäumt von großen Körben voll großer, silberner Fische, mit Bottichen voll kleiner, buntglitzernder Fische, mit Haufen brauner, angstvoll umherkriechender Krebse, mit sich windenden Aalen für die Festtafel des Feinschmeckers. Auf den Getreidemärkten gab es Körbe voll Korn, so groß, daß ein Mensch darin untersinken und verschwinden konnte. Auch weißen und braunen Reis gab es dort und goldgelben Weizen und rotbraune und grüne Bohnen, kanariengelbe Hirse und grauen Sesam. Auf den Fleischmärkten waren ganze Schweine beim Halse aufgehängt, der Länge nach aufgeschlitzt, damit man das rote Fleisch und die dicke Schicht Fett sehen könne, und in den Geflügelläden hingen in langen Reihen braungebratene Enten, die langsam am Spieß gedreht wurden, und Gänse und Fasane und Federvieh jeglicher Art.

An Gemüsen wurde alles feilgeboten, was Menschenhand dem Erdboden entlocken konnte: purpurrote Rettiche und weiße, hohle Lotoswurzeln, grüne Kohlköpfe und Sellerie, braune Kastanien und wohlriechende Kresse. Nichts, was den menschlichen Appetit zu reizen vermochte, fehlte auf den Märkten dieser Stadt. In den Straßen wimmelte es von fliegenden Händlern, die Süßigkeiten und Früchte, leckere süße Kartoffeln, in mildem Öl gebräunt, und gezuckerte Reiskuchen zum Verkauf anboten. Die Kinder der Stadt liefen hinaus zu den Straßenverkäufern, die Hände voller Groschen, und sie kauften und aßen, bis ihre Haut glänzte von Zucker und Öl.

Ja, man mußte wirklich glauben, daß es in dieser Stadt keinen gäbe, der Hunger litt.

Und doch bildeten Wang Lung und seine Familie, wenn sie am Morgen mit ihren Näpfen und Speisestäbchen aus der Hütte kamen, nur eine kleine Gruppe in der langen Reihe von Menschen, die, fröstelnd in dünnen Kleidern, ankämpfend gegen den feuchten Wind vom Flusse, den öffentlichen Küchen zuwanderten, in denen man für einen Groschen einen Napf dünnen Reisbrei kaufen konnte. Und Wang Lungs harte Arbeit vor der Rikscha und O-lans unermüdliches Betteln brachten ihnen doch nicht genug ein, um jeden Tag Reis in ihrer eigenen Hütte kochen zu können. Wenn sie einen Groschen erübrigten, so erstanden sie ein wenig Kohl. Brennmaterial für den Herd, den O-lan aus zwei Ziegelsteinen gebaut hatte, mußten die Knaben von den Wagen stehlen, die hochbeladen mit Gras und Schilfrohr zu den Märkten fuhren. Zuweilen kam es vor, daß die Kinder von den Bauern erwischt und derb verprügelt wurden. Insbesondere geschah dies dem älteren Knaben, der schüchtern war und sich schämte, während der jüngere sich sehr geschickt dabei anstellte und es bald zu größerer Fertigkeit im Stehlen als im Betteln brachte.

O-lan machte sich darüber keine Sorgen. Wenn die Knaben nicht betteln konnten, ohne zu lachen und zu spielen, nun, so mochten sie denn stehlen, um ihren Magen zu füllen. Wang Lung aber, obgleich er ihr nicht widersprach, wurde das Herz schwer bei den Diebereien seiner Söhne, und er tadelte den älteren nicht, wenn er zu diesem Geschäft wenig anstellig war. Nein, Wang Lung liebte das Leben im Schatten der großen Mauer nicht; seine Felder warteten auf ihn.

Eines Abends kam er spät nach Hause und fand in dem dampfenden Kohl ein gutes Stück Schweinefleisch. Es war das erstemal, daß sie Fleisch zu essen hatten, seitdem sie ihren Ochsen geschlachtet hatten, und Wang Lungs Augen weiteten sich vor Erstaunen.

»Sicherlich hast du einen Fremden angebettelt«, sagte er zu O-lan. Sie schwieg, wie es ihre Gewohnheit war. Der jüngere Knabe aber, zu jung, um die Weisheit des Schweigens zu kennen, rief stolz: »Ich habe es genommen – mir gehört es, dieses Fleisch! Als der Metzger nach der anderen Seite blickte, nachdem er das Stück angeschnitten hatte, lief ich, unter dem Arm einer alten Frau verborgen, hinzu, packte das Stück Fleisch, rannte in eine Seitengasse und versteckte es in einem leeren Wasserkrug, bis mein älterer Bruder kam.«

»Nein, ich will von diesem Fleisch nicht essen!« schrie Wang Lung ergrimmt. »Wir wollen Fleisch essen, das wir kaufen oder erbetteln können, aber nicht solches, das wir stehlen. Bettler mögen wir sein, aber Diebe sind wir nicht.« Und er nahm das Fleisch aus dem Topfe und warf es auf den Fußboden und blieb ungerührt von dem Heulen des jüngeren Knaben.

Da trat O-lan hinzu, hob das Fleisch auf, wusch es ab und warf es wieder in das siedende Wasser.

»Fleisch ist Fleisch«, sagte sie ruhig.

Wang Lung schwieg, aber es schmerzte ihn sehr, daß seine Söhne in dieser Stadt zu Dieben wurden. Er sagte auch nichts, als O-lan das weichgekochte Fleisch mit ihren Eßstäbchen zerteilte, große Stücke davon dem alten Mann und den Knaben gab, sogar den Mund des kleinen Mädchens damit füllte und auch selbst davon aß. Er aber aß nicht von dem Fleisch, sondern begnügte sich mit Kohl, den er gekauft hatte. Als jedoch die Mahlzeit beendet war, führte er seinen jüngeren Sohn auf die Straße, und hinter einem Hause gab er dem Knaben kräftige Ohrfeigen, und er hielt damit nicht inne, sosehr der Junge auch jammerte und wehklagte.

»Da hast du ... da ... und da!« schrie er. »Das gebührt einem Dieb.«

Zu sich selber aber sagte er, als er den schluchzenden Knaben nach Hause führte:

»Wir müssen zurück zu unserer Erde.«

XIII

Diese Stadt des Reichtums und der Pracht war nicht frei von Armut, und inmitten dieser Armut lebte Wang Lung, und ein Tag war wie der andere. Während die Märkte überströmten von Lebensmitteln, während die Seidenhändler gleißende Fahnen von schwarzer, roter und orangenfarbener Seide über die Straßen wehen ließen, um ihre Ware anzupreisen, während reiche Männer, gekleidet in Seide und Samt, mit Händen, die weich und duftend waren wie Blumen, müßig einherschritten, gab es in dem Stadtteil, in dem Wang Lung wohnte, nicht genug Nahrung, um den grimmigen Hunger zu stillen, und nicht genug Kleider, um die Glieder zu verhüllen.

Männer schufteten den ganzen Tag, um Brot und Kuchen für die Gastmähler der Reichen zu backen, und Kinder arbeiteten von Sonnenaufgang bis Mitternacht und warfen sich schmierig, wie sie waren, zum Schlaf auf den Boden, und sie erhielten nicht Geld genug, um einen Laib des guten Brotes zu kaufen, welches sie für andere buken. Wieder andere Männer und Frauen machten schwere Pelze für den Winter und weiche, leichte Pelze für den Frühling und kostbare seidene Brokate, um jene zu kleiden, welche schwelgten in dem Überfluß der Märkte; sie selbst aber hatten Mühe, ein Stückchen groben, braunen Baumwollstoff zu erraffen, um ihre Blöße zu bedecken.

Während Wang Lung so inmitten derer lebte, die schufteten, damit die anderen prassen konnten, hörte er viele seltsame Dinge, denen er nur wenig Beachtung schenkte. Die älteren Männer und Frauen freilich trugen schweigend ihr Los; Graubärte zogen Rikschas, schoben hochbeladene Karren und keuchten unter schweren Lasten, bis die Muskeln an Armen und Rücken wie Taue hervortraten, aßen ihre dürftigen Speisen, schliefen den Schlaf ihrer kurzen Nächte und schwiegen. Ihre Gesichter waren wie das Gesicht O-lans, ausdruckslos, stumpf; niemand wußte, was sie dachten. Wenn sie sprachen, was selten geschah, so sprachen sie von ihrem Hunger und wie sie ihn stillen könnten, von dem kärglichen Kupfergeld, das sie verdienten. Selten kam das Wort Silber über ihre Lippen, denn selten war Silber in ihren Händen.

Wenn sie ruhten, so war ihr Antlitz verzerrt wie in Grimm, aber es war kein Grimm. Die allzu große Anstrengung Jahr um Jahr hatte ihre Oberlippe hinaufgezogen, so daß ihre Zähne entblößt waren wie in einem Grinsen, und sie hatte tiefe Furchen in das Fleisch um ihre Augen und ihren Mund gezeichnet. Sie selbst wußten nicht, was für Menschen sie waren. Einmal rief einer von ihnen, als er sein Gesicht in einem Spiegel sah: »Seht doch den häßlichen Gesellen!«, und als die andern schallend darüber lachten, verzog er schmerzlich den Mund, denn er wußte gar nicht, worüber jene lachten, und er blickte sich hastig um, weil er glaubte, er habe jemand beleidigt.

In den elenden Hütten, in denen sie lebten, wie Wang Lung in der seinen lebte, hausten sie in bedrängender Enge. Die Weiber, die fast immer schwanger waren, nähten Lumpen zusammen, um ihre Kinder dareinzuhüllen. Sie lungerten auf den Getreidemärkten umher, um eine Handvoll Reis zu stehlen, und während der Erntezeit folgten sie mit gierigem Vogelblick den Bauern, um jedes verlorene Körnchen zu erhaschen. Und in ihren Hütten wimmelte es von Kindern; sie wurden geboren und starben, und abermals wurden Kinder geboren, bis weder Vater noch Mutter wußten, wieviel ihrer waren, denn für ihre Eltern waren sie nichts anderes als Mäuler, die man füttern mußte.

Die Männer arbeiteten hart, um einige Groschen zu verdienen, die Frauen und Kinder bettelten und stahlen; es waren ihrer viele, und Wang Lung und sein Weib und seine Kinder waren unter ihnen.

Die alten Männer und die alten Frauen nahmen das Leben, wie es war. Aber es kam die Zeit, wo die Knaben aufhörten, Knaben zu sein, und doch noch keine Männer waren, und in dieser Zeit bemächtigte sich ihrer wachsende Unzufriedenheit. Unter diesen Jünglingen erhob sich ein Murren, böse und ergrimmt, und später, als sie in Wahrheit Männer geworden waren und geheiratet hatten, hatte sich der Grimm ihrer Jugend in ihr Herz eingefressen und wurde zur wilden Verzweiflung, zur Auflehnung, die zu gewaltig war, um an bloßen Worten Genüge zu finden; ihr ganzes Leben lang schufteten sie ärger als das Vieh um eine Handvoll Abfälle, die gerade genügte, um ihren Bauch zu füllen. Als Wang Lung eines Abends solchem Gerede lauschte, hörte er zum erstenmal, was auf der andern Seite der großen Mauer war, an der ihre Hütte klebte.

Es war am Abend eines jener Tage im späten Winter, an dem es zum erstenmal möglich erscheint, daß es wieder Frühling wird. Schmelzender Schnee bedeckte den Boden ringsumher und drang in die Hütten, so daß man in Eile einige Steine herbeischaffen mußte, um darauf zu schlafen. Es schlief sich schlecht auf der feuchten Erde, und eine milde Wärme war in der Luft, die Wang Lung ruhelos machte, so daß er nach dem Essen nicht sogleich einschlafen konnte, wie er es gewohnt war, sondern an den Straßenrand hinaustrat und dort müßig verweilte.

Hier kauerte, gegen die Mauer gelehnt, sein alter Vater. In der einen Hand hielt der Greis eine Schlinge aus Stoff, den O-lan von ihrem Gürtel gerissen hatte, und innerhalb dieser Schlinge schwankte das kleine Mädchen hin und her. Der Alte verbrachte seine Tage damit, das Kind zu hüten, das nicht mehr länger an der Brust der Mutter bleiben wollte, wenn diese betteln ging. Auch war O-lan wieder schwanger, und der Druck des Kindes an ihrer Brust war zu quälend geworden.

Wang Lung sah dem Kinde zu, wie es fiel und wieder emporkrabbelte und immer wieder fiel, während der alte Mann an den Enden der Schlinge zog, und wie er so dastand, fühlte er auf seinem Antlitz die Milde des Abendwindes, und in seinem Innern erwachte ein großes Verlangen nach seinen Feldern.

»An einem solchen Tag«, sagte er laut zu seinem Vater, »sollten die Felder umgeackert und der Weizen gesät werden.«

»Ich verstehe dich«, sprach der alte Mann ruhig, »zweimal und abermals zweimal mußte ich in meiner Zeit das tun, was wir in diesem Jahre taten; die Felder mußte ich verlassen, im Bewußtsein, daß keine Saat in ihnen war für die neue Ernte.«

»Aber jedesmal bist du zurückgekehrt, mein Vater?«

»Um der Erde willen«, sagte der alte Mann.

Ja, sie würden zurückkehren; wenn nicht in diesem Jahre, dann im nächsten, sprach Wang Lung zu seinem eigenen Herzen. Der Gedanke an seine Felder, die auf ihn warteten, getränkt von dem Frühlingsregen, erfüllte ihn mit Sehnsucht. Er ging in die Hütte zurück und sagte zu seinem Weibe:

»Wenn ich etwas zu verkaufen hätte, so würde ich es verkaufen und zu meinen Feldern zurückkehren. Wäre es nicht um des Alten willen, so könnten wir zu Fuß wandern, selbst wenn wir hungern müßten. Aber wie kann er hundert Meilen wandern? Und das kleine Kind? Und du mit deiner Bürde?«

»Wir haben nichts zu verkaufen als das Mädchen«, antwortete sie langsam.

Wang Lungs Atem stockte.

»Nein, das Kind verkaufe ich nicht«, sagte er rasch.

»Auch ich wurde verkauft, an ein großes Haus wurde ich verkauft, damit meine Eltern in ihre Heimat zurückkehren konnten.«

»Würdest du das Kind verkaufen?«

»Wenn ich allein wäre, so würde ich es lieber tot sehen als verkaufen ... das Leben einer Sklavin ist bitter. Aber ein totes Kind bringt kein Geld ein. Um deinetwillen würde ich das Mädchen verkaufen – damit du zu deinem Lande zurückkehren kannst.«

»Niemals«, widersprach Wang Lung entschieden. »Nicht einmal, wenn ich mein ganzes Leben in dieser Wildnis verbringen müßte.«

Aber als er wieder hinausgegangen war, lockte ihn der Gedanke, der ihm von selbst niemals gekommen wäre. Er blickte das kleine Mädchen an. Durch die tägliche Nahrung war es kräftig geworden trotz der geringen Pflege, die es erhielt. Seine Lippen, welche welk gewesen waren wie die eines alten Weibes, waren jetzt rot und blühend, und wie in den alten Tagen wurde es fröhlich und lächelte, als er es anblickte.

Wang Lung verfiel in Grübeln. Vielleicht hätte er es übers Herz gebracht, wenn das Kind nicht damals an seiner Brust gelegen wäre und so gelächelt hätte wie jetzt.

Dann fiel ihm wieder sein Land ein, und er rief inbrünstig:

»Soll ich denn meine Erde niemals wiedersehen? Mit all unserer Arbeit und all unserem Betteln werden wir niemals mehr verdienen als das, was wir für einen Tag brauchen.«

Da ertönte eine tiefe Stimme aus der Dunkelheit:

»Du bist nicht der einzige. Hunderte und Hunderte wie du gibt es in dieser Stadt.«

Der Mann, der so gesprochen hatte, trat, eine kurze Bambuspfeife rauchend, näher. Er war das Oberhaupt der Familie, die in einer der nächsten Hütten lebte. Selten sah man diesen Mann bei Tageslicht, denn seine Arbeit bestand darin, des Nachts große, schwere, mit Waren beladene Karren zu ziehen, die in der Zeit des lebhaften Verkehrs zuviel Platz beansprucht hätten. Während des Tages aber schlief er. Im Morgengrauen, wenn Wang Lung an seine Arbeit ging, sah er diesen Mann zuweilen, wie er keuchend und erschöpft heimkehrte.

»Werden wir ewig hierbleiben müssen?« fragte Wang Lung bitter. Der Mann sog bedächtig an seiner Pfeife; dann spuckte er auf den Boden und erwiderte:

»Nein, nicht ewig. Wenn die Reichen zu reich sind, gibt es Wege, und wenn die Armen zu arm sind, gibt es Wege. Vergangenen Winter haben wir zwei Mädchen verkauft, und in diesem Winter werden wir, wenn das Kind, das meine Frau im Leibe trägt, ein Mädchen ist, es wieder verkaufen. Ein Mädchen haben wir behalten – das erste. Die andern verkauft man besser, statt sie zu töten, obgleich manche es vorziehen, sie zu töten, bevor sie zu atmen beginnen. Das ist einer der Wege, wenn die Armen zu arm sind. Auch wenn die Reichen zu reich sind, gibt es einen Weg, und wenn ich mich nicht irre, werden wir diesen Weg bald gehen.« Er nickte und wies mit dem Stiel seiner Pfeife auf die große Mauer. »Hast du schon einmal hinter diese Mauer geblickt?«

Wang Lung schüttelte verwundert den Kopf. Der Mann fuhr fort: »Ich habe gesehen, was hinter dieser Mauer ist. Du würdest es nicht glauben, wie das Geld in diesem Hause kommt und geht. Das eine will ich dir sagen – sogar die Diener essen dort mit Stäbchen aus Elfenbein und Silber, und selbst die Sklavinnen hängen Jade an ihre Ohren und nähen Perlen auf ihre Schuhe. Und wenn die Schuhe ein bißchen schmutzig geworden sind oder einen kleinen Riß haben, so werfen sie sie weg samt Perlen und allem.«

Der Mann sog heftig an seiner Pfeife, und Wang Lung hörte mit offenem Munde zu. Jenseits dieser Mauer gab es also wahrhaftig solche Dinge!

»Es gibt einen Weg, wenn Menschen zu reich sind«, wiederholte der Mann und schwieg eine Weile. Dann sagte er gleichgültig, als habe er gar nichts erzählt: »Jetzt an die Arbeit«, und war im Dunkel verschwunden.

Wang Lung aber konnte in dieser Nacht nicht mehr einschlafen vor lauter Denken an das Silber und die Perlen jenseits der Mauer, gegen die sein Körper lehnte, sein Körper, der Tag und Nacht in das gleiche Gewand gehüllt war, weil keine Decken da waren, um ihn zu wärmen. Und die Versuchung, das Kind zu verkaufen, schlich in sein Herz, und er sagte zu sich selbst:

»Vielleicht wäre es besser, das Kind in ein reiches Haus zu verkaufen, in dem es leckere Speisen essen und Schmuck tragen kann; vielleicht wird es schön werden und einem großen Herrn gefallen«, und weiter grübelte er: »Wenn wir auch genug für das Mädchen erhalten würden, um heimzukehren, woher sollen wir das Geld nehmen, um uns wieder einen Ochsen und einen Tisch und Betten zu kaufen?

Soll ich meine Kinder verkaufen, um dort zu hungern statt hier? Wir haben nicht einmal Samen, um unser Land zu bebauen.«

Und er sah nicht den Weg, von dem der Mann gesprochen hatte, als er sagte: »Es gibt einen Weg, wenn die Reichen zu reich sind.«

XIV

Es war Frühling geworden. Aus den Hütten strömten jeden Morgen Scharen zerlumpter Frauen und Kinder mit abgenützten Messern und scharfen Steinen und mit Körben aus geflochtenen Bambuszweigen, um auf den Wiesen und längs der Landstraßen Kräuter zu sammeln, eine Nahrung, die nichts kostete und um die man nicht zu betteln brauchte. Und inmitten dieses Schwarmes waren O-lan und die beiden Knaben.

Männer aber müssen arbeiten, und Wang Lung arbeitete weiter wie bisher, obgleich die länger werdenden warmen Tage, der Sonnenschein und die jähen Regenschauer jeden mit Unruhe und Verlangen erfüllten. Im Winter hatten sie schweigend gearbeitet und gleichmütig den Schnee und das Eis unter den nur mit dünnen Strohsandalen bekleideten Füßen erduldet. Im Abenddämmer waren sie in ihre Hütten zurückgekehrt, hatten wortlos ihr karges Mahl verzehrt und sich dann zum Schlaf auf den Boden geworfen, Männer, Frauen und Kinder zusammen. So war es in Wang Lungs Hütte gewesen und nicht anders in den Hütten ringsumher.

Der Frühling aber machte die Menschen gesprächig. Im abendlichen Zwielicht kamen sie außerhalb der Hütten zusammen und redeten miteinander, und Wang Lung sah mancherlei von den Menschen, die um ihn herum lebten. Wäre O-lan redseliger gewesen, so hätte er zum Beispiel von einem erfahren können, der seine Frau schlug, von einem anderen, an dessen Gesicht die Lepra zehrte, und von einem dritten, der Anführer einer Diebesbande war. O-lan aber war schweigsam; selten nur fragte sie etwas oder gab Antwort auf Fragen, die Wang Lung an sie richtete. Zuweilen jedoch trat er schüchtern in den Kreis der Redenden und lauschte ihren Worten.

Die meisten dieser in Lumpen gehüllten Männer besaßen nichts als das, was ihnen des Tages Arbeit einbrachte, und Wang Lung war sich immer bewußt, daß er nicht zu ihnen gehörte. Er gehörte zu der Erde, die sein war, und er konnte nicht wahrhaft leben, solange er nicht die Erde unter seinen Füßen spürte und hinter dem Pflug einherschritt. Er blieb stets ein wenig abseits von den anderen, denn tief in seinem Herzen lebte das Wissen um den Besitz seines Landes, des guten Weizenlandes seiner Väter und des Streifen fruchtbaren Reislandes, das er von dem großen Haus gekauft hatte.

Immer sprachen diese Männer von Geld; wieviel sie für eine Elle Tuch bezahlt hatten und wieviel Groschen für einen Fisch und wieviel sie in einem Tag verdienen konnten; zum Schluß aber überlegten sie stets, was sie tun würden, wenn sie das Geld besäßen, welches der Mann jenseits der Mauer in seinen Truhen hatte. Abend für Abend endete das Gespräch auf diese Art:

»Wenn ich das Geld hätte, das er besitzt, und das Silber, das er immer in seinem Gürtel mit sich herumträgt, und wenn ich die Perlen hätte, die seine Konkubinen tragen, und die Rubine, die seine Frau trägt . . .«

Und so hörte Wang Lung immer wieder und wieder, welche Lekkerbissen sie essen würden, die sie noch nie gekostet hatten, in welchem Teehaus sie spielen und welche schöne Frauen sie zur Befriedigung ihrer Sinnenlust kaufen würden und vor allem, daß keiner von ihnen jemals arbeiten würde, geradeso wie die reichen Männer jenseits der Mauer niemals arbeiteten.

Einmal aber rief Wang Lung plötzlich:

»Wenn ich das Gold und Silber und die Juwelen hätte, so würde ich Land dafür kaufen, gutes Land, und die Frucht dieses Landes ernten!«

Da fielen sie alle mit groben Worten über ihn her: »Du bist fürwahr ein bezopfter, dummer Bauer, der von dem Stadtleben und vom rechten Gebrauch des Geldes nichts versteht. Du wärest wahrhaftig imstande, wie ein Sklave hinter einem Ochsen oder einem Esel zu arbeiten!« Und jeder einzelne von ihnen fühlte, daß er des Reichtums würdiger sei als Wang Lung.

Der aber ließ sich durch die Verachtung nicht beirren. Nur sagte er von nun an leise zu sich selbst, statt zu den anderen:

»Und dennoch würde ich das Gold und das Silber und die Juwelen in gutes, fettes Land stecken.« Bei diesem Gedanken wurde sein Verlangen nach dem Land, das er bereits besaß, immer stärker.

So besessen war er von der Sehnsucht nach seiner Erde, daß er die Dinge, die jeden Tag in der Stadt um ihn herum vorgingen, nur wie in einem Traume sah. Er nahm all das Seltsame hin, ohne viel zu fragen. Da war zum Beispiel das Papier, welches Männer hie und da Vorübergehenden in die Hand drückten, zuweilen sogar ihm selbst.

Nun hatte Wang Lung weder in seiner Jugend noch später die Bedeutung von Schriftzeichen auf Papier verstehen gelernt. Zweimal hatte man ihm schon solche Papiere gegeben.

Das erstemal war es ein Fremder, ein hochgewachsener, hagerer Mann. Dieser Mann hatte Augen, die blau waren wie Eis, und ein behaartes Gesicht. Und als er Wang Lung das Papier gab, bemerkte dieser, daß auch die Hände des Fremden behaart waren. Außerdem hatte er eine gewaltig große Nase, die Wang Lung solchen Schrecken einjagte, daß er zwar Angst hatte, aus den Händen des Fremden etwas entgegenzunehmen, aber noch mehr Angst, das Papier zurückzuweisen. Aber erst nachdem der Fremde sich entfernt hatte, wagte Wang Lung es anzusehen, und er bemerkte darauf das Bild eines weißen Mannes, der an einem Kreuze hing. Der Mann war nackt bis auf ein Lendentuch, und allem Anschein nach war er tot, denn sein Kopf hing über die Schulter herab, und die Augen in dem bärtigen Gesicht waren geschlossen. Wang Lung blickte auf den gemalten Mann mit Furcht, aber auch mit Neugierde. Unter dem Bild standen Schriftzeichen, aber die verstand er nicht.

Er brachte das Bild am Abend mit nach Hause und zeigte es seinem Vater. Aber auch der konnte nicht lesen, und sie sprachen darüber, was das Bild bedeuten könne. Die zwei Knaben, die zugehört hatten, riefen, zwischen Entzücken und Grauen hin und her gerissen:

»Seht nur, wie das Blut aus seiner Seite strömt!«

Und der Alte meinte:

»Sicherlich ist er ein sehr böser Mann, sonst wäre es ihm nicht so schlimm ergangen!«

Wang Lung aber hatte Angst vor dem Bild und sann darüber nach, weshalb der Fremde es ihm wohl gegeben haben könne, ob es nicht am Ende ein Bruder des Fremden sei, dem so übel mitgespielt wurde und der nun gerächt werden solle. Er mied daher die Straße, in der er dem Manne begegnet war, und nach einigen Tagen, als das Bild vergessen war, steckte O-lan es zusammen mit anderen Papieren in einen Schuh, um die Sohlen zu verstärken.

Der nächste aber, der Wang Lung ein solches Papier gab, war ein Mann aus der Stadt, ein wohlgekleideter junger Mann, der laut redete, während er die Blätter an die Vorübergehenden verteilte. Auch auf diesem Papier war ein Bild von Blut und Tod, aber der Mann, der starb, war diesmal nicht weiß und behaart, sondern ein Mensch wie Wang Lung selbst, ein gewöhnlicher Geselle, klein und gelb, mit schwarzen Haaren und Augen, und er war in zerlumpte, blaue Kleider gehüllt. Auf der toten Gestalt stand ein dicker Kerl, er stach auf den Toten immer wieder mit einem langen Messer ein. Es war ein jammervoller Anblick, Wang Lung starrte auf das Bild und wünschte, etwas von den Schriftzeichen, die darunter standen, zu verstehen. Er wendete sich an den Nebenstehenden und fragte:

»Kennst du vielleicht einige Zeichen, so daß du mir die Bedeutung dieses schrecklichen Bildes erklären kannst?«

Der Mann antwortete:

»Sei still und lausche auf den jungen Lehrer, er erläutert uns alles.«

So lauschte Wang Lung denn und hörte etwas, was er noch nie zuvor gehört hatte.

»Der tote Mann seid ihr selbst«, verkündete der junge Lehrer, »und der Mörder, der noch auf euch einsticht, wenn ihr schon tot seid, ohne es zu beachten, stellt den Reichen und den Kapitalisten dar. Ihr seid arm und unterdrückt, weil der Reiche alles an sich rafft.«

Nun wußte Wang Lung sehr wohl, daß er arm war, weil der Himmel keinen Regen sandte. Wenn es Regen und Sonne im richtigen Verhältnis gab, so daß die Saat sprießen konnte und die Halme Frucht trugen, so war er nicht arm. Er hörte neugierig zu, was wohl der reiche Mann damit zu tun habe, daß der Himmel es nicht regnen ließ. Und schließlich, als der junge Mann immer weitergeredet und noch immer nichts über diesen Punkt gesagt hatte, faßte sich Wang Lung ein Herz und fragte:

»Sagt, gelehrter Herr, kann der Reiche, der uns bedrückt, es regnen lassen, so daß ich auf meinem Lande arbeiten kann?«

Da wandte sich ihm der junge Mann verachtungsvoll zu und antwortete:

»Wie unwissend du bist, du, der du deine Haare noch in einem langen Zopf trägst. Niemand kann es regnen lassen, wenn der Himmel es nicht will. Aber was tut das zur Sache? Wenn die Reichen das, was sie besitzen, mit uns teilten, so wäre es gleichgültig, ob es regnet oder nicht, denn wir würden alle Gold und Nahrung haben.«

Da erhob sich ein großes Geschrei unter denen, die zuhörten, aber Wang Lung schlich unbefriedigt weg. Gold und Nahrung wird aufgebraucht und ist nicht mehr da, dachte er, und wenn Sonne und Regen nicht im richtigen Verhältnis zueinander stehen, so kommt der Hunger von neuem. Immerhin hatte er das Papier, welches der junge Mann ihm gegeben hatte, willig angenommen, denn es fiel ihm ein, daß O-lan niemals genug Papier für die Schuhsohlen hatte, und er gab es ihr, als er nach Hause kam, und sagte:

»Hier hast du etwas für die Schuhsohlen«, und er arbeitete wie bisher.

Aber unter den Männern in den Hütten, mit denen er des Abends sprach, waren viele, die eifrig den Worten dieses jungen Mannes lauschten, und um so eifriger, als sie wußten, daß jenseits der Mauer ein reicher Mann wohnte und zwischen ihnen und seinen Reichtümern nur diese dünne Schicht von Ziegelsteinen lag. Ein paar Hiebe mit einer kräftigen Stange, gleich der, auf welcher sie ihre schwere Bürde trugen, würden genügen, um dieses Hindernis hinwegzuräumen.

Und zu dem Gefühl der Unruhe, das der Frühling mit sich brachte, gesellte sich nun die neue Unzufriedenheit, die der junge Mann und andere seiner Art in die Gemüter träufelten: der Gedanke an den ungerechten Besitz jener, die hatten, was die Armen nicht hatten. Tag für Tag grübelten sie über diese Dinge und sprachen darüber in der Abenddämmerung, und in die Herzen der Jungen und der Starken ergoß sich eine Flut des Begehrens, wild und dräuend wie die Flut des Stromes, der geschwellt war von dem Schnee des Winters. Obgleich Wang Lung all dies sah und hörte und der Grimm der anderen sein Herz mit seltsamem Unbehagen erfüllte, verlangte er nur nach diesem: wieder sein Land unter den Füßen zu spüren.

Bald darauf sah Wang Lung etwas anderes, dessen Sinn er nicht begriff. Als er eines Tages seine Rikscha durch eine Straße zog und sich nach einem Gast umsah, bemerkte er, daß eine kleine Schar bewaffneter Soldaten einen Mann festnahm und ihm, als er sich wehrte, mit gezückten Messern vor dem Gesicht herumfuchtelten. Ehe Wang Lung sich noch von seinem Erstaunen erholt hatte, erging es einem andern Mann ebenso und dann noch einem, und es fiel ihm auf, daß alle, welche ergriffen und fortgeschleppt wurden, einfache Leute waren, die von ihrer Hände Arbeit lebten.

Während er so dastand und verwundert dreinblickte, bemächtigten sich die Soldaten wieder eines Menschen, und zwar des Mannes, den er kannte und der in der Hütte lebte, die neben der seinen lag.

Es war offenbar, daß alle diese Leute ebensowenig wie Wang Lung selbst wußten, warum ihnen dies geschah. Da zog Wang Lung seine Rikscha in eine Seitengasse, ließ sie stehen, schlüpfte in einen Laden, in dem heißes Wasser feilgehalten wurde, und versteckte sich hinter den hohen Kesseln, denn er fürchtete, der nächste zu sein. Dann fragte er den Inhaber des Ladens, was dies alles zu bedeuten habe, und der Mann, der alt war und dessen Gesicht durch den heißen Wasserdampf, der aus den Kupferkesseln strömte, faltig geworden war, antwortete gleichgültig:

»Es ist wieder einmal irgendwo Krieg. Wer weiß, was das ewige Kriegführen zu bedeuten hat! Es ist immer so gewesen seit meiner Jugendzeit, und es wird auch noch so sein, wenn ich einmal tot bin.«

»Aber warum haben sie meinen Nachbarn ergriffen, der so unschuldig ist wie ich selbst, der ich von diesem neuen Krieg überhaupt nichts gehört habe?« fragte Wang Lung bestürzt. Der Alte klapperte mit den Deckeln seiner Kessel und antwortete:

»Diese Soldaten ziehen irgendwohin in die Schlacht, und sie brauchen Träger für ihr Bettzeug und für ihre Gewehre und für ihre Munition, deshalb brauchen sie Arbeiter und zwingen sie zu diesem Dienst. Aber woher stammst du denn eigentlich? Das ist doch nichts Neues in dieser Stadt!«

»Und was ...«, stammelte Wang Lung atemlos, »was für einen Lohn ... was für ein Entgelt ...?«

Der Wasserverkäufer aber war sehr alt, und nichts kümmerte ihn sonderlich außer seinen Kesseln, und er antwortete leichthin:

»Lohn gibt es nicht, nur ein paar Bissen trockenes Brot im Tag und eine Wassersuppe, und wenn die Truppen am Ziel sind, darfst du heimgehen, falls dich deine zwei Beine noch tragen.«

»Und die Familien dieser Männer ...«, flüsterte Wang Lung bestürzt.

»Wer kümmert sich um die!« sagte der alte Mann wegwerfend und blickte unter den hölzernen Deckel des nächststehenden Kessels, um nachzusehen, ob das Wasser schon brodle. Eine Dampfwolke hüllte ihn ein, und sein faltiges Gesicht war kaum sichtbar. Aber er war ein gutherziger Mann, und da er bemerkt hatte, daß die Soldaten aufs neue die inzwischen menschenleer gewordene Straße durchsuchten, winkte er Wang Lung, sich flach auf den Boden zu werfen. Das tat Wang Lung und kam erst wieder hervor, als die Soldaten vorbeigezogen waren.

In seine Hütte zurückgekehrt, berichtete er O-lan atemlos, was in der Stadt vorgehe und daß er sich nur mit Mühe gerettet habe. Während des Sprechens kam ihm die Größe der Gefahr erst so recht zu Bewußtsein – er sah seinen alten Vater und seine Familie verhungert, sich selbst aber als blutigen Leichnam auf einem Schlachtfeld, und Furcht packte ihn, daß er nie wieder sein eigenes Land sehen könne. Verstört blickte er O-lan an und gestand:

»Nun will es auch mir scheinen, es sei besser, die kleine Sklavin zu verkaufen und in die Heimat zurückzukehren.«

Sie überlegte eine Weile und meinte dann bedächtig:

»Warte noch einige Tage. Seltsames Gerede geht in der Stadt um.«

Wang Lung traute sich bei Tag nicht mehr auf die Straße, sondern beauftragte den älteren Knaben, die Rikscha dem Vermieter zurückzubringen. Als es dunkel wurde, ging er zu den Handelshäusern, und um die Hälfte seines bisherigen Verdienstes zog er während der ganzen Nacht große, mit Kisten beladene Wagen. So schwer waren diese Wagen, daß es der angestrengten Arbeit von zwölf Männern bedurfte, um sie von der Stelle zu bringen. Die Kisten waren gefüllt mit Seide und Baumwollwaren und mit Tabak, dessen Wohlgeruch durch das Holz der Kisten strömte; auch große Krüge voll Öl und Wein gab es auf diesen Wagen. Die ganze Nacht hindurch mühte er sich an den Seilen; sein nackter Körper dampfte vor Schweiß, seine nackten Füße glitten auf dem Pflaster aus, das durch die feuchte

Nachtluft naß und schlüpfrig geworden war. Um den Männern den Weg zu zeigen, lief vor dem Wagen ein kleiner Knabe mit einer lodernden Fackel einher, in deren Schein die Körper der Männer und die nassen Steine in gleichem Glanze aufleuchteten. Vor dem Morgengrauen kehrte Wang Lung heim, nach Atem ringend und zu erschöpft, um Nahrung zu sich zu nehmen, ehe er geschlafen hatte. Am hellen Tag aber, wenn die Soldaten die Straßen durchsuchten, schlief er in der hintersten Ecke der Hütte, verborgen hinter hoch aufgeschichtetem Stroh.

Welche Schlacht geschlagen wurde und wer sie schlug, wußte Wang Lung nicht. Aber während es vollends Frühling wurde, erfüllten Unruhe und Furcht die Stadt. Vom Morgen bis zum Abend brachten mit Pferden bespannte Wagen reiche Männer samt ihrer reichen Habe und schöne Frauen mit ihren Juwelen an das rechte Ufer des Stromes, wo Schiffe sie erwarteten, um sie in andere Städte zu führen. Manche gingen auch zu dem Haus, in dem Feuerwagen ein und aus fuhren. Die beiden Knaben wagten sich auf die Straße und kehrten mit glänzenden Augen in die Hütte zurück, und sie berichteten:

»Diesen haben wir gesehen und jenen, auch einen Mann, der fett war und greulich anzusehen wie ein Gott in einem Tempel, und sein Leib war bedeckt mit vielen Ellen gelber Seide, und an seinem Daumen hatte er einen großen goldenen Ring mit einem großen grünen Stein, und sein Fleisch glänzte vor Sattheit.«

Ein anderes Mal erzählten sie:

»Viele Kisten haben wir gesehen, und als wir fragten, was darin sei, sagte einer: ›Gold und Silber ist darin, aber die Reichen können nicht alles, was sie besitzen, mit sich nehmen, und eines Tages wird alles uns gehören!‹ Was hat er damit sagen wollen, mein Vater?«

Wang Lung antwortete nur:

»Wie kann ich wissen, was ein müßiger Kerl damit meint?«

Aber der Junge schlug vor:

»Eigentlich sollten wir gleich gehen und uns die guten Sachen holen, da sie ja doch uns gehören. Ich möchte gar zu gerne wissen, wie Kuchen schmeckt. Noch nie habe ich einen süßen Sesamkuchen gegessen.«

Da blickte der alte Mann aus seinen Träumen auf und murmelte vor sich hin: »Wenn wir eine gute Ernte hatten, so gab es solche Kuchen zum Herbstfeste.«

Und Wang Lung erinnerte sich an die Kuchen, die O-lan einstmals zum Neujahrsfest gebacken hatte, Kuchen aus Reismehl und Zucker, und sein Mund wässerte ihm, und sein Herz schwoll vor Sehnsucht nach dem, was vergangen war.

»Wenn wir nur wieder daheim wären«, murmelte er. Denn es schien ihm plötzlich, als könne er nicht einen einzigen Tag länger in dieser elenden Hütte verbringen, in der er sich nicht einmal recht ausstrecken konnte, und es war ihm, als ob er nicht eine einzige Nacht länger die Seile ertragen könnte, die sich in sein Fleisch schnitten, wenn er den Wagen über das nasse Pflaster zog. Er kannte jeden einzelnen Stein und betrachtete ihn als einen persönlichen Feind, und es gab Augenblicke in den dunklen Nächten, wenn es regnete und die Straßen noch schlüpfriger als sonst waren, da der ganze Haß seines Herzens gegen die Steine zu seinen Füßen gerichtet war, diese Steine, die an seinen Füßen zu kleben schienen.

»Oh, das schöne Land!« schrie er jäh auf. Und er begann zu weinen, so daß die Kinder sich fürchteten und der alte Mann seinen Sohn bestürzt ansah und das Gesicht unter seinem dünnen Bart hin und her zuckte, wie das Gesicht eines Kindes zuckt, wenn es seine Mutter weinen sieht.

Und wieder war es O-lan, die still und unbewegt zu ihm sprach:

»Eine kurze Weile noch, und wir werden etwas erleben. Überall spricht man von dem, was kommen wird.«

In seiner Hütte, in der er versteckt lag, hörte Wang Lung Stunde um Stunde das gleichmäßige Geräusch schreitender Füße. Es waren die Füße der Soldaten, die in die Schlacht marschierten. Wenn er zuweilen wagte, das Stroh ein wenig beiseite zu schieben und hinauszuspähen, so sah er sie auch, diese vorüberschreitenden Füße und die ledernen Schuhe und die in Tuch gehüllten Beine darüber, Paar um Paar ... Paar um Paar, Hunderte und abermals Hunderte. In der Nacht, wenn er an seiner Last schleppte, sah er die Gesichter der Soldaten im Licht der flammenden Fackel aufscheinen. Er wagte es nicht, Fragen zu stellen, sondern arbeitete schweigend, aß hastig seinen Reis und verbrachte den Tag hinter seinem Strohhaufen in unruhigem Schlaf. Keiner sprach zu dem andern in diesen Tagen. Furcht hatte die Stadt gepackt, und jeder tat eilig, was er zu tun hatte, ging eilig nach Haus und schloß die Tür. Bei den Hütten gab es kein müßiges Geschwätz in der Abenddämmerung mehr. Auf den Märkten gab es keine Lebensmittel mehr. Auch die Seidenläden trugen nun keine bunten Fahnen mehr und waren mit festen Brettern vernagelt, und wenn man in diesen Tagen um die Mittagsstunde durch die Stadt ging, so war es, als ob alle Leute schliefen.

Überall flüsterte man, daß der Feind herannahe, und alle, die etwas besaßen, hatten Angst. Wang Lung hatte keine Angst vor dem Feinde, den er nicht kannte, denn schlimmer, als es jetzt war, konnte es nicht mehr werden.

Dann kam ein Tag, an dem die Herren der Handelshäuser den Arbeitern, die die Lasten zum Ufer zogen, erklärten, daß sie nicht mehr zu kommen brauchten, da es keinen mehr gäbe, der etwas kaufe oder verkaufe. So blieb denn Wang Lung Tag und Nacht müßig in seiner Hütte. Zuerst war er froh darüber, denn es schien ihm, als könne sein Körper gar nicht genug Ruhe haben, und er schlief wie ein Toter. Aber wenn er nicht arbeitete, so verdiente er auch nicht, und in wenigen kurzen Tagen waren die paar zurückgelegten Groschen aufgebraucht; um das Unglück vollzumachen, schlossen auch die öffentlichen Küchen ihre Tore, denn die, welche für die Armen gesorgt hatten, zogen sich in ihre Häuser zurück und schlossen die Tore. Keine Nahrung gab es und keine Arbeit, und niemand zeigte sich auf den Straßen, den man hätte anbetteln können.

Da nahm Wang Lung das kleine Mädchen in seine Arme, blickte es an und sprach leise zu ihm:

»Du Närrchen, möchtest du in ein großes Haus gehen, in dem es Essen und Trinken gibt und in dem du eine schöne Jacke haben wirst für deinen kleinen Leib?«

Das Kind verstand nichts von dem, was er sagte, aber es lächelte und hob sein Händchen, um verwundert nach des Vaters seltsam schimmernden Augen zu greifen.

Dies konnte er nicht ertragen, und er rief der Frau zu:

»Sag mir, ob du in dem großen Haus geschlagen wurdest?« Sie antwortete finster: »Jeden Tag wurde ich geschlagen.«

»Wurdest du mit einem Gürtel aus Stoff geschlagen oder mit einem Bambusstab?«

In der gleichen, leblosen Weise antwortete sie:

»Ich wurde mit einem Lederriemen geschlagen, der an der Küchenwand hing.«

Er erkannte wohl, daß sie seine Gedanken erriet, aber noch einmal schöpfte er Hoffnung und fragte:

»Dieses unser Kind ist schon jetzt ein hübsches Mädchen, sage mir, wurden die hübschen Sklavinnen auch geschlagen?«

Und sie entgegnete gleichmütig:

»Auch diese wurden geschlagen oder zum Bett eines Mannes geschleppt, wie man gerade Lust hatte. Und nicht nur zu dem Bett eines einzigen Mannes, sondern zum Bett eines jeden, der sie gerade begehrte. Und die jungen Herren zankten sich untereinander um diese oder jene Sklavin und sagten: ›Nun denn, heute ich, morgen du‹, und wenn sie alle einer Sklavin müde waren, so zankten sich die Diener um das, was die jungen Herren übriggelassen hatten; so geschah es den Sklavinnen schon als Kindern, wenn sie hübsch waren.«

Da stöhnte Wang Lung auf und drückte das Kind an sich, und er sagte ein um das andere Mal leise zu ihm: »Oh, du armes Närrchen!« In seinem Innern aber brüllte er auf, wie einer aufbrüllt, der von einem reißenden Strom weggerissen wird und nicht innehalten kann, um einen Gedanken zu fassen. »Es gibt keinen anderen Weg – es gibt keinen anderen Weg.«

Während er noch so dasaß und grübelte, erhob sich auf einmal ein gewaltiger Lärm, so als ob der Himmel einfiele, und alle warfen sich zu Boden und verhüllten ihr Gesicht, denn es schien ihnen, als ob das entsetzliche Gebrüll sie vernichten wolle. Und Wang Lung bedeckte das Gesicht des kleinen Mädchens mit seiner Hand, denn er wußte nicht, welch schreckliches Schicksal ihnen aus dem furchtbaren Getöse erstehen könne. Der alte Mann aber brüllte Wang Lung ins Ohr:

»Solches hab ich noch nie gehört in all meinen Jahren.« Und die beiden Knaben schrien vor Angst gellend auf.

Wang Lung saß nun aufrecht auf dem Boden seiner Hütte, und eine seltsame Furcht kroch über seinen Körper bis hinauf in die

Wurzeln seiner Haare. Und sie alle blickten einander an und warteten auf etwas, das sie nicht kannten. Aber sie vernahmen nichts anderes mehr als den Lärm sich zusammenrottender, brüllender Menschen.

Dann hörten sie, wie in der Nähe ein Tor in den Angeln kreischte und sich ächzend öffnete. Gleich darauf steckte der Nachbar, mit dem Wang Lung einmal in der Abenddämmerung gesprochen hatte, den Kopf zur Türöffnung herein und rief:

»Warum sitzt ihr noch hier? Die Stunde ist da – die Tore des reichen Mannes stehen uns offen!« Ehe der Mann noch zu Ende gesprochen hatte, schlüpfte O-lan unter dem Arm des Mannes hindurch und war verschwunden.

Da erhob sich auch Wang Lung, langsam und verwirrt, und er setzte das kleine Mädchen auf den Boden und ging ins Freie. Vor dem großen Tor des Hauses, das dem reichen Manne gehörte, drängte sich eine gewaltige Volksmenge, und aus tausend Kehlen erklang das tiefe, raubtierartige Gebrüll, das vorhin an Wang Lungs Ohren gedrungen war. Und er wußte nun, daß gegen die Tore aller Reichen in dieser Stadt die ausgehungerte, unterdrückte Menge losstürmte, für die jetzt der Augenblick gekommen war, auf den sie alle so lange gewartet hatten. Das große Tor stand weit offen, und eng aneinandergedrängt, zu einem einzigen Klumpen geballt, strebten die Leiber der Menschen nach vorne. Immer neue drängten nach, so daß Wang Lung, von dem Wirbel erfaßt, durch das Tor geschoben wurde, ob er wollte oder nicht. Seine Füße berührten kaum den Boden, und unaufhörlich war rings um ihn her ein Gebrüll wie das von wilden Tieren.

Durch einen Hof nach dem andern wurde er gefegt, bis in den innersten der Höfe, und von den Männern und Frauen, die in dem Hause gelebt hatten, war nichts zu sehen. Wie tot wäre dieser Palast erschienen, wenn nicht aus den zahlreichen Felsen des Gartens Frühlilien emporgeblüht wären und wenn nicht die kahlen Zweige einiger Bäume goldene Knospen getragen hätten.

Auch standen in einem Zimmer Speisen auf dem Tisch, und die Küchenfeuer brannten. Die Menge schien die Höfe der Reichen wohl zu kennen, denn sie strömte durch die vorderen Höfe, in denen die Diener und Sklaven lebten, in die inneren Gemächer, in denen die Herren und Damen ihre zierlichen Betten hatten, in denen schwarz-rote und goldene Lackkästen voll seidener Kleider standen, in denen es geschnitzte Tische und Stühle gab und an deren Wänden bemalte Seidenrollen ausgebreitet hingen. Auf diese Schätze stürzte sich das Volk und durchstöberte jeden neuen Kasten und jede neue Kammer; der eine entriß dem anderen, was er gerade erwischt hatte, und so gingen Kleider und Vorhänge, Bettzeug und Geschirr von Hand zu Hand, und so überaus gierig waren alle, daß sie sich gar nicht die Zeit nahmen, nachzusehen, was sie erbeutet hatten.

Wang Lung war in der allgemeinen Verwirrung der einzige, der nichts nahm. Noch nie in seinem Leben hatte er etwas genommen, das einem andern gehörte, und auch hier brachte er es nicht sogleich über sich, gleich den anderen zu plündern. Hierhin und dorthin wurde er gestoßen, und während er sich noch bemühte, sich aus dem Strudel zu befreien, fand er sich auf einmal am Ende des innersten Hofes, in dem die vornehmen Damen wohnten. Die hintere Pforte, die den Reichen seit Jahrhunderten dazu diente, in solchen Zeiten der Volkswut zu entrinnen, und die deshalb die Pforte des Friedens hieß, stand weit offen. Offenbar waren die Bewohner des Hauses auch heute alle durch diese Türe entflohen und hörten von einem sicheren Schlupfwinkel aus dem Tumult in den Höfen zu. Nur einem einzigen Mann war es nicht gelungen, zu entkommen, wahrscheinlich weil er trunken im Schlaf gelegen, und diesem Mann begegnete Wang Lung plötzlich in einem Raum, in den der Pöbel hinein- und wieder herausgeströmt war, so daß der Mann, der sich versteckt gehalten hatte, nunmehr aus seinem Versteck herausgekrochen war, weil er glaubte, allein zu sein. So begegnete ihm Wang Lung. Es war ein großer, fetter Mensch, weder alt noch jung, und er war nackt in seinem Bette gelegen, sicherlich mit einer hübschen Frau, denn um seinen bloßen Körper hatte er in der Eile ein purpurrotes Seidengewand gehüllt. Große Fettwülste hingen ihm über Brust und Bauch, und in den Gebirgen seiner Wangen standen die Augen klein und tief wie die Augen eines Schweines. Als er Wang Lung erblickte, begann er am ganzen Leibe zu zittern und zu brüllen, als ob er mit einem Messer gestochen würde, so daß sich Wang Lung sehr wunderte und beinahe lächeln mußte. Der dicke Mensch aber fiel auf die Knie, schlug mehrmals mit dem Kopf auf den fliesenbedeckten Boden und wimmerte:

»Schone mein Leben – töte mich nicht! Ich habe Geld für dich – viel Geld.«

Das Wort »Geld« brachte Wang Lung mit einem Male zu klarer Besinnung. Geld! Ja, das brauchte er. Ihm war, als ob eine Stimme laut zu ihm gesprochen hätte: »Geld! Das Kind gerettet – das Land!«

Und mit einer Stimme, die härter war, als er sie in seiner Brust vermutet hatte, herrschte er den feisten Mann an:

»So gib mir das Geld!«

Der Mann erhob sich schluchzend, und unverständliche Worte stammelnd, griff er in die Taschen seines Gewandes; als seine Hand wieder zum Vorschein kam, war sie voll mit Gold. Wang Lung hielt den Zipfel seiner Jacke auf und nahm das Gold in Empfang, und wieder rief er mit harter Stimme, die klang wie die Stimme eines anderen Menschen: »Gib mehr her!«

Wieder tauchte des Mannes Hand, mit Gold gefüllt, aus der Tiefe der Tasche empor, und er wehklagte:

»Jetzt habe ich keines mehr, sondern nur noch mein erbärmliches Leben.« Und er begann zu weinen, daß die Tränen wie Öl an seinen Hängebacken herunterliefen.

Wie er so weinte und bebte, haßte ihn Wang Lung auf einmal so, wie er noch nie im Leben etwas gehaßt hatte, und schrie, von Widerwillen geschüttelt:

»Aus meinen Augen, sonst töte ich dich wie einen fetten Wurm!«

Dies schrie Wang Lung, obgleich er so weichherzig war, daß er keinen Ochsen töten konnte. Und der Mann rannte an ihm vorbei und war verschwunden.

Wang Lung war allein mit dem Golde. Er hielt sich nicht damit auf, es zu zählen, sondern verbarg es in seinem Gewand und ging durch die offene Pforte des Friedens und durch schmale Seitengassen zu seiner Hütte. An seine Brust drückte er das Geld, das noch warm vom Körper des anderen war, und in seinem Innern wiederholt er immer wieder:

»Wir kehren zurück zu der Erde – morgen kehren wir zurück zu der Erde!«

XV

Ehe ein paar Tage ins Land gezogen waren, schien es Wang Lung, als sei er nie von seinem Lande fortgewesen. Mit drei von den Goldstücken kaufte er gute Saat aus dem Süden, Weizenkörner und Reiskörner und Roggenkörner, und so reich dünkte er sich, daß er auch Saaten kaufte, die er vorher nie gebaut hatte, Lotus für seinen Tisch und Sellerie und große rote Radieschen. Für fünf Goldstücke kaufte er einen Ochsen, noch ehe er sein eigenes Land erreicht hatte. Er sah nämlich einen Bauern sein Feld pflügen, und er blieb stehen und mit ihm die anderen, der alte Mann und die Kinder und die Frau, und so sehr es sie auch nach Hause zog, blickten sie doch den Ochsen an. Wang Lung war der große, starke Hals des Tieres und die Kraft, mit der es sich gegen das Joch stemmte, sogleich aufgefallen, und er rief dem Bauern zu:

»Welch ein wertloser Ochse! Was verlangst du dafür in Gold oder Silber? Da ich kein Zugtier habe und dringend eines brauche, nehme ich mit allem vorlieb.«

Der Bauer rief zurück:

»Lieber würde ich mein Weib verkaufen als diesen Ochsen, der erst drei Jahre alt und ein prächtiges Tier ist.« Und er ackerte weiter, ohne sich durch Wang Lung stören zu lassen.

Da erschien es Wang Lung, als müsse er unter allen Ochsen der Welt gerade diesen haben, und er ging zu dem Bauern hin und sagte:

»Ich will dir mehr Geld geben, als du brauchst, um einen anderen Ochsen zu kaufen; diesen Ochsen aber will ich haben.«

Nach langem Feilschen gab der Bauer ihm das Tier zu einem Preis, der um die Hälfte höher war als in dieser Gegend üblich. Aber Gold dünkte Wang Lung mit einem Male nichts, verglichen mit diesem Ochsen, und er führte das Tier an einem Strick mit sich fort, und sein Herz glühte vor Freude an dem neuen Besitz.

Als sie das Haus erreichten, fanden sie die Tür und das Strohdach weggerissen, und auch die Spaten und Rechen, die sie zurückgelassen hatten, waren verschwunden, so daß nur die nackten Lehmwände übriggeblieben waren. Und selbst die Wände waren von Schnee und Regen arg hergenommen. Aber nachdem das erste Erstaunen vorüber war, bedeutete Wang Lung dies alles nichts. Er ging in die Stadt und kaufte einen guten neuen Pflug aus hartem Holz, zwei Rechen und zwei Spaten und auch Matten, um das Dach damit zu decken, bis ihnen die Ernte wieder Stroh bringen würde.

Dann am Abend stand er auf der Schwelle seines Hauses und blickte auf das Land, sein eigenes Land, das, befreit von dem Frost des Winters und die Staat erwartend, dalag. Es war nun wirklich Frühling geworden, und in dem seichten Teich quakten schläfrig die Frösche. Die Bambusrohre schwankten im sanften Nachtwind hin und her, und im Zwielicht konnte er undeutlich die Umrisse der Bäume am Rande des nahen Feldes erkennen. Es waren Pfirsichbäume mit zartrosa Knospen und Weiden im Schmuck ihrer frühen grünen Blätter. Von dem ruhevoll wartenden Land stieg ein schwacher Nebel auf, silbern wie Mondlicht, und lagerte sich um die Bäume.

Längere Zeit hindurch wollte Wang Lung kein menschliches Wesen sehen, sondern mit seinem Land allein sein. Er ging in keines der Häuser im Dorfe, und wenn seine Nachbarn – soweit sie die Hungersnot überlebt hatten – ihn besuchten, empfing er sie recht unfreundlich.

»Wer von euch hat mein Tor weggerissen, und wer hat meine Rechen und meine Spaten genommen, und wer hat mein Dach in seinem Herde verbrannt?« herrschte er sie an. Sie aber schüttelten die Köpfe und taten, als wüßten sie von nichts. Der eine sagte: »Es war dein Onkel«, und der andere: »Wer kann in diesen üblen Zeiten der Hungersnot und des Krieges, in denen Räuberbanden durch das Land ziehen, sagen, dieser oder jener hat etwas gestohlen? Der Hunger macht aus allen Menschen Diebe.«

Ching, sein Nachbar, kam aus seinem Haus gekrochen, um Wang Lung zu besuchen, und sagte:

»Während des Winters wohnte eine Räuberbande in deinem Hause und brandschatzte das Dorf und die Stadt. Man sagt, dein Onkel wisse mehr von diesen Räubern, als ein ehrlicher Mann wissen darf. Aber wer kann sagen, was in diesen Tagen Wahrheit ist und was Lüge? Ich würde es nicht wagen, jemanden zu beschuldigen.«

Dieser Mann glich einem Schatten, so mager und knochig war er nun, und sein Haar war grau geworden, obgleich er das fünfundvierzigste Lebensjahr noch nicht erreicht hatte. Wang Lung blickte ihn eine Weile aufmerksam an und sagte mitleidig: »Dir ist es noch schlechter ergangen als uns, und was hast du gegessen?«

Der Mann stieß einen lauten Seufzer aus: »Was habe ich nicht gegessen! Abfälle auf den Straßen wie die Hunde, als wir in der Stadt bettelten, und das Fleisch von toten Hunden haben wir gegessen, und einmal kochte meine Frau, ehe sie starb, eine Suppe von einem Fleisch, nach dessen Herkunft ich gar nicht zu fragen wagte, wenn ich auch weiß, daß sie nicht den Mut hatte, zu morden. Dann starb sie, da sie nicht stark genug war, um auszuharren. Und nach ihrem Tod gab ich das Mädchen einem Soldaten, um es nicht ebenfalls verhungern zu sehen.« Er versank in Schweigen. Erst nach einer Weile fügte er hinzu: »Wenn ich ein wenig Saat hätte, würde ich säen, aber ich habe nichts.«

»Komm her!« rief Wang Lung rauh, zog ihn bei der Hand in das Haus und gab ihm von den Saaten, die er gekauft hatte, Weizen und Reis und Kohl, und er sagte: »Morgen will ich kommen und werde dein Land mit meinem guten Ochsen pflügen.«

Da begann Ching plötzlich zu weinen, und Wang Lung fuhr sich über die Augen und schrie, als ob er ärgerlich wäre:

»Glaubst du, ich habe vergessen, daß du mir einmal eine Handvoll Bohnen gegeben hast?« Ching aber konnte nicht antworten, sondern ging weinend weg.

Es war eine freudige Nachricht für Wang Lung, daß sein Onkel nicht mehr im Dorfe lebte. Wo er sich aufhielt, konnte niemand mit Sicherheit sagen. Einige behaupteten, er sei in eine Stadt gegangen, andere wieder, er lebe mit seinem Weib und seinem Sohn in einem entfernten Teil des Landes. In dem Haus des Onkels aber war niemand zurückgeblieben. Die Mädchen waren verkauft worden, die hübscheste zuerst, aber selbst die letzte, die blatternarbig war, hatte ein Soldat, der in die Schlacht zog, für einige Groschen erstanden.

Wang Lung machte sich nun mit frischer Kraft daran, die Erde zu bebauen, und er gönnte sich kaum die Stunden, die er im Hause zubringen mußte, um zu essen und zu schlafen. Er zog es vor, sein Brot und seinen Knoblauch mit auf das Feld zu nehmen, und selbst während des Essens hörte er nicht auf, an die Feldarbeit zu denken:

»Hierher werde ich die Bohnen und hierher den Reis setzen.« Und wenn er während des Tages zu müde wurde, legte er sich in eine Ackerfurche und schlief in der guten Wärme seiner Erde.

Im Hause war O-lan gleichfalls nicht müßig. Mit eigener Hand besserte sie das Dach und die Mauern aus. Und auch einen neuen Herd baute sie und füllte die Löcher im Fußboden, die der Regen ausgewaschen hatte.

Dann ging sie eines Tages mit Wang Lung in die Stadt, und sie kauften Betten und einen Tisch und sechs Bänke und einen großen eisernen Kessel und auch einen roten Teetopf, mit einer schwarzen Blume geschmückt, und sechs Tassen. Zuletzt gingen sie in einen Weihrauchladen und kauften einen Gott des Wohlstandes aus Papier, um ihn im mittleren Zimmer oberhalb des Tisches an die Wand zu hängen, und eine Weihrauchurne aus Zinn sowie einen Kerzenleuchter mit zwei roten Kerzen.

Dabei fielen Wang Lung die zwei kleinen Götter der Erde ein, und auf dem Rückweg trat er in den Tempel und warf einen Blick auf die beiden Gestalten. Sie waren jämmerlich anzusehen; ihre Gesichter hatte der Regen unkenntlich gemacht, und die nackten, tönernen Körper guckten durch die zerrissenen Papierkleider. Niemand hatte sich ihrer angenommen in diesem schrecklichen Jahre, und Wang Lung blickte sie mit grimmiger Verachtung an, und er sagte laut, als spräche er zu einem Kind, das eine Strafe erhalten hat:

»So ergeht es den Göttern, die den Menschen Übles zufügen.«

Aber als das Haus wieder in Ordnung und alles an seinem Platze war, bangte Wang Lung vor seinem Glücke. O-lan war wiederum schwanger, die Kinder tummelten sich wie muntere Hunde auf der Schwelle, und an die Südwand des Hauses gelehnt, saß sein alter Vater und lächelte zufrieden im Halbschlafe; auf den Feldern sproßte der junge Reis so grün wie Jade, und die jungen Bohnen streckten die Köpfchen der Sonne entgegen. Und es war noch genug Geld vorhanden, um der Familie bis zur Ernte Nahrung zu geben. Als Wang Lung zum blauen Himmel emporblickte und auf die weißen Wölkchen, die darüber hinzogen, und als er den gesegneten Wechsel von Sonnenschein und Regen auf den gepflügten Feldern fühlte wie auf seinem eigenen Fleisch, da murmelte er beinahe gegen seinen Willen:

»Ich muß den beiden in dem kleinen Tempel ein wenig Weihrauch spenden. Wenn man es recht bedenkt, haben sie trotz allem Macht über die Erde!«

XVI

Eines Nachts, als Wang Lung bei seiner Frau lag, spürte er zwischen ihren Brüsten einen harten Klumpen, so groß wie eines Mannes Faust, und er sagte zu ihr:

»Was ist das für ein Ding, das du an deinem Körper trägst?«

Er streckte die Hand danach aus und fand ein Stoffbündel, das hart war, aber unter seinem Druck nachgab. Zuerst wollte sie es ihm entziehen, dann aber widerstrebte sie nicht mehr und antwortete: »Nun denn, sieh es dir an, wenn du willst«, und sie löste die Schnur, mit der das Bündel an ihrem Halse befestigt war, und gab ihm das Bündel. Er riß es auf, und eine Menge Juwelen fiel in seine Hand. Wang Lung starrte die Kostbarkeiten entgeistert an. Da gab es Edelsteine, rot wie das Fleisch der Wassermelone, und andere, gelb wie Weizen, grün wie junge Blätter im Frühling, hell wie Wasser, das aus der Erde quillt. Ihre Namen kannte Wang Lung nicht, aber er begriff, daß die Steine, die er da in seiner hohlen Hand hielt und die ihm aus dem Halbdunkel entgegenglitzerten, Reichtum bedeuteten. Lange blickte er stumm auf die Vielfältigkeit der Farben und Formen; endlich stieß er hervor:

»Woher – woher?«

Leise flüsterte sie:

»Im Hause des reichen Mannes habe ich sie gefunden; der Schatz einer Favoritin muß es sein. Ich sah einen losen Ziegel in der Wand, zog ihn heraus, als ich mich unbeobachtet sah, und griff nach dem Glanze.«

»Woher wußtest du, daß hinter dem losen Ziegel ein Schatz verborgen war?« flüsterte er voll Bewunderung, und sie antwortete mit jenem Lächeln um den Mund, das niemals um ihre Augen war:

»Glaubst du, ich habe umsonst im Hause eines reichen Mannes gelebt? Die Reichen haben immer Angst. In einem schlechten Jahr sah ich Räuber in das große Haus stürmen, und die Sklavinnen und die Konkubinen liefen eilends hin und her, sogar die alte Herrin selbst, und jede hatte einen Schatz, den sie in ein vorher bestimmtes Versteck warf. Daher kannte ich die Bedeutung des losen Ziegels.«

Wieder starrte Wang Lung wortlos auf das Wunder der Steine. Es dauerte lange, bis er sich von seinem Erstaunen erholt hatte, und entschlossen sprach er:

»Einen Schatz gleich diesem darf man nicht behalten. Er muß verkauft oder in Sicherheit gebracht werden – und nichts ist sicher außer dem Lande. Wenn jemand darum wüßte, würden wir am nächsten Tag umgebracht werden, und ein Räuber würde die Juwelen wegschleppen. Noch heute müssen sie zu Land gemacht werden, sonst kann ich in der Nacht nicht schlafen.«

Er wickelte die Steine wieder ein, und als er seine Jacke öffnete, um den Schmuck an seiner Brust zu bergen, erblickte er zufällig das Gesicht der Frau. Sie saß mit gekreuzten Beinen auf dem Bett, und ihr hartes Gesicht, das noch niemals eine Gemütsbewegung verraten hatte, schien nun zum ersten Male bewegt von einem unbestimmten Verlangen.

»Willst du sie alle verkaufen?« flüsterte sie heiser.

»Warum denn nicht?« gab er erstaunt zurück.

»Ach, wenn ich doch zwei behalten könnte«, seufzte sie mit solch hilfloser Schüchternheit, daß er gerührt war, so, als ob eines seiner Kinder nach einem Spielzeug oder nach einer Süßigkeit verlangt hätte.

»Nur die zwei kleinen weißen Perlen möchte ich behalten«, fuhr sie demütig fort, »nicht, um sie zu tragen – nur, um sie zu haben.«

Sie schlug die Augen nieder und wartete geduldig, so wie jemand, der kaum auf eine Antwort hofft.

Da blickte Wang Lung einen Augenblick lang in das Herz dieses stillen, treuen Geschöpfes, das all sein Lebtag gearbeitet hatte, ohne Dank zu finden, und das in dem großen Hause andere Frauen Juwelen tragen sah, die sie nicht einmal in ihrer Hand gefühlt hatte.

»Ich möchte sie manchmal in meiner Hand halten«, fügte sie leise hinzu, so, als spräche sie mit sich selbst.

Da war er bewegt von etwas, das er nicht verstand, und er zog die Juwelen aus seinem Gewande und reichte sie ihr schweigend. Ihre harte braune Hand glitt zart und zögernd über die glänzenden

Steine, bis sie die zwei weißen Perlen fand. Die anderen Juwelen gab sie ihm zurück, die Perlen aber hüllte sie in ein Stückchen Stoff, das sie von ihrem Gewande losriß, und verbarg sie zwischen ihren Brüsten und war zufrieden.

Wang Lung sah ihr erstaunt zu, und an diesem Tage und auch an späteren Tagen geschah es zuweilen, daß er sie plötzlich anblickte und bei sich dachte:

»Seltsam! Diese meine Frau trägt sicher noch die beiden Perlen zwischen ihren Brüsten.« Aber nie sah er sie die Perlen herausnehmen, und nie sprachen sie darüber.

Was nun die anderen Juwelen anbetraf, so überlegte er hin und her, und schließlich beschloß er, in das große Haus zu gehen und zu sehen, ob es noch Land zu kaufen gäbe.

Als er zu dem großen Hause kam, war von dem Pförtner, der immer hochmütig bei dem Tor gestanden war und die langen Haare seines Muttermals gezwirbelt hatte, nichts zu sehen. Das große Tor war verriegelt, und obgleich Wang Lung mit beiden Fäusten dagegentrommelte, zeigte sich niemand. Leute, die vorübergingen, wurden auf ihn aufmerksam und riefen ihm zu:

»Da kannst du lange trommeln! Wenn du Glück hast und der alte Herr wach ist, so wird er vielleicht kommen, und wenn sich noch eine übriggebliebene Sklavin drinnen befindet, so mag es sein, daß sie dir öffnet, falls sie gerade Lust dazu hat.«

Nach langem Warten hörte er endlich schlürfende, unsichere Schritte sich dem Tore nähern; dann wurde langsam die eiserne Stange zurückgezogen, das Tor krachend einen Spaltbreit geöffnet, und eine nicht minder kreischende Stimme ertönte: »Wer ist es?«

Da antwortete Wang Lung laut:

»Ich bin es, Wang Lung.«

Wieder ließ sich die mürrische Stimme vernehmen:

»Verflucht, wer ist das, Wang Lung?«

Da erkannte Wang Lung an der Art des Fluchens, daß es der alte Herr selber war, denn er fluchte, wie ein vornehmer Mann mit Dienern und Sklavinnen flucht. Deshalb antwortete Wang Lung:

»Herr und Gebieter, ich bin nicht gekommen, um Euer Gnaden zu stören, sondern um mit dem Verwalter, der in Euer Gnaden Diensten steht, ein kleines Geschäft abzuschließen.«

Da sagte der alte Herr, ohne das Tor weiter zu öffnen:

»Fluch ihm, der Hund hat mich vor vielen Monaten verlassen, und er ist nicht hier.«

Auf diese Antwort hin wußte Wang Lung nicht, was er tun sollte. Es war unmöglich, mit dem alten Herrn ohne einen Mittelsmann von Geschäften zu sprechen, aber die Juwelen an seiner Brust brannten wie Feuer, und es verlangte ihn danach, sie loszuwerden, und noch mehr verlangte ihn nach dem Besitz des Landes.

»Ich komme wegen einer kleinen Summe Geldes«, erklärte er zögernd.

Sogleich schloß der alte Herr das Tor vollends. »Es ist kein Geld in diesem Haus«, sagte er lauter, als er bisher gesprochen hatte. »Dieser Dieb und Räuber von einem Verwalter – mögen seine Mutter und die Mutter seiner Mutter verflucht sein – hat mir alles genommen, was ich hatte; keine Schulden können gezahlt werden.«

»Nein, nein«, rief Wang Lung hastig, »ich bin gekommen, um zu zahlen, nicht um eine Schuld einzutreiben.«

In diesem Augenblick wurde eine schrille Stimme vernehmbar, die Wang Lung bisher noch nie gehört hatte, und mit einem Male steckte eine Frau den Kopf durch das wieder etwas geöffnete Tor.

»So etwas habe ich seit langem nicht gehört«, sagte sie, und Wang Lung blickte in ein hartes, aber hübsches, bunt geschminktes Gesicht.

»Komm herein«, forderte ihn die Frau lebhaft auf und öffnete das Tor gerade weit genug, um ihn einzulassen. Während er verblüfft im Hofe stand, verschloß sie wieder vorsichtig das Tor.

Der alte Herr stand hustend daneben und starrte ihn an. Sein Körper war in ein schmutziges, graues Seidengewand gehüllt. Einstmals mußte es ein vornehmes Gewand gewesen sein, denn es war aus schwerer und weicher Seide, aber nun war es mit Flecken bedeckt und so verknittert, als ob es als Nachtkleid verwendet worden sei. Wang Lung blickte den alten Herrn erstaunt und gleichzeitig ein wenig erschrocken an, denn sein ganzes Leben lang hatte er die Leute in dem großen Haus beinahe gefürchtet. Und es schien ihm unmöglich, daß dies der große Herr sei, von dem er soviel gehört hatte. Wahrhaftig, der abgemagerte, alte Mann, der da vor ihm stand und mit zitternder Hand über sein Kinn strich, sah nicht furchterregend aus, sondern glich Wang Lungs eigenem Vater, nur mit dem Unterschied, daß dieser reinlich und gepflegt war, während der große Herr ungewaschen und unrasiert aussah.

Die Frau hingegen sah keineswegs vernachlässigt aus. Sie hatte ein hartes, scharfes Raubvogelgesicht, das mit seiner Hakennase, seinen glänzenden schwarzen Augen, seiner blassen Haut, von der die rotgemalten Wangen und Lippen seltsam abstachen, auf seine Art nicht ohne Reiz war. Ihr schwarzes Haar war glänzend wie ein Spiegel; lediglich an ihrer Sprache konnte man erkennen, daß sie nicht der Familie des Herrn angehörte, sondern nur eine scharfzüngige Sklavin war. Außer diesen beiden war niemand in dem Hofe, in dem früher Männer und Frauen und Kinder im Dienste des großen Hauses geschäftig umhergelaufen waren.

»Du sprachst von Geld«, begann die Frau das Gespräch.

Aber Wang Lung zögerte; er konnte vor dem alten Herrn nicht gut von Geld sprechen, und die Frau, die seine Verlegenheit sogleich bemerkte, herrschte den Alten an: »Geh!«

Ohne ein Wort schlurfte der Alte hinweg. Als Wang Lung nun mit der Frau allein geblieben war, wußte er nicht, was er sagen oder tun sollte. Die Stille ringsumher bedrückte ihn; er warf einen Blick in den nächsten Hof, und auch in diesem befand sich niemand. Der Hof war mit Haufen von Abfällen, verstreutem Stroh und abgestorbenen Blumenstengeln bedeckt, so, als ob seit langem keiner einen Besen in die Hand genommen hätte, um ihn zu reinigen.

»Los denn, du hölzerner Geselle«, sagte die Frau mit so schriller Stimme, daß Wang Lung zusammenzuckte. »Um was für ein Geschäft handelt es sich? Wenn du Geld hast, so laß es mich sehen.«

»Nein«, antwortete Wang Lung vorsichtig. »Ich bringe kein Geld, sondern ein Geschäft.«

»Geschäft ist Geld«, gab die Frau zurück, »entweder Geld, das kommt, oder Geld, das geht. Und in diesem Hause gibt es kein Geld, das hinausgehen könnte.«

»Mit einer Frau kann ich nicht über Geschäfte sprechen«, meinte Wang Lung sanft. Er wußte nicht recht, in welcher Lage er sich befand, und blickte noch immer verwundert um sich.

»Warum denn nicht?« rief die Frau ärgerlich. »Weißt du nicht, du Tölpel, daß niemand hier ist – nur ich und der alte Herr, sonst keiner?«

»Wo denn?« fragte Wang Lung, der zu verwundert war, um seine Worte richtig zu setzen.

»Die alte Herrin ist tot. Hast du in der Stadt nicht gehört, daß Räuber in unser Haus eingedrungen sind und alles Hab und Gut und alle Sklavinnen, die ihnen gefielen, weggeschleppt haben? Den alten Herrn haben sie an den Daumen aufgehängt und ihn geschlagen, und die alte Herrin haben sie an einen Stuhl festgebunden und geknebelt. Alles lief davon, nur ich blieb. Ich verbarg mich in einem Teich, der halb mit Wasser gefüllt war. Als ich herausstieg, saß die alte Herrin tot in ihrem Sessel; man hatte sie nicht umgebracht, sie war vor Angst gestorben.«

»Und all die Diener?« stotterte Wang Lung. »Und der Torwächter?«

»Oh, die!« antwortete sie verächtlich. »Die meisten waren schon lange vorher gegangen, denn im Winter gab es keine Nahrung und kein Geld mehr. Viele der Diener befanden sich sogar unter den Räubern«, setzte sie flüsternd hinzu. »Den Hund von einem Torwächter sah ich selbst – er wies den anderen den Weg. Wenn er auch in Gegenwart des alten Herrn sein Gesicht abwendete, so sah ich ihn doch, an den drei langen Haaren an seinem Muttermal erkannte ich ihn. Wie hätte auch einer, der mit dem großen Haus nicht vertraut war, wissen können, wo die Juwelen versteckt waren?«

Die Frau schwieg, und die Stille der Höfe war lastend und schwer wie die Stille des Todes.

Endlich fuhr sie fort:

»Schon als der Vater des alten Herrn noch lebte, war dies Haus dem Untergang geweiht. In den letzten Generationen kümmerten sich die Herren nicht mehr um das Land, sondern nahmen das Geld, das die Verwalter ihnen gaben, und sie verschwendeten es so sorglos, als ob es Wasser gewesen wäre. In diesen Generationen hat die Kraft der Erde das Haus der Hwangs verlassen, und nach und nach verloren sie auch das Silber.«

»Wo sind die jungen Herren jetzt?« fragte Wang Lung, der all die Dinge, die er da vernahm, kaum zu glauben vermochte.

»Irgendwo in der Welt«, entgegnete die Frau mit einer unbestimmten Handbewegung. »Sie haben den alten Vater im Unglück verlassen. Ich aber, die man Kuckuck nennt, bin seit mehreren Jahren die treue Sklavin meines Herrn, und ich habe kein Haus außer diesem.«

Wang Lung blickte sie von der Seite an und wendete sich dann rasch ab. Er begann zu verstehen, wer sie war: eine Frau, die sich an den alten sterbenden Mann hängte, um des Letzten willen, das er noch besaß. Voll Verachtung sagte er:

»Wie kann ich mit dir Geschäfte abschließen, da du doch nur eine Sklavin bist?«

Da rief sie laut und bestimmt: »Er wird alles tun, was ich sage.«

Wang Lung überlegte lange, ehe er sprach. Das Land war nun einmal da, andere würden es durch diese Frau kaufen, wenn er es nicht täte.

»Wieviel Land ist noch vorhanden?« fragte er unwillig, und sie verstand sogleich seine Absicht.

»Wenn du gekommen bist, um Land zu kaufen«, sagte sie rasch, »nun, es gibt Land genug. Er besitzt hundert Joch im Westen und zweihundert Joch südlich der Stadt, und er will sie verkaufen. Es ist nicht alles in einem Stück, aber die Felder sind groß. Alles ist zu verkaufen – alles bis zum letzten Joch!«

So eilig und sicher gab sie diese Auskunft, daß Wang Lung erkannte, sie wisse von allem, was dem alten Mann geblieben war, bis zum letzten Joch Land. Aber immer noch war er mißtrauisch und nicht geneigt, mit ihr zu verhandeln.

»Es ist nicht wahrscheinlich, daß der alte Herr das ganze Land seiner Familie ohne die Zustimmung seiner Söhne verkaufen kann«, wendete er ein.

Die Frau versuchte eifrig, seine Bedenken zu zerstreuen. »Mach dir darüber keine Sorgen. Die Söhne haben ihm gesagt, er möge nur alles verkaufen. Keiner der Söhne wünscht in diesen Teil des Landes zurückzukehren. Die Gegend ist in diesen Tagen der Hungersnot voll von Räubern; deshalb haben die Söhne gesagt: ›Wir können in dieser Gegend nicht leben, laßt uns das Land verkaufen und das Geld teilen!‹«

»In wessen Hand aber soll ich den Kaufpreis legen?« fragte Wang Lung unentschlossen.

»In die Hand des alten Herrn; in wessen Hand sonst?« antwortete sie, aber Wang Lung wußte wohl, daß die Hand des alten Herrn sich in die ihre öffnete.

Darum erkundigte er sich: »Sage mir dies, wird der alte Herr sein eigenes Siegel unter den Verkaufsbrief setzen?«

»Das wird er – das wird er, bei meinem Leben!« nickte die Frau.

Da tat Wang Lung noch eine letzte Frage:

»Willst du das Land für Gold oder für Silber oder für Juwelen verkaufen?«

Ihre Augen glitzerten lüstern, als sie entgegnete: »Für Juwelen will ich es verkaufen!«

XVII

Wang Lung hatte nun mehr Land, als ein Mann mit einem Ochsen pflügen kann, und eine größere Ernte, als ein einzelner Mann einheimsen kann; aus diesem Grunde ging er zu seinem Nachbarn Ching und sagte zu ihm:

»Verkaufe mir das kleine Stück Land, welches du besitzest, und verlaß dein einsames Haus und komm in mein Haus und hilf mir bei meiner Arbeit«, und Ching tat dies und war froh darüber.

Der Regen stellte sich zur gehörigen Zeit ein; der junge Reis gedieh, und als der Weizen geschnitten und in schwere Garben gebunden war, pflanzten die beiden Männer wiederum Reis auf den überfluteten Feldern, mehr Reis, als Wang Lung je gebaut hatte, denn es regnete reichlich, so daß der Boden, der in anderen Jahren trocken gewesen war, jetzt Reis tragen konnte. Als dann die Ernte kam, konnte Ching allein sie nicht einbringen, so groß war sie, und Wang Lung dingte zwei andere Männer aus dem Dorf als Knechte.

Er erinnerte sich auch der müßigen jungen Herren aus dem einstmals so großen Hause, als er auf dem Felde arbeitete, und jeden Morgen hieß er seine beiden Söhne mit ihm auf das Feld kommen, und er hieß sie mithelfen, soweit sie es mit ihren kleinen Händen vermochten. Sie mußten den Ochsen führen und auch den Esel, den er inzwischen gekauft hatte, und wenn sie auch keine schwere Arbeit verrichten konnten, so sollten sie doch die Wärme der Sonne auf ihrem Körper spüren und die Ermüdung durch das stete Schreiten in den Furchen kennenlernen.

Hingegen erlaubte er O-lan nicht, auf dem Feld zu arbeiten, denn er war nicht mehr arm, sondern ein Mann, der Knechte dingen konnte. Niemals hatte das Land solche Ernten hervorgebracht wie in diesem Jahre. Er war genötigt, einen Raum an sein Haus anzubauen, um die Frucht des Feldes darin aufzuspeichern, sonst hätten die Menschen in dem Hause nicht mehr genug Raum gehabt, um sich zu bewegen. Auch kaufte er drei Schweine und ein Volk Hühner, das er mit den Körnern fütterte, die bei der Ernte verlorengingen.

O-lan arbeitete im Hause und machte neue Kleider und neue Schuhe für alle, und sie machte warme Decken aus geblumtem Stoff für die Betten. Als alles fertig war, waren sie so reich an Kleidern und Bettzeug wie nie zuvor. Dann legte sich O-lan nieder, um wiederum zu gebären. Und auch diesmal wollte sie niemand um sich haben.

Diesmal dauerten die Wehen lange, und als Wang Lung am Abend nach Hause kam, erwartete ihn sein Vater beim Tore und sagte kichernd:

»Es ist ein Ei mit einem doppelten Dotter geworden!«

Und als Wang Lung den inneren Raum betrat, lag O-lan auf dem Bette, und neben ihr lagen die zwei neugeborenen Kinder, ein Knabe und ein Mädchen, die einander so ähnlich waren wie zwei Reiskörner. Er lachte dröhnend, und um einen guten Spaß zu machen, rief er:

»Dies ist geschehen, weil du zwei Perlen an deinem Busen trägst!«

Er lachte von ganzem Herzen über seinen guten Einfall, und als O-lan sah, wie vergnügt er war, lächelte sie ihr stilles, schmerzliches Lächeln.

So hatte denn Wang Lung in diesen Tagen keine Sorgen, außer einer einzigen, der um seine älteste Tochter, die weder sprach, noch jene Dinge tat, die sich für ein Kind in diesem Alter ziemen, und ihren Vater nur mit dem Lächeln eines unverständigen Säuglings anlächelte. Monat um Monat ging vorüber, und Wang Lung wartete auf das erste Wort von ihren Lippen. Aber sie brachte keinen

Laut hervor, sondern immer nur das süße, leere Lächeln, und wenn er sie anblickte, stöhnte er auf:

»Närrchen – mein armes, kleines Närrchen!« In seinem Herzen aber schrie es:

»Wenn ich dieses arme Mädchen verkauft hätte und man hätte entdeckt, daß es so ist, so würde man es getötet haben.«

Und um gutzumachen, was er dem Kinde anzutun beabsichtigt hatte, umgab er es mit Liebe, und zuweilen nahm er es mit auf das Feld, und es lief schweigend hinter ihm her und lächelte, wenn er es anblickte und zu ihm sprach.

In der Gegend, in der Wang Lung sein ganzes Leben verbracht hatte und auch sein Vater und seines Vaters Vater, gab es alle fünf Jahre Hungersnot oder, wenn die Götter gnädig waren, alle sieben oder acht oder gar nur alle zehn Jahre.

Sooft dies geschah, flohen Menschen von dem Land und kehrten erst spät wieder zu ihm zurück. Wang Lung aber machte sich nun daran, seinen Wohlstand zu festigen, auf daß er in den schlechten Jahren das Land niemals zu verlassen brauche, sondern von dem Erträgnis der guten Jahre leben könne. Die Götter halfen ihm dabei, und sieben Jahre hindurch gab es Ernten, und jedes Jahr ernteten Wang Lung und seine Leute weit mehr, als sie zum Leben brauchten. Jedes Jahr dingte er mehr Knechte für seine Felder, bis er deren sechs hatte, und er erbaute ein neues Haus hinter dem alten, einen großen Raum hinter einem Hofe und zwei kleine Zimmer auf jeder Seite des mittleren Raumes. Dieses Haus deckte er mit Schiefer, die Wände aber waren wieder aus der harten Lehmerde seines eigenen Bodens gefertigt, jedoch sauber mit weißem Kalk gestrichen. In dieses Haus zog er mit seiner Familie, und die Knechte, die Ching beaufsichtigte, wohnten in dem alten Hause.

Wang Lung hatte in der Zwischenzeit Ching gründlich erprobt und ihn ehrlich und treu befunden; deshalb setzte er ihn als Aufseher über seine Leute und über das Land und bezahlte ihn gut, zwei Silberstücke im Monat außer der Kost. Aber so sehr Wang Lung ihn auch dazu ermunterte, gut und reichlich zu essen, setzte der Mann doch kein Fleisch an, sondern blieb immer ein kleiner, magerer Mensch von großem Ernst. Er arbeitete gern und unermüdlich von Sonnenaufgang bis zum späten Abend; er sprach mit leiser Stimme, wenn etwas zu sagen war, aber am wohlsten fühlte er sich, wenn er schweigen konnte. Wenn aber einer der Knechte zu lange unter den Dattelbäumen zu schlafen pflegte oder zuviel aus der gemeinsamen Schüssel nahm oder wenn einer sein Weib oder sein Kind zur Erntezeit kommen ließ, um ihm heimlich Korn zu geben, so flüsterte Ching am Ende des Jahres, wenn Herr und Knecht nach der Ernte zusammen schmausten, Wang Lung ins Ohr:

»Diesen oder jenen nimm nicht wieder für das nächste Jahr!«

Und es schien, als ob die Handvoll Bohnen und das bißchen Saat, die zwischen diesen beiden Männern gewechselt worden waren, sie zu Brüdern gemacht hätten, nur daß Wang Lung, welcher der jüngere war, den Platz des älteren einnahm und daß Ching niemals vollkommen vergaß, daß er eigentlich ein Knecht war und in einem Hause lebte, das einem anderen gehörte.

Als fünf Jahre vergangen waren, arbeitete Wang Lung nur noch wenig auf dem Felde, denn sein Landbesitz war so groß geworden, daß er seine ganze Zeit auf den Verkauf seines Getreides und andere Geschäfte und auf die Beaufsichtigung seiner Knechte verwenden mußte. Ein großes Hindernis für ihn war der Umstand, daß er die Bedeutung der Schriftzeichen nicht kannte, die man mit einem Pinsel und Tusche auf Papier schreibt. Wenn er in einem Geschäfte war, in dem Getreide gekauft und wieder verkauft wurde, so empfand er es als eine Schande, daß er beim Abschluß eines Vertrages über soundso viel Weizen oder Reis den stolzen Händler in der Stadt demütig bitten mußte:

»Lest es mir vor, Herr, ich bin zu einfältig dazu.« Und nicht minder schämte er sich, daß beim Unterzeichnen eines Vertrages ein anderer mit dem Lächeln der Verachtung die Zeichen von Wang Lungs Namen unter das Schriftstück setzte.

Am meisten aber wurmte es Wang Lung, wenn ein solcher Schreiber fragte, um ihn zu verspotten:

»Ist es das Drachenzeichen Lung oder das taube Zeichen Lung oder welches?« Wang Lung mußte dann antworten:

»Nehmt, welches Ihr wollt, denn ich bin zu unwissend, um meinen eigenen Namen zu kennen.«

An einem solchen Tage, zur Erntezeit, als er das Gelächter der

Schreiber gehört hatte, die kaum älter waren als seine eigenen Söhne, ging er ärgerlich über seine Felder dem Hause zu und dachte: »Nicht einer dieser Narren in der Stadt besitzt ein Joch Land, und doch glaubt jeder, über mich schnattern zu dürfen wie eine Gans, weil ich die Bedeutung von Bürstenstrichen auf Papier nicht verstehe.«

Doch allmählich schwand der Grimm in seinem Herzen, und er gestand sich ein:

»Es ist wirklich eine Schande, daß ich nicht lesen und schreiben kann. Ich will meinen älteren Sohn vom Felde nehmen, und er soll in eine Schule in der Stadt gehen und studieren, und wenn ich auf den Kornmarkt gehe, so soll er für mich lesen und schreiben, auf daß das höhnische Gelächter über mich, der ich ein Grundbesitzer bin, aufhöre.«

Dieser Entschluß erschien ihm gut, und am gleichen Tage rief er seinen älteren Sohn zu sich, welcher nun ein geradegewachsener Bursche von fünfzehn Jahren geworden war, der die breiten Bakkenknochen und die großen Hände der Mutter, aber die lebhaften, scharfen Augen des Vaters hatte. Wang Lung sagte zu ihm:

»Von nun an sollst du nicht mehr auf das Feld gehen, denn ich brauche einen Gelehrten in der Familie, der meine Verträge liest und meinen Namen schreibt, damit ich mich in der Stadt nicht mehr zu schämen brauche.«

Dem Knaben stieg dunkle Röte in die Wangen, und seine Augen leuchteten.

»Mein Vater«, gestand er, »dies habe ich mir seit zwei Jahren gewünscht, aber ich wagte es nicht, dich darum zu bitten.«

Als der jüngere Knabe dies hörte, weinte und jammerte er, wie er es gewohnt war, denn seit den Tagen seiner frühen Kindheit hatte er sich immer darüber beklagt, daß er weniger erhalte, als sein Teil sei.

»Dann werde auch ich nicht mehr auf dem Felde arbeiten«, schluchzte er, »und es ist nicht recht, daß mein Bruder bequem in einem Sessel sitzen und etwas lernen darf, während ich, der ich dein Sohn bin wie er, arbeiten muß wie ein Ochse.«

Wang Lung aber, der sein Jammern nicht hören konnte und ihm alles gewährte, wenn er nur laut genug weinte, sagte rasch:

»Gut, gut! So sollt ihr denn beide in die Schule gehen, und wenn mir der Himmel in seinem Zorne einen von euch beiden nimmt, so wird mir doch der andere bleiben, um mir mit seiner Gelehrsamkeit zu helfen.«

Dann schickte er die Mutter seiner Söhne in die Stadt, auf daß sie Stoff kaufe, um lange Talare für die beiden Knaben daraus zu fertigen, und er selbst kaufte Papier und Pinsel und zwei Tuschblöcke, obgleich er nichts von diesen Dingen verstand und alles mißtrauisch betrachtete, was der Kaufmann ihm zeigte. Endlich aber war alles bereit, und es wurde beschlossen, die beiden Knaben in eine kleine Schule nahe dem Stadttore zu senden, die ein alter Mann leitete, welcher sich einstmals zu den Regierungsprüfungen gemeldet hatte, aber durchgefallen war. Im Mittelraume seines Hauses hatte er Bänke und Tische aufgestellt, und gegen Entrichtung einer kleinen Summe an allen Festtagen des Jahres unterrichtete er Knaben in den klassischen Wissenschaften und schlug sie mit seinem großen Fächer, wenn sie faul waren oder die Textstellen, über denen sie von der Morgendämmerung bis zum Sonnenuntergang brüten mußten, nicht wiederholen konnten. Nur in den warmen Tagen des Frühlings und des Sommers hatten die Schüler ein wenig Ruhe, denn um diese Zeit pflegte der alte Mann nach dem Mittagsmahl ein wenig einzunicken, und der kleine dunkle Raum füllte sich mit dem Geräusch seines Schnarchens. Dann flüsterten und spielten die Knaben miteinander und machten unartige Zeichnungen und schlossen Wetten ab, ob die dicke Fliege, die auf des Lehrers Nase herumspazierte, in seinen Mund hineinkriechen würde oder nicht. Aber wenn der alte Schulmeister plötzlich die Augen öffnete – und das tat er zuweilen so plötzlich, als habe er gar nicht geschlafen – und ihre Streiche bemerkte, dann schlug er mit seinem Fächer um sich und traf bald diesen Schädel, bald jenen. Und wenn die Nachbarn das Klatschen seines Fächers hörten, so sagten sie respektvoll: »Wahrlich, er ist ein würdiger alter Lehrer«, und deshalb wählte Wang Lung diese Schule für seine Knaben.

Als er sie das erstemal dort hinbrachte, schritt er vor ihnen einher, denn es ist nicht passend, daß Vater und Söhne Seite an Seite gehen, und er trug ein blaues Tuch voll mit Eiern mit sich und gab sie dem alten Lehrer, als sie anlangten. Wang Lung empfand Scheu vor der großen Brille und dem langen schwarzen Talar und dem riesigen Fächer, den der alte Lehrer sogar im Winter in der Hand trug, und er verbeugte sich vor ihm und sagte:

»Herr, hier sind meine beiden wertlosen Söhne; wenn etwas in ihren Dickschädel hineingetrieben werden kann, so ist es nur durch Schläge möglich, und wenn Ihr mir einen Gefallen tun wollt, so prügelt sie, damit sie etwas lernen«, und die beiden Knaben standen da und starrten die anderen Knaben auf den Bänken an, und diese wiederum starrten die beiden neuen Schüler an.

Als Wang Lung aber allein nach Hause ging, wollte sein Herz vor Stolz schier bersten, und es schien ihm, als ob unter all den Burschen in dem Schulzimmer keiner so groß und stark gewesen wäre wie seine beiden Söhne. Als er im Stadttor einen Nachbarn traf, antwortete er auf die Frage, woher er käme:

»Ich habe meine Söhne zur Schule gebracht!« Und als der Mann überrascht schien, setzte Wang Lung mit scheinbarer Gleichgültigkeit hinzu: »Ich brauche sie nicht mehr auf dem Felde, und sie sollen sich nur ordentlich mit Schriftzeichen vollstopfen.«

Insgeheim aber dachte er sich:

»Es würde mich ganz und gar nicht überraschen, wenn der ältere mit all seiner Weisheit ein Mandarin würde.«

Und von diesem Tage an wurden die Knaben nicht mehr »Der Ältere« und »Der Jüngere« genannt, sondern der alte Lehrer gab ihnen richtige Namen. Und zwar nannte er, nachdem er sich nach dem Beruf des Vaters erkundigt hatte, den älteren Nung En, und den jüngeren nannte er Nung Wen, und das erste Wort beider Namen bedeutet: »Einer, dessen Wohlstand von der Erde kommt.«

XVIII

Auf solche Art baute Wang Lung den Wohlstand seines Hauses auf. Als das siebente Jahr kam, schwoll der große Strom im Norden gewaltig an, und sein Wasser brach über die Ufer und überschwemmte das Land weit und breit in der ganzen Gegend. Wang Lung fürchtete sich nicht. Er fürchtete sich nicht, obgleich ein Drittel seiner Felder zu einem See wurde, tief wie die Schulter eines Mannes.

Während des späten Frühjahres und des frühen Sommers stieg das Wasser immer höher, und ringsumher lag das ganze Land da wie ein großer See, lieblich und still, und die Wolken und der Mond spiegelten sich darin und auch die Weiden und die Bambusbäume, deren Stämme unter Wasser standen. Hier und dort erhob sich noch ein von den Bewohnern verlassenes Haus, um endlich langsam im Wasser zu versinken. Und so war es mit allen Häusern, die nicht wie das Wang Lungs auf einem Hügel erbaut waren, und diese Hügel ragten empor wie Inseln. Die Menschen ruderten auf Flößen und Booten umher, und viele hungerten wie stets in den Zeiten der Überschwemmung. Aber Wang Lung fürchtete sich nicht. Die Kornhändler schuldeten ihm Geld, und seine Speicher waren gefüllt mit den Ernten der beiden letzten Jahre, und seine Häuser standen so hoch, daß das Wasser ihnen nichts anhaben konnte. So war er müßiger, als er es je in seinem Leben gewesen war, und da er müßig war und voll mit gutem Essen, so wurde er ungeduldig, wenn er so lange geschlafen hatte, wie er konnte, und alles getan hatte, was zu tun war. Außerdem hatte er auch die Knechte, die er stets für ein ganzes Jahr dingte, und es wäre töricht von ihm gewesen, zu arbeiten, wenn die, welche seinen Reis aßen, Tag für Tag beinahe müßig darauf warteten, daß die Flut sich senke. Er hieß sie das Dach des alten Hauses flicken, die Spaten und die Rechen und die Pflüge auszubessern, das Vieh füttern und Hanf zu Seilen drehen; seine eigenen Hände aber waren unbeschäftigt. Und er wußte nicht, was er mit seinen Tagen beginnen sollte.

Nun kann ein Mann aber nicht den ganzen Tag dasitzen und das Wasser betrachten, das seine Felder bedeckt, noch kann er mehr essen, als sein Magen halten kann, und wenn Wang Lung genug geschlafen hatte, so war es auch mit dem Schlafen aus. Das Haus, in dem er rastlos umherwanderte, war still, zu still für sein kraftvolles Blut. Sein alter Vater war sehr schwach geworden, halb blind und fast völlig taub, und es war unnütz, zu ihm zu sprechen, es sei denn, daß man ihn fragte, ob ihm warm sei und ob er Essen oder Tee haben wolle. Und es machte Wang Lung ungeduldig, wenn der alte Mann nicht begreifen konnte, daß sein Sohn nun reich war, und daß er immer schalt, wenn Teeblätter in seiner Schale schwammen: »Wasser ist gut genug für mich, und Tee ist gleich Silber.« Aber es hatte keinen Zweck, dem Greis irgend etwas zu sagen, denn er vergaß es sogleich wieder und lebte eingesponnen in seine eigene Welt, und meist träumte er, er sei wieder ein Jüngling voller Kraft. Von dem, was um ihn her vorging, sah er nur wenig.

Der Vater und das ältere Mädchen, das niemals ein Wort sprach, sondern nur Stunde um Stunde neben dem Großvater saß und lächelnd ein Stückchen Stoff durch seine Hände gleiten ließ, diese beiden konnten ihm nicht genügen. Wenn Wang Lung dem Vater eine Schale Tee gebracht und dem Mädchen die Wange gestreichelt und als Lohn dafür ein rasch vorüberhuschendes Lächeln erhalten hatte, so blieb nichts mehr zu tun übrig. Immer, wenn er sich von dem Mädchen abwendete, war er einen Augenblick lang still und traurig, und dann pflegte er sich mit den Zwillingen zu beschäftigen, die sich nun fröhlich auf der Schwelle des Hauses umhertummelten.

Aber wenn er ein wenig mit den Kindern gescherzt und sie liebevoll geneckt hatte, so kehrten sie wieder zu ihren Spielen zurück, und Wang Lung blieb allein, und Unruhe erfüllte ihn aufs neue. Da geschah es, daß er O-lan, sein Weib, anblickte, wie ein Mann eine Frau anblickt, deren Körper er ganz und gar und bis zum Überdruß kennt.

Es schien ihm, als sehe er O-lan zum ersten Male in seinem Leben an, und zum ersten Male sah er sie, wie sie wirklich war, ein einfältiges und gewöhnliches Geschöpf, das sich schweigend abrackerte, ohne daran zu denken, wie es in den Augen anderer erschien. Zum ersten Male sah er, daß ihr Haar hart und braun und ungeölt war und ihr Gesicht derb und rauh und ihre Züge viel zu grob und ganz ohne Schönheit und Licht. Ihre Haare und ihre Augenbrauen waren dünn, und ihr Mund war zu breit, und ihre Hände und Füße waren groß und plump. Während er so auf sie blickte, herrschte er sie an:

»Jeder, der dich sieht, würde dich für das Weib eines gewöhnlichen Gesellen halten und nicht für die Frau eines Mannes, der Knechte hält, die sein Land bebauen.«

Es war das erstemal, daß er darüber gesprochen hatte, wie sie ihm erschien, und ihre Antwort war ein kurzes, schmerzliches Lächeln. Auf einer Bank sitzend, zog sie eine lange Nadel durch eine Schuhsohle; nun hielt sie inne, und ihr Mund stand offen und ließ ihre schwarz gewordenen Zähne sehen. Als sie endlich verstand, daß er sie angeblickt hatte, wie ein Mann eine Frau anblickt, zog eine dunkle Röte über ihre hervorstehenden Backenknochen, und sie murmelte:

»Seit die beiden letzten geboren wurden, bin ich nicht ganz gesund. In meinen Eingeweiden wütet ein Feuer.«

Und er sah, daß sie in ihrer Einfalt glaubte, er mache es ihr zum Vorwurf, daß sie seit über sieben Jahren nicht geboren hatte. Da antwortete er schroffer, als er beabsichtigte:

»Ich meine, kannst du dir nicht ein wenig Öl für dein Haar kaufen wie andere Frauen und dir eine neue Jacke aus schwarzem Stoff machen? Und auch die Schuhe, die du trägst, taugen nicht für die Frau eines Grundbesitzers.«

Sie antwortete nicht, sondern blickte ihn nur demütig an und verbarg die Füße unter der Bank. Obgleich er sich im Innern seines Herzens schämte, diesem Geschöpf Vorwürfe zu machen, das ihm durch alle diese Jahre treu wie ein Hund gehorcht hatte, und obgleich er sich erinnerte, daß sie einstmals gleich nach der Geburt ihres Kindes das Bett verlassen hatte, um ihm bei der Feldarbeit zu helfen, so konnte er doch den Unmut in seiner Brust nicht dämmen, und unbarmherzig, wenn auch gegen seinen eigenen Willen, fuhr er fort: »Ich habe gearbeitet, und ich bin reich geworden, und ich will, daß meine Frau nicht aussieht wie eine Bettlerin, und deine Füße –«

Er hielt inne. Sie erschien ihm ganz und gar abstoßend, aber das Abstoßendste an ihr waren ihre großen Füße in den losen Baumwollschuhen. Diese blickte er voll Ärger an, so daß sie die Füße noch tiefer unter der Bank versteckte. Nach einer Weile flüsterte O-lan:

»Meine Mutter hat meine Füße nicht gebunden, da ich so jung verkauft wurde, aber die Füße des Mädchens will ich binden – die Füße des jüngeren Mädchens will ich binden.«

Er aber wendete sich schroff von ihr ab, weil er sich seines Ärgers schämte und sich wiederum darüber ärgerte, daß sie nicht zornig geworden war, sondern nur betrübt. Und er legte sein neues, schwarzes Gewand an und sagte voll Verdruß:

»Ich will in das Teehaus gehen, vielleicht höre ich dort etwas

Neues. In meinem Hause gibt es nur Narren und einen kindischen Greis und zwei unvernünftige Kinder.«

Seine üble Laune wuchs während des Weges zur Stadt, denn plötzlich fiel ihm ein, daß er all dies neue Land sein Lebtag nicht hätte kaufen können, wenn O-lan nicht die Juwelen aus dem Hause des reichen Mannes genommen und sie ihm gegeben hätte, als er es ihr gebot. Und je mehr er darüber nachdachte, desto zorniger wurde er, und wie um sich vor seinem eigenen Herzen zu rechtfertigen, sprach er zu sich selbst:

»Sie wußte ja gar nicht, was sie tat. Sie hat die Steine genommen, wie ein Kind eine Handvoll roten und grünen Zuckerwerks nimmt, und sie hätte sie für immer an ihrem Busen verborgen, wenn ich es nicht entdeckt hätte.«

Dann fragte er sich, ob sie wohl die Perlen noch zwischen ihren Brüsten trüge. Während er aber früher daran wie an ein fremdartiges Bild gedacht hatte, dachte er jetzt mit Verachtung daran, denn ihre Brüste waren schlaff geworden durch die vielen Geburten, und sie waren nicht mehr schön, und Perlen zwischen diesen Brüsten waren sinnlos und eine Verschwendung.

Dies alles hätte nichts zu bedeuten gehabt, wenn Wang Lung noch arm gewesen wäre oder wenn das Wasser seine Felder nicht überschwemmt hätte. Doch er hatte Geld! Hinter den Wänden seines Hauses war Silber verborgen, und auch unter dem Fußboden des neuen Hauses war Silber vergraben, und in der Kiste in dem Raum, in dem er mit seiner Frau schlief, war Silber, und in der Matte unter ihrem Bett war Silber eingenäht, und sein Gürtel war voll mit Silber, und er hatte keinen Mangel daran. Und während ihn früher jedes Silberstück, das er ausgab, geschmerzt hatte, als ob Blut aus seinem Körper flösse, schien ihm jetzt das Silber die Finger zu versengen, wenn er es in seinem Gürtel berührte, und er gab es achtlos aus und dachte nur daran, wie er sich der Tage seiner Mannheit erfreuen könne.

Nichts schien ihm mehr so gut wie früher; das Teehaus, das er früher nur schüchtern betreten hatte, weil er sich als ein gewöhnlicher Bauer gefühlt hatte, kam ihm jetzt schmutzig und armselig vor. In früheren Tagen kannte ihn hier niemand, und die bedienenden Knaben waren frech zu ihm, jetzt aber blickten die Leute einander an, wenn er eintrat, und er konnte hören, wie einer dem anderen zuflüsterte:

»Das ist der Mann namens Wang aus dem Dorfe Wang, der das Land von dem Hause Hwangs gekauft hat, in jenem Winter, als die große Hungersnot war und die alte Herrin starb. Jetzt ist er reich, dieser Wang.«

Als Wang Lung dies hörte, setzte er sich scheinbar unbekümmert nieder, aber sein Herz schwoll vor Stolz darüber, was er geworden war. An diesem Tage jedoch, an dem er sein Weib gescholten hatte, freute ihn nicht einmal die Ehrerbietung, die man ihm bezeigte, und er trank seinen Tee und fand, daß nichts im Leben so gut sei, wie er geglaubt hatte. Dann fiel ihm plötzlich ein: Warum trinke ich eigentlich meinen Tee in diesem Hause, dessen Besitzer schielt und weniger verdient als die Knechte auf meinem Acker, ich, der ich Grundbesitzer bin und dessen Söhne Gelehrte sind?

Rasch erhob er sich, warf sein Geld auf den Tisch und ging hinaus, ehe einer zu ihm sprechen konnte. Er wanderte ziellos durch die Straßen der Stadt; vor der Bude eines Märchenerzählers ließ er sich auf einer Bank nieder und lauschte den Geschichten aus den alten Tagen der drei Königreiche, in denen die Helden tapfer und listenreich waren, aber noch immer war er ruhelos, und der Erzähler konnte ihn nicht in seinen Bann ziehen wie die anderen. Auch ermüdete ihn der Klang des kleinen kupfernen Gongs, den der Mann schlug, und so stand er wieder auf und ging weiter.

Nun war aber in dieser Stadt vor kurzer Zeit ein neues, großes Teehaus eröffnet worden, von einem Manne aus dem Süden, der dieses Geschäft wohl verstand. Wang Lung war schon oft an dem Hause vorbeigekommen, und immer hatte ihm der Gedanke an das viele Geld, das dort im Spiel und für schlechte Frauen ausgegeben wurde, Abscheu eingeflößt. Jetzt aber strebte er diesem Hause zu, getrieben von der Unruhe des Müßigganges und von der Reue über sein ungerechtes Verhalten gegen O-lan. Er trat über die Schwelle in einen großen, glitzernden Raum, der voller Tische war, und bemühte sich, ein selbstbewußtes Gehaben an den Tag zu legen, obgleich er in Wahrheit schüchtern war und sich wohl erinnerte, daß er noch vor wenigen Jahren ein armer Mann gewesen war, der nicht mehr als ein oder zwei Silberstücke sein eigen nannte, und daß er sogar in den Straßen einer fremden Stadt eine Rikscha gezogen hatte.

Er bestellte Tee und trank ihn still und blickte verwundert um sich her. Er befand sich in einem großen Saale, dessen Decke vergoldet war und an dessen Wänden Seidenrollen hingen, auf denen Frauengestalten gemalt waren. Diese Frauen aber blickten Wang Lung heimlich an, und es schien ihm, als seien es Traumgestalten, denn niemals hatte er auf Erden solche Frauen gesehen, und am ersten Tage starrte er sie an und trank hastig seinen Tee und eilte hinweg. Da aber das Wasser, welches das Land überschwemmte, nicht weichen wollte, ging er Tag für Tag in dieses Teehaus und bestellte Tee und saß allein und starrte auf die Bilder der schönen Frauen, und jeden Tag blieb er länger, denn es gab nichts für ihn zu tun, weder auf seinem Lande noch in diesem Haus.

Und dabei wäre es wohl geblieben, denn trotz des Silbers, das er an verschiedenen Plätzen versteckt hatte, war er ein bäurisch aussehender Geselle geblieben und der einzige in dem glänzenden Teehaus, der Baumwolle trug statt Seide und dem ein Zopf den Rükken hinunterhing, wie kein Mann in der Stadt ihn mehr trug. Eines Abends aber, als er trinkend und in den Anblick der Bilder versunken dasaß, kam jemand die schmale Treppe herab, die von der hinteren Wand des Saales zum oberen Stockwerk emporführte.

Nun war dieses Teehaus das einzige Gebäude in der ganzen Stadt, das ein oberes Stockwerk besaß, ausgenommen die westliche Pagode, die fünf Stockwerke hoch war; diese aber war schmal und wurde gegen die Spitze zu immer schmäler, während der obere Stock des Teehauses gerade so breit war wie der Teil des Gebäudes, der auf dem Boden stand. Bei Nacht strömten der Gesang von Frauenstimmen und helles Gelächter und süße Musik aus den oberen Fenstern auf die Straße hinaus, während dort, wo Wang Lung saß, der Lärm vieler trinkender Männer und das scharfe Klappern der Würfel und Mah-Jongg-Steine alles übertönten.

Und so kam es, daß Wang Lung an jenem Abend die Schritte einer Frau auf der Treppe hinter sich nicht hörte, und er fuhr heftig auf, als ihn jemand an der Schulter berührte. Als er aufblickte, sah er in das schmale Gesicht einer Frau, und es war Kuckuck, jene Frau, in deren Hände er die Juwelen geschüttet hatte; es waren die gleichen Hände, die dem alten Herrn geholfen hatten, als er mit zitternden Fingern sein Siegel unter die Verkaufsurkunde setzte. Sie lachte leise und schrie auf, als sie Wang Lung sah. »Sieh da, Wang Lung, der Bauer!« flüsterte sie ihm zu und verweilte spöttisch auf dem Worte Bauer. »Wer hätte geglaubt, dich hier zu sehen!«

Es schien Wang Lung, als müsse er dieser Frau um jeden Preis beweisen, daß er mehr sei als ein gewöhnlicher Bauer. Er lachte und sagte übermäßig laut:

»Ist mein Geld nicht so gut wie das der anderen? Wahrlich, an Silber fehlt es mir nicht in diesen Tagen. Ich bin ein wohlhabender Mann geworden.«

Da stutzte Kuckuck; ihre Augen wurden schmal und glitzernd wie die Augen einer Schlange, und ihre Stimme war wie Öl, als sie sagte: »Wer hätte nicht davon gehört! Und wo könnte ein Mann das Geld, das er im Überfluß besitzt, besser ausgeben als in diesem Haus, in dem reiche Männer es sich wohl ergehen lassen und vornehme Herren schmausen und sich vergnügen? Nirgends gibt es so guten Wein wie hier – hast du ihn gekostet, Wang Lung?«

»Bis jetzt habe ich nur Tee getrunken«, entgegnete Wang Lung ein wenig beschämt. »Ich habe weder Wein noch Würfel berührt.«

»Tee!« wiederholte sie schrill lachend. »Wir haben Tigerknochenwein und den Wein der Morgenröte und wohlriechenden Reiswein – warum trinkst du Tee?«

Und als Wang Lung den Kopf senkte, sagte sie leise und lockend: »Da hast du dir wohl auch noch nichts anderes angeblickt, he – keine kleine, hübsche Hand, keine süß duftenden Wangen?«

Wang Lung senkte den Kopf noch tiefer, und das rote Blut strömte in sein Antlitz, und ihm war, als ob alle ringsumher ihn spöttisch anblickten und der Stimme der Frau lauschten. Als er es aber wagte, unter den halbgeschlossenen Lidern hervorzublinzeln, sah er, daß seiner Unterhaltung mit Kuckuck niemand Beachtung schenkte, und so stotterte er denn verwirrt: »Nein – nein – ich habe nicht – nur Tee–«

Da lachte die Frau wiederum und sie zeigte auf die Bilder an der Wand und erklärte:

»Das sind die Bilder der Mädchen. Wähle, welche du zu sehen

wünschest, und lege das Silber in meine Hand, und ich werde sie dir vorführen.«

»Die dort!« stieß Wang Lung verwundert hervor. »Ich glaubte, das seien Bilder von Traumgestalten, von Göttinnen aus dem Gebirge von Kwen Lwen, von denen die Märchenerzähler berichten!«

»Ja, es sind Traumgestalten«, bestätigte Kuckuck mit lächelndem Spott, »aber ein wenig Silber vermag solche Träume in Wirklichkeit zu verwandeln.« Und sie ging weiter, nickte den umherstehenden Bediensteten zu und wies mit dem Finger auf Wang Lung, als ob sie sagen wollte: »Seht nur den dummen Bauer!«

Wang Lung aber erschienen die Bilder mit einem Male noch viel anziehender. In den Zimmern dort oben gab es also diese Frauen in Fleisch und Blut, und Männer gingen zu ihnen hinauf – andere Männer als er, gewiß, aber doch Männer! Und wenn er nicht der Mann wäre, der er nun einmal war – ein braver, arbeitsamer Mann mit einer Frau und Söhnen –, welches Bild würde er wohl wählen? Und er blickte prüfend und aufmerksam auf jedes einzelne der gemalten Gesichter, so, als ob sie wirklich wären. Bis zu diesem Tage waren ihm alle gleich schön vorgekommen, denn es hatte sich nicht darum gehandelt, zu wählen. Jetzt aber erkannte er klar, daß einige noch schöner waren als die anderen, und er wählte die drei Schönsten aus; zwischen diesen dreien wählte er nochmals, und seine Wahl fiel auf die Allerschönste, ein kleines, schlankes Ding, mit einem Körper, leicht wie ein Bambusrohr, und einem Antlitz, das war wie das Gesicht eines Kindes. Eine ihrer Hände umfaßte den Stengel einer knospenden Lotosblume, und so zart war diese Hand, wie die Ranke eines geschlossenen Farnblattes. Wang Lung blickte sie unverwandt an, und das Blut strömte feurig wie Wein durch seine Adern.

»Sie ist wie die Blüte eines Quittenbaumes«, sagte er plötzlich ganz laut. Und beim Klang seiner eigenen Stimme ward er bestürzt und schämte sich, und er stand hastig auf und legte sein Geld auf den Tisch und ging hinaus in die Dunkelheit.

Über die Felder und das Wasser aber breitete sich das Mondlicht wie ein silbernes Netz. Und Wang Lungs Blut strömte geheimnisvoll und heiß und schnell durch seinen Leib.

XIX

Wenn nun das Wasser gesunken und Wang Lungs Land für den Pflug bereit gewesen wäre, so hätte er vielleicht nie mehr den Fuß in jenes Teehaus gesetzt. Oder wenn ein Kind plötzlich erkrankt wäre oder der alte Mann das Ende seiner Tage erreicht hätte, so wäre Wang Lung vielleicht durch dieses Ereignis abgelenkt worden, und er hätte das schmale, auf Seide gemalte Gesicht und den schlanken Körper des Mädchens vergessen.

Aber außer dem leichten Sommerwind, der sich des Abends erhob, regte sich nichts auf den Wassern, und der alte Mann schlummerte behaglich, und die beiden Knaben verließen bei Sonnenaufgang das Haus, um die Schule zu besuchen, und kehrten erst am Abend zurück. Wang Lung aber ging ruhelos in seinem Hause umher. Er wich dem traurigen Blick O-lans aus, er warf sich bald hier, bald dort in einen Stuhl und erhob sich wieder, ohne den Tee zu trinken, den sie ihm eingoß, und ohne die Pfeife zu rauchen, die sie ihm anzündete.

Am Ende eines Tages, der ihm länger erschien als die anderen in diesen sieben Monaten, stand er, als im Abenddämmer der Wind den Hauch des Sees zu ihm emportrug, an der Tür seines Hauses, und plötzlich wendete er sich um und ging in sein Zimmer und legte sein neues Gewand an, sein Gewand aus schwarzem, glänzendem Stoff, so glänzend beinahe wie Seide, das O-lan ihm für die Festtage gemacht hatte. Ohne jemand ein Wort zu sagen, ging er den schmalen Pfad am Rande des Wassers entlang, bis er in der Dunkelheit an das Stadttor kam, und durch dieses ging er hindurch und wanderte durch die Straßen, bis er zum neuen Teehaus kam.

Dort waren alle Lichter angezündet, helle Öllampen, wie man sie in den fremden Städten an der Meeresküste kaufte, und im Scheine der Lampen saßen Männer, trinkend und plaudernd; ihre Gewänder waren offen in der Kühle des Abends, und Fächer bewegten sich hin und her, und ihr Gelächter strömte auf die Straße hinaus wie Musik. Alle Heiterkeit, die Wang Lung aus der Arbeit auf seinen Feldern schöpfte, fanden die Männer der Stadt zwischen den Wänden dieses Hauses, in dem immer nur gespielt und nie gearbeitet wurde.

Wang Lung zögerte auf der Schwelle, und er stand in dem hellen Licht, das aus den offenen Türen floß. Und vielleicht wäre er dort stehengeblieben und wieder weggegangen, denn im Herzen war er schüchtern und ängstlich, obgleich das Blut durch seinen Körper raste, als wolle es die Adern sprengen. Da löste sich aber aus dem Dunkel am Rande des Lichtes eine Frau, die müßig an einem Türpfosten gelehnt hatte, und es war Kuckuck, und sie trat herbei, als sie die Gestalt des Mannes sah, denn es war ihr Geschäft, Kunden für die Frauen des Hauses zu beschaffen. Als sie aber sah, wer es war, zuckte sie die Achseln und rief:

»Ah, es ist nur der Bauer!«

So wegwerfend klangen die Worte, daß es Wang Lung einen Stich gab, und sein plötzlich erwachter Grimm gab ihm ungewohnten Mut, so daß er sagte:

»He! Darf ich denn nicht in das Haus kommen und tun wie die anderen Männer?«

Und wieder zog sie die Schultern empor und lachte und sprach:

»Wenn du das Silber hast, das andere Männer haben, so darfst du tun wie sie.«

Da wollte er ihr zeigen, daß er reich genug sei, um seine Wünsche zu befriedigen, und er griff in seinen Gürtel, zog eine Handvoll Silber heraus und fragte:

»Ist es genug, oder ist es nicht genug?«

Sie starrte auf das Silber und entgegnete dann ohne Zögern:

»Komm und sage, welche du wünschest!«

Da stotterte Wang Lung verwirrt:

»Wer sagt dir, daß ich etwas wünsche?«

Dann packte ihn Begierde, und er flüsterte:

»Die Kleine – die mit dem Gesichtchen, das weiß und rosa ist wie eine Quittenblüte –, die, welche eine Lotosknospe in ihrer Hand trägt.«

Die Frau nickte, winkte ihm, ihr zu folgen, und bahnte sich einen Weg zwischen den vielen Tischen. Wang Lung folgte ihr in einiger Entfernung. Zuerst schien es ihm, als blickten alle Männer auf und beobachteten ihn, aber als er den Mut fand, sich umzusehen, bemerkte er, daß man ihn kaum beachtete; nur einer fragte:

»Ist es denn schon Zeit, zu den Frauen zu gehen?«

Und ein anderer:

»Seht den lüsternen Gesellen, er hat es eilig!«

Aber Wang Lung stieg bereits die schmale Treppe empor. Dies fiel ihm schwer, denn noch nie hatte er in einem Hause Stiegen erklommen. Oben war alles wie in einem Hause auf der Erde, nur erschien ihm die Höhe gewaltig, als er an einem Fenster vorbeikam und hinausblickte.

Die Frau wies ihm den Weg zu einer dunklen Halle und rief:

»Hier ist der erste Mann des Abends!«

Überall öffneten sich mit einem Male Türen, und in der Helligkeit, die aus den Zimmern drang, leuchteten Mädchenköpfe auf wie Blumen, die dem Sonnenlicht entgegendrängen. Kuckuck aber rief voll Schadenfreude:

»Nein, nicht für dich – und nicht für dich – niemand hat nach einer von euch gefragt! Dieser hier ist für die Zwergin aus Sutschau mit den rosigen Wangen – für Lotos!«

Leise kichernde Stimmen rieselten die Halle entlang, und ein Mädchen, rot wie ein Granatapfel, rief laut:

»Lotos mag diesen Burschen haben – er riecht nach Erde und Knoblauch!«

Dies hörte Wang Lung, aber er würdigte das Mädchen keiner Antwort, obgleich die Worte ihn trafen wie ein Dolchstich; er fürchtete auszusehen wie das, was er wirklich war, ein Bauer. Da fiel ihm das gute Silber in seinem Gürtel ein, und er ging festen Schrittes weiter. Schließlich stieß die Frau mit der flachen Hand eine Tür auf und schob Wang Lung hinein, und drinnen saß auf einem Bett, das mit einer geblumten roten Decke bedeckt war, ein schlankes Mädchen.

Wenn jemand ihm gesagt hätte, daß es so kleine Hände gäbe wie diese, so würde er es nicht geglaubt haben, Hände so klein und Knochen so zart und Finger so spitz mit langen Nägeln, rosenrot gefärbt wie Lotosblüten, und wenn man ihm gesagt hätte, daß es Füße gäbe wie diese, kleine Füße, in rosa Seidenschuhe gezwängt, nicht länger als der Mittelfinger eines Mannes, Füße, die kindlich über den Rand des Bettes baumelten – wenn jemand ihm das gesagt hätte, so würde er es nicht geglaubt haben.

Er setzte sich steif und gerade neben sie auf das Bett, starrte sie an und sah, daß sie vollkommen dem Bilde glich. Insbesondere ihre Hände waren genau wie auf dem gemalten Bild, schlank und fein und weiß wie Milch. Sie lagen ineinandergefaltet im rotseidenen Schoß ihres Kleides, und es schien ihm vermessen, diese Hände zu berühren.

Er blickte sie an, wie er das Bild angeblickt hatte, und er sah, daß ihre Gestalt in dem enganliegenden Gewande schlank wie ein Bambusrohr war; er sah ihr schmales, zartes Gesicht aus dem hohen, mit weißem Pelz geschmückten Kragen hervorblühen; er sah die runden, aprikosenförmigen Augen, und nun endlich verstand er, was die Märchenerzähler meinten, wenn sie von den Aprikosenaugen der Schönen aus der alten Zeit sangen. Und sie war nicht Fleisch und Blut für ihn, sondern das gemalte Bild einer Frau. Dann hob sie die kleinen, zarten Hände und legte sie auf seine Schulter und strich über seinen Arm – langsam – ganz langsam. Und obgleich diese Berührung so leicht und zart war, daß er sie kaum spürte, so war ihm doch, als ob Feuer unter seinen Ärmel krieche und ihm das Fleisch seines Armes versenge. Als die Hand am Rande seines Ärmels angelangt war, glitt sie mit wissendem Zögern auf sein nacktes Gelenk und dann weiter die Höhlung seiner harten dunklen Hand hinab, und er begann zu zittern, da er nicht wußte, wie ihm geschah.

Dann hörte er ihr Lachen, hell und klingend, als ob silberne Glöckchen auf einer Pagode sich leise im Winde hin und her bewegten, und eine zarte Stimme tönte an sein Ohr:

»Oh, wie unwissend du bist, du großer Geselle! Willst du die ganze Nacht hier sitzen und mich anstarren?«

Darauf nahm er ihre Hand zwischen seine Hände, doch sehr vorsichtig, weil sie zerbrechlich schien wie ein trockenes Blatt, und flehend sagte er zu ihr, ohne zu wissen, was er sprach:

»Ich weiß gar nichts, lehre mich!«

Und sie lehrte ihn.

Nun wurde Wang Lung von einer Krankheit der Seele ergriffen, die schwerer war als jede Krankheit des Leibes. Er hatte gelitten unter der sengenden Sonne, wenn er auf dem Felde arbeitete, und er hatte gelitten unter den trockenen, eisigen Winden, die aus der

Wüste kamen. Und er hatte gelitten unter dem Hunger, wenn die Felder keine Frucht trugen, und er hatte gelitten unter der Verzweiflung hoffnungsloser Fron in den Straßen einer südlichen Stadt. Aber noch nie hatte er so gelitten, wie er jetzt litt unter dieser zarten Mädchenhand.

Jeden Tag ging er in das Teehaus; und jeden Abend wartete er, bis es ihr gefiel, ihn zu empfangen. Jede Nacht war er bei ihr und war jede Nacht von neuem der ungeschlachte Bauer, der nichts wußte, der vor ihrer Tür erzitterte, der steif und gerade neben ihr saß und nur auf das Signal ihres Lächelns wartete und der dann fiebernd, von quälender Begierde erfüllt, sklavisch ihrer langsamen Entfaltung folgte, bis zu dem Augenblick, in dem sie wie eine Frucht, die reif ist, gepflückt zu werden, darein willigte, daß er sie völlig in Besitz nehme.

Und doch konnte er sie nie völlig besitzen, und so blieb er fiebernd und dürstend, selbst wenn sie ihm ganz zu Willen war. Als O-lan in sein Haus gekommen war, da brachte sie seinen Sinnen Gesundheit, und es gelüstete ihn nach ihr, wie es ein Tier gelüstet nach seinem Weibchen, und er nahm sie und war gesättigt. Und er vergaß sie wieder und tat in Ruhe seine Arbeit. Die Liebe aber zu dem Mädchen Lotos brachte ihm keine Ruhe und seinen Sinnen keine Gesundheit. Am frühen Morgen, wenn sie seiner überdrüssig war und ihn mit ihren kleinen Händen, die mit einem Male schwer auf seinen Schultern ruhten, mürrisch zur Tür hinausschob, nachdem er sein Silber in ihren Busen gesteckt hatte, ging er so hungrig hinweg, wie er gekommen war. Es war, wie wenn ein Verdurstender das Salzwasser des Meeres trinkt, das, obgleich es Wasser ist, seinen Durst noch steigert und ihn so zum Wahnsinn treibt. Und jede Nacht war er bei ihr, und sie war ihm zu Willen, und dennoch verließ er sie stets mit unbefriedigten Sinnen.

So liebte Wang Lung dieses Mädchen den ganzen heißen Sommer hindurch. Er wußte nichts von ihr, weder woher sie kam, noch wer sie war; wenn sie beisammen waren, sprach er nur wenige Worte, und er horchte kaum auf ihr endloses Geplauder, das leicht und mit Lachen gemischt dahinplätscherte wie das Lachen eines Kindes. Er blickte sie nur an, ihr Gesicht, ihre Hände, die Bewegungen ihres Körpers, den Ausdruck ihrer großen, süßen Augen, und er wartete auf sie. Nie hatte er genug von ihr, und in der Morgendämmerung wankte er nach Hause, verwirrt und mit ungestillter Begierde.

Die Tage schienen endlos. Er wollte nicht mehr in seinem Bette schlafen; unter dem Vorwand, es sei zu heiß in dem Zimmer, breitete er unter die Bambusbäume eine Matte, und dort schlief er voll Unruhe. Oft lag er wach und blickte zu den spitzen Schatten der Bambusblätter empor, die Brust erfüllt von einem süßen Schmerz, den er nicht verstehen konnte.

Und wenn einer zu ihm sprach, sein Weib oder seine Kinder, oder wenn Ching zu ihm kam und ihn fragte: »Das Wasser wird bald fallen, welche Saat wollen wir vorbereiten?«, so rief er ärgerlich: »Warum störst du mich?«

Und während all dieser Zeit wollte sein Herz schier zerspringen, weil seine Sinne hungerten nach dem Mädchen Lotos und nicht satt wurden.

So waren seine Tage nichts als ein langes Warten auf den Abend, und er vermied es, in die ernsten Gesichter O-lans und der Kinder zu blicken, die plötzlich still und bedrückt wurden, wenn er sich ihnen näherte.

In den Nächten aber tat Lotos mit ihm, was sie wollte. Als sie über seinen Zopf lachte und sagte: »Die Männer des Südens tragen keine solchen Affenschwänze!«, ging er ohne ein Wort und ließ sich ihn abschneiden, obgleich ihn bisher niemand dazu bewegen konnte, weder durch Spott noch durch Verachtung.

Als O-lan sah, was er getan hatte, wurde sie von Schrecken gepackt, und sie rief:

»Du hast dein Leben abgeschnitten!«

Er aber herrschte sie an:

»Soll ich vielleicht mein ganzes Leben lang als altmodischer Narr umherlaufen? Alle jungen Männer in der Stadt tragen ihr Haar kurz.«

In seinem Herzen aber war er dennoch bestürzt über das, was er getan hatte. Aber er hätte auch sein Leben abgeschnitten, wenn Lotos es verlangt oder gewünscht hätte, denn sie hatte alle Schönheit, die eine Frau in seinen Augen haben konnte.

Bisher hatte er seinen guten, braunen Körper selten gewaschen, denn der reine Schweiß seiner Arbeit schien ihm Säuberung genug für gewöhnliche Tage. Nun aber betrachtete er seinen Leib, als wäre er der Leib eines anderen, und er wusch sich jeden Tag, so daß seine Frau besorgt meinte: »Du wirst sterben vor lauter Waschen.«

Er kaufte rote, süß duftende Seife, wie man sie in fremden Ländern macht, und rieb sie in sein Fleisch, und um keinen Preis wollte er mehr eine Knolle Knoblauch essen, damit er nicht übel rieche vor dem Mädchen Lotos.

Und keiner in seinem Hause verstand, was diese Dinge zu bedeuten hatten.

Auch von den Kleidern, die O-lang bisher für ihn gemacht hatte, wollte er fortan nichts mehr wissen, sondern kaufte neuen Stoff und trug ihn zu einem Schneider in der Stadt. Der machte ihm Kleider daraus, wie sie die vornehmen Männer tragen, enganliegende Gewänder aus leichter, grauer Seide und darüber eine ärmellose Jacke aus schwarzem Atlas. Und er kaufte die ersten Schuhe in seinem Leben, die nicht von einer Frau gemacht worden waren, schwarze Samtschuhe, wie die, in denen der alte Herr herumgeschlurft war.

Er schämte sich jedoch, diese feinen Kleider vor O-lan und seinen Kindern zu tragen. Er gab sie dem Schreiber des Teehauses in Verwahrung, und er legte sie in einem verschlossenen Raum an, bevor er die Stiegen hinaufging. Und außerdem kaufte er einen vergoldeten Ring für seine Finger, und das Haar, das auf seinem geschorenen Schädel zu wachsen begann, glättete er mit wohlriechendem Öl aus einem Fläschchen, für das er ein ganzes Silberstück gegeben hatte.

Auch von den Kleidern, die O-lan bisher für ihn gemacht hatte, Reis aßen, sagte sie ernst:

»Du erinnerst mich an die Herren in dem großen Hause der Hwangs.«

Da lachte Wang Lung laut auf, und er sprach:

»Soll ich denn immer wie ein gemeiner Bauer aussehen, obgleich wir genug haben und mehr als genug?«

Und in seinem Herzen freute er sich sehr, und an diesem Tage war er freundlicher zu ihr, als er seit langem gewesen war.

Das Geld, das gute Silber, aber begann, aus seinen Händen zu strömen. Da war nicht nur der Preis, den er für die Stunden mit dem

Mädchen zahlen mußte, sondern Lotos verstand es auch, ihm auf zierliche Art zu sagen, was ihr Begehren war. So pflegte sie etwa zu seufzen, als ob ihr das Herz bräche, und zu murmeln:

»O weh – o weh!«

Und wenn er leise fragte – denn er hatte es endlich gelernt, in ihrer Gegenwart zu sprechen –: »Was gibt es, mein Herzchen?«, so antwortete sie: »Ich bin sehr unglücklich heute, denn die, welche jenseits des Ganges wohnt – man nennt sie die schwarze Jade –, hat einen Liebhaber, der ihr eine goldene Nadel für ihr Haar gab, ich aber habe nur dieses alte silberne Ding.«

Dann konnte er nicht anders, und hätte es ihn das Leben gekostet, als die weiche, schwarze Welle ihres Haares beiseite schieben, um der Freude willen, ihre länglichen Ohrmuscheln zu sehen und zu flüstern:

»So will auch ich eine goldene Nadel für das Haar meines Juwels kaufen.«

Denn alle diese Kosenamen hatte sie ihn gelehrt, wie man einem Kinde neue Worte vorsagt. Und wenn er diese Worte der Liebe auch nur stammelnd sprach, denn sein Lebtag hatte er nur von Saat und Ernte und Sonne und Regen gesprochen, so klang doch das Echo in seinem Herzen jubelnd nach.

So kam das Silber aus seinen Verstecken, und wenn O-lan auch kein Wort sprach und ihn nur voll Schmerz beobachtete, so wußte sie doch, daß er ein Leben lebte, das getrennt war von dem ihren und selbst von dem Lande; doch wußte sie nicht, welcher Art dieses Leben war. Sie fürchtete sich vor ihm seit dem Tage, an dem er klar erkannt hatte, daß sie nicht schön und daß ihre Füße groß waren, und sie fürchtete sich nun auch, eine Frage an ihn zu richten.

Es kam ein Tag, an dem Wang Lung die Felder entlang seinem Hause zuschritt, und er näherte sich ihr, als sie am Teiche seine Kleider wusch. Eine Weile stand er schweigend neben ihr und sprach dann um so härter, als er sich in seinem Herzen schämte:

»Wo sind die Perlen, die du hattest?«

Sie blickte auf von dem Rande des Teiches, an dem sie Kleider auf einem flachen Steine klopfte, und sie antwortete scheu: »Die Perlen? Ich habe sie.«

Und er murmelte, nicht in ihr Gesicht blickend, sondern auf ihre runzeligen, nassen Hände:

»Es ist unnütz, Perlen ohne Zweck aufzubewahren.«

Sie sagte langsam:

»Ich wollte sie eines Tages in Ohrringe fassen lassen«, und da sie seinen Hohn fürchtete, sprach sie weiter: »Für das jüngere Mädchen, wenn es sich verheiratet.«

Wang Lung verhärtete sein Herz und schrie:

»Warum soll sie Perlen tragen, sie, deren Haut schwarz ist wie Erde? Perlen sind für schöne Frauen!« Er schwieg einen Augenblick und rief dann plötzlich: »Gib sie mir – ich brauche sie!«

Da schob sie langsam ihre nasse, runzelige Hand in ihren Busen und zog das kleine Bündel hervor, und sie gab es ihm und sah ihm zu, wie er es öffnete; und die Perlen lagen in seiner Hand, und sie zogen das Licht der Sonne an sich und erstrahlten in weichem Glanze, und Wang Lung lachte.

O-lan aber kehrte zum Klopfen der Kleider zurück, und als Tränen langsam und schwer über ihre Wangen tropften, hob sie nicht die Hand, um sie wegzuwischen; sie klopfte nur mit ihrem hölzernen Stock die Kleider, die auf dem Steine ausgebreitet lagen, stärker und immer stärker.

XX

So wäre es vielleicht weitergegangen, bis alles Silber ausgegeben gewesen wäre, wenn nicht jener Mann, der Wang Lungs Onkel war, plötzlich zurückgekehrt wäre, ohne zu erklären, wo er gewesen war oder was er unternommen hatte. Er stand in der Tür, als sei er aus einer Wolke gefallen; sein zerlumptes Gewand war ungeknöpft und lose gegürtet, wie es immer gewesen war, und auch sein Gesicht war wie früher, nur faltig war es geworden und hart in Regen und Wind. Er blickte sie alle mit einem breiten Grinsen an, wie sie da beim Morgenmahl um den Tisch herumsaßen, und Wang Lung saß mit offenem Munde da, denn er hatte vergessen, daß sein Onkel noch am Leben sei, und ihm war, als ob ein Toter zurückgekehrt sei, um ihn zu besuchen. Der alte Mann, sein Vater, blinzelte und starrte den Besucher an und erkannte ihn erst, als dieser zu sprechen begann:

»Seid gegrüßt, älterer Bruder und sein Sohn und seines Sohnes Söhne und meine Schwägerin!«

Da erhob sich Wang Lung, ärgerlich in seinem Herzen, aber äußerlich voll Höflichkeit:

»Nun, mein Onkel, hast du gegessen?«

»Nein«, antwortete der Onkel ungezwungen, »aber ich will mit euch essen.«

Er setzte sich hin und ergriff einen Napf und Eßstäbchen, und er nahm sich reichlich von dem Reis und dem gedörrten Fisch und den Rüben und den getrockneten Bohnen, die auf dem Tische standen. Er aß, als sei er hungrig, und keiner sprach, bevor der Onkel geräuschvoll drei Näpfe Reis verschluckt und emsig die Gräten des Fisches geknackt hatte. Und als er gegessen hatte, sagte er einfach und so, als ob es sein Recht wäre:

»Nun will ich schlafen, denn ich habe drei Nächte lang nicht geruht.«

Wang Lung führte ihn verwirrt zum Bett seines Vaters, und der Onkel hob die Decken auf und befühlte den guten Stoff, und er musterte die hölzerne Bettstatt und den Tisch und den großen Stuhl und sagte:

»Ich habe wohl gehört, daß du reich bist, aber daß du so reich bist, wußte ich nicht«, und er warf sich auf das Bett, und obgleich es sommerlich warm war, wickelte er sich bis zum Halse in die Decke ein und tat, als ob alles ihm gehöre, und ohne ein weiteres Wort schlief er ein.

Wang Lung kehrte ganz bestürzt in den mittleren Raum zurück, denn er begriff wohl, daß der Onkel jetzt, wo er wußte, daß Wang Lung genug habe, um ihn zu füttern, nicht mehr zu vertreiben sei. Und ganz besonders an des Onkels Weib dachte Wang Lung mit großer Furcht, denn er erkannte, daß auch diese in sein Haus kommen werde und daß das Unheil nicht aufzuhalten sei.

Und was er fürchtete, trat ein. Um die Mittagsstunde streckte sich der Onkel und gähnte laut, und dann kam er heraus und sagte zu Wang Lung:

»Jetzt will ich mein Weib und meinen Sohn holen. Wir alle drei sind hungrig, und in deinem großen Haus wird das, was wir essen, gar nicht bemerkt werden und die bescheidenen Kleider, die wir brauchen, auch nicht.«

Wang Lung konnte nichts anderes tun, als verdrossen nicken, denn es ist eine Schande für einen Mann, der im Wohlstand lebt, seines Vaters Bruder und dessen Sohn aus dem Hause zu jagen. Und auch im Dorfe, in dem er nun große Achtung genoß wegen seines Reichtums, würde man es übel vermerkt haben, wenn er so gehandelt hätte. Darum hieß er jene Knechte, welche in dem neuen Hause wohnten, in das alte Haus ziehen und die Zimmer beim Tore räumen; und in diese zog der Onkel am gleichen Abend ein, und seinen Sohn und sein Weib brachte er mit sich. Wang Lung war sehr ergrimmt, um so mehr, als er den Grimm in seinem Herzen begraben und seine Verwandten mit lächelndem Gesicht bewillkommnen mußte. In seinem Innern aber barst er vor Wut, als er das feiste Gesicht der Frau seines Onkels sah, und dem frechen und anmaßenden Sohn seines Onkels hätte er am liebsten einen Schlag ins Gesicht versetzt. Und drei Tage lang ging er nicht in die Stadt.

Schließlich aber gewöhnte er sich an das unvermeidliche Übel, und seine Sehnsucht nach dem Mädchen Lotos war größer denn je, und er dachte bei sich: »Wenn das Haus eines Menschen voll ist mit wilden Hunden, so muß er anderswo Frieden suchen«, und das alte Fieber und der alte Schmerz lohten wieder in ihm auf.

Was die anderen in ihrer Einfalt nicht erkannt hatten, das erkannte das Weib seines Onkels sogleich, und sie kicherte:

»Mich dünkt, Wang Lung pflückt eine fremde Blume.«

Und als O-lan sie verständnislos anblickte, lachte sie aufs neue und sagte: »Die Melone muß wohl gespalten werden, ehe du die Kerne siehst, he? Nun denn, daß du es weißt, dein Mann hält es mit einer anderen Frau!«

Dies hörte Wang Lung, als er am frühen Morgen in unruhigem Halbschlummer in seinem Zimmer lag. Im Nu wurde er vollends wach und horchte weiter, baß erstaunt über den scharfen Blick der Frau seines Onkels. Mit öliger Stimme fuhr sie zu schwätzen fort:

»Ich kenne die Männer! Wenn einer sein Haar ölt und sich neue Kleider kauft und mit einem Male Schuhe aus Samt trägt, dann girrt er nach einer Frau, und so ist es und nicht anders.«

Dann drang ein kurzer Ausruf O-lans an sein Ohr, den er nicht verstehen konnte, und die Frau des Onkels sprach auf sie ein:

»Eine Frau ist nun einmal nicht genug für einen Mann, am wenigsten eine Frau, die ihr ganzes Leben lang schwer gearbeitet hat und die müde und verwelkt ist. Wahrlich, du konntest niemals die Lust eines Mannes befriedigen, du arme Närrin, und du warst nicht viel mehr für ihn als das Vieh, das er zu seiner Arbeit braucht. Und es steht dir nicht an, dich zu beklagen, wenn er eine andere kauft, um sie in sein Haus zu bringen, denn so sind alle Männer, und selbst mein alter Taugenichts von Mann hätte es getan, wenn der arme Schlucker je im Leben genug Silber gehabt hätte, um sich selbst satt zu essen.«

Dieses sprach sie und noch manches andere, aber Wang Lung hörte nichts mehr, denn plötzlich erkannte er, wie er seinen Durst nach diesem Mädchen stillen konnte. Ja, er wollte Lotos kaufen und sie in sein Haus bringen und sie sich ganz zu eigen machen, so daß kein anderer Mann zu ihr kommen konnte. So würde er sich endlich an ihr sättigen können nach Herzenslust. Und er erhob sich von seinem Bette und ging hinaus und winkte heimlich der Frau seines Onkels. Unter dem Dattelbaume vor dem Tore, wo niemand seine Worte hören konnte, sprach er zu ihr:

»Ich habe gelauscht und gehört, was du sagtest, und du hast recht. Ich brauche mehr als eine; was hindert mich daran, zu tun, wie du gesagt hast, da ich doch genug Land habe, um uns alle zu ernähren!«

Eifrig antwortete sie:

»Nichts hindert dich daran, gar nichts! Alle Männer, die es zu Wohlstand gebracht haben, machen es so. Nur der arme Mann ist gezwungen, immer aus derselben Schale zu trinken.«

Er entgegnete darauf, so wie sie es erwartet hatte:

»Wer aber wird mein Unterhändler sein? Ein Mann kann nicht zu einer Frau gehen und zu ihr sprechen: Komm in mein Haus!«

Sogleich schlug sie vor:

»Lege diese Sache ruhig in meine Hände! Sage mir nur, welche Frau es ist, und ich werde das Geschäft zu gutem Ende führen.«

Da sagte Wang Lung widerstrebend und schüchtern, denn noch nie hatte er einem Menschen ihren Namen genannt:

»Es ist die Frau, die man Lotos nennt.«

Es schien ihm, als müsse jeder von Lotos gehört haben, und er vergaß, daß er selbst vor zwei kurzen Sommermonden noch nicht gewußt hatte, daß sie lebte, und deshalb wurde er ungeduldig, als die Frau seines Onkels weiterfragte:

»Und wo wohnt sie?«

»Wo sonst, als in dem großen Teehause in der Hauptstraße der Stadt!«

»Ist es jenes, welches man das Haus der Blumen nennt?«

»Welches sollte es sonst sein?« gab Wang Lung ärgerlich zurück. Sie dachte eine Weile nach, strich sich mit der Hand über die Lippen und sagte endlich:

»Ich kenne niemand in jenem Hause. Ich muß einen Weg finden; wer hat die Aufsicht über diese Mädchen?«

Als er ihr sagte, daß es Kuckuck sei, die einstmals Sklavin in dem großen Hause war, lachte sie und meinte:

»Oh, die ist es! Also diesen Beruf hat sie ergriffen, nachdem der alte Herr eines Nachts in ihrem Bette gestorben ist! Wahrlich, es wundert mich nicht. Dann ist es eine einfache Sache; sie hat von jeher alles getan, sogar Unmögliches vollbracht, wenn man ihr nur genug Silber dafür bot.«

Als Wang Lung dies hörte, flüsterte er mit vor Erregung heiserer Stimme:

»An Silber soll es nicht fehlen! Und auch nicht an Gold! Selbst einen Teil meines Landes würde ich opfern um des Mädchens Lotos willen.«

So seltsam aber wütete das Fieber der Liebe in Wang Lung, daß er sich dem großen Teehause nicht mehr nähern wollte, ehe die Frau seines Onkels mit Kuckuck handelseins geworden war. Er gelobte sich:

»Wenn sie nicht in mein Haus kommen und mir allein gehören will, so schwöre ich bei meinem Leben, daß ich sie nicht mehr sehen will.«

Aber als er die Worte »wenn sie nicht kommen will« dachte, stand sein Herz still vor Furcht, so daß er ohne Unterlaß zur Frau seines Onkels lief und ihr zuraunte:

»Mangel an Geld soll das Tor nicht schließen.« Und dann wieder:

»Hast du Kuckuck berichtet, daß ich keinen Mangel habe an Silber und Gold?« Und: »Sage Lotos, daß sie keinerlei Arbeit in meinem Hause verrichten soll und daß sie silberne Gewänder tragen und jeden Tag Haifischflossen essen kann, wenn sie will.« Schließlich wurde die dicke Frau ungeduldig, rollte die Augen und fuhr ihn an:

»Genug! Bin ich eine Närrin? Ist dies das erstemal, daß ich einen Mann und ein Mädchen zusammenbringe? Laß mich in Ruhe, und ich werde das Geschäft zu gutem Ende bringen.«

Da blieb Wang Lung nichts anderes übrig, als zu warten. Er konnte den Gedanken nicht ertragen, je wieder mit O-lan zu schlafen, und er begriff, daß nun, wo zwei Frauen im Hause sein würden, mehr Zimmer und ein neuer Hof vonnöten wären und daß er eines Platzes bedürfe, wo er mit seiner Liebe allein sein könne. Er befahl seinen Knechten, hinter dem mittleren Raum einen neuen Hof zu errichten und rund um den Hof drei Zimmer, ein großes in der Mitte und zwei kleine daneben. Die Männer sahen ihn erstaunt an, aber sie wagten nicht, Fragen an ihn zu richten, und sie schaufelten Erde aus den Feldern und bauten die Wände auf, und Wang Lung bestellte in der Stadt Ziegel für das Dach. Auch ein guter Steinboden wurde in den drei Räumen gelegt, in denen Lotos wohnen sollte. Und er kaufte Vorhänge aus rotem Stoff und einen neuen Tisch und geschnitzte Sessel und Seidenrollen, auf denen Berge und Seen gemalt waren. Zu guter Letzt aber ließ er ein breites geschnitztes Bett kommen, das allein so groß war wie ein kleines Zimmer und das mit blumenverzierten Vorhängen umgeben war. Bei all diesem half ihm die Frau seines Onkels, denn er schämte sich, O-lan zu Rate zu ziehen.

Als alles beendet und nichts Weiteres mehr zu tun war, war ein Monat verstrichen, aber der Handel war noch nicht abgeschlossen. Da hieß Wang Lung einen Arbeiter in dem neuen Hof einen Teich graben, drei Fuß breit und wohl ausgemauert, und er kaufte in der Stadt fünf Goldfische für diesen Teich. Nun aber fiel ihm wirklich nichts mehr ein, und wieder wartete er fiebernd und voller Ungeduld.

Während der ganzen Zeit richtete er kaum ein Wort an die Seinen. Nur schalt er die Kinder zuweilen, wenn sie schmutzig waren, und einmal warf er O-lan mit lauter Stimme vor, sie habe seit drei Tagen ihr Haar nicht gekämmt. Da begann sie so laut zu weinen, wie er sie noch nie weinen gehört hatte, nicht einmal in den schlimmen Tagen der Hungersnot. Laut schluchzend rief sie ein über das andere Mal:

»Ich habe dir Söhne geboren – ich habe dir Söhne geboren –«

Er schwieg und schämte sich vor ihr und ging aus dem Zimmer. Und wirklich konnte er nach dem Gesetz keine Klage führen gegen sein Weib, denn sie hatte ihm drei gute Söhne geboren, und alle drei lebten, und er hatte keine Entschuldigung für sein Tun außer seiner Begierde.

Der Tag aber kam, an dem die Frau seines Onkels zu ihm sagte: »Der Handel ist abgeschlossen. Die Aufseherin über die Mädchen in dem Teehause will der Sache zustimmen für hundert Silberstücke bar auf die Hand, und das Mädchen will kommen für Ohrringe aus Jade und einen Ring aus Gold und zwei Kleider aus Atlas und zwei Kleider aus Seide und zwölf Paar Schuhe und zwei seidene Decken für ihr Bett.«

Von all diesem vernahm Wang Lung nur das eine: »Der Handel ist abgeschlossen«, und er rief:

»So soll es geschehen, so soll es geschehen!« Und er lief in den inneren Raum und holte Silber und schüttete es in ihre Hand, aber ganz geheim, damit keiner sähe, daß die guten Ernten so vieler Jahre diesen Weg gingen, und er sagte zu der Frau seines Onkels: »Hier hast du zehn gute Silberstücke für dich selbst.«

Sie tat so, als wiese sie das Geld zurück, und flüsterte:

»Nein, das will ich nicht. Wir sind eine Familie, und du bist mein Sohn, und ich bin deine Mutter, und ich tue dies für dich und nicht um deines Silbers willen.« Aber dabei streckte sie die Hand aus, und er schüttete das Silber hinein und hielt es für wohl ausgegebenes Geld.

Dann kaufte er Schweinefleisch und Rindfleisch und Mandarinenfisch und Bambussprossen und Kastanien, ferner getrocknete Vogelnester aus dem Süden, um eine Suppe daraus zu kochen, und Haifischflossen und jede Leckerei, von der er wußte, und dann wartete er – wenn diese brennende, ruhelose Ungeduld in seinem Innern Warten genannt werden konnte.

An einem schimmernden, brennend heißen Tage des achten Mondes, welcher das Ende des Sommers ist, kam sie in sein Haus. Von weitem sah Wang Lung sie kommen. Männer trugen sie auf ihren Schultern in einer geschlossenen Sänfte, die auf dem schmalen Wege neben den Feldern hin und her schwankte, und dahinter bemerkte Wang Lung die Gestalt Kuckucks. Einen Augenblick lang überfiel ihn Angst, und er fragte sich:

»Wen nehme ich da in mein Haus?«

Ohne sich bewußt zu sein, was er tat, lief er in den Raum, in dem er alle die Jahre hindurch mit seinem Weibe geschlafen hatte, und er schloß die Tür, und im Dunkeln wartete er verwirrt, bis die Frau seines Onkels laut rief, er möge herauskommen, denn es sei jemand am Tore.

Da ging er mit gesenktem Kopf hinaus, und seine Augen blickten hierhin und dorthin, nur nicht geradeaus. Aber Kuckuck begrüßte ihn fröhlich:

»Wahrhaftig, ich hätte nicht geglaubt, daß wir einmal auf solche Art Geschäfte abschließen würden.«

Dann näherte sie sich der Sänfte, welche die Männer niedergestellt hatten, lüftete ein wenig den Vorhang und rief:

»Komm heraus, meine Lotosblume, hier ist dein Haus, und hier ist dein Herr.«

Es war eine Pein für Wang Lung, sehen zu müssen, wie die Sänftenträger zu grinsen begannen. Wohl sagte er sich: »Dies sind Tagediebe und unwürdige Gesellen«, aber dennoch wurde sein Gesicht rot und heiß, und er ärgerte sich darob.

Dann wurde der Vorhang gehoben, und mit einem Male sah Wang Lung in dem Halbdunkel der Sänfte mit geschminktem Gesicht und kühl wie eine Lilie das Mädchen Lotos sitzen. Da vergaß er alles, sogar seinen Ärger gegen die grinsenden Burschen aus der Stadt, und er wußte nur das eine, daß er diese Frau für sich allein gekauft hatte und daß sie für immer in sein Haus gekommen war. Und er stand steif und zitternd da und sah zu, wie sie sich erhob, so anmutig und leicht, als ob der Wind über eine Blume striche. Sie nahm Kuckucks Hand und entstieg der Sänfte, und er konnte den Blick nicht von ihr wenden, als sie nun mit gesenktem Kopf und niedergeschlagenen Augen vorwärts schritt, auf Kuckuck gestützt und ein wenig schwankend wegen der Kleinheit ihrer Füße. Als sie an ihm vorbeikam, lispelte sie kaum hörbar:

»Wo sind meine Gemächer?«

Gemeinsam führten Kuckuck und die Frau des Onkels Lotos in den Hof und in die neuen Zimmer, die Wang Lung für sie gebaut hatte. Niemand aus dem Hause sah ihr Kommen, denn Wang Lung hatte Ching und die Knechte für den ganzen Tag auf ein entferntes Feld geschickt; O-lan war weggegangen, er wußte nicht wohin, und hatte die beiden Kleinen mitgenommen; die Knaben waren in der Schule, der alte Mann schlief, gegen die Wand des Hauses gelehnt, und hörte und sah nichts; das schwachsinnige Mädchen aber bemerkte niemanden, der kam oder ging, und erkannte kein anderes Gesicht als das seines Vaters oder seiner Mutter.

Nach einer Weile kam die Frau des Onkels heraus, lachte ein wenig spöttisch und rieb ihre Hände, als ob sie sie von etwas Klebrigem reinigen wollte.

»Sie stinkt nach Parfüm und Schminke, die da drinnen«, sagte sie noch immer lachend, »wie eine richtige Tochter des Lasters riecht sie«, und dann fügte sie nicht ohne Schadenfreude hinzu: »Sie ist nicht so jung, wie sie aussieht, mein Neffe! Ich zweifle daran, ob Jade an ihren Ohren und Gold auf ihren Fingern und selbst gleißende Seide sie gelockt hätten, in das Haus eines Bauern zu kommen, wenn sie nicht an der Grenze des Alters wäre, in dem die Männer aufhören, die Frauen anzublicken.« Als sie auf dem Gesicht Wang Lungs den Ärger über diese allzu aufrichtige Sprache bemerkte, fuhr sie hastig fort: »Aber schön ist sie, niemals habe ich eine schönere Frau gesehen, und bei ihr zu liegen, wird süß für dich sein wie der süße Reis auf einer Festtafel, nach den Jahren, die du mit der derbknochigen Sklavin aus dem Hause der Hwangs verlebt hast.«

Wang Lung gab keine Antwort. Ruhelos wanderte er im Hause umher. Endlich faßte er sich ein Herz, hob den Vorhang und ging in den Hof, den er für Lotos errichtet hatte, und dann in den verdunkelten Raum, in dem sie war, und blieb bei ihr, bis der Abend kam.

Während all dieser Zeit war O-lan dem Hause nicht nahe gekommen. Bei Sonnenaufgang hatte sie einen Spaten von der Wand genommen, die Kinder gerufen und ein wenig kaltes Essen, in ein Kohlblatt gehüllt, zu sich gesteckt. Erst als es Nacht geworden war, kehrte sie zurück, schweigend und müde, und ihre Kleider waren befleckt mit der Erde der Felder. Die Kinder gingen still hinter ihr her, und sie sprach zu niemand, sondern ging in die Küche und bereitete das Essen und setzte es auf den Tisch, wie sie es immer tat. Dann rief sie den alten Mann und gab ihm ein Eßstäbchen in die Hand, und sie gab der armen Närrin und den beiden Kleinen zu essen und aß auch selbst ein wenig.

Als die Kinder zur Ruhe gegangen waren und Wang Lung noch verträumt am Tische saß, wusch sie sich vor dem Schlafengehen, ging endlich in den gewohnten Raum und schlief allein in ihrem Bette.

Wang Lung aber genoß seine Liebe Tag und Nacht. Tag für Tag ging er in das Zimmer, in dem Lotos müßig auf ihrem Bette lag, setzte sich neben sie und sah ihr zu bei allem, was sie tat. Sie verließ in der Hitze der ersten Herbsttage niemals ihr Gemach, sondern ruhte nur, während Kuckuck ihre schlanken Glieder mit lauwarmem Wasser badete und ihre Haut und ihr Haar mit Öl und wohlriechenden Wässern einrieb. Lotos hatte hartnäckig darauf bestanden, daß Kuckuck als Dienerin bei ihr bleiben müsse, und entlohnte sie freigiebig, so daß die Frau nur zu gern einer statt vielen diente.

Den ganzen Tag über lag das Mädchen in der dunklen Kühle ihres Gemaches, knabberte Süßigkeiten und Früchte und trug nichts anderes am Leibe als ein Gewand aus grüner Sommerseide, das aus einem kurzen, enganliegenden Jäckchen und weiten Hosen bestand, und so fand Wang Lung sie, wenn er zu ihr kam, und er genoß seine Liebe Tag und Nacht.

Wenn aber die Sonne unterging, so schickte sie ihn mit einem anmutigen Lächeln weg, und Kuckuck badete und parfümierte sie aufs neue und legte ihr frische Kleider an, weiche weiße Seide auf den Körper und darüber pfirsichfarbene Seide, und an ihre Füße steckte Kuckuck winzige, gestickte Schuhe, und dann spazierte das Mädchen in den Hof hinaus und betrachtete den kleinen Teich mit seinen fünf Goldfischen, und Wang Lung bestaunte das Wunder, welches er besaß. Sie schwankte auf ihren kleinen Füßen einher, und für Wang Lung gab es nichts Wunderbareres auf der Welt als ihre spitzen, kleinen Füße und ihre zarten, hilflosen Hände.

Und er schwelgte in den Freuden seiner Sinne und war zufrieden.

XXI

Es war vorauszusehen, daß die Ankunft des Mädchens Lotos und ihrer Dienerin Kuckuck in Wang Lungs Haus nicht vollkommen ohne Aufsehen und Unfrieden vor sich gehen würde, denn mehr als eine Frau unter einem Dache gefährdet den Frieden. Wang Lung aber hatte dies nicht vorausgesehen, und wenn er auch an O-lans mürrischen Mienen und Kuckucks scharfen Redensarten bemerkte, daß nicht alles war, wie es sein sollte, so schenkte er diesen Anzeichen doch keine Beachtung und kümmerte sich um niemand, solange er toll vor Begierde war.

Und aus Tagen wurden Nächte und aus Nächten wieder Tage, und Wang Lung sah, daß die Sonne am Morgen aufging und daß der Mond zu seiner Zeit am Himmel erschien, ohne sich darum zu kümmern, ob das Mädchen Lotos da war oder nicht. Und sein Liebesdurst ließ ein wenig nach, und er sah Dinge, die er früher nicht bemerkt hatte.

Zunächst bemerkte er, daß es Streit zwischen O-lan und Kuckuck gab. Dies erstaunte ihn; er hatte damit gerechnet, daß O-lan Lotos hassen würde, denn von derlei Dingen hatte er oft gehört, und manche Frauen hängten sich sogar an einem Aste auf, wenn der Mann eine zweite Frau ins Haus nahm; andere wieder keiften und bemühten sich, dem Manne das Leben zu verbittern, und er war früh darüber, daß O-lan eine schweigsame Frau war, aber er hatte nicht bedacht, daß sie zwar Lotos gegenüber schweigen, jedoch ihren Grimm an Kuckuck auslassen würde.

Nun hatte Wang Lung nichts anderes im Sinn gehabt als Lotos, als sie gebeten und gebettelt hatte: »Gib mir diese Frau als Dienerin, da ich doch ganz allein auf der Welt bin, weil mein Vater und meine Mutter starben, als ich noch nicht gehen konnte, und weil mein Onkel mich verkaufte, sobald ich hübsch genug war für das Leben, das ich führte, und ich habe niemand.«

Bei diesen Worten waren Tränen in den Winkeln ihrer schönen Augen gestanden, und wenn sie Wang Lung so anblickte, so konnte er ihr nichts abschlagen, was immer es auch war.

Es schien, daß O-lan, als sie Kuckuck sah, von einem so tiefen Grimm gepackt wurde, wie ihn Wang Lung niemals an ihr gesehen und den er auch niemals in ihr vermutet hatte. Kuckuck ihrerseits war bereit, sich mit O-lan gut zu stellen, und bei der ersten Begegnung sagte sie schmeichelnd zu ihr:

»Hier sind wir also in einem Hause zusammen, meine alte Freundin, und du bist die Herrin und die erste Frau. Wie sich alles geändert hat!«

O-lan aber blickte sie nur stumm an, und als sie begriffen hatte, wer es war, ging sie zu Wang Lung und fragte ohne Umschweife:

»Was hat diese Sklavin in unserem Hause zu suchen?«

Wang Lung blickte zuerst nach Osten und dann nach Westen; am liebsten hätte er barsch geantwortet: »Was schert das dich! Ich bin der Herr im Hause, und wen immer ich auffordere, hier zu wohnen, der mag kommen.« Aber er tat es nicht, weil er sich schämte, wenn er sich auch sagte, daß er nichts anderes getan hatte als jeder Mann, der Silber im Überfluß hat.

Da er nun schwieg, blieb O-lan auf ihren breiten, kräftigen Füßen vor ihm stehen und wartete auf eine Antwort. Als sie eine Weile vergeblich gewartet hatte, fragte sie wiederum:

»Was hat diese Sklavin in unserem Hause zu suchen?«

Wang Lung erkannte, daß er antworten mußte, und sagte unsicher:

»Was hast du gegen diese Frau?«

O-lan erwiderte:

»Während meiner ganzen Jugend habe ich in dem großen Hause ihren hochmütigen Anblick erduldet. Jeden Augenblick kam sie in die Küche gelaufen und rief: ›Tee für den Herrn – das Mahl für den Herrn‹, und immer war dies zu heiß und das zu kalt und jenes zu schlecht zubereitet, und ich war zu häßlich und zu faul und zu dies und zu das ...«

Noch immer schwieg Wang Lung, denn er wußte nicht, was er antworten sollte.

Da wartete O-lan wiederum, und als er nichts sprach, da traten ihr heiße Tränen in die Augen; sie versuchte sie zurückzudrängen, und da es ihr nicht gelang, wischte sie sich mit dem Zipfel ihrer blauen Schürze über die Augen und sagte leise:

»Es ist bitter – in meinem eigenen Haus –, und ich habe kein Vaterhaus, in das ich zurückkehren könnte.«

Und als Wang Lung noch immer schwieg und sich hinsetzte und seine Pfeife anzündete, sah sie ihn traurig und hoffnungslos an, und ihr Blick war wie der Blick eines stummen Tieres, dann schlich sie hinaus und mußte nach der Türe tasten, denn ihre Augen waren blind vor Tränen.

Wang Lung sah ihr nach, und noch immer schämte er sich, und noch immer ärgerte er sich darüber, daß er sich schämte, und er sagte laut, so, als ob er mit jemandem stritte:

»Andere Männer sind auch so, und ich bin immer gut zu ihr gewesen, und es gibt Männer, die schlechter sind als ich.«

Und er sprach so laut, daß O-lan es hören mußte.

O-lan aber gab nicht nach, und in ihrer stillen Art verfocht sie ihre Sache. Am Morgen wärmte sie Wasser und bot es dem alten Mann, und Wang Lung brachte sie Tee, wenn er nicht in dem inneren Hofe war, aber wenn Kuckuck kam, um heißes Wasser für ihre Herrin zu holen, so fand sie den Kessel leer, und so laut sie auch fragen mochte, O-lan tat, als ob sie nicht hörte.

Wenn Kuckuck sich dann endlich bequemen wollte, selbst Wasser für ihre Herrin heiß zu machen, so benötigte O-lan den Kessel bereits, um das Mittagessen zu bereiten, und es half Kuckuck nichts, daß sie ein über das andere Mal schrie:

»Soll meine zarte Herrin durstend im Bette liegen und vergeblich auf einen Tropfen Wasser warten?«

Da beklagte sich Kuckuck geräuschvoll bei Wang Lung, und er war erbost darüber, daß Lotos unter solchen Dingen leiden müsse, ging zu O-lan, um ihr Vorwürfe zu machen, und schrie:

»Kannst du nicht am Morgen etwas mehr heißes Wasser in den Kessel gießen?«

Sie antwortete trotzig und verbissen:

»Ich bin nicht die Sklavin von Sklavinnen in diesem Hause.«

Da wurde er von maßlosem Zorn gepackt, und er packte O-lan bei der Schulter und schüttelte sie derb, und er sprach:

»Stelle dich nicht dümmer, als du bist. Es ist nicht für die Sklavin, sondern für die Herrin.«

Sie duldete seine Gewalttätigkeit, ohne sich zu beklagen, blickte ihn nur ruhig an und sprach:

»Und der hast du meine beiden Perlen gegeben?«

Da ließ er seine Hand sinken, und sein Ärger schwand, und er ging beschämt zu Kuckuck, um ihr zu sagen:

»Wir wollen einen zweiten Herd und eine zweite Küche bauen. Die erste Frau weiß nichts von den Leckerbissen, welche Lotos für ihren blumengleichen Körper braucht und an denen auch du dich erfreust. Du sollst in deiner eigenen Küche kochen, was dir Freude macht.«

Und er befahl den Knechten, einen kleinen Raum zu bauen und einen Herd aus Lehm darin zu errichten, und er kaufte einen guten Kessel. Kuckuck aber war froh darüber, daß er gesagt hatte, »du sollst kochen, was dir Freude macht.«

Wang Lung sagte sich, daß nun alles im Hause aufs beste bestellt sei, daß zwischen seinen Frauen Frieden herrsche und daß er nunmehr seine Liebe in Ruhe genießen könne. Und wieder schien es ihm, daß er des Mädchens Lotos und seiner Liebeskünste niemals müde werden könne.

Bald aber zeigte es sich, daß die Erbauung der neuen Küche ein Splitter in seinem Fleische werden würde, denn Kuckuck ging nun jeden Tag in die Stadt und kaufte die teuersten Leckerbissen, die aus dem Süden eingeführt wurden. Es waren Speisen, von denen er noch nie gehört hatte, getrocknete Honigdatteln und merkwürdige Kuchen, aus Reismehl, Nüssen und rotem Zucker, und stachelige Fische aus dem Meere und viele andere Dinge. Und all dies kostete mehr Geld, als er ausgeben wollte, wenn auch Kuckuck sicherlich nicht so viel dafür bezahlte, wie sie zu bezahlen vorgab. Und dennoch wagte er es nicht, zu sagen, »du frißt mich bei lebendigem Leibe auf«, aus Furcht, sie würde beleidigt sein und es würde Lotos mißfallen – so blieb ihm denn nichts übrig, als seine Hand immer wieder unwillig in den Gürtel zu stecken. Und Tag für Tag war ihm dies ein Splitter in seinem Fleische, und da er niemand hatte, dem er sein Leid klagen konnte, so begann der Splitter zu schwären, und das Feuer seiner Liebe zu Lotos wurde hierdurch ein wenig abgekühlt. Und da gab es noch einen zweiten Splitter, der mit dem ersten in Zusammenhang stand. Die Frau seines Onkels, die gutes Essen über alles liebte, ging um die Essenszeit oft in den inneren Hof und wurde bald vertraut mit seinen Bewohnerinnen. Die drei Frauen ließen es sich wohl ergehen, und sie schwatzten, kicherten und flüsterten ohne Unterlaß miteinander.

Wang Lung mißfiel dies sehr, aber er vermochte nichts dagegen. Einmal verwies er Lotos diese Freundschaft mit sanften, scherzenden Worten:

»Lotos, meine Blume, verschwende nicht an dieses alte, feiste Weibsbild deine Liebe. Ich brauche sie für mein eigenes Herz, und diese Vettel ist ein falsches und lügnerisches Geschöpf. Ich will nicht, daß sie vom Morgen bis zum Abend um dich herumstreicht.«

Da schmollte Lotos und antwortete gereizt:

»Ich habe niemand außer dir, und ich habe keine Freunde, und ich bin an ein lustiges Haus gewöhnt; in diesem Hause aber ist niemand außer der ersten Frau, die mich haßt, und deinen Kindern, die ich nicht ausstehen kann, und ich habe niemand.«

Und sie wehrte sich mit ihren Waffen, und sie ließ ihn an diesem Abend nicht in ihr Zimmer, und sie beklagte sich und murrte: »Du liebst mich nicht, denn wenn du mich liebtest, so würdest du wünschen, daß ich glücklich bin.«

Da bekam Wang Lung Angst, und er bedauerte, was er gesagt hatte, und er sprach begütigend:

»Alles soll so sein, wie du willst, jetzt und immer.«

Da vergab sie ihm und war wieder zärtlich wie sonst. Aber dennoch ließ sie ihn von nun an zuweilen ein wenig warten, wenn sie mit der Frau seines Onkels naschend und schwatzend beisammensaß, und dann ging er zumeist ärgerlich weg.

So war denn seine Liebe zu Lotos nicht mehr so vollkommen, wie sie bisher gewesen war, sondern von vielen kleinen Ärgernissen durchbohrt wie von Nadelstichen, die um so schmerzhafter waren, als sie schweigend ertragen werden mußten, denn er konnte mit seinen Sorgen auch nicht mehr zu O-lan gehen, da sein Leben nunmehr getrennt war von dem ihren.

Und wie unzählige Dornen aus einer einzigen Wurzel entspringen und hier und dort wuchern können, so sollte Wang Lung noch mehr Kümmernis bevorstehen. Eines Tages wachte sein Vater, der altersschwach vor sich hinduselte, auf und wankte, auf den mit einem Drachenkopf geschmückten Stock gestützt, den ihm Wang Lung zu seinem siebzigsten Geburtstag geschenkt hatte, zu der mit einem Vorhang verhängten Türe, die den Mittelraum des Hauses vom hinteren Hof schied, in dem Lotos gern lustwandelte. Nun hatte der alte Mann bisher weder diese Türe bemerkt noch gewußt, daß ein neuer Hof errichtet worden war; auch hatte Wang Lung ihm niemals gesagt, daß er eine zweite Frau genommen hatte, denn der alte Mann war zu taub, um zu verstehen, wenn ihm jemand etwas mitteilte, das neu für ihn war und an das er nicht bereits vorher gedacht hatte.

An diesem Tage aber bemerkte er plötzlich ohne besonderen Grund die Türe und ging hin und zog den Vorhang beiseite, und zufällig geschah dies zur Abendzeit, als Wang Lung mit Lotos im Hofe spazierenging. Und sie standen vor dem Teich und blickten auf die Fische; in Wahrheit aber blickte Wang Lung auf Lotos. Als der alte Mann nun seinen Sohn neben einem schlanken Mädchen stehen sah, schrie er mit seiner schrillen, zerbrochenen Stimme:

»Es ist eine Hure im Haus!« Und er war nicht zum Schweigen zu bringen, obgleich Wang Lung, der Lotos' leicht erregten Ärger fürchtete, ihn in den äußeren Hof geleitete und beschwichtigend zu ihm sprach: »Beruhige dein Herz, mein Vater, nicht eine Hure, sondern eine zweite Frau ist im Hause.«

Der Alte aber, ob er nun verstand, was sein Sohn zu ihm sagte, oder nicht, fuhr fort zu brüllen:

»Es ist eine Hure hier!« Dann erst schien er zu bemerken, daß Wang Lung neben ihm stand, und er sagte: »Ich hatte nur ein Weib, und mein Vater hatte nur ein Weib, und wir ackerten das Land.« Nach einer Weile aber begann er aufs neue zu schreien: »Ich sage, es ist eine Hure!«

So erwachte der Greis aus seinem unruhigen Altersschlaf mit einer Art von verbissenem Haß gegen Lotos. Zuweilen ging er zur Türe ihres Hofes und schrie gellend ins Leere: »Hure!« Dann wieder zog er den Vorhang beiseite und spie wütend auf den Boden, oder er las kleine Steinchen auf und warf sie mit seinem schwachen Arm in den kleinen Teich, um die Fische zu erschrecken. Und auf diese Weise drückte er seinen Grimm aus wie ein boshaftes Kind.

Des Ärgernisses aber war kein Ende. Eines Tages hörte Wang Lung einen Aufschrei aus dem inneren Hof, und er eilte hinzu, denn es war die Stimme von Lotos, und er mußte sehen, daß die zwei jüngsten Kinder, der Knabe und das Mädchen, die zur gleichen Zeit auf die Welt gekommen waren, seine älteste Tochter, die arme Schwachsinnige, in die Mitte genommen und in den inneren Hof geleitet hatten. Nun waren die vier Kinder, die sich eines gesunden Geistes erfreuten, immer voller Neugierde über die Dame, die in dem inneren Hof lebte; die beiden älteren Knaben begriffen sehr wohl, aus welchem Grunde sie da war und weshalb der Vater zu ihr ging, und eben deshalb sprachen sie nicht darüber, es sei denn untereinander im Flüsterton. Die beiden jüngeren aber wurden nicht müde, die fremde Dame insgeheim anzustarren, Bemerkungen über sie zu machen, ihr Parfüm einzuschnüffeln und die Finger in die Schüsseln zu stecken, die Kuckuck nach den Mahlzeiten wegtrug. Lotos beklagte sich oft darüber, daß die Kinder ihr lästig seien, und sie verlangte von Wang Lung, er möge einen Weg finden, um sie von ihr fernzuhalten. Dies aber wollte er nicht tun, sondern er hielt ihr scherzend vor:

»Ist es denn nicht begreiflich, daß die Kinder geradeso gern ein liebliches Gesicht sehen wie ihr Vater?«

So verbot er ihnen denn nur, den inneren Hof zu betreten, aber wenn er nicht zugegen war, hielten sie sich nicht an sein Gebot, sondern liefen heimlich in dem Hof ein und aus. Die älteste Tochter verstand von all dem nichts, sondern saß nur in der Sonne, gegen die äußere Wand des Hauses gelehnt, und lächelte und spielte mit ihrem Stückchen Stoff.

An diesem Tage aber hatten die beiden jüngeren Kinder es sich in den Kopf gesetzt, die närrische Schwester müsse die Dame in dem inneren Hof auch sehen, und so nahmen sie sie denn bei der Hand und zogen sie in den Hof und führten sie vor Lotos; diese hatte aber das arme Wesen noch nie gesehen und starrte es erstaunt an. Als das schwachsinnige Mädchen nun die glänzende Seide der Jacke, die Lotos trug, und die glitzernde Jade in ihren Ohren bemerkte, wurde es von einer seltsamen Freude bewegt und streckte seine

Hände aus, um nach den bunten Farben zu greifen, und es lachte laut auf, aber sein Lachen war nur ein Klang ohne Sinn. Lotos fürchtete sich und kreischte so gellend, daß Wang Lung eilends herbeilief; sie zitterte vor Ärger, schüttelte die Faust gegen das arme Mädchen und schrie:

»Ich will nicht in diesem Hause bleiben, wenn diese mir nah kommt, und man hat mir verschwiegen, daß ich erbärmliches Narrengezücht zu erdulden haben werde. Und wenn ich es gewußt hätte, so wäre ich nicht gekommen – pfui über deine dreckigen Kinder!« Und sie stieß den kleinen Jungen weg, der mit offenem Mündchen, die Hand seiner Zwillingsschwester umklammernd, vor ihr stand.

Da erwachte der gute Ärger in Wang Lung, denn er liebte seine Kinder, und er sagte barsch:

»Ich dulde nicht, daß man meine Kinder beschimpft, nein und abermals nein! Am wenigsten lasse ich über mein armes Närrchen Böses sagen und schon gar nicht von dir, die du keinem Mann einen Sohn in deinem Schoße trägst«, und er rief die Kinder zu sich und sprach zu ihnen: »Nun geht hinaus, mein Sohn und meine Tochter, und kommt nie mehr in den Hof dieser Frau, denn sie liebt euch nicht, und wenn sie euch nicht liebt, so liebt sie auch eueren Vater nicht.« Und zu dem älteren Mädchen sagte er mit großer Zärtlichkeit:

»Und du, mein armes Närrchen, komm zurück an deinen Platz in der Sonne.« Und sie lächelte, und er nahm sie bei der Hand und führte sie sanft hinaus. Er war sehr erbost darüber, daß Lotos es gewagt hatte, dieses sein Kind zu beschimpfen, und aufs neue sank Sorge um das Kind wie eine schwere Last auf sein Herz, so daß er sich zwei Tage lang Lotos nicht näherte; statt dessen spielte er mit den Kindern und ging in die Stadt und kaufte Gerstenzucker für sein armes Närrchen, und er fand Trost an dem kindlichen Vergnügen, das sie über das klebrige, süße Zeug empfand.

Als er wieder zu Lotos ging, machte keines von beiden eine Bemerkung darüber, daß er zwei Tage lang nicht gekommen war, aber sie gab sich besondere Mühe, ihm zu gefallen, denn als er kam, war gerade die Frau seines Onkels bei ihr und trank Tee, und Lotos entschuldigte sich und sagte:

»Mein Herr ist gekommen, und ich muß ihm gehorsam sein, so wie es auch meines Herzens Wunsch ist«, und sie bestand darauf, daß die Frau den Raum verlasse. Dann ging sie zu Wang Lung und nahm seine Hände und hielt sie an ihre Wange, und sie liebkoste ihn. Er aber, obgleich er sie aufs neue liebte, liebte sie nicht mehr so vollkommen wie bisher.

Dann kam ein Tag gegen Ende des Sommers, und der Himmel am frühen Morgen war klar und blau wie Seewasser, und ein reiner Herbstwind blies rauh über das Land, und Wang Lung erwachte wie aus einem Schlafe. Er ging zur Tür seines Hauses und blickte hinaus auf die Felder, und er sah, daß das Wasser verschwunden war und daß das Land im hellen Sonnenschein glänzte.

Da schrie in seinem Innern eine Stimme auf, eine Stimme, die stärker war als seine Liebe, und sie schrie nach dem Lande. Sie übertönte jede andere Stimme in seinem Leben, und er riß sich das lange Gewand vom Leibe, und er streifte seine samtenen Schuhe und seine weißen Strümpfe ab, und er rollte seine Hose bis zum Knie hinauf, und er stand da, kraftvoll und schaffensdurstig, und er jauchzte über die Felder:

»Wo ist der Spaten, und wo ist der Pflug, und wo ist die Saat für den Weizen? Komm, Ching, mein Freund – komm, rufe die Männer: Ich gehe hinaus auf das Feld!«

XXII

Wie damals bei der Rückkehr aus der südlichen Stadt, in der er soviel Bitternis erduldet hatte, so wurde Wang Lung auch jetzt wieder von der Krankheit seines Herzens durch die gute, schwarze Erde seiner Felder geheilt. Er fühlte die feuchten Schollen unter seinen Füßen, und er sog den Duft der Erde ein, der beim Ackern aus den Furchen strömte. Mit lauter Stimme gab er Befehle, und sie alle leisteten gewaltige Arbeit hinter dem Pfluge; ganz vorne, hinter dem ersten Ochsengespann, schritt Wang Lung, und er knallte mit der Peitsche über den Rücken der Tiere, und er sah, wie die Erde sich jedesmal kräuselte, wenn der Pflug in den Acker drang. Dann rief er Ching und gab ihm die Zügel; er selbst aber nahm einen Spaten zur Hand und brach die Erde in fetten Lehm, der weich war von der eingesickerten Feuchtigkeit. Dies aber tat Wang Lung aus reiner Freude an der Arbeit und nicht, weil es notwendig war. Wenn er müde wurde, so legte er sich auf dem Acker schlafen, und die Gesundheit der Erde drang in seinen Körper, und er war geheilt von seinem Siechtum. Am Abend, als die Sonne am wolkenlosen Himmel flammend untergegangen war, ging er in das Haus zurück. Er war müde, seine Glieder schmerzten ihn, und doch ging er kraftvollen Schrittes einher wie ein Sieger. Er riß den Vorhang zum inneren Hof beiseite, und dort lustwandelte Lotos in ihren Seidengewändern. Als sie die Erde auf seinen Kleidern sah, schrie sie empört auf und schauderte, als er sich ihr näherte.

Er aber lachte, nahm ihre schlanken Finger in seine schmutzigen Hände und sprach:

»Jetzt siehst du, daß dein Herr ein Bauer ist! Und du bist die Frau eines Bauern!«

Da rief sie beleidigt:

»Ich bin nicht die Frau eines Bauern; du aber magst sein, was du willst.«

Wang Lung aber ging hinaus, lachend und leichten Herzens.

Mit Erde beschmutzt, wie er war, aß er seinen Abendreis, und nur widerwillig wusch er sich, ehe er schlafen ging, und beim Waschen lachte er aufs neue, denn diesmal wusch er sich nicht für eine Frau, und er lachte, weil er frei war.

Es war Wang Lung, als ob er lange fortgewesen sei und als ob es nun viele Dinge zu tun gebe. Das Land verlangte nach dem Pflug und der Saat, und Tag für Tag bearbeitete er es, und seine Haut, die bleich geworden war während des Sommers seiner Liebe, bräunte sich an der Sonne, und seine Hand, die weich geworden war von müßigen Liebkosungen, wurde wieder hart und schwielig unter dem Druck des schweren Ackergerätes.

Wenn er des Mittags und des Abends in das Haus kam, aß er reichlich von den Speisen, die O-lan für ihn bereitet hatte, Reis und Kohl und guten Knoblauch im Weizenbrot. Lotos hielt sich das Näschen zu, wenn er kam, und sie jammerte, daß er nach Knoblauch stinke, aber er lachte nur und kümmerte sich nicht darum, und er atmete ihr kräftig ins Gesicht, und sie mußte es ertragen, so gut sie konnte, denn er aß nun, was ihm schmeckte, und jetzt, da er von seiner Leidenschaft geheilt und wieder gesund war, konnte er bei ihr liegen und dann unbekümmert wieder an die Arbeit gehen.

So nahmen denn diese Frauen den ihnen gebührenden Platz in seinem Hause ein: Lotos als Spielzeug, an dem er sich erfreute, weil sie schön und gebrechlich und nichts als reines Geschlecht war, und O-lan als die Frau der Arbeit und die Mutter, die ihm Söhne geboren hatte und die sein Haus in Ordnung hielt. Es war eine stolze Genugtuung für Wang Lung, daß die Männer des Dorfes mit Neid von der Frau in seinem inneren Hof sprachen; sie sprachen davon wie von einem seltenen Edelstein oder einem kostbaren Spielzeug, das keinen Zweck hat, sondern nur ein Zeichen und ein Symbol dafür ist, daß ein Mann nicht mehr Sorge zu tragen braucht um sein Essen und seine Kleidung und Geld verschwenden kann für Freude.

An der Spitze derer, die bewundernd von Wang Lungs Wohlstand sprachen, stand sein Onkel, denn er war gleich einem Hunde, der schmeichelt, um Gunst zu gewinnen. Er pflegte zu sagen:

»Mein Neffe hält sich eine für seine Lust, eine, dergleichen wir gewöhnlichen Leute nicht einmal gesehen haben«, und ein andermal sagte er: »Er geht hinein zu dieser Frau, die seidene Gewänder trägt wie eine Dame in einem großen Haus; ich selbst habe es nicht gesehen, aber mein Weib erzählte mir davon«, und dann wieder: »Mein Neffe, der Sohn meines Bruders, gründet ein großes Haus, und seine Söhne werden die Söhne eines reichen Mannes sein, und ihr Lebtag brauchen sie nicht zu arbeiten.«

Infolgedessen blickten die Männer aus dem Dorfe mit steigendem Respekt auf Wang Lung – und sie sprachen nicht mehr mit ihm wie mit einem ihresgleichen, sondern wie mit einem, der in einem großen Hause lebt, und sie kamen zu ihm, um Geld gegen Zinsen zu borgen und um seinen Rat wegen der Verheiratung ihrer Söhne und Töchter zu hören, und wenn zwei von ihnen einen Grenzstreit hatten, so wurde Wang Lung bestellt, um ihn zu schlichten, und seine Entscheidung wurde anerkannt, wie immer sie auch ausfiel.

Während Wang Lung früher nur mit seiner Liebe beschäftigt war, beschäftigte er sich nun mit vielen Dingen. Die Regengüsse kamen zu ihrer Zeit, und der Weizen sproß und wuchs empor, und es wurde Winter, und Wang Lung brachte seine Ernte auf den

Markt, denn er hielt sein Korn zurück, bis die Preise hoch waren, und diesmal nahm er seinen ältesten Sohn mit sich in die Stadt.

Nun ist es ein stolzes Gefühl für einen Mann, wenn sein ältester Sohn die Schriftzeichen auf einem Papier laut vorlesen und mit Pinsel und Tusche solche Schriftzeichen auch selbst malen kann, so daß andere sie lesen mögen, und dieses stolze Gefühl hatte jetzt Wang Lung. Er freute sich unbändig in seinem Herzen, als die Schreiber, die früher auf ihn herabgeblickt hatten, ausriefen: »Hübsche Schriftzeichen macht dieser Jüngling; wahrlich, er ist ein kluger Kopf!«

Nach außen hin tat Wang Lung, als sei es gar nichts Besonderes, einen solchen Sohn zu haben, aber als der Bursche nach der Durchsicht eines Schriftstückes unwillig rief: »Hier steht das Wasserzeichen statt des Holzzeichens, und es ist falsch«, wollte sein Herz vor Stolz beinahe bersten, so daß er sich abwenden und husten und auf den Boden spucken mußte, um seine Gemütsbewegung zu verbergen. Und als sich unter den Schreibern ein erstauntes Gemurmel über so viel Schriftgelehrtheit erhob, rief er leichthin:

»So ändert es denn! Wir wollen unseren Namen nicht unter etwas setzen, das falsch geschrieben ist.«

Als sein Sohn das falsche Zeichen geändert und säuberlich den Namen seines Vaters unter den Verkaufsvertrag und die Empfangsbestätigung über das Geld gesetzt hatte, gingen die beiden miteinander heim, Vater und Sohn. Und der Vater sagte zu sich in seinem Herzen, daß er nun, da sein Sohn ein Mann geworden war, recht an ihm handeln und eine Braut für ihn wählen müsse, damit der Bursche nicht genötigt wäre, in ein großes Haus um ein Mädchen betteln zu gehen, wie er es getan hatte, und aufzulesen, was übriggeblieben war und was keiner haben wollte, denn sein Sohn war der Sohn eines reichen Mannes, der eigenen Grund und Boden besaß. So machte sich denn Wang Lung daran, eine junge Frau als Braut für seinen Sohn zu suchen, und es war keine leichte Aufgabe, denn er wollte keine gewöhnliche Frauensperson. Eines Abends sprach er mit Ching darüber, wenn er auch nicht viel Hilfe von ihm erwartete, denn er wußte, daß Ching für derlei Dinge zu einfältig war, aber er wußte auch, daß der Mann treu und ergeben war wie ein guter Hund seinem Herrn. Und es war eine Erleichterung, einem solchen guten Manne sein Herz auszuschütten.

Ching blieb stehen, als Wang Lung an dem Tisch Platz genommen und zu reden begonnen hatte. Er setzte sich in Gegenwart Wang Lungs trotz aller Aufforderungen niemals nieder, denn dieser war nun reich geworden und nicht mehr seinesgleichen. Er horchte mit gespannter Aufmerksamkeit, und als Wang Lung geendet hatte, seufzte Ching und sagte zögernd und leise:

»Wenn mein armes Mädchen hier wäre, so solltest du sie vollkommen umsonst haben und meine Dankbarkeit dazu, aber ich weiß nicht, wo sie ist, und es mag sein, daß sie tot ist, und ich weiß es nicht.«

Da dankte ihm Wang Lung, denn er konnte ihm nicht sagen, was in seinem Herzen war, nämlich daß sein Sohn eine weit Höhere haben müsse als die Tochter Chings, der zwar ein guter Mensch, aber doch nur ein gewöhnlicher Bauer auf dem Felde eines anderen war.

So ging Wang Lung nur noch mit sich selbst zu Rate, wenn er auch gelegentlich im Teehaus lauschte, wenn von wohlhabenden Männern in der Stadt gesprochen wurde, die heiratsfähige Töchter hatten. Zur Frau seines Onkels aber sprach er nicht über die Sache; sie war gerade die Richtige, wenn es sich darum handelte, eine Frau aus einem Teehaus zu beschaffen, aber für seinen Sohn wollte er keine Vermittlerin haben wie die Frau seines Onkels, die kein Mädchen kennen konnte, das gut genug für den Jüngling gewesen wäre.

Das Jahr ging zur Neige, und der bittere Winter kam mit Schnee und Eis, und dann kam das Neujahrsfest, und sie aßen und tranken, und Männer kamen, um Wang Lung zu gratulieren, nicht nur Männer aus dem Dorfe, sondern auch solche aus der Stadt, und sie sagten:

»Wir können dir nichts Besseres wünschen als das, was du bereits hast, Söhne in deinem Haus und Frauen und Geld und Land.«

Und Wang Lung saß da in sein seidenes Gewand gekleidet, und neben ihm zur Rechten und zur Linken saßen seine Söhne, gleichfalls in gute Gewänder gekleidet, und süßer Kuchen und Melonenkerne und Nüsse standen auf dem Tisch, und überall waren glückverheißende rote Papierstreifen befestigt, und Wang Lung sah, daß das Schicksal ihm wohlwollte.

Und aus dem Winter wurde Frühling, und an den Weiden zeigte sich das erste Grün, und die Pfirsiche standen im Schmuck der rosafarbenen Blüten, und Wang Lung hatte die, welche er für seinen Sohn suchte, noch immer nicht gefunden.

Und es wurde vollends Frühling, die Tage wurden warm, und die Luft roch nach Kirschblüten, und die Bäume waren grün, und die Erde war feucht und duftete und war trächtig mit der kommenden Ernte, und Wang Lungs ältester Sohn veränderte sich plötzlich und hörte auf, ein Kind zu sein. Er wurde launisch und wollte bald dies, bald jenes, und er wurde seiner Bücher überdrüssig, und Wang Lung hatte Angst und wußte nicht, was er davon halten sollte, und er sprach von einem Arzt.

Wenn sein Vater ihm Vorhaltungen machte, und mochten sie noch so liebevoll sein, so wurde der Bursche verstockt und traurig, und als Wang Lung einmal in ärgerlichem Ton mit ihm sprach, brach er in Tränen aus und eilte hinweg.

Wang Lung verstand nicht, was in seinem Sohne vorging; er ging ihm nach und sprach zu ihm so sanft, wie er es imstande war: »Ich bin dein Vater, und nun sage mir, was in deinem Herzen ist.«

Aber der Jüngling schluchzte nur heftig und schüttelte den Kopf.

Zu alledem wurde in ihm ein Widerwille gegen seinen alter Lehrer wach, und des Morgens erhob er sich nicht aus seinem Bette, um in die Schule zu gehen, wenn Wang Lung ihn nicht anfuhr oder gar schlug. Dann ging er mürrisch weg, aber zuweilen lief er den ganzen Tag lang müßig in den Straßen der Stadt umher, und Wang Lung erfuhr das erst am Abend, wenn der jüngere Knabe boshaft berichtete:

»Der ältere Bruder war heute nicht in der Schule.«

Da war Wang Lung ergrimmt über seinen ältesten Sohn, und er schrie ihn an:

»Glaubst du, ich gebe mein ganzes Silber für nichts aus?« Und in seiner Wut fiel er mit einem Bambusstab über den Knaben her und schlug ihn, bis O-lan es hörte und aus der Küche hereingestürzt kam und sich zwischen ihren Sohn und seinen Vater stellte, so daß die Hiebe sie trafen, obgleich Wang Lung sich hin und her wand, um an den Knaben heranzukommen. Eines aber war seltsam, nämlich, daß der Bursche, während er bei dem geringsten Verweis in Weinen ausbrach, die Prügel mit dem Bambusstab ohne einen Laut hinnahm, mit bleichem, unbeweglichem Gesicht. Wang Lung verstand dies alles nicht, mochte er auch Tag und Nacht darüber nachgrübeln.

Eines Abends saß er nach der Mahlzeit in tiefes Nachsinnen versunken, denn er hatte seinen ältesten Sohn an diesem Tage wieder schlagen müssen, und während er so dasaß, kam O-lan in das Zimmer. Schweigend trat sie ein und blieb vor Wang Lung stehen, und er sah, daß sie ihm etwas sagen wollte. Er forderte sie auf:

»Sprich! Was ist es, Mutter meiner Söhne?«

Und sie antwortete: »Es hat keinen Zweck, daß du den Knaben prügelst. Ich habe das gleiche bei den jungen Herren in dem Hofe des großen Hauses gesehen; sie wurden von Trübsinn befallen, und wenn dies geschah, so suchte der alte Herr Sklavinnen für sie aus, und es ging bald vorüber.«

»Dies ist nicht vonnöten«, wandte Wang Lung ein, »als ich ein Bursche seines Alters war, kannte ich keinen Trübsinn und keine Laune, und es gab auch keine Sklavinnen für mich.«

O-lan wartete eine Weile und antwortete dann langsam:

»Ich habe solches bei keinen anderen Jünglingen gesehen als bei den jungen Herren. Du arbeitest auf dem Land, dein Sohn aber ist wie ein junger Herr, er ist müßig in dem Haus.« Wang Lung dachte über diese Worte nach, und er erkannte, daß in dem, was O-lan sagte, Wahrheit war. Sie hatte recht – als er selbst in diesen Jahren war, hatte er keine Zeit gehabt, sich dem Trübsinn hinzugeben, denn er mußte schon in der Morgendämmerung auf sein, um den Ochsen zu füttern und mit dem Pflug und dem Spaten auf das Feld zu gehen, und in der Erntezeit mußte er arbeiten, bis ihm beinahe der Rücken brach. Und wenn er weinen wollte, so konnte er es ruhig tun, aber niemand hörte ihn. Er hätte auch weglaufen können, wie sein Sohn es heute getan hatte, aber dann hätte er bei seiner Rückkehr nichts zu essen gehabt, und so war er denn gezwungen gewesen zu arbeiten. Dies alles fiel ihm ein, und er dachte bei sich:

»Aber mein Sohn ist nicht so; er ist zarter als ich war, und sein Vater ist reich und meiner arm, und er braucht nicht zu arbeiten, denn ich habe Knechte auf meinen Feldern, und außerdem kann man einen Gelehrten, wie mein Sohn einer ist, nicht hinter den Pflug stellen.«

Und insgeheim war er stolz, daß er einen Sohn hatte wie diesen, und er sagte zu O-lan:

»Nun denn, wenn er so ist wie ein junger Herr, so ist es eine andere Sache. Ich kann ihm keine Sklavin kaufen, aber ich will ihn verloben, und wir wollen ihn bald verheiraten, und so soll es geschehen.«

Und damit erhob er sich und ging in den inneren Hof.

XXIII

Als nun Lotos sah, daß Wang Lung in ihrer Gegenwart zerstreut war und an anderes als ihre Schönheit dachte, schmollte sie:

»Wenn ich geahnt hätte, daß du nach einem kurzen Jahre mich anblicken könntest, ohne mich zu sehen, so wäre ich in dem Teehause geblieben.« Und sie wandte ihren Kopf ein wenig weg und blickte ihn von der Seite an, so daß er lachen mußte, und er ergriff ihre Hand und ließ sie über sein Gesicht gleiten, und er sog den Duft ihrer Finger ein und sagte:

»Nun, ein Mann kann nicht immer an den Edelstein denken, den er an seine Jacke genäht hat, aber wenn ich ihn verlieren würde, so könnte ich es nicht ertragen. In diesen Tagen denke ich an meinen ältesten Sohn, dessen Blut ruhelos ist vor Begierde. Er muß verheiratet werden,und ich weiß nicht, wo ich das Mädchen für ihn finden soll. Ich will nicht, daß er die Tochter eines Bauern aus diesem Dorfe heirate, auch wäre es unziemlich, da wir alle den gemeinsamen Namen ›Wang‹ führen. Ich kenne aber auch keinen Mann in der Stadt gut genug, um ihm zu sagen: ›Hier ist mein Sohn, und dort ist deine Tochter‹ und es widerstrebt mir, zu einer berufsmäßigen Heiratsvermittlerin zu gehen, aus Furcht, sie habe eine heimliche Abmachung mit einem Manne getroffen, der eine mißgestaltete oder schwachsinnige Tochter hat.«

Nun sah Lotos auf den ältesten Sohn mit Wohlgefallen, seitdem er zu einem wohlgebauten jungen Mann herangewachsen war, und Wang Lungs Mitteilung ergötzte sie, und sie antwortete:

»In dem großen Teehaus pflegte ein Mann zu mir zu kommen, der oft von seiner Tochter sprach, die, wie er sagte, hübsch und zierlich, aber noch ein Kind war, und einmal fügte er hinzu: »›Und ich liebe dich mit seltsamer Unruhe, so, als ob du meine Tochter wärst; du gleichst ihr zu sehr, und dies bedrückt mich, denn das Gesetz erlaubt es nicht!‹ Und aus diesem Grunde ging er, obgleich er mich am liebsten hatte, zu einem großen, roten Mädchen mit Namen ›Granatapfelblüte‹.«

»Was für ein Mann war er?« fragte Wang Lung.

»Er war ein guter Mann und sparte nicht mit Silber, und wenn er etwas versprach, so hielt er es; wir alle wünschten ihm Gutes. Wenn zuweilen ein Mädchen müde war, so brüllte er nicht, er sei betrogen worden, so wie manche taten, sondern er sagte höflich wie ein Fürst oder einer aus einem gelehrten und vornehmen Hause: ›Hier ist Silber, mein Kind, und pflege der Ruhe, bis die Blume der Liebe aufs neue erblüht.‹ So hübsch sprach er mit uns.« Und Lotos versank wieder in Nachdenken. Wang Lung aber weckte sie hastig aus ihren Träumereien, denn er liebte es nicht, wenn sie an ihr altes Leben zurückdachte, und er sagte:

»Was für ein Geschäft hatte er denn mit all seinem Silber?« Und sie entgegnete:

»Ich weiß es nicht, aber mich dünkt, daß er Herr über einen Kornmarkt war. Ich will Kuckuck fragen, die alles weiß über die Männer und ihr Geld.«

Sie klatschte in die Hände, und Kuckuck kam aus der Küche hereingerannt; ihre Wangen und ihre Nase waren vom Feuer gerötet. Lotos aber fragte sie:

»Wer war der stattliche freundliche Mann, der zuerst zu mir kam und dann zur ›Granatapfelblüte‹ ging, weil ich so sehr seiner kleinen Tochter glich und ihn dies störte, obgleich er mich immer am liebsten hatte?«

Kuckuck antwortete sogleich:

»Das war Liu, der Kornhändler. Oh, er war ein guter Mann! Er drückte Silber in meine Hand, sooft er mich sah.«

»Wo ist sein Markt?« fragte Wang Lung, aber nur leichthin, denn es war Weibergerede und würde wohl zu nichts führen.

»In der Straße der Steinbrücke«, antwortete Kuckuck.

Noch ehe sie ausgesprochen hatte, rieb sich Wang Lung vergnügt die Hände und sagte:

»Vortrefflich! In jener Straße verkaufe ich mein Getreide, und nun glaube ich selbst, daß etwas daraus werden kann!« Es schien ihm eine glückhafte Sache zu sein, seinen Sohn mit der Tochter eines Mannes zu verheiraten, der ihm auch sein Getreide abnehmen konnte.

Kuckuck aber roch sogleich, wenn irgendwo Geld zu verdienen war, so wie die Ratte den Speck riecht, und sie wischte sich die Hände an der Schürze ab und sagte rasch:

»Ich bin bereit, dem Herrn zu dienen.«

Wang Lung zögerte und blickte in ihr verschlagenes Gesicht, aber Lotos meinte fröhlich:

»Ja, so soll es sein! Kuckuck wird zu dem Manne gehen und ihn fragen. Sie kennt ihn gut, und die Sache wird gelingen, denn Kuckuck ist schlau, und wenn sie es vollbringt, so soll sie die Vermittlungsgebühr erhalten!«

Kuckuck lachte, als sie an das gute Silber in ihrer Hand dachte, und während sie die Schürze losband, erbot sie sich geschäftig: »Sogleich will ich gehen, denn das Fleisch ist beinahe gar gekocht, und das Gemüse ist schon gewaschen.«

Aber Wang Lung hatte die Sache noch nicht gründlich genug überdacht, und so rasch wollte er seinen Entschluß nicht fassen. Er rief:

»Nein! Noch habe ich nichts beschlossen! Ich muß dies einige Tage überlegen; dann werde ich euch Bescheid sagen.«

Die Frauen waren ungeduldig, Kuckuck wegen des Silbers und Lotos, weil es etwas Neues und deshalb eine Abwechslung in ihrem Leben war. Wang Lung aber verließ sie mit den Worten:

»Nein, es handelt sich um meinen Sohn, und ich will warten.«

Und so würde er wohl noch viele Tage gewartet und die Sache in seinem Kopfe umhergewälzt haben, wenn nicht sein ältester Sohn eines Tages in der Morgenfrühe mit einem Gesicht nach Hause gekommen wäre, das heiß und rot war vom Weingenuß; sein Atem roch übel, und seine Füße waren unsicher. Wang Lung hörte ihn durch den Hof stolpern, und er lief hinaus, um nachzusehen, wer es war, und dem Burschen war übel, und er erbrach, denn er war an nichts anderes gewöhnt als an den blassen, milden Wein aus ihrem eigenen gegorenen Reis, und er fiel und lag auf dem Boden in seinem Unflat wie ein Hund.

Wang Lung hatte Angst, und er rief O-lan herbei, und zusammen hoben sie den Burschen auf, und O-lan wusch ihn und legte ihn in ihrem eigenen Zimmer auf das Bett, und ehe sie damit zu Ende war, war der junge Mann eingeschlafen, und er lag da wie ein Toter, und er konnte keine Antwort geben auf die Fragen seines Vaters.

Da ging Wang Lung in das gemeinsame Schlafzimmer der beiden Jünglinge, und der jüngere gähnte und streckte sich und band seine Bücher in ein viereckiges Tuch, um sie zur Schule zu tragen, und Wang Lung fragte ihn:

»War dein älterer Bruder nicht im Bette mit dir diese Nacht?«

Und der Knabe antwortete zögernd:

»Nein.«

In seinem Blick lag Angst vor irgend etwas, und als Wang Lung dies bemerkte, schüttelte er ihn und schrie:

»Sage mir alles, du kleiner Hund!«

Der Knabe fürchtete sich noch mehr, und er begann zu schluchzen, und stoßweise erzählte er:

»Der ältere Bruder sagte mir, ich dürfe dir nichts verraten, und er sagte, er würde mich zwicken und mich mit einer glühenden Nadel stechen, wenn ich es dir sagte; wenn ich es dir aber nicht sagte, so würde er mir einen Groschen geben!«

Außer sich vor Wut brüllte Wang Lung:

»Was sollst du mir nicht sagen, du elender Wicht?«

Und der Knabe fürchtete, daß der Vater ihn erwürgen würde, wenn er nicht antwortete, und in seiner Verzweiflung gestand er:

»Während der drei letzten Nächte ist er überhaupt nicht hier gewesen, aber was er tut, weiß ich nicht, außer daß er mit dem Sohn deines Onkels, unserem Vetter, geht!«

Da löste Wang Lung seine Hand von dem Halse des Knaben, schleuderte ihn zur Seite und eilte in die Zimmer seines Onkels, und hier fand er des Onkels Sohn. Dieser war heiß und rot von Angesicht, so wie sein eigener Sohn, aber er stand fester auf den Beinen, denn er war älter und vertraut mit den Gewohnheiten der Männer. Wang Lung herrschte ihn an:

»Wohin hast du meinen Sohn geführt?«

Da grinste der junge Mann Wang Lung unverschämt an und meinte:

»Dein Sohn braucht nicht geführt zu werden; er kann allein gehen.«

Aber Wang Lung wiederholte seine Frage, und diesmal war ihm, als müsse er diesen Burschen da mit dem höhnischen Gesichtsausdruck erschlagen, und er rief mit furchtbarer Stimme:

»Wo war mein Sohn heute nacht?«

Seine Stimme jagte dem jungen Mann Angst ein; er schlug seine frechen Augen nieder und antwortete verdrossen und widerwillig:

»Er war bei der Hure, die in dem Hofe lebt, der einstmals den Hwangs gehörte.«

Als Wang Lung dies hörte, stöhnte er laut auf, denn diese Hure war vielen Männern bekannt. Aber nur die Armen und Niedrigen gingen zu ihr, denn sie war nicht mehr jung, und sie war bereit, für wenig viel zu geben. Ohne Nahrung zu sich genommen zu haben, verließ er sein Haus und eilte über die Felder der Stadt zu, und dieses eine Mal sah er nichts von dem, was auf seinem Lande wuchs, und er bemerkte nicht, wie die Saat stand, wegen der Sorge um seinen Sohn. Mit nach innen gerichtetem Blick schritt er durch das Tor im Stadtwall, und er ging zu dem Hause, welches groß gewesen war.

Das schwere Tor stand jetzt weit offen, denn jeder, der wollte, konnte in diesen Tagen aus und ein gehen; und Wang Lung trat ein. Die Höfe und die Stuben waren gefüllt mit gemeinem Volk, und in jedem Raume wohnte eine Familie; alles war schmutzig, und die alten Pinien waren gefällt worden, und die wenigen, die noch standen, starben ab; und die Teiche in den Höfen waren mit übelriechenden Abfällen verschüttet.

Aber von alldem sah Wang Lung nichts. Im ersten Hofe blieb er stehen und fragte laut:

»Wo ist die Frau namens Yang, die eine Hure ist?«

Auf einem dreibeinigen Stuhl saß eine alte Frau, die an einer Schuhsohle nähte, und sie wies mit dem Kopf auf eine seitliche Türe des Hofes und wandte sich wieder ihrer Arbeit zu, so, als ob diese Frage sehr oft von Männern an sie gerichtet würde.

Wang Lung ging zu der Tür und klopfte, und eine verdrießliche Stimme antwortete:

»Gehe wieder weg, denn ich habe mein Geschäft für heute nacht beendet, und ich muß schlafen, da ich die ganze Nacht gearbeitet habe.«

Er aber klopfte wieder, und die Stimme rief: »Wer ist es?«

Er antwortete nicht, sondern klopfte nochmals, denn er wollte auf alle Fälle hineingehen, und schließlich hörte er ein Schlurfen, und eine Frau öffnete die Türe. Sie war nicht mehr jung und hatte ein müdes Gesicht mit hängenden, dicken Lippen; ihre Stirn war mit gewöhnlicher weißer Schminke belegt, und von Mund und Wangen hatte sie die rote Schminke nicht weggewischt, und sie blickte ihn an und sagte mürrisch:

»Nein, ich kann nicht vor heute abend, aber am Abend magst du so früh kommen, wie du willst! Jetzt aber muß ich schlafen.«

Wang Lung unterbrach sie schroff, denn vor ihrem Anblick ekelte ihn, und er konnte den Gedanken, daß sein Sohn hier gewesen war, gar nicht ertragen:

»Ich komme nicht um meiner selbst willen – ich brauche keine solche, wie du bist. Ich komme wegen meines Sohnes!«

Und der Gedanke an seinen Sohn schnürte ihm die Kehle zusammen, und ihm war, als müsse er weinen.

Die Frau aber fragte:

»Nun denn, was habe ich mit deinem Sohn zu schaffen?«

Da antwortete Wang Lung mit zitternder Stimme:

»Er war hier heute nacht.«

»Die Söhne vieler Männer waren heute nacht hier«, versetzte die Frau, »und ich weiß nicht, welcher der deine war.«

Da drang Wang Lung in sie ein:

»Denke nach und erinnere dich eines wohlgewachsenen, jungen Burschen, groß für seine Jahre, aber noch kein Mann, und ich hätte mir nie träumen lassen, daß er es wagen würde, eine Frau zu berühren.«

Während sie nachdachte, fragte sie:

»Waren es zwei? Einer davon ein junger Geselle mit hinaufgebogener Nase, einem Blick, als ob er alles wisse, und den Hut schief über dem Ohr, und der andere, so wie du ihn beschreibst, ein großer, wohlgewachsener Knabe, der gern ein Mann sein möchte?«

Und Wang Lung antwortete hastig: »Jaja – das ist er – das ist mein Sohn!«

»Und was ist mit deinem Sohn?« fragte die Frau weiter.

Da sprach Wang Lung ernst:

»Dieses: wenn er wieder kommt, weise ihm die Türe – sag ihm, du begehrtest nur Männer, sag ihm, was du willst, und jedesmal, wenn du ihn abweisest, will ich dir doppelt soviel Silber geben, als du sonst zu erhalten pflegst.«

Darob lachte die Frau und sagte, plötzlich gut gelaunt:

»Wer würde nicht ja dazu sagen, bezahlt zu werden ohne Arbeit? So sage ich auch ja. Es ist wahr genug, daß ich Männer begehre und daß kleine Knaben wenig Vergnügen bereiten.« Sie nickte Wang Lung grinsend zu, und ihr gemeines Gesicht bereitete ihm Übelkeit, und er sagte hastig: »So sei es denn!«

Er wandte sich rasch ab und wanderte nach Hause, und unterwegs spie er wieder und wieder aus, um sich von der eklen Erinnerung an die Frau zu befreien.

An diesem Tage sprach er daher zu Kuckuck:

»Es soll so sein, wie du sagtest. Geh zu dem Kornhändler und leite die Sache ein. Die Mitgift sei anständig, aber nicht übermäßig hoch, falls das Mädchen geeignet ist.«

Nachdem er Kuckuck dies gesagt hatte, ging er wieder zu seinem schlafenden Sohn, und er verfiel in Nachdenken, denn er sah, wie schön und jung der Knabe dort lag, und er sah das ruhig schlafende Antlitz in der Weichheit seiner Jugend. Als er dann an die müde, geschminkte Frau und an ihre wulstigen Lippen dachte, schwoll ihm das Herz vor Kummer und Grimm, und er saß noch lange da und sann vor sich hin.

Wie er noch so dasaß, trat O-lan ein und blickte gleichfalls auf den Knaben. Sie sah den hellen Schweiß auf seiner Stirne, und sie brachte warmes Wasser und wusch den Schweiß sanft weg, so wie man die jungen Herren in dem großen Haus zu waschen pflegte, wenn sie berauscht waren. Als Wang Lung sah, daß selbst die Waschung den Schlaf der Trunkenheit nicht von dem zarten Antlitz nehmen konnte, erhob er sich und ging in seinem Ärger in das Zimmer seines Onkels, und er vergaß, daß dieser der Bruder seines Vaters war, und erinnerte sich nur noch daran, daß dieser Mann der Vater des faulen, frechen jungen Mannes war, der seinen eigenen Sohn verdorben hatte, und er rief laut:

»Wahrlich, ich habe eine Brut undankbarer Schlangen in meinem Hause aufgenommen, und sie haben mich gebissen!«

Sein Onkel saß über einen Tisch gebeugt und verzehrte sein Frühstück, denn vor Mittag verließ er niemals sein Zimmer, da er keinerlei Arbeit zu verrichten hatte. Auf Wang Lungs Anrede hin hob er den Kopf und fragte faul: »Was gibt es?«

Da berichtete ihm Wang Lung, vor Wut halb erstickt, was sich ereignet hatte, aber sein Onkel lachte und sagte:

»Nun, kannst du einen Knaben hindern, ein Mann zu werden? Und kannst du einen jungen Hund von einer Hündin zurückhalten, der er auf der Straße begegnet?«

Als Wang Lung das hämische Gelächter hörte, fiel ihm in einem Augenblick alles ein, was er um seines Onkels willen erduldet hatte; wie dieser einstmals versucht hatte, ihn zum Verkauf seines Landes zu zwingen, und wie sie jetzt ihrer drei hier lebten und aßen und tranken und faulenzten und wie die Frau seines Onkels sich an den teuren Speisen, die Kuckuck für Lotos kaufte, gütlich tat und wie jetzt dazu der Sohn seines Onkels seinen eigenen, wohlgeratenen Knaben verdorben hatte. Und er sagte zu ihm zähneknirschend:

»Hinaus aus meinem Haus! Nun aber hinaus, du und die Deinen! Und keinen Reis wird es mehr geben für einen von euch von dieser Stunde, und ich will lieber das Haus niederbrennen, als euch länger unter meinem Dache beherbergen, euch, die ihr in eurem faulen Wohlleben nicht einmal Dankbarkeit kennt!«

Der Onkel aber blieb gemächlich sitzen und aß weiter, einmal von diesem Napf, einmal von jenem, und Wang Lung barsten schier die Adern vor Zorn, und als er sah, daß der Onkel ihm gar keine Aufmerksamkeit schenkte, ging er mit erhobenem Arme auf ihn los. Da blickte der Onkel auf und sagte:

»Treibe mich hinaus, wenn du es wagst!« Und als Wang Lung einen Augenblick verständnislos innehielt, öffnete der Onkel seine Jacke und zeigte ihm, was er dort verborgen hielt.

Da blieb Wang Lung wie erstarrt stehen, denn er sah einen falschen Bart aus rotem Haar und ein Stück rotes Tuch. Und er starrte diese Dinge an, und mit einem Male verwandelte sich sein Ärger in Schrecken, und er wankte, als ob alle Kraft ihn verlassen hätte.

Diese Dinge, der rote Bart und das rote Tuch, waren nämlich Zeichen und Symbole einer Räuberbande, die im Nordwesten ihr Unwesen trieb. Diese Räuber hatten viele Häuser niedergebrannt und viele Frauen weggeschleppt, und gute Bauern hatten sie mit Stricken an die Schwelle ihrer eigenen Häuser gebunden, wo man sie am nächsten Tage zu Tode geröstet oder, falls sie noch lebten, ihres Verstandes beraubt und tobsüchtig auffand. Wang Lung starrte und starrte, bis ihm die Augen beinahe aus dem Kopf hingen, und er wandte sich ab und ging hinweg, ohne ein Wort zu sprechen. Und während er ging, verfolgte ihn das leise Kichern seines Onkels, der sich wieder über seinen Reisnapf gebeugt hatte.

Jetzt befand sich Wang Lung wahrlich in einer üblen Lage. Sein Onkel kam und ging wie bisher und lächelte versteckt unter seinem dünnen grauen Bart hervor. Wenn Wang Lung ihn sah, überlief es ihn eiskalt, aber er wagte es nicht, anders als in höflichen Worten mit ihm zu sprechen, aus Angst vor dem Schlimmen, das der Onkel ihm antun könnte. Es war nicht zu leugnen, daß er in all den Jahren des Wohlstandes von den Räubern verschont worden war, obgleich er besonders in den Jahren der schlechten Ernten, in denen die Menschen ringsherum mit ihren Kindern Hunger litten, sein Haus des Nachts ängstlich verriegelt hatte. Bis zu dem Sommer seiner Liebe hatte er sich stets einfach gekleidet und alle äußeren Zeichen der Wohlhabenheit vermieden, und wenn er früher von räuberischen Überfällen in der Nachbarschaft gehört hatte, so hatte er in den Nächten unruhig geschlafen und voll Furcht auf jedes verdächtige Geräusch gelauscht.

Aber die Räuber waren niemals zu seinem Haus gekommen, und mit der Zeit war er achtlos und leichtsinnig geworden und hatte geglaubt, der Himmel beschütze ihn und das Schicksal wolle ihm wohl. Nicht einmal den Göttern der Erde hatte er mehr Weihrauch dargeboten, und er hatte an nichts mehr gedacht als an seine eigenen Angelegenheiten und an sein Land. Und nun auf einmal erkannte er, warum er sicher war, solange er den Onkel und die Seinen in seinem Haus ernährte. Wenn er daran dachte, so trat ihm der kalte Schweiß auf die Stirne, und er wagte es nicht, jemandem zu berichten, was sein Onkel im Gewand verborgen hielt.

Zu seinem Onkel sprach er nichts mehr vom Weggehen, und zur

Frau seines Onkels sagte er so freundlich, wie es ihm möglich war:

»Iß, was du willst, in dem inneren Hof, und hier hast du ein wenig Silber zum Ausgeben.«

Und zu seines Onkels Sohn sagte er, wenn es ihm auch die Kehle zusammenschnürte:

»Hier hast du etwas Silber, denn junge Leute wollen sich vergnügen.«

Seinen eigenen Sohn aber beaufsichtigte er sorgsam, und er erlaubte ihm nicht, das Haus nach Sonnenuntergang zu verlassen, mochte der Junge auch stets schlechter Laune sein und die jüngeren Kinder ohne Grund und nur um seines Ärgers willen schlagen. So war Wang Lung denn bedrückt von vielem Kummer.

Anfangs vermochte er vor lauter Sorgen nicht mehr zu arbeiten, und er dachte an diese Verdrießlichkeiten und an jene und überlegte: »Ich könnte meinen Onkel wegjagen und in die Stadt ziehen, wo sie jeden Abend die Tore schließen, um sich vor den Räubern zu schützen«, aber dann fiel ihm ein, daß er dennoch jeden Tag auf die Felder gehen mußte, um zu arbeiten, und wer konnte ihm sagen, was ihm dort, schutzlos wie er war, geschehen würde? Und dann – wie konnte ein Mensch eingesperrt in der Stadt und abgeschnitten von dem Lande leben? Zudem konnte auch ein schlechtes Jahr kommen, in dem selbst die Stadt den Räubern nicht widerstehen konnte, so wie es damals geschehen war, als das große Haus fiel!

Oder er konnte in die Stadt gehen und zu dem Hof, in dem der Richter lebte, und zu diesem sprechen:

»Mein Onkel ist einer der Rotbärte.«

Aber wer würde ihm glauben, wer würde einem Manne glauben, der solches über den Bruder seines eigenen Vaters berichtete? Viel eher würde man ihn wegen unkindlichen Verhaltens prügeln, als den Onkel zur Rechenschaft ziehen, und er würde seines Lebens nicht mehr sicher sein, denn wenn die Räuber davon hörten, so würden sie ihn aus Rache umbringen.

Als ob es der Sorgen noch nicht genug gewesen wäre, kehrte Kuckuck mit der Nachricht zurück, daß die Sache mit der Verlobung zwar nach Wunsch gegangen sei, daß der Kaufmann aber vorerst nichts anderes als den Austausch der Verlobungsurkunde wünsche, denn das Mädchen sei noch zu jung, erst vierzehn Jahre alt, und müsse bis zur Heirat noch drei Jahre warten.

Wang Lung schien es unerträglich, den verwirrten Blick und die Faulheit des Burschen, der an zwei Tagen von zehn die Schule nicht besuchte, noch drei Jahre mit ansehen zu müssen, und sagte bei der Abendmahlzeit murrend zu O-lan:

»Die anderen Kinder wollen wir verloben, so rasch es geht, je rascher, desto besser, und wir wollen sie verheiraten, ehe sie anfangen, nach Liebe zu verlangen, denn noch dreimal das gleiche kann ich nicht ertragen.«

Er schlief nur wenig in dieser Nacht, am nächsten Morgen aber warf er das lange Gewand, das er trug, ab und schleuderte die feinen Schuhe von den Füßen, und er ergriff einen Spaten und ging auf das Feld hinaus, so wie er es gewohnt war, wenn die Sorgen in seinem Haus für ihn unerträglich wurden. Als er durch den äußeren Hof kam, in dem das älteste Mädchen lächelnd saß und mit seinem Stückchen Tuch spielte, murmelte er:

»Diese meine arme Närrin gibt mir mehr Trost als die drei anderen zusammen.«

Und Tag für Tag ging er hinaus auf das Land, durch viele Tage hindurch.

Und wieder heilte ihn die gute Erde, und die Sonne schien auf ihn und heilte ihn, und die warmen Sommerwinde hüllten ihn in Frieden. Und wie um ihn von dem endlosen Grübeln über seine Sorgen zu heilen, kam eines Tages aus dem Süden eine kleine Wolke. Zuerst stand sie leicht wie Nebel am Horizont, nur mit dem Unterschied, daß sie sich nicht bewegte wie Wolken, die der Wind verweht, sondern still stand, bis sie sich gleich einem Fächer in der stillen Luft ausbreitete.

Die Männer des Dorfes beobachteten die Wolke und sprachen von ihr, und sie hatten Angst, denn sie fürchteten, daß Heuschrekken aus dem Süden gekommen seien, um die Frucht ihres Feldes aufzufressen; auch Wang Lung blickte prüfend auf die Wolke. Während sie noch so standen und nach oben starrten, wehte der Wind etwas vor ihre Füße, und einer beugte sich rasch nieder und hob es auf, und es war eine tote Heuschrecke.

Da vergaß Wang Lung alles, was ihn bedrückte, und die Frauen und die Söhne und den Onkel, und er stürmte zu den geängstigten Dorfbewohnern und rief ihnen zu:

»Jetzt wollen wir für unser gutes Land gegen die Feinde vom Himmel kämpfen.«

Nun gab es aber einige, die hoffnungslos den Kopf schüttelten und sprachen:

»Nein, es hat keinen Zweck! Der Himmel will, daß wir dieses Jahr hungern, und warum sollen wir unsere Kräfte im Kampf gegen die Götter verzehren, da wir am Ende ja doch hungern müssen!« Und Frauen gingen weinend in die Stadt, um Weihrauch für die Erdgötter des kleinen Tempels zu kaufen, und einige besuchten den großen Tempel in der Stadt, in dem die Götter des Himmels waren, und so wurden Himmel und Erde angebetet. Aber die Heuschrecken fuhren fort, sich in der Luft und dann auf der Erde zu verbreiten.

Da rief Wang Lung seine Knechte zusammen, und Ching stand schweigend und bereit neben ihm. Einige der jüngeren Bauern gesellten sich zu ihnen, und mit eigener Hand legten sie Feuer an gewisse Felder und verbrannten den guten Weizen, der dort beinahe reif zum Schneiden stand, und sie gruben weite Gräben und leiteten Wasser aus den Quellen hinein, und sie arbeiteten, ohne zu schlafen. Und O-lan brachte ihnen das Essen, und die Frauen aus dem Dorfe brachten ihren Männern Essen, und die Männer verschlangen das Essen stehend wie die Tiere, und sie alle arbeiteten weiter Tag und Nacht.

Dann wurde der Himmel schwarz, und die Luft füllte sich mit dem tiefen, gleichmäßigen Surren vieler gegeneinanderschlagender Flügel. Und die Heuschrecken fielen über das Land her, verschonten dieses Feld und ließen es unversehrt und stürzten sich auf jenes Feld und fraßen es kahl, und manche Männer seufzten und sprachen: »Der Himmel will es«, aber Wang Lung war zornig und erschlug die Heuschrecken und zertrat sie, und seine Leute droschen sie mit Flegeln, und die Heuschrecken fielen in die Feuer, die man entzündet hatte, und sie trieben tot auf dem Wasser der Gräben, die man gegraben hatte, und viele Millionen gingen zugrunde, aber gegen die, welche übrigblieben, war es nichts.

Nichtsdestoweniger wurde Wang Lung für seinen Kampf belohnt: seine besten Felder blieben verschont, und als die Wolke vorübergezogen war, blieb noch Weizen übrig, den er ernten konnte, und seine jungen Reisbeete waren unversehrt geblieben, und er war zufrieden. Viele verzehrten die gerösteten Heuschrekken, aber Wang Lung wollte nicht davon essen, denn ihm erschienen sie widerwärtig wegen des Schlimmen, das sie seinen Feldern angetan hatten. Aber er widersetzte sich nicht, als O-lan sie in Öl briet und als die Knechte sie zwischen den Zähnen knirschend zerbissen, und die Kinder zerlegten die Heuschrecken sorgsam in Stücke und kosteten sie, obgleich sie sich vor den großen Augen der Tiere fürchteten.

Indessen brachten ihm die Heuschrecken auch Heil, denn sieben Tage hindurch dachte er an nichts als an sein Land, und er war geheilt von seinen Sorgen und seinen Befürchtungen, und er dachte bei sich:

»Jeder Mensch hat seine Sorgen, und ich muß mich mit meinen abfinden, so gut es geht, und mein Onkel ist älter als ich, und er wird einmal sterben, und die drei Jahre bis zur Hochzeit meines Sohnes müssen ertragen werden, und ich muß mich um dieser Dinge willen nicht umbringen.«

Und er erntete seinen Weizen, und die Regenzeit kam, und der junge, grüne Reis wurde in die überfluteten Felder gepflanzt, und wieder wurde es Sommer.

XXIV

Am Tage, nachdem Wang Lung sich gesagt hatte, daß Friede in seinem Hause sei, kam sein ältester Sohn zu ihm, als er gerade vom Felde zum Mittagsreis nach Hause zurückkehrte, und der Jüngling sagte:

»Vater, wenn ich ein Gelehrter werden soll, so kann mich der alte Schulmeister nichts mehr lehren.« Wang Lung hatte aus dem Kessel in der Küche kochendes Wasser in einen Topf geschöpft, ein Handtuch hineingetaucht und dieses ausgewunden. Während er das dampfende Tuch gegen sein Gesicht preßte, fragte er:

»Nun, was wünschest du von mir?«

Der junge Mann zögerte ein wenig und fuhr dann fort:

»Wenn ich ein Gelehrter werden soll, mein Vater, so möchte ich gen Süden in die Stadt ziehen und eine große Schule besuchen, in der ich lernen kann, was von Nutzen ist.«

Wang Lung rieb sich mit dem heißen Tuch die Augen und Ohren, und mit dampfendem Gesicht antwortete er seinem Sohn gereizt, denn sein Körper schmerzte ihn von der schweren Arbeit auf dem Felde:

»Was ist das für ein Unsinn? Ich sage dir, daß du nicht in die Stadt ziehen darfst, und ich will nichts mehr davon hören; du besitzest Gelehrsamkeit genug für unsere Gegend.«

Und wieder tauchte er das Tuch in das Wasser.

Der junge Mann aber rührte sich nicht von der Stelle und blickte seinen Vater mit haßerfüllten Augen an, und er murmelte etwas vor sich hin, und Wang Lung war ärgerlich, denn er konnte es nicht verstehen, und er herrschte seinen Sohn an:

»Sprich laut, was du zu sagen hast!«

Der junge Mann zuckte zusammen unter der Strenge dieses Tones, aber er sprach trotzig:

»So will ich es denn laut sagen, daß ich fort von hier will! Ich mag nicht länger in diesem dummen Hause bleiben und wie ein Kind bewacht werden und auch nicht in dieser kleinen Stadt, die nicht besser ist als ein Dorf! Ich will wegwandern und etwas lernen und fremde Gegenden sehen.«

Wang Lung blickte auf seinen Sohn, und der stand vor ihm in einem hellen, langen Gewand aus silbergrauem Leinen, dünn und kühl wegen der Hitze des Sommers, und auf seinen Lippen sproßten die ersten schwarzen Haare seiner Mannheit, und seine Haut war glatt und golden, und die Hände, die aus seinen langen Ärmeln hervorschauten, waren weich und fein wie die einer Frau. Dann blickte Wang Lung an sich selbst nieder, und er sah, daß er vierschrötig und mit Erde beschmutzt war; er hatte nichts am Leibe als Hosen aus blauem Baumwollzeug, die über seinen Knien gebunden waren, und seine Lenden und sein Oberkörper waren nackt, und man hätte meinen können, daß er eher der Diener seines Sohnes sei als sein Vater; diese Erkenntnis machte ihn neidisch auf die

Schönheit und die schlanke Gestalt des jungen Mannes, und er herrschte ihn grob an:

»Geh hinaus auf das Feld und reibe dich ein wenig mit guter Erde ein, damit die Männer dich nicht für eine Frau halten, und arbeite für den Reis, den du ißt.« Und Wang Lung vergaß, daß er jemals Stolz gefühlt hatte über die Schreibkunst und die Buchgelehrsamkeit seines Sohnes. Er spuckte aus wie ein rechter Bauer und stampfte mit den Füßen, denn in diesem Augenblick zürnte er seinem Sohne wegen seines feinen Wesens, und mit wuchtigem Schritt verließ er das Zimmer. Der junge Mann stand da und blickte ihm haßerfüllt nach, aber Wang Lung wandte sich nicht um.

Als er am gleichen Abend in den inneren Hof ging und sich neben Lotos setzte, die auf ihrem Bette lag, während Kuckuck sie fächelte, sagte Lotos lässig zu ihm, so wie man von gleichgültigen Dingen spricht:

»Dein großer Junge hat Herzeleid und sehnt sich weg von hier.«

Da fuhr Wang Lung unwillig auf:

»Was geht es dich an? Ich will nicht, daß er diesen Hof betritt.«

Lotos biß sich auf die Lippen und sagte rasch: »Nein – nein – ich habe es von Kuckuck gehört.«

Und Kuckuck rief hastig: »Jeder kann es sehen, und er ist ein prächtiger Bursche und zu groß, um müßig umherzugehen und sich in Sehnsucht zu verzehren.«

Wang Lung dachte nur an den Ärger, den ihm sein Sohn bereitete, und er sagte:

»Nein, er wird nicht gehen: Ich will mein Geld nicht töricht verschwenden.« Und er wollte nichts mehr davon hören, und Lotos sah, wie gereizt er war, und sie schickte Kuckuck weg und war zärtlich zu Wang Lung.

Viele Tage lang war von der Sache nicht mehr die Rede; der Bursche schien wieder zufrieden, aber er wollte nicht mehr zur Schule gehen, und dies gestattete ihm Wang Lung, denn sein Sohn war beinahe achtzehn Jahre alt, und wenn sein Vater nach Hause kam, so fand er ihn meistens lesend in seinem Zimmer; dessen war er zufrieden, und er dachte:

»Es war eine Laune seiner Jugend, und er weiß nicht, was er will, und es dauert nur noch drei Jahre – vielleicht sogar nur zwei, wenn ich noch etwas Silber zulege. Dieser Tage, wenn die Ernte vorüber ist und der Winterweizen gesät, werde ich dem Kaufmann Liu eine Botschaft senden.«

Dann vergaß Wang Lung seinen Sohn, denn obgleich die Heuschrecken einige Felder verwüstet hatten, fiel die Ernte gut aus, und er hatte wieder hereingebracht, was Lotos ihn gekostet hatte. Sein Gold und Silber wurde ihm wieder wichtig, und zuweilen wunderte er sich insgeheim darüber, daß er einmal für eine Frau so viel Geld geopfert hatte.

Wohl gab es Zeiten, in denen sie ihn so süß, wenn auch nicht so stark erregte wie am Anfang, und er war stolz darauf, sie zu besitzen, obgleich er wohl einsah, daß die Frau seines Onkels mit Recht behauptet hatte, Lotos sei trotz ihrer Zartheit nicht mehr so jung, wie sie aussah, und obgleich er erkannt hatte, daß sie ihm niemals einen Sohn gebären werde; doch dies kümmerte ihn wenig, da er Söhne und Töchter hatte, und er hielt Lotos gerne um der Freuden willen, die sie ihm bot.

Lotos wurde mit zunehmender Reife nur noch schöner, denn wenn sie früher einen Fehler gehabt hatte, so war es ihre vogelgleiche Dünnheit, welche die Linien ihres kleinen Gesichtes so scharf hervortreten ließ. Jetzt aber wurde ihr Körper infolge Kuckucks guter Kost und des müßigen Lebens mit einem einzigen Manne weich und gerundet, und ihr Gesicht wurde glatt, so daß sie mit ihren großen Augen und ihrem kleinen Mund mehr als je einer hübschen kleinen Katze glich. Sie war nicht länger eine Lotosknospe, sondern eine vollerblühte Blume, und wenn sie auch nicht mehr jung war, sah sie doch auch nicht alt aus, und Jugend und Alter waren gleich weit von ihr entfernt.

Da nun sein Leben wieder in ruhigen Bahnen dahinglitt und auch der älteste Sohn wieder getröstet schien, hätte Wang Lung wieder zufrieden sein können, wenn nicht eines Abends, als er allein dasaß und an den Fingern seiner Hand ausrechnete, wieviel Korn und wieviel Weizen er verkaufen könne, O-lan leise in das Zimmer getreten wäre. Sie war mit zunehmendem Alter dürr und hager geworden, und ihre Backenknochen standen weit vor, und ihre Augen waren eingefallen. Wenn jemand sie fragte, wie es ihr ginge, so antwortete sie nichts als: »In meinen Eingeweiden wütet ein Feuer!«

Seit drei Jahren war ihr Leib so groß, als ob sie schwanger sei, aber sie war nicht schwanger. Doch immer noch stand sie im Morgengrauen auf und tat ihre Arbeit, und Wang Lung sah sie nur, wie er den Tisch oder den Stuhl oder einen Baum im Hofe sah; und einem Ochsen, der den Kopf hängen ließ, oder einem Schwein, das nicht fressen wollte, schenkte er vielleicht mehr Aufmerksamkeit als ihr. Meist arbeitete sie schweigend und sprach nicht mehr als notwendig mit der Frau von Wang Lungs Onkel, und niemals sprach sie ein Wort mit Kuckuck. Noch hatte O-lan nicht ein einziges Mal den inneren Hof betreten, und wenn Lotos außerhalb ihres Hofes spazierenging, was selten vorkam, so zog sich O-lan in ihr Zimmer zurück und saß dort, bis ihr jemand sagte: »Sie ist weg!« Sie verrichtete die Hausarbeit und kochte und wusch im Teich, selbst im Winter, wenn das Eis aufgebrochen werden mußte; niemals aber fiel es Wang Lung ein, ihr zu sagen:

»Warum dingst du nicht eine Magd oder eine Sklavin, wo ich doch Silber im Überfluß habe?«

Nie fiel ihm ein, daß dies nötig sei, obgleich er für die Feldarbeit und für das Hüten des Viehs Knechte beschäftigte.

Als er nun an diesem Abend im Scheine der roten Kerze dasaß, trat sie vor ihn hin, blickte verlegen hierhin und dorthin, und endlich sprach sie:

»Ich habe etwas zu sagen.«

Er blickte sie erstaunt an und forderte sie auf:

»Nun, so sprich!«

Und wieder blickte er sie an und sah ihr eingefallenes Gesicht und die Schatten um ihre Augen, und er erkannte aufs neue, daß keine Schönheit an ihr sei, und er dachte daran, seit wieviel Jahren er sie nicht begehrt hatte.

Da flüsterte sie zaghaft:

»Der ältere Sohn geht zu oft in den inneren Hof. Wenn du weg bist, geht er hin.«

Zuerst konnte Wang Lung die geflüsterten Worte nur halb verstehen. Beunruhigt beugte er sich vor und fragte:

»Was sagst du da, Weib?«

Sie wies stumm auf das Zimmer ihres Sohnes und dann mit einer wegwerfenden Bewegung des Kopfes auf den inneren Hof. Aber Wang Lung starrte sie ungläubig an.

»Du träumst«, murmelte er nach einer Weile.

Da schüttelte sie den Kopf und stieß mühsam hervor:

»Wenn du mir nicht glaubst, so kehre einmal unerwartet heim.« Und wieder, nach kurzem Schweigen: »Es ist besser, ihn wegzuschicken, sei es selbst nach dem Süden.« Dann ging sie zum Tisch und ergriff prüfend Wang Lungs Teeschale, und sie goß den kaltgewordenen Tee auf den Lehmboden und füllte die Schale aufs neue aus dem heißen Topf, und schweigend, wie sie gekommen war, ging sie wieder; er aber blieb verwirrt zurück.

Diese Frau ist eifersüchtig, dachte er bei sich. Nein, wahrhaftig, er wollte sich über diese Hirngespinste keine Sorgen machen. War nicht sein Sohn zufrieden und studierte den ganzen Tag in seinem Zimmer? Er erhob sich beruhigt und wies den Gedanken von sich und lachte über die dummen Einfälle der Frauen.

Als er aber in der gleichen Nacht zu Lotos ging, um neben ihr zu liegen, fand er sie verdrossen, und sie stieß ihn mit den Worten von sich:

»Es ist heiß, und du riechst übel, und ich möchte, daß du dich wäschst, bevor du dich zu mir legst.«

Und sie widersetzte sich ihm, als er sie an sich zog, und sie wollte von seiner Zärtlichkeit nichts wissen. Da lag er still und erinnerte sich daran, daß sie ihm seit vielen Nächten nur widerstrebend zu Willen gewesen war; er hatte dies für eine Laune gehalten und vermutet, die Hitze des zu Ende gehenden Sommers bedrücke sie. Jetzt aber taten die Worte O-lans ihre Wirkung, und er erhob sich jäh und sagte:

»Nun, so schlafe allein; mir liegt nichts an dir!«

Er stürzte aus dem Zimmer und eilte in den Mittelraum seines eigenen Hauses, und er stellte zwei Stühle nebeneinander und streckte sich darauf aus; aber er fand keinen Schlaf, erhob sich wieder und trat ins Freie.

Er atmete auf, als er den kühlen Nachtwind an seinen heißen Schläfen spürte.

Dann fiel ihm ein, daß Lotos von dem Wunsch seines Sohnes,

wegzuwandern, gewußt hatte. Auf welche Weise hatte sie davon erfahren? Nun erinnerte er sich daran, daß sein Sohn in der letzten Zeit nicht mehr von seinem Wunsche, wegzuwandern, gesprochen hatte, sondern zufrieden war. Warum war er zufrieden? Wang Lung sagte zornig zu sich selbst:

»Ich will mich selbst überzeugen«, und er blieb wach und sah, wie über seinem Land die Sonne mit rotem Schein aufging.

Als es vollends hell geworden war, trat er ins Haus und aß, und dann ging er aufs Feld, um seine Leute zu beaufsichtigen, wie er es zur Erntezeit zu tun pflegte, und er ging hierhin und dorthin über sein Land, und schließlich kehrte er zurück und rief laut, so daß jeder in seinem Haus es hören konnte:

»Ich gehe jetzt zu dem Feld beim Stadtgraben, und ich werde lang ausbleiben«, und er entfernte sich in der Richtung der Stadt.

Als er aber den halben Weg zurückgelegt hatte und bis zu dem kleinen Tempel gekommen war, setzte er sich auf einen alten Grabhügel am Weg und riß einen Grashalm ab und drehte ihn zwischen den Fingern und sann nach.

Ihm gegenüber standen die kleinen Götter und schienen ihn anzusehen, und er dachte daran, wie sehr er sie einst gefürchtet hatte; jetzt aber beachtete er sie kaum, denn er lebte im Wohlstand und brauchte keine Götter.

In seinem Innern aber war währenddessen unausgesetzt der Gedanke wach: »Soll ich zurückkehren?«

Da überkam ihn plötzlich die Erinnerung daran, wie ihn Lotos in der vergangenen Nacht mit Abscheu von sich gestoßen hatte, ungeachtet dessen, was er für sie getan hatte, und er erkannte: »Es ist wahr, in dem Teehause wäre nicht mehr lange ihres Bleibens gewesen. In meinem Haus aber wird sie gefüttert und reich gekleidet.«

Und so stark wurde der Grimm in ihm, daß er auf einem anderen Weg zu seinem Haus zurückkehrte und es heimlich betrat. Bei dem Vorhang, der den Eingang zum inneren Hofe verdeckte, blieb er lauschend stehen, und er hörte das Flüstern einer männlichen Stimme, und es war die Stimme seines eigenen Sohnes.

Obgleich Wang Lung oft von plötzlichem Ärger über dies und jenes gepackt wurde, seitdem er reich und daher stolz geworden war, so hatte er doch noch nie in seinem Leben solchen Zorn verspürt wie in diesem Augenblick. Es war der Zorn eines Mannes gegen einen anderen Mann, der ihm die geliebte Frau stiehlt, und als Wang Lung daran dachte, daß dieser andere Mann sein eigener Sohn war, würgte es ihn innerlich, so daß er zu ersticken glaubte. Er biß die Zähne zusammen und ging hinaus und wählte im nahen Gehölz ein schlankes, federndes Bambusrohr. Dann ging er behutsam wieder hinein und zog mit einem plötzlichen Ruck den Vorhang beiseite. In dem Hofe aber stand sein Sohn und blickte auf Lotos hinab, die am Rande des Teiches auf einem kleinen Schemel saß. Sie war in ihre pfirsichfarbene Seidenjacke gehüllt, und niemals hatte Wang Lung sie im hellen Lichte des Morgens so gekleidet gesehen.

Die beiden plauderten miteinander; die Frau lachte leise und blickte den jungen Mann mit zur Seite geneigtem Kopf aus den Winkeln ihrer Augen an, und sie hörte Wang Lungs Kommen nicht. Dieser blieb unbeweglich stehen und starrte auf das Bild, das sich ihm bot, und sein Antlitz wurde weiß, und er fletschte die Zähne, und seine Hände schlossen sich enger um das Bambusrohr.

Die beiden hörten ihn noch immer nicht, aber in diesem Augenblick trat Kuckuck in den Hof und sah ihn, und sie kreischte auf, und nun sahen ihn auch die beiden.

Nun aber stürzte sich Wang Lung auf seinen Sohn und schlug auf ihn ein. Und obgleich der Bursche größer als sein Vater war, so war dieser doch stärker durch die Arbeit auf dem Felde und die Wucht seines gereiften Körpers, und er schlug den Knaben, bis das Blut in Strömen floß. Als Lotos vor Angst aufschrie und Wang Lungs Arm packte, schüttelte er sie ab, bis sie entfloh. Und er schlug auf den jungen Mann ein, bis dieser zusammenbrach und am Boden kauernd sein zerrissenes Gesicht mit den Händen bedeckte.

Da hielt Wang Lung inne, und sein Atem pfiff durch die geöffneten Lippen, und sein ganzer Körper war mit Schweiß bedeckt, und er war schwach wie ein Kranker. Er warf das Bambusrohr auf den Boden und befahl dem Burschen schweratmend und mit heiserer Stimme:

»Nun mache, daß du in dein Zimmer kommst, und wage nicht, es zu verlassen, ehe ich es dir erlaube, sonst bringe ich dich um.«

Und der junge Mann stand schweigend auf und ging hinaus.

Wang Lung sank auf den Schemel, auf dem Lotos gesessen war, und er barg seinen Kopf in den Händen und schloß die Augen, und sein Atem ging stoßweise. Niemand kam im nahe, und so saß er allein, bis er sich beruhigt hatte und sein Grimm erloschen war.

Dann erhob er sich müde und ging in das Zimmer, in dem Lotos laut weinend auf dem Bette lag; sie blickte ihn an, ohne aufzuhören zu weinen, und ihr geschwollenes Gesicht trug die purpurnen Spuren seiner Hiebe. Er ging auf sie zu und sagte traurig:

»So mußt du also immer eine Hure bleiben und dich gar mit meinem eigenen Sohn vergehen.«

Da weinte sie noch lauter und wies seine Anschuldigung zurück:

»Nein, das habe ich nicht getan! Der junge Mann fühlte sich einsam und kam zu mir herein, und du kannst Kuckuck fragen, ob er sich je meinem Bett genähert hat.«

Und sie blickte ihn furchtsam und kläglich an und ergriff seine Hand und fuhr mit ihr über ihr Gesicht, und sie wimmerte:

»Sieh nur, was du deiner Lotos getan hast – und außer dir gibt es keinen Mann in der Welt, und jener Knabe ist ja nur dein Sohn, und was ist er mir!«

Sie blickte zu ihm empor; ihre schönen Augen schwammen in Tränen, und Wang Lung stöhnte, weil die Schönheit dieser Frau ihn wider Willen rührte und weil er sie liebte, obgleich er es nicht wollte. Mit einem Male war es ihm, als könnte er es nicht ertragen, zu erfahren, was zwischen den beiden vorgegangen war, und er wollte es niemals wissen; es war besser für ihn, wenn er es nicht wußte. Noch einmal stöhnte er auf und ging hinaus.

Als er am Zimmer seines Sohnes vorbeikam, rief er hinein, ohne einzutreten:

»Packe deine Sachen, und mache dich auf nach dem Süden. Und tue dort, was du willst, und kehre nicht heim, bis ich dich rufen lasse.«

Dann ging er weiter und fand O-lan damit beschäftigt, eine Jacke für ihn zu nähen, und als er an ihr vorbeikam, sprach sie kein Wort. Und selbst wenn sie die Schläge und die Schreie gehört hatte, so ließ sie nichts erkennen. Und er schritt hinaus auf die von der heißen Mittagssonne beschienenen Felder, und er war erschöpft wie von der Arbeit eines ganzes Tages.

XXV

Als der älteste Sohn fort war, fühlte Wang Lung, daß das Haus von einer quälenden Unruhe, die auf ihm gelastet hatte, befreit war, und er atmete erleichtert auf. Er sagte sich, daß es gut für den jungen Mann sei, von Hause fort zu sein, und daß er nun seine anderen Kinder besser kennenlernen könne, denn vor lauter Sorgen und Geschäften wußte er nur wenig von seinen anderen Kindern. Er beschloß, den zweiten Knaben frühzeitig aus der Schule zu nehmen und ihn zu einem Kaufmann in die Lehre zu geben. Er wollte nicht warten, bis auch dieser Sohn, von dem Fieber erwachender Mannheit gepackt, zu einer Quelle der Unruhe für das ganze Haus würde.

Nun war der zweite Sohn Wang Lungs dem älteren Bruder so unähnlich, wie es unter Brüdern nur möglich ist. Während der ältere groß und derbknochig war und ein frisches, gerötetes Gesicht hatte so wie die Leute aus dem Norden und wie seine Mutter, war der zweite Knabe schmächtig und von gelber Gesichtsfarbe, und etwas an ihm erinnerte Wang Lung an seinen eigenen Vater. Vielleicht waren es die lebhaften, klugen und zuweilen etwas spöttisch dreinblickenden Augen, und Wang Lung überlegte:

»Der Knabe wird einen guten Kaufmann abgeben, und ich will ihn aus der Schule nehmen und sehen, ob ich ihm eine Lehrstelle auf dem Getreidemarkt verschaffen kann. Es wird von Nutzen sein, einen Sohn dort zu haben, wo ich mein Korn verkaufe, und er kann das Abwägen überwachen und meinen Vorteil dabei wahrnehmen.«

Aus diesem Grunde sagte er eines Tages zu Kuckuck:

»Nun gehe und sage dem Vater des Mädchens, dem ich meinen Sohn verlobt habe, daß ich mit ihm sprechen will. Auf jeden Fall könnten wir einen Becher Wein miteinander trinken, da wir ja auch in einen Becher gegossen werden sollen, sein Blut und meines.«

Kuckuck machte sich auf und brachte bald die Nachricht:

»Er erwartet dich, und wenn du am Nachmittag zu ihm kommen willst, um Wein mit ihm zu trinken, so bist du willkommen, und wenn du es wünschest, so kommt er statt dessen zu dir.«

Aber Wang Lung wünschte nicht, daß der Kaufmann aus der Stadt in sein Haus komme, denn er fürchtete, daß er dieses und jenes vorbereiten müßte; deshalb wusch er sich und legte seine seidene Jacke an, und er machte sich auf den Weg. Zuerst ging er in die Straße der Brücke, wie Kuckuck ihn geheißen hatte, und vor einem Tor, das den Namen Liu trug, blieb er stehen. Zwar konnte er das Wort nicht selbst lesen, aber er fand das Tor nach ihrer Beschreibung, und er fragte einen der Vorübergehenden, und wirklich war es das Schriftzeichen für Liu. Das Tor war aus schlichtem Holz und machte einen anständigen Eindruck, und Wang Lung klopfte mit der Handfläche dagegen.

Es wurde sogleich geöffnet, und eine Magd stand da und wischte ihre nasse Hand an der Schürze ab, während sie fragte, wer er sei, und als er seinen Namen nannte, blickte sie ihn neugierig an und begleitete ihn in den ersten Hof, in dem die Männer wohnten. Und sie führte ihn in ein Zimmer und ersuchte ihn, sich zu setzen, dann starrte sie ihn aufs neue an, denn sie wußte, daß er der Vater des Bräutigams war. Hierauf ging sie hinaus, um ihren Herrn zu holen.

Wang Lung blickte sich sorgsam um, und er stand auf und befühlte die Stoffe der Türvorhänge, und er untersuchte das Holz des Tisches und war befriedigt, denn alles zeugte von Wohlstand, aber nicht von gewaltigem Reichtum. Er wünschte keine reiche Schwiegertochter, denn solche Mädchen pflegen anspruchsvoll und ungehorsam zu sein und das Herz der Söhne von den Eltern abzulenken.

Dann setzte sich Wang Lung wieder hin und wartete. Plötzlich hörte er schwere Schritte, und ein behäbiger älterer Mann trat ein, und Wang Lung erhob sich und machte eine Verbeugung, und dann verbeugten sich beide und sahen einander heimlich an, und sie gefielen einander, denn jeder erkannte in dem anderen einen Mann von Würde und Wohlstand. Hierauf nahmen sie Platz und tranken von dem heißen Wein, den die Magd für sie eingeschenkt hatte, und sie sprachen bedächtig von diesem und jenem, von der Ernte und den Getreidepreisen und mancherlei Geschäften.

Endlich sagte Wang Lung:

»Ich bin wegen einer gewissen Sache gekommen, und wenn du nicht einverstanden bist, so wollen wir von anderen Dingen reden. Wenn du aber in deinem großen Geschäfte einen Gehilfen brauchst, so hätte ich meinen zweiten Sohn, und er ist ein kluger Kopf. Wenn du ihn aber nicht brauchen kannst, so wollen wir von anderen Dingen reden.«

Da entgegnete der Kaufmann in vortrefflicher Laune:

»Es trifft sich, daß ich einen gescheiten jungen Mann brauche, aber er muß schreiben und lesen können.« Wang Lung erklärte stolz:

»Meine Söhne sind beide Gelehrte, und jeder von ihnen erkennt sogleich, ob ein Schriftzeichen schlecht geschrieben ist und ob das Holzzeichen oder das Wasserzeichen zu setzen ist.«

»Das ist gut«, sagte Liu, »und er mag kommen, wenn er will, und sein Lohn ist am Anfang nur sein Essen, aber nach einem Jahr erhält er, wenn er gut tut, ein Silberstück am Ende eines jeden Monates, und nach drei Jahren drei Silberstücke und dann hört er auf Lehrling zu sein, und er kann in dem Geschäfte aufsteigen nach seinen Fähigkeiten. Und neben seinem Lohn mag er noch sehen, was er diesem Käufer oder jenem Käufer herausziehen kann, und ich drücke ein Auge zu, wenn er es imstande ist. Und da unsere beiden Familien vereinigt sind, so verlange ich kein Lehrgeld von dir.«

Wang Lung erhob sich zufrieden, und er lächelte und sprach: »Nun sind wir Freunde, und hast du keinen Sohn für meine zweite Tochter?«

Da lachte der Kaufmann dröhnend, denn er war beleibt und wohlgenährt, und er antwortete:

»Ich habe einen zweiten Sohn, der zehn Jahre alt ist und den ich noch nicht verlobt habe. Wie alt ist das Mädchen?«

Wang Lung lächelte aufs neue und antwortete:

»Sie wird in den nächsten Tagen bereits zehn Jahre alt, und sie ist eine liebliche Blume.«

Da lachten die beiden Männer gemeinsam, und Liu sagte:

»Wollen wir uns mit doppeltem Seil zusammenbinden?«

Hierauf sprach Wang Lung nichts mehr, denn eine solche Sache konnte man nicht weiter von Angesicht zu Angesicht und ohne Mittelsperson besprechen, aber nachdem er sich verbeugt hatte und befriedigt weggegangen war, dachte er bei sich: »Diese Sache kann getan werden«, und er blickte seine kleine Tochter an, als er heimkehrte, und sie war ein hübsches Kind, und ihre Mutter hatte ihr die Füße sorgfältig eingebunden, so daß sie sich mit kleinen, anmutigen Schritten umherbewegte.

Als Wang Lung sie aber prüfend ansah, bemerkte er Spuren von Tränen auf ihren Wangen, und ihr Gesicht war ein wenig zu blaß und ernst für ihre Jahre, und er nahm ihre kleine Hand und zog sie an sich, und er fragte:

»Jetzt sage mir, warum du geweint hast.«

Da ließ sie den Kopf hängen und spielte mit einem Knopfe ihrer Jacke und murmelte schüchtern:

»Weil meine Mutter das Tuch um meine Füße jeden Tag enger zusammenzieht, und ich kann des Nachts nicht mehr schlafen.«

»Ich habe dich aber noch nie weinen hören«, meinte Wang Lung verwundert.

»Nein«, sagte das Kind. »Meine Mutter sagte mir, ich solle nicht laut weinen, weil du zu gut bist, um Schmerzen mit anzusehen, und du könntest sagen, ich solle so bleiben, wie ich bin, und dann würde mich mein Mann nicht liebhaben, geradeso wie du meine Mutter nicht liebhast.«

Dies sagte sie so einfach, wie ein Kind eine Geschichte erzählt, und Wang Lung war betroffen darüber, daß O-lan dem Kind gesagt hatte, daß er sie nicht liebe, und er sprach hastig:

»Nun, mein Kind, ich habe heute von einem hübschen Mann für dich gehört, und wir wollen sehen, ob Kuckuck die Sache zustande bringen kann.«

Da lächelte die Kleine und senkte den Kopf mit einem Male wie eine Jungfrau, nicht mehr wie ein Kind. Und am gleichen Abend sagte Wang Lung zu Kuckuck, als er im inneren Hof war: »Gehe und sieh, ob es getan werden kann.«

Aber er schlief unruhig neben Lotos in jener Nacht, und er wachte auf und sann über sein Leben nach, und wie O-lan die erste Frau gewesen war, die er gekannt hatte, und wie sie eine treue Dienerin an seiner Seite gewesen war, und er dachte an das, was das Kind gesagt hatte, und er war traurig, denn in all ihrer Einfalt hatte O-lan die Wahrheit in ihm gesehen.

Wenige Tage darauf sandte er seinen zweiten Sohn in die Stadt, und er unterzeichnete den Vertrag über die Verlobung des zweiten Mädchens, und die Mitgift wurde festgesetzt, und die Geschenke an Kleidern und Juwelen für den Hochzeitstag wurden bestimmt. Dann rastete Wang Lung, und er sprach zu seinem Herzen:

»Nun denn, jetzt sind alle meine Kinder versorgt, und nur meine arme Närrin kann nichts tun, als mit ihrem Stückchen Stoff in der Sonne sitzen. Und den jüngsten Knaben will ich für das Land behalten, und er soll nicht zur Schule gehen, denn wenn zwei lesen können, so ist es genug.«

Er war stolz, weil er drei Söhne hatte, und einer war ein Gelehrter und einer ein Kaufmann und einer ein Bauer. Er war zufrieden und hörte auf, über seine Kinder nachzudenken, aber an die Frau, die sie ihm geboren hatte, mußte er nun denken, ob er wollte oder nicht.

Zum erstenmal in all den Jahren, die er mit ihr verlebt hatte, begann Wang Lung über O-lan nachzudenken; selbst in den ersten Tagen nach ihrer Ankunft hatte er an sie nicht als an O-lan gedacht, sondern nur als an eine Frau – die erste, die er gekannt hatte.

Immer hatte er an dieses und jenes zu denken, nie hatte er Zeit gehabt; erst jetzt, als seine Kinder versorgt waren und seine Felder sich in guter Obhut befanden und als auch sein Leben mit Lotos wieder in geregelte Bahnen zurückgekehrt war, denn sie war gehorsam, seit er sie geschlagen hatte – nun erst, schien es ihm, hatte er Zeit zu denken, an was er wollte, und er dachte an O-lan. Und er blickte sie nun zuweilen mit einem Gefühl der Reue an, und er sah, daß sie abgemagert und daß ihre Haut trocken und ganz gelb geworden war. Als sie noch auf den Feldern gearbeitet hatte, war ihre Haut braun und gesund gewesen, jetzt aber war sie seit vielen Jahren nicht mehr aufs Feld gegangen, außer zuweilen zur Erntezeit, und auch dies nicht mehr seit über zwei Jahren, denn er wollte es nicht haben, damit die Leute nicht sagten:

»Du bist reich, und deine Frau arbeitet noch immer auf dem Felde?«

Er hatte sich bisher keine Gedanken darüber gemacht, weshalb sie seit einiger Zeit das Haus kaum mehr verließ und sich immer langsamer und langsamer bewegte. Und jetzt, da er darüber nachdachte, fiel ihm ein, daß er sie des Morgens, wenn sie sich von ihrem Bett erhob, zuweilen ächzen hörte und auch, wenn sie sich bückte, um den Herd zu heizen. Wenn er aber gefragt hatte: »Was hast du?«, so hörte sie plötzlich auf zu ächzen. Wie er sie nun anblickte und die seltsame Geschwulst an ihrem Körper sah, erfaßte ihn ein

Gefühl der Reue, obgleich er nicht wußte, weshalb. Er rechtete mit sich: »Es ist ja nicht meine Schuld, daß ich sie nicht geliebt habe, wie man eine Konkubine liebt, denn dies ist nicht Brauch.« Und dann versuchte er, sich zu trösten: »Ich habe sie nicht geschlagen, und ich habe ihr Silber gegeben, wann sie es verlangt hat.«

Aber immer noch konnte er nicht vergessen, was das Kind gesagt hatte, und es half ihm nichts, daß er sich ein um das andere Mal vorsagte, er sei ihr immer ein guter Mann gewesen und besser als die meisten.

Da er sich von dem Gefühl des Unbehagens nicht befreien konnte, sah er sie öfter und öfter an, wenn sie ihm sein Essen brachte oder sich im Haus umherbewegte, und als sie sich eines Tages bückte, um den Ziegelboden zu reinigen, bemerkte er, daß ihr Gesicht fahl wurde vor Schmerz, und sie öffnete ihre Lippen und keuchte leise, und sie griff mit ihrer Hand nach dem Unterleib, obgleich sie so tat, als arbeite sie weiter. Da fragte er sie in scharfem Tone: »Was hast du?«

Sie aber wandte ihr Gesicht ab und antwortete matt:

»Es ist nur der alte Schmerz in meinen Eingeweiden.«

Da sagte er rasch zu dem jüngeren Mädchen:

»Nimm den Besen und fege den Boden, denn deine Mutter ist krank«, und zu O-lan sagte er gütiger, als er seit vielen Jahren zu ihr gesprochen hatte:

»Geh hinein und leg dich in dein Bett, und das Kind soll dir heißes Wasser bringen. Steh nicht auf!«

Sie gehorchte ihm langsam und stumm und ging in ihr Zimmer, und er hörte, wie sie sich drinnen herumschleppte, und schließlich lag sie in ihrem Bett und stöhnte leise. Er saß da und lauschte ihrem Ächzen, bis er es nicht länger ertragen konnte, und erhob sich und ging in die Stadt, um zu fragen, wo der Laden eines Arztes sei. Er ging zu einem Laden, den man ihm empfohlen hatte, und trat ein. Der Arzt saß dort müßig vor einem Teetopf; er war ein alter Mann mit einem langen, grauen Bart und einer Brille, groß wie die Augen einer Eule, auf der Nase, und er trug einen speckigen, grauen Talar, dessen lange Ärmel seine Hände vollkommen bedeckten. Als Wang Lung ihm alles, was er über die Krankheit seiner Frau wußte, berichtet hatte, öffnete der Arzt eine Schublade des Tisches, an dem er saß, zog ein schwarzes Stoffbündel heraus und sagte:

»Ich gehe gleich mit dir!«

Als sie zu O-lans Bett kamen, war sie in einen leichten Schlaf gefallen, und Schweiß stand auf ihrer Oberlippe und auf ihrer Stirn, und der alte Arzt schüttelte den Kopf, als er dies sah.

Er streckte eine Hand aus, die so trocken und gelb war wie die Hand eines Affen, und er fühlte ihr den Puls. Nachdem er ihre Hand lange Zeit gehalten hatte, schüttelte er bedenklich den Kopf und sprach:

»Die Milz ist vergrößert und die Leber erkrankt; in ihrem Bauch ist ein Stein, so groß wie der Kopf eines Mannes; der Magen ist in Auflösung begriffen; das Herz schlägt kaum noch, und es sind ohne Zweifel Würmer darin.«

Bei diesen Worten hörte Wang Lungs Herz zu schlagen auf, und er erschrak und rief ärgerlich:

»Nun, so gib ihr Arznei, oder kannst du das nicht?«

O-lan öffnete die Augen, während er sprach, und blickte den fremden Mann an, ohne zu verstehen, was er wollte, denn sie war betäubt von Schmerzen. Der alte Arzt nahm aufs neue das Wort:

»Es ist ein schwerer Fall. Wenn du keine Garantie für die Genesung verlangst, so fordere ich zehn Silberstücke, und ich will dir ein Rezept geben: Kräuter und das getrocknete Herz eines Tigers und der Zahn eines Hundes; alles, was ich dir geben werde, koche zusammen, und laß sie die Brühe trinken. Wenn du aber die Garantie für vollständige Genesung wünschest, dann fünfhundert Silberstücke.«

Als nun O-lan die Worte »fünfhundert Silberstücke« hörte, kam sie plötzlich zu sich und sagte schwach:

»Nein, mein Leben ist bestimmt nicht so viel wert. Für so viel Geld kann ein gutes Stück Land gekauft werden.«

Als Wang Lung sie so sprechen hörte, ergriff ihn wieder die alte Reue, und er antwortete zornig:

»Ich will keinen Tod in meinem Haus haben, und ich kann das Silber zahlen.«

Als der alte Doktor ihn sagen hörte, »ich kann das Silber zahlen«, funkelten seine Augen habgierig, aber er kannte die gesetzliche Strafe, wenn er sein Wort nicht halten und die Frau sterben würde. Und so sagte er, wenn auch mit großem Bedauern:

»Nein, jetzt, wo ich das Weiße in ihren Augen sehe, erkenne ich, daß ich mich geirrt habe. Fünftausend Silberstücke muß ich haben, wenn ich vollkommene Genesung garantiere.«

Da blickte Wang Lung schweigend und traurig auf den Doktor. So viel Silberstücke besaß er nicht, es sei denn, daß er sein ganzes Land verkauft hätte, aber er wußte, daß auch dies nutzlos sein würde, denn der Arzt wollte damit sagen: »Die Frau wird sterben.«

Wang Lung ging daher mit dem Arzte hinaus, und er zahlte ihm zehn Silberstücke, und als der Mann fort war, ging Wang Lung in die dunkle Küche, in der O-lan den größten Teil ihres Lebens verbracht hatte und die nun, da sie nicht mehr darin hantierte, leer und verlassen dalag. Und er kehrte sein Gesicht gegen die geschwärzte Wand und weinte.

XXVI

Aber das Leben in O-lans Körper erlosch nicht plötzlich. Sie hatte die Zeitspanne, die dem Menschen zugemessen ist, kaum zur Hälfte durchlebt, und das Leben wollte sich nicht leicht von ihrem Körper trennen, so daß sie viele Monate hindurch sterbenskrank in ihrem Bette lag. Die langen Wintermonate hindurch lag sie im Sterben. Zum erstenmal erkannten Wang Lung und die Kinder, was sie dem Hause gewesen war und wie sie allein das Leben behaglich gemacht hatte – und sie hatten es nicht gewußt.

Mit einem Male schien niemand zu wissen, wie man das Gras anzündet und im Herd brennend zu erhalten hat, und keiner konnte einen Fisch im Kessel umwenden, ohne die eine Seite zu verbrennen, bevor die andere gut war. Die Krumen und die Reste der Mahlzeiten blieben unter dem Tisch liegen, und niemand kehrte sie weg, ehe Wang Lung den üblen Geruch verspürte und einen Hund aus dem Hof hereinrief, damit er die Abfälle auffresse, oder dem Mädchen ungeduldig befahl, sie wegzukehren.

Der jüngste Knabe versuchte, so gut es ging, den Großvater zu bedienen, der jetzt hilflos wie ein kleines Kind geworden war, und Wang Lung konnte dem alten Mann nicht verständlich machen, wie es kam, daß O-lan ihm nicht mehr seinen Tee und sein heißes Wasser brachte und ihm nicht mehr beim Niederlegen und Aufstehen half. Und der Alte war unwillig, weil sie nicht kam, wenn er sie rief, und er warf seine Teeschale auf die Erde wie ein eigensinniges Kind. Schließlich führte ihn Wang Lung in O-lans Zimmer und zeigte ihm das Bett, auf dem sie lag, und der alte Mann starrte aus seinen halbblinden Augen auf die Kranke, und er weinte, weil er zu begreifen begann, was sich ereignet hatte.

Nur die arme Närrin verstand nichts, und sie lächelte nur und drehte ihr Stückchen Tuch in der Hand, aber man durfte nicht vergessen, sie am Abend ins Haus zu bringen und ihr Essen zu geben und sie am Tag in die Sonne zu setzen und sie hereinzuführen, wenn es regnete. Einmal aber geschah es, daß sie eine ganze Nacht im Freien gelassen wurde, und im Morgengrauen fand man die Arme frierend und weinend vor der Türe. Und Wang Lung war erzürnt, und er beschimpfte seinen Sohn und seine Tochter, weil sie die arme Närrin, die ihre Schwester war, vergessen hatten. Dann aber fiel ihm ein, daß sie ja noch Kinder waren, die vergeblich versuchten, den Platz ihrer Mutter einzunehmen, und er hatte Nachsicht mit ihnen. Von diesem Tage an sorgte er selbst für die arme Närrin. Wenn es regnete oder schneite oder wenn ein kalter Wind blies, führte er sie ins Haus und setzte sie in die Nähe des warmen Herdes.

Während des langen, dunklen Winters, in dem O-lan dalag und starb, kümmerte sich Wang Lung nicht um das Land. Er überließ die Winterarbeit und die Knechte der Aufsicht Chings, und dieser tat treu seine Arbeit; abends und morgens kam er zu der Türe des Zimmers, in dem O-lan lag, und fragte flüsternd, wie es ihr gehe.

Schließlich konnte Wang Lung es nicht mehr ertragen, am Morgen und Abend nichts anderes sagen zu können als:

»Heute hat sie ein wenig Hühnersuppe getrunken«, oder: »Heute hat sie ein bißchen Reisbrei gegessen.« So hieß er Ching nicht mehr fragen, sondern seine Arbeit gut verrichten, und dies sei genug.

Während des kalten, dunklen Winters saß er oft neben O-lans Bett, und wenn ihr kalt war, so stellte er einen Topf voll Holzkohle neben sie, damit sie sich wärme, und jedesmal murmelte sie mit schwacher Stimme:

»Es kostet zuviel.«

Eines Tages, als sie dies wieder einmal gesagt hatte, konnte er es nicht mehr ertragen und schrie auf:

»Ich halte es nicht mehr aus! All mein Land würde ich verkaufen, wenn ich dich heilen könnte.«

Da lächelte sie und flüsterte schweratmend:

»Nein, das darfst du ... nicht tun. Einmal muß ich ja doch sterben. Das Land aber .. ist da, auch wenn ich tot bin.«

Er aber wollte nichts von ihrem Tode hören, und er stand auf und ging hinaus, wenn sie davon sprach.

Da er aber doch wußte, daß sie sterben müsse, und da er seine Pflicht erfüllen wollte, ging er eines Tages in die Stadt zu einem Sargmacher, und er besah jeden Sarg, der dort zum Verkaufe bereitstand, und er wählte einen guten, schwarzen Sarg aus schwerem, hartem Holz. Da sagte der Schreiner, der ein geschäftskundiger Mann war: »Wenn du zwei nimmst, so kriegst du einen dritten umsonst, und warum kaufst du nicht einen für dich selbst und weißt, daß du versorgt bist?«

»Nein, das soll mein Sohn für mich tun«, antwortete Wang Lung, aber dann dachte er an seinen Vater und daß er noch keinen Sarg für seinen Vater hatte, und nach einigem Überlegen sagte er: »Ich habe einen alten Vater, der bald sterben wird, denn er ist schon schwach auf seinen Beinen und taub und halb blind, und so will ich denn zwei nehmen.«

Und der Mann versprach, die Särge mit guter, schwarzer Farbe nachzufärben und sie Wang Lung zu schicken. Und Wang Lung erzählte O-lan, was er unternommen hatte, und sie war erfreut darüber, daß er dies für sie getan und für ihren Tod gut gesorgt hatte. So saß er viele Stunden des Tages bei ihr, und sie sprachen nicht viel, denn sie war sehr schwach, auch hatten sie zeit ihres Lebens nicht viel Worte gewechselt. Oft vergaß sie, wo sie war, wenn er schweigend neben ihr saß, und zuweilen murmelte sie Erinnerungen aus ihrer Kindheit vor sich hin, und zum ersten Male sah Wang Lung in ihr Herz, obgleich sie nur kurze abgerissene Sätze sprach wie diese:

»Ich will die Speisen nur bis zur Türe bringen – ich weiß wohl, daß ich häßlich bin und nicht vor dem großen Herrn erscheinen kann –« Und dann, nach Luft ringend: »Schlage mich nicht – nie wieder will ich von dieser Speise naschen.« Und immer aufs neue sprach sie die Worte: »Mein Vater – meine Mutter – mein Vater – meine Mutter –« und dann wieder: »Ich weiß wohl, daß ich häßlich bin und daß mich keiner lieben kann –« Als sie dies sagte, konnte Wang Lung es nicht ertragen, und er nahm ihre Hand und streichelte sie, eine große, harte Hand, steif wie die einer Toten. Am meisten Schmerz aber empfand er über sich selber, denn er erkannte, daß alles, was sie sagte, wahr sei, und selbst wenn er ihre Hand nahm und wünschte, daß sie seine Zärtlichkeit fühle, schämte er sich, weil er keine Weichheit des Herzens empfinden konnte, wie er sie Lotos gegenüber empfand, wenn sie ihn nur anlächelte. Wenn er diese steife, sterbende Hand in die seine nahm, so flößte sie ihm kein Gefühl der Liebe ein, und sogar sein Mitleid war gemischt mit einem leisen Abscheu vor der Häßlichkeit dieser Hand.

Und eben darum war er um so gütiger zu O-lan, und er kaufte für sie besondere Speisen und ließ ihr köstliche Suppen aus weißem Fisch und zartem jungem Kohl bereiten. In diesen Tagen konnte er an Lotos keine Freude finden, denn wenn er zu ihr ging, um seine Gedanken von der Verzweiflung über dieses lange Sterben abzulenken, so konnte er O-lan nicht vergessen, und selbst wenn er Lotos in seinen Armen hielt, verlor er sie wegen seines Weibes O-lan.

Es gab Zeiten, da O-lan zu vollem Bewußtsein erwachte und alles um sich her erkannte, und einmal verlangte sie nach Kuckuck, und als Wang Lung die Frau in großem Erstaunen herbeirief, richtete sich O-lan auf und sagte mit deutlicher Stimme:

»Du hast in dem Hofe des alten Herrn gelebt und galtest für schön, ich aber bin das Weib eines Mannes gewesen, und ich habe ihm Söhne geboren, du aber bist noch immer eine Sklavin.« Als Kuckuck ärgerlich antworten wollte, beschwichtigte Wang Lung sie und führte sie hinaus, und er sprach zu ihr:

»Sie weiß nicht mehr, was Worte bedeuten.«

Als er in O-lans Zimmer zurückging, saß sie noch immer, auf ihren Arm gestützt, im Bette und sagte zu ihm:

»Wenn ich tot bin, darf weder diese noch ihre Herrin in mein Zimmer kommen oder meine Sachen berühren, und wenn sie es tun, so soll mein Geist zurückkehren als ein Fluch für diese Weiber.«

Dann fiel sie wieder in unruhigen Schlummer, und ihr Kopf sank auf das Kissen zurück.

Aber eines Tages, kurz vor dem Neujahrsfest, fühlte sie sich plötzlich wohler, wie eine Kerze hell aufflackert, wenn sie zu Ende gebrannt ist, und sie war wieder wie früher und setzte sich im Bette auf und flocht ihr Haar, und sie verlangte Tee, und als Wang Lung kam, sagte sie:

»Nun kommt das Neujahrsfest, und keine Kuchen und keine Fleischspeisen sind bereit, und es ist mir ein Gedanke gekommen. Diese Sklavin will ich nicht in meiner Küche haben, aber ich möchte, daß du nach meiner Schwiegertochter schickst, welche mit unserem ältesten Sohn verlobt ist. Ich habe sie noch nicht gesehen, aber wenn sie kommt, so werde ich ihr sagen, was sie zu tun hat.«

Wang Lung freute sich über ihre wiedererwachten Kräfte, obgleich er in diesem Jahr keine Freude an Festlichkeiten hatte, und er sandte Kuckuck aus, um Liu, dem Getreidehändler, zu berichten, wie übel es um O-lan stehe, und als Liu gehört hatte, daß O-lan den Winter nicht überleben werde, willfahrte er dem Wunsche Wang Lungs, denn schließlich war das Mädchen sechzehn Jahre alt, älter als manche andere, die in das Haus ihres Gatten zog.

Aber wegen O-lans Krankheit gab es keine Festlichkeiten; das Mädchen kam in einer Sänfte, nur von ihrer Mutter und einer alten Dienerin begleitet, und ihre Mutter kehrte zurück, als sie ihre Tochter O-lan übergeben hatte, während die Dienerin zurückblieb, um das Mädchen zu bedienen.

Die Kinder wurden aus dem Zimmer, in dem sie schliefen, entfernt, und dieses Zimmer wurde der neuen Schwiegertochter gegeben, und alles geschah nach Brauch und Sitte. Wang Lung sprach nicht mit dem Mädchen, weil dies nicht schicklich gewesen wäre, aber er senkte ernst den Kopf, als sie sich vor ihm verneigte, und sie gefiel ihm wohl, weil sie ihre Pflicht kannte und mit niedergeschlagenen Augen im Hause umherging. Auch war sie ein hübsches Mädchen, aber nicht schön genug, um eitel darob zu sein. Sie war wohlerzogen und aufmerksam, und sie ging in O-lans Zimmer und pflegte sie, und es war ein Trost für Wang Lung, eine Frau am Bette der Kranken zu wissen; auch O-lan war sehr zufrieden.

Am dritten Tage nach der Ankunft des Mädchens aber kam O-lan ein neuer Gedanke. Und sie sagte zu Wang Lung, als er des Mittags kam, um sich nach ihrem Befinden während der Nacht zu erkundigen:

»Ich habe noch einen Wunsch, bevor ich sterbe.«

Er rief schmerzlich bewegt:

»Sprich nicht vom Sterben – ich bitte dich darum.«

Sie lächelte ein wenig, jenes schwache Lächeln von einst, das nie bis zu ihren Augen gelangte, und sie antwortete:

»Sterben muß ich, denn ich spüre den Tod in mir warten. Aber ich will nicht sterben, ehe mein ältester Sohn heimkehrt und diese gute Jungfrau ehelicht, welche mir eine brave Tochter ist; mit ruhiger Hand hält sie das Becken mit dem heißen Wasser, und sie wäscht mein Gesicht, wenn der Schmerz mir den Schweiß auf die Stirne treibt. Wenn mein Sohn zurückkehrt und dieses Mädchen heiratet, so sterbe ich leicht, denn dann weiß ich, daß aus ihrer Umarmung dir ein Enkel und dem Alten ein Urenkel erstehen wird.«

Selbst in den Tagen der Gesundheit hatte O-lan selten so viele Worte gesprochen, und Wang Lung freute sich darüber, wie lebhaft sie sprach und wie stark ihr Wunsch nach diesem Ereignis war, und er wollte sich ihr nicht widersetzen, obgleich es ihm lieber gewesen wäre, mehr Zeit für eine prächtige Hochzeit zu haben. Herzlich stimmte er zu:

»Es soll geschehen, wie du es wünschest, und noch heute will ich einen Mann gen Süden senden, und er soll meinen Sohn suchen und zu seiner Heirat heimbringen. Dann mußt du mir aber versprechen, daß du wieder gesund wirst und nicht mehr an das Sterben denken wirst, denn das Haus ist wie ein Viehstall ohne dich.«

Dies sagte er, um sie zu erfreuen, und es freute sie auch, obgleich sie nicht mehr sprach, sondern ruhig dalag und nur mit geschlossenen Augen ein wenig lächelte.

Wang Lung schickte den Boten auf den Weg und schärfte ihm ein:

»Sage deinem jungen Herrn, daß seine Mutter im Sterben liegt und daß ihr Geist nicht zur Ruhe kommen kann, ehe sie ihn gesehen hat und ihn verheiratet weiß. Wenn er mich und seine Mutter und sein Heim ehrt, so soll er unverzüglich heimkehren, denn für den dritten Tag von heute will ich das Hochzeitsmahl rüsten und Gäste einladen und ihn verheiraten.«

Und wie Wang Lung sagte, so geschah es. Er wies Kuckuck an, ein Mahl vorzubereiten und es an nichts fehlen zu lassen, und sie mußte Köche aus dem großen Teehause in der Stadt bestellen, und er schüttete Silber in ihre Hände und sagte:

»Tue, wie du in solch einer Stunde in dem großen Hause getan hättest, und wenn du mehr Silber brauchst, so werde ich es dir geben.«

Dann ging er in das Dorf und lud Gäste ein, Männer und Frauen, jeden, den er kannte, und er ging in die Stadt, und lud auch dort die ein, welche er in den Teehäusern und auf den Getreidemärkten kannte, und jeden, den er kannte, lud er ein. Und er sprach zu seinem Onkel:

»Bitte jeden, den du kennst, zu meines Sohnes Hochzeit, alle deine Freunde und alle Freunde deines Sohnes.«

Dies sagte er, weil er immer daran dachte, wer sein Onkel war, und Wang Lung war höflich zu seinem Onkel und behandelte ihn wie einen geehrten Gast, seit der Stunde, in der er erfahren hatte, wer jener war.

Am Vorabend seiner Hochzeit kehrte Wang Lungs ältester Sohn heim, und als er ins Zimmer trat, vergaß Wang Lung alles, was der junge Mann ihm einstmals angetan hatte, und über zwei Jahre waren vergangen, seit er diesen seinen Sohn zum letztenmal gesehen hatte, und nun war er wieder da und war kein Jüngling mehr, sondern ein großer und stattlicher Mann, mit roten Wangen und kurzgeschorenem Haar, das von Öl glänzte. Und er trug ein langes dunkelblaues Gewand aus Atlas, wie man sie in den Kaufläden des Südens sieht, und eine kurze, schwarze Samtjacke ohne Ärmel, und Wang Lungs Herz barst beinahe vor Stolz, seinen Sohn so zu sehen. Und er vergaß alles über dem Anblick dieses stattlichen Sohnes, und er führte ihn zu seiner Mutter. Dann saß der junge Mann neben ihrem Bette, und die Tränen standen ihm in den Augen, als er sie so sah, aber er sprach nur heitere Dinge zu ihr, so etwa wie dies: »Du siehst doppelt so gut aus, als man mir berichtet hat, und viele Jahre vom Tode entfernt.« Aber O-lan sagte ruhig: »Ich will dich noch verheiratet sehen, und dann muß ich sterben.«

Nun durfte der junge Mann das Mädchen, welches er heiraten sollte, natürlich nicht sehen, und Lotos führte die Braut in den inneren Hof, um sie für die Hochzeit vorzubereiten, und niemand konnte dies besser als Lotos und Kuckuck und die Frau von Wang Lungs Onkel. Diese drei nahmen die Jungfrau in ihre Obhut, und am Morgen des Hochzeitstages wuschen sie sie von Kopf bis Fuß, und banden ihr die Füße mit neuen weißen Tüchern, und Lotos rieb dem Mädchen von ihrem eigenen wohlriechenden Mandelöl in die Haut. Dann kleideten sie sie in ihre Gewänder, die sie aus ihrem Vaterhause mitgebracht hatte. Zuerst hüllten sie ihren zarten, jungfräulichen Leib in weiße, geblumte Seide; darüber kam eine leichte Jacke aus feinster weicher Wolle und zuletzt das rote seidene Hochzeitsgewand, und sie rieben ihre Stirne mit Leim ein und zogen mittels geschickt geknoteter Schnur die Locke über ihrer Stirne, das Zeichen ihrer Jungfräulichkeit, heraus, und sie machten ihre Stirne hoch und glatt, wie es dem neuen Stande des Mädchens entsprach. Dann malten sie ihr Gesicht mit Puder und roter Schminke, und sie zogen mit einem Pinsel ihre Augenbrauen in lange schwarze Striche aus und schmückten ihr Haupt mit der Brautkrone und dem Perlenschleier, und an ihre kleinen Füße steckten sie gestickte Schuhe. Und sie lackierten ihre Finger und besprengten ihre Handflächen mit wohlriechenden Essenzen, und so bereiteten sie die junge Frau für die Hochzeit vor. Alles ließ die junge Braut mit sich geschehen, aber sie war schüchtern und zierte sich ein wenig, wie es sich schickte.

Wang Lung und sein Onkel, sein Vater und die Gäste warteten im Mittelzimmer, bis das Mädchen, von ihrer eigenen Sklavin und der Frau von Wang Lungs Onkel geführt, eintrat; bescheiden und sittsam, mit gesenktem Kopf, trat sie ein, und ihre Haltung war so, als ob sie nur widerstrebend dem Bräutigam entgegentrete. Dies bezeugte ihre große Keuschheit, und Wang Lung war erfreut darüber, und er dachte bei sich, daß sie ein wahrhaft tugendhaftes Mädchen sei.

Dann kam Wang Lungs ältester Sohn herein, mit dem roten Gewand und der schwarzen Jacke bekleidet, und sein Haar war glatt und glänzend und sein Gesicht frisch rasiert. Hinter ihm kamen seine zwei Brüder, und Wang Lung war über alle Maßen stolz auf seine stattlichen Söhne, die sein leibliches Leben nach seinem Tode fortsetzen sollten. Jetzt begriff auch der Alte, der bisher nichts von allem verstanden hatte, um was es sich handelte. Und er krähte vor

Vergnügen und rief ein über das andere Mal mit zitternder Stimme: »Es ist Hochzeit, und wenn Hochzeit ist, gibt es wieder Kinder und Enkel.«

So herzlich lachte er, daß alle Gäste über seine Heiterkeit gleichfalls zu lachen begannen, und Wang Lung sagte sich, daß es fürwahr ein fröhlicher Tag wäre, wenn O-lan nicht krank im Bett läge. Während der ganzen Zeit beobachtete Wang Lung seinen Sohn von der Seite, um zu sehen, ob er heimlich nach dem Mädchen schiele. Dies tat der junge Mann, wenn auch nur wenige Male, aber es war genug, denn er schien zufrieden und erfreut, und Wang Lung sprach voll Stolz zu sich selbst: »Ich habe ihm eine gewählt, die ihm gefällt.«

Dann verbeugten sich Bräutigam und Braut vor dem Großvater und vor Wang Lung, und dann gingen sie in das Zimmer, in dem O-lan lag, und sie hatte sich in ihre gute schwarze Jacke kleiden lassen und richtete sich auf, als sie eintraten, und auf ihrem Gesicht brannten zwei feuerrote Flecke, die Wang Lung fälschlich als Zeichen der Gesundheit deutete, so daß er ausrief: »Sie wird wieder gesund werden!«

Und die beiden jungen Leute traten an das Bett heran und verbeugten sich vor O-lan, und sie sprach zu ihnen:

»Setzt euch hierher und trinkt den Wein und eßt den Reis eurer Hochzeit, denn ich will alles sehen, und dies wird euer Ehebett werden, da es bald mit mir aus ist und man mich wegtragen wird.«

Nun wollte ihr niemand antworten, als sie so sprach, sondern die beiden setzten sich Seite an Seite schweigend und in großer Scheu voreinander beim Bette nieder. Und die Frau von Wang Lungs Onkel watschelte wichtigtuerisch herein und brachte zwei Schalen heißen Weines, und die beiden tranken, zuerst ein jeder für sich, und dann mischten sie den Wein der beiden Schalen und tranken gemeinsam, und dies bedeutete, daß die beiden nun eins waren, und dann aßen sie Reis und mischten auch diesen, und dies bedeutete wiederum, daß sie für ihr Leben vereint waren, und nun waren sie vermählt. Dann verbeugten sie sich aufs neue vor O-lan und vor Wang Lung, und dann gingen sie hinaus und verbeugten sich zusammen vor den versammelten Gästen.

Jetzt begann der Hochzeitsschmaus, und die Zimmer und die

Höfe waren gefüllt mit Tischen, mit dem Geruch der Speisen und mit dem Klang des Lachens, denn die Gäste waren von nah und fern gekommen, alle die, welche Wang Lung eingeladen hatte, und viele andere, die Wang Lung nie gesehen hatte; jeder wußte, daß er ein reicher Mann war und daß in einem solchen Hause zu einer solchen Zeit Speise und Trank in Hülle und Fülle vorhanden sei und gar nicht nachgezählt werde.

Kuckuck hatte Köche aus der Stadt kommen lassen, um das Mahl zu bereiten, denn es gab viele Leckerbissen, die in der Küche eines Bauern nicht hergestellt werden können. Die Köche aus der Stadt waren mit großen Körben voll fertiggekochter Speisen, die nur gewärmt zu werden brauchten, erschienen, und sie machten viel Aufhebens von sich und liefen aufgeregt hin und her, so daß ihre fleckigen Schürzen im Winde flatterten. Und die Gäste aßen, und sie aßen mehr und immer noch mehr, und sie tranken so viel, wie in sie nur hineinging, und alle waren sehr vergnügt.

O-lan wollte die Türe offen und die Vorhänge beiseite gezogen haben, damit sie den Lärm und das Lachen hören und die Speisen riechen könne, und immer wieder fragte sie Wang Lung, der oft hereinkam, um nach ihr zu sehen:

»Hat jeder Wein? Und ist die Hochzeitsspeise aus süßem Reis heiß genug, und hat man genug Fett und Zucker und die acht vorgeschriebenen Früchte hineingetan?«

Als er ihr versicherte, daß alles so war, wie sie es gewünscht hatte, war sie zufrieden und lag lauschend da.

Dann war das Fest vorüber, und die Gäste waren weg, und die Nacht kam. Und als die fröhlichen Stimmen verklangen und Schweigen sich über das Haus senkte, schwanden O-lans Kräfte, und sie wurde müde und matt, und sie rief die beiden, die einander an diesem Tage vermählt worden waren, zu sich und sprach zu ihnen:

»Nun bin ich zufrieden, und das Feuer in meinem Inneren mag mit mir tun, was es will. Du, mein Sohn, kümmere dich um deinen Vater und deinen Großvater, und du, meine Tochter, kümmere dich um deinen Mann und den Vater deines Mannes und seinen Großvater und um die arme Närrin. Pflichten habt ihr nur gegen diese, und sonst gegen niemand.«

Die letzten Worte bezogen sich auf Lotos, mit der sie niemals ein Wort gesprochen hatte. Dann schien sie in einen unruhigen Schlummer zu verfallen, aber alle blieben bei ihr und warteten darauf, daß sie weiterspräche, und wirklich raffte sie sich noch einmal auf und sprach. Aber es war so, als ob sie weder wisse, daß jemand bei ihr sei, noch auch wo sie sich befinde. Sie bewegte den Kopf hin und her und murmelte mit geschlossenen Augen:

»Wenn ich auch häßlich bin, so habe ich doch einen Sohn geboren; wenn ich auch eine Sklavin bin, so ist doch ein Sohn in meinem Hause.«

Nach einer Weile sagte sie plötzlich: »Wie kann diese dort für ihn sorgen, wie ich es getan habe?«

Dann lag sie da und murmelte unverständliche Worte vor sich hin. Wang Lung winkte den anderen, sich zu entfernen, und er blieb neben ihrem Bette sitzen, während sie abwechselnd schlief und wach war. Und er blickte sie an und verachtete sich selbst, weil er selbst jetzt, da sie im Sterben lag, bemerkte, wie weit und häßlich ihre bläulich gefärbten Lippen offenstanden und die Zähne bloßlegten. Wie er sie so ansah, öffnete sie mit einem Male weit die Augen, und es war, als ob ein Nebel sich über sie gesenkt hätte, denn sie starrte ihn an und dann nochmals, und sie heftete ihren Blick auf ihn, so, als ob sie sich verwundert fragte, wer er sei. Dann plötzlich sank ihr Kopf auf das Kissen zurück, ein Schauder ging durch ihren Körper, und sie war tot.

Nun, da O-lan tot war, schien es Wang Lung, als könne er nicht mehr bei ihr bleiben. Und er rief die Frau seines Onkels herbei, damit sie die Leiche für das Begräbnis wasche, und als dies geschehen war, wollte er den Raum nicht mehr betreten, sondern überließ es der Frau seines Onkels und seinem ältesten Sohn und seiner Schwiegertochter, die Tote vom Bett aufzuheben und sie in den großen Sarg zu legen, den er für sie gekauft hatte. Um nicht unausgesetzt an O-lans Tod zu denken, ging er in die Stadt und bestellte Männer, um den Sarg zu versiegeln, wie es Sitte war, und dann suchte er einen Geomanten auf und fragte ihn nach einem glücklichen Tag für das Begräbnis. Der Geomant zog mit einem Stabe geheimnisvolle Striche in den Sand und verkündete ihm sodann, daß der erste gute

Tag in drei Monaten sei. Wang Lung bezahlte den Mann und ging in den Tempel, und er feilschte mit dem Abt und mietete endlich einen Platz für den Sarg bis zu dem Tag des Begräbnisses, denn es wäre ihm unerträglich gewesen, den Sarg so lange in seinem Hause vor Augen zu haben.

Wang Lung achtete sorgsam darauf, alles zu tun, was man für einen Toten tun kann, und aus diesem Grunde bestellte er Trauerkleider für sich und für seine Kinder. Und sie trugen Schuhe aus grobem, weißem Stoff, und ihre Fußknöchel umwanden sie gleichfalls mit weißem Stoff, und die Frauen im Hause flochten sich weiße Bänder ins Haar.

Wang Lung konnte es nicht ertragen, in dem Zimmer zu schlafen, in dem O-lan gestorben war, und er zog in den inneren Hof, in dem Lotos wohnte, und er sagte zu seinem älteren Sohn:

»Wohne nun du mit deinem Weibe in dem Zimmer, in dem die gelebt hat und gestorben ist, die dich empfangen und geboren hat, und zeuge dort deinen eigenen Sohn.«

So zogen die beiden ein in das Zimmer ihrer Mutter und waren es zufrieden.

Es war, als ob der Tod ein Haus, das er betreten hat, nicht leicht wieder verlassen könne, denn der alte Mann, Wang Lungs Vater, der verstört war, seitdem er gesehen hatte, wie O-lans starrer Körper in den Sarg gelegt worden war, legte sich eines Abends zum Schlafen nieder, und als die zweite Tochter am Morgen zu ihm kam, um ihm seinen Tee zu bringen, fand sie ihn mit zurückgesunkenem Kopf leblos in seinem Bette liegen.

Sie schrie bei diesem Anblick laut auf und lief weinend zu ihrem Vater, und Wang Lung eilte herbei und sah, daß der alte Mann tot war. Sein leichter, alter Körper war trocken und kalt und dürr wie ein knorriger Tannenbaum. Der Greis war wohl schon vor vielen Stunden gestorben, vielleicht gleich, nachdem er sich zur Ruhe begeben hatte. Den alten Mann wusch Wang Lung selbst, und er legte ihn behutsam in den Sarg, den er für ihn gekauft hatte, und er ließ diesen versiegeln und sagte:

»Diese beiden Toten aus unserem Haus wollen wir am gleichen Tag an einer hoch gelegenen Stelle meines Landes gemeinsam begraben, und wenn ich sterbe, so will auch ich dort ruhen.«

Und er tat, wie er gesagt hatte. Als er den Sarg des alten Mannes versiegelt hatte, legte er ihn auf zwei Bänke im mittleren Raum, und der Sarg blieb dort stehen, bis der festgesetzte Tag kam. Es schien Wang Lung, daß es seinem Vater wohltun müsse, hier im Hause zu sein, obgleich er tot war, und Wang Lung trauerte um seinen Vater, aber mit Fassung, denn sein Vater war sehr alt und am Ziele seines Lebens.

Es war Frühling geworden, als der Tag, den der Geomant bestimmt hatte, herannahte, und Wang Lung berief Priester aus dem taoistischen Tempel, und sie kamen in ihren gelben Talaren und mit ihrem langen, auf dem Kopf geknoteten Haar, und er berief auch Priester von den Tempeln des Buddha, und diese kamen in ihren langen grauen Talaren, und ihre Köpfe waren geschoren und trugen die neun heiligen Narben. Die Priester schlugen die Trommeln und sangen die ganze Nacht hindurch die heiligen Gesänge für die beiden Toten. Und jedesmal, wenn sie aufhörten zu singen, schüttete Wang Lung Silber in ihre Hände, und dann schöpften sie Atem und sangen mit frischer Kraft und hörten nicht auf damit, bis der Morgen dämmerte.

Nun hatte Wang Lung auf seinen Feldern eine gute Stelle unter einem Dattelbaum als Platz für die Gräber ausgewählt; Ching ließ die Gräber graben und einen Erdwall ringsherum errichten, und innerhalb dieses Walles war genug Raum für Wang Lung und seinen Sohn und für deren Frauen, und auch die Enkel hatte man nicht vergessen. Um dieses Land tat es Wang Lung nicht leid, obgleich es gutes Weizenland war, denn dies war ein Zeichen dafür, daß sie mit ihrer Erde eins waren im Leben und im Tode.

Nachdem die Priester ihre Gesänge beendet hatten und der Morgen des festgesetzten Tages heraufgedämmert war, kleidete sich Wang Lung in sein Gewand aus weißer Sackleinwand, und er gab seinem Onkel und dem Sohn seines Onkels ebensolche Gewänder und auch seinem Sohn und der Frau seines Sohnes und seinen beiden Töchtern. Er ließ Sänften aus der Stadt kommen, denn es wäre nicht passend gewesen, zur Begräbnisstätte zu gehen, so, als ob er ein armer Mann und ein gewöhnlicher Bauer gewesen wäre.

Wang Lung folgte als erster dem Sarge O-lans, und es war das erstemal, daß er in einer Sänfte getragen wurde. Dem Sarg seines

Vaters aber folgte sein Onkel als erster. Selbst Lotos, die zu O-lans Lebzeiten nicht vor ihr erscheinen durfte, folgte nun ihrem Sarg in einer Sänfte, um der ersten Frau ihres Gatten ihre Ehrerbietung zu bezeigen. Auch für die Frau und den Sohn seines Onkels hatte er Sänften bestellt, und sogar die arme Närrin trug ein Gewand aus weißer Sackleinwand und wurde in eine Sänfte gesetzt, obgleich sie in wilde Erregung geriet und schrill lachte, statt zu weinen, wie es am Platze gewesen wäre.

Unter lautem Jammern und Wehklagen bewegte sich der Zug der Stadt zu, und den Beschluß machte Ching mit den Knechten; diese gingen zu Fuß, und auch sie trugen weiße Schuhe. Zuerst wurde der Sarg des alten Mannes in die Erde versenkt und dann der Sarg, in dem O-lan lag, und Wang Lung stand da und sah allem zu, und sein Schmerz war hart und bitter, aber er weinte nicht wie die anderen, denn in seinen Augen waren keine Tränen; alles war geschehen, wie es geschehen mußte, und er konnte nicht mehr tun als das, was er getan hatte.

Als die Gräber zugeschaufelt waren, wandte er sich schweigend ab, und er schickte die Männer mit seiner Sänfte weg, und er ging zu Fuß nach Hause, einsam mit seinem Leid. Nur ein einziger klarer Gedanke war in ihm wach und schmerzte ihn auf seltsame Art, und der Gedanke war dieser:

Er wünschte, er hätte O-lan an dem Tage, an dem sie seine Kleider im Teich wusch, nicht die beiden Perlen entrissen, und er wußte, daß er diese nie wieder in Lotos' Ohren würde sehen können. Von diesem Gedanken bedrückt, schritt er dahin und sprach zu sich selber:

»Dort in meiner Erde liegt die erste gute Hälfte meines Lebens begraben und noch mehr. Es ist, als ob ein Teil meiner selbst dort begraben wäre, und das Leben in meinem Hause wird nicht mehr sein, wie es war.«

Und plötzlich weinte er ein wenig, und er trocknete seine Augen mit dem Handrücken, wie ein Kind es tut.

XXVII

Während all dieser Tage hatte Wang Lung kaum über die Ernte nachgedacht, so beschäftigt war er mit Hochzeitsmahl und Begräbnis gewesen; eines Tages aber kam Ching zu ihm und sagte: »Nun, da Freude und Leid vorüber ist, muß ich mit dir über das Land sprechen.«

»So sprich denn«, forderte ihn Wang Lung auf, »ich habe in diesen Tagen an meine Erde nur als an die Begräbnisstätte für meine Toten gedacht.«

Ching verharrte aus Ehrfurcht einige Minuten in Schweigen, dann erst fuhr er leise fort: »Der Himmel möge das Unglück abwenden, aber es hat den Anschein, als ob in diesem Jahre eine Überschwemmung kommen werde wie noch niemals, denn das Wasser steigt und überströmt das Land, obgleich es noch Sommer ist.«

Wang Lung rief grimmig:

»Ich habe niemals Gutes von dem alten Mann im Himmel gehabt. Weihrauch oder keinen Weihrauch, immer ist er gleich böse. Komm, laß uns gehen und das Land besehen.« Während er dies sagte, stand er auf. Nun war Ching ein ängstlicher und schüchterner Mann, und mochten die Zeiten noch so schlecht sein, so wagte er dennoch nicht, mit dem Himmel zu hadern wie Wang Lung. Er pflegte nur zu sagen: »Der Himmel will es«, und er trug Flut und Dürre in Demut. Nicht so Wang Lung. Er ging mit Ching auf das Land hinaus und besichtigte diesen Acker und jenen, und er sah, daß es so war, wie Ching gesagt hatte. Die guten Felder beim Wallgraben, die er von dem Hause der Hwangs gekauft hatte, waren aufgeweicht durch das Wasser, welches aus dem Erdreich aufquoll, so daß der gute Weizen, der auf diesem Stück Land wuchs, zu faulen und gelb zu werden begann.

Der Wallgraben selbst war zu einem See geworden, und das Wasser in den Kanälen floß schnell und in Wirbeln dahin wie das eines Flusses; da es schon jetzt, wo die sommerlichen Regengüsse noch nicht begonnen hatten, so übel mit dem Lande stand, konnte niemand daran zweifeln, daß eine gewaltige Überschwemmung bevorstand und Männer und Frauen und Kinder in diesem Jahre wieder hungern würden. Hastig lief Wang Lung auf den Feldern hin und her, Ching schweigend hinter ihm wie ein Schatten; dann überlegten sie, welches Land mit Reis bebaut werden könne und welches schon unter Wasser stehen würde, wenn mit dem Anbau des Reises begonnen werden müsse. Wang Lung blickte auf die Kanäle, die bereits ihre Ufer zu überschwemmen drohten, und er rief bitter aus:

»Bald wird der alte Mann im Himmel sich freuen, denn er wird auf ertrinkende und hungernde Menschen niederblicken, und das ist es, was der Verfluchte dort oben gern sieht.«

So laut und ergrimmt rief er dies, daß Ching erschauerte und beschwichtigend sagte:

»Trotz allem ist er größer als einer von uns, darum sprich nicht so, Herr!«

Aber seit Wang Lung reich war, war er auch ohne Furcht, und während des ganzen Heimweges murmelte er Flüche vor sich hin, da er an das Wasser dachte, welches sein Land und seine gute Erde überschwemmen wollte.

Alles geschah, wie Wang Lung es befürchtet hatte. Der Fluß im Norden brach seine Dämme, zuerst die am höchsten gelegenen, und als die Bauern sahen, was geschehen war, sammelten sie eilends Geld, um diese wieder auszubessern, und jeder gab so viel, wie er konnte. Das Geld vertrauten sie dem Regierungsbeamten des Bezirks an. Dieser war ein armer Mann, der noch nie in seinem Leben so viel Geld gesehen hatte, denn er hatte seine Stelle erst seit kurzem inne; sein Vater hatte all sein Geld und auch noch erborgtes gezahlt, um seinem Sohn die Stellung zu verschaffen, damit die Familie es zu Wohlstand bringe. Als nun der Fluß den Damm aufs neue durchbrach, kamen die Leute heulend und drohend zu dem Hause des Regierungsbeamten, weil er nicht, wie er versprochen hatte, die Dämme ausgebessert hatte, und er entfloh und hielt sich verborgen, denn er hatte das Geld in seinem eigenen Haus verwendet, und es waren nicht weniger als dreitausend Silberstücke. Und der Volkshaufe drang brüllend in das Haus und begehrte sein Leben um seiner bösen Tat willen; als er sah, daß er des Todes war, sprang er in das Wasser und ertränkte sich, und dies besänftigte die Leute.

Aber das Geld war nun einmal weg, und der Fluß brach noch einen Damm und dann noch einen, und bald war nichts mehr von den Stellen zu sehen, wo die Dämme gewesen waren, und der Fluß breitete sich wie ein See über all das gute Ackerland, und der Weizen und der Reis waren auf dem Grund des Sees.

Ein Dorf nach dem andern wurde zur Insel; die Menschen beobachteten das Steigen des Wassers, und wenn es noch zwei Fuß weit von den Toren ihrer Häuser entfernt war, so machten sie sich Flöße aus ihren Tischen und Bänken und luden soviel Bettzeug und Kleider wie möglich darauf und auch ihre Frauen und Kinder. Und das Wasser drang in die Lehmhäuser und durchbrach die Wände, und die Häuser versanken im Wasser, und es war, als ob sie nie gewesen wären. Und dann begann es zu regnen, so, als ob das Wasser der Erde das Wasser des Himmels angezogen hätte, und es regnete Tag für Tag.

Wang Lung saß auf seiner Scholle und blickte auf die Fluten hinaus, die noch weit von seinem Haus entfernt waren, denn dieses war auf einem Hügel erbaut, aber er mußte sehen, wie das Wasser sein Ackerland bedeckte, und er fürchtete, daß auch die Gräber vom Wasser weggeschwemmt würden, aber dieses geschah nicht, obgleich die gelben, lehmigen Fluten gierig nach den Toten griffen.

Es gab keine Ernte in diesem Jahr, und überall hungerten die Menschen und waren ergrimmt über das Unglück, das aufs neue über sie gekommen war. Manche wanderten gen Süden, andere schlossen sich in ihrer Wut und Verzweiflung den Räuberbanden an, die nun wieder in der ganzen Gegend ihr Unwesen trieben. Die Räuber versuchten sogar, die Stadt zu belagern, so daß die Stadtbewohner die Tore immer geschlossen hielten, bis auf ein kleines Tor, welches man das westliche nannte, und dieses wurde von Soldaten bewacht und bei Nacht gleichfalls geschlossen. Die aber, welche zu alt und zu hinfällig waren, um zu wandern oder Räuber zu werden, blieben in der Heimat, und diese hungerten und nährten sich von Gras und Blättern, und viele von ihnen starben und kamen um im Wasser und auf dem Lande. Da Wang Lung bemerkte, daß die Flut nicht rechtzeitig sinken würde, um die Aussaat des Weizens zu ermöglichen, und daß aus diesem Grunde im nächsten Jahr keine Ernte zu erwarten sei, wachte er sorgfältig über Vorräte und Geld, und nichts durfte ohne seine Zustimmung gekauft oder verkauft werden. Jeden Morgen teilte er seiner Schwiegertochter die Nahrungsmittel zu, die sie für den Tag benötigte. Und Ching gab er das, was die Knechte brauchten, wenn es ihn auch verdroß, müßige Menschen zu füttern. Endlich verdroß es ihn so sehr, daß er nach Eintritt des Winters, als das Wasser zugefroren war, seine Leute aufforderte, nach dem Süden zu wandern, um zu betteln und zu arbeiten, bis er sie im Frühling wieder benötigen würde. Nur Lotos gab er heimlich Speck und Öl, denn sie war nicht an Entbehrungen gewöhnt. Selbst zu Neujahr gab es nichts anderes als einen Fisch, den sie im See gefangen hatten, und ein selbst geschlachtetes Schwein.

Freilich war Wang Lung nicht so arm, wie er zu erscheinen wünschte, denn er hatte gutes Silber in den Wänden des Zimmers versteckt, in dem sein Sohn mit seinem Weibe schlief, obgleich diese von dem Schatz nichts wußten. Und er hatte auch Silber und sogar Gold in einem Krug im Bambusgehölz vergraben, und schließlich blieb ihm noch Korn vom vergangenen Jahr, welches er nicht auf dem Markt verkauft hatte, und die Gefahr einer Hungersnot bestand in Wang Lungs Haus nicht. Aber ringsumher gab es hungernde Menschen, und Wang Lung erinnerte sich der Wutschreie derer, die er einstmals hungernd am Tore des großen Hauses angetroffen hatte; er wußte wohl, daß auch ihn viele haßten, weil er sich und seine Kinder noch ernähren konnte. Aus diesem Grunde hielt er sein Tor verriegelt und ließ niemand ein, den er nicht kannte. Allerdings wußte er genau, daß ihn auch dies in einer solchen Zeit nicht vor Gewalttaten der Räuber gerettet hätte, wenn sein Onkel nicht gewesen wäre. Ohne die Macht seines Onkels wäre das Haus sicherlich geplündert worden, um der Nahrungsmittel und des Geldes und der Frauen willen. Deshalb war er höflich zu seinem Onkel und zu dessen Familie, und diese drei waren wie Gäste in seinem Hause, und sie tranken Tee, bevor die anderen tranken, und zur Essenszeit griffen sie als erste zu.

Nun erkannten diese drei sehr wohl, daß Wang Lung Angst vor ihnen hatte, und sie wurden hochmütig und verlangten dieses und jenes und beklagten sich über das Essen und Trinken. Ganz besonders unzufrieden war die Frau, denn die Leckerbissen, die sie in dem inneren Hof gegessen hatte, fehlten ihr, und schließlich beklagte sie sich laut bei ihrem Mann, und alle drei beklagten sich bei Wang Lung.

Der Onkel selbst war alt und faul geworden, und er hätte sich wohl gar nicht die Mühe gemacht, Beschwerde zu erheben, wenn sein Sohn und sein Weib ihn nicht aufgestachelt hätten. Und eines Tages hörte Wang Lung, wie die beiden den alten Mann aufhetzten:

»Er hat Geld in Hülle und Fülle, gehe hin und verlange Silber von ihm«, und die Frau setzte hinzu:

»Wir werden ihn niemals wieder so in unserer Gewalt haben, denn er weiß wohl, daß sein Haus geplündert würde, wenn du, der Bruder seines Vaters, nicht die rechte Hand des Anführers der Rotbärte wärst.«

Als Wang Lung dies hörte, packte ihn große Wut, aber er zwang sich zur Ruhe, und er dachte darüber nach, was er gegen diese drei unternehmen könne, doch es fiel ihm nichts ein. Als daher sein Onkel am nächsten Tag zu ihm kam und sagte: »Gib mir ein wenig Silber, mein guter Neffe, damit ich mir eine Pfeife und etwas Tabak kaufen kann, und mein Weib geht zerlumpt herum, und auch eine neue Jacke braucht sie«, wußte er nichts zu entgegnen, sondern gab dem Alten fünf Silberstücke aus seinem Gürtel, obgleich er heimlich mit den Zähnen knirschte; selbst in den alten Tagen, als das Silber bei ihm noch selten war, hatte er sich niemals so ungern von seinem Gelde getrennt.

Ehe zwei Tage verstrichen waren, verlangte sein Onkel wiederum Silber von ihm, und er wiederholte sein Verlangen so oft, daß Wang Lung schließlich unwillig sagte:

»Du willst wohl, daß wir alle verhungern!« Aber sein Onkel lachte und antwortete gleichmütig:

»Du kannst von Glück reden! Männer, die weniger reich sind als du, hängen ermordet an den verkohlten Balken ihrer Häuser.«

Als Wang Lung dies hörte, drang ihm der kalte Schweiß aus den Poren, und er gab dem Onkel das Silber ohne ein weiteres Wort.

Und so kam es, daß diese drei immer Fleisch hatten, während im Haus kein Fleisch gegessen wurde, und daß der Onkel unablässig seine Pfeife paffte, obgleich Wang Lung in diesen Tagen nur selten Tabak zu schmecken bekam.

Wang Lungs ältester Sohn hatte zu dieser Zeit nur Augen und Ohren für seine Frau und bemerkte wenig von dem, was um ihn vorging. Aber er hütete sein Weib eifersüchtig vor den Blicken seines Vetters, so daß diese beiden nun nicht mehr Freunde, sondern Feinde waren. Er erlaubte seiner Frau nur selten, das Zimmer zu verlassen, außer am Abend, wenn der Vetter nicht im Hause war. Endlich fiel es ihm dennoch auf, daß diese drei von seinem Vater alles erhielten, was sie wollten. Und er ärgerte sich darob und sagte:

»Wahrlich, es ist seltsam, daß das Wohl dieser drei Tiger dir mehr am Herzen liegt als das deines Sohnes und der Frau deines Sohnes, der Mutter deiner Enkel, und es wäre besser, wenn wir dieses Haus verlassen würden.«

Da weihte ihn Wang Lung in das Geheimnis ein, das er vor allen anderen verborgen hielt:

»Ich hasse diese drei mit aller Kraft meines Herzens, und wenn ich mich ihrer entledigen könnte, so würde ich es tun, aber dein Onkel ist Herr über eine wilde Räuberbande, und solange ich ihn füttere und verhätschele, sind wir in Sicherheit; aus diesem Grunde dürfen wir sie nicht reizen.«

Als nun der älteste Sohn dies vernahm, starrte er ganz entgeistert drein, aber als er eine Weile darüber nachgedacht hatte, war er noch erboster als früher, und er rief:

»Wie denkst du über folgenden Weg, sich ihrer zu entledigen? Wir wollen sie eines Nachts alle drei in das Wasser stoßen. Die Frau können wir Ching überlassen, denn sie ist fett und unbeholfen, und ich will meinen Vetter auf mich nehmen, denn ich hasse ihn grimmig, weil er immer auf meine Frau blickt, du jedoch kannst den Onkel hineinstoßen.«

Aber Wang Lung konnte nicht töten; obgleich er seinen Onkel eher getötet hätte als seinen Ochsen, konnte er kein Blut vergießen, selbst wenn er haßte. Abwehrend sagte er:

»Nein, auch wenn ich es über das Herz brächte, den Bruder meines Vaters zu ertränken, würde ich es nicht tun, denn wenn die anderen Räuber davon hörten, so wären wir verloren; solange er lebt, sind wir sicher, aber wenn er nicht mehr da ist, sind wir gleich anderen Leuten, die ein wenig besitzen, und es droht uns Gefahr in solchen Zeiten.«

Darauf schwiegen sie beide; sie grübelten darüber nach, was zu tun sei, und der junge Mann erkannte, daß der Vater recht hatte und daß sie nach einem anderen Mittel suchen müßten.

Schließlich meinte Wang Lung nachdenklich:

»Wenn es einen Weg gäbe, sie hierzubehalten, aber harmlos und bescheiden zu machen, wie gut wäre dies! Aber solche Zauberei gibt es nicht.«

Da rieb sich der junge Mann die Hände und rief aus:

»Wahrlich, du hast ja schon einen Weg gefunden! Wir wollen Opium für sie kaufen und immer noch mehr Opium; laß sie nach Herzenslust Opium rauchen, wie die reichen Leute es tun. Ich will so tun, als ob ich wieder gut Freund mit meinem Vetter wäre, und ihn in das Teehaus in der Stadt locken, in dem man Opium rauchen kann, und für meinen Onkel und auch für seine Frau können wir das Gift kaufen.«

Aber Wang Lung zögerte noch, vielleicht weil er nicht selbst an diesen Ausweg gedacht hatte.

»Es wird viel Geld kosten«, murmelte er, »denn Opium ist so teuer wie Jade.«

»Aber es ist teurer als Jade, sie so zu erhalten, wie wir es jetzt tun«, wandte der junge Mann ein, »und außerdem ihren Hochmut und die lüsternen Blicke meines Vetters zu erdulden.«

Es ist fraglich, ob sie sich entschlossen hätten, dies zu tun, wenn nicht ein Ereignis eingetreten wäre, und zwar dieses.

Der Sohn des Onkels warf ein Auge auf die zweite Tochter Wang Lungs, obgleich diese seine Base und dem Blute nach wie seine Schwester war. Nun war Wang Lungs zweite Tochter ein ungewöhnlich hübsches Mädchen, und sie glich dem zweiten Sohn, der ein Kaufmann war, nur war sie kleiner und zarter und hatte auch nicht dessen gelbe Haut: Ihre Haut war klar und blaß wie Mandelblüten, und sie hatte eine kleine Nase und schmale rote Lippen, und ihre Füße waren klein und zierlich.

Der Vetter verfolgte sie eines Tages, als sie allein über den Hof ging. Er packte sie auf rohe Art und preßte seine Hand auf ihre Brust; sie schrie so laut auf, daß Wang Lung hinauseilte und den Vetter über den Kopf schlug, aber der Bursche war wie ein Hund, der ein Stück Fleisch gestohlen hat, das er nicht loslassen will, so daß Wang Lung seine Tochter von ihm losreißen mußte. Da lachte der junge Mann hämisch und meinte:

»Es ist ja nur Spiel, und ist sie nicht meine Schwester? Kann ein

Mann Übles mit seiner Schwester tun?« Aber seine Augen funkelten vor Begierde, und Wang Lung zog seine Tochter weg und schickte sie in ihr Zimmer.

Wang Lung berichtete an diesem Abend seinem ältesten Sohn, was geschehen war, und dieser meinte ernst:

»Wir müssen das Mädchen in die Stadt senden, in das Haus ihres Verlobten; selbst wenn der Kaufmann Liu sagt, daß dieses Jahr zu schlecht für eine Hochzeit ist, müssen wir sie dorthin senden, denn hier können wir sie nicht jungfräulich erhalten, mit diesem wilden Tiger im Haus.«

Wang Lung tat, wie sein Sohn ihm geraten hatte. Am nächsten Tag begab er sich in die Stadt und in das Haus des Kaufmanns, und er sagte:

»Meine Tochter ist dreizehn Jahre alt und kein Kind mehr, und sie ist heiratsfähig.«

Liu aber war unschlüssig und antwortete:

»Ich habe nicht genug Gewinn in diesem Jahr, um eine neue Familie in meinem Haus zu begründen.«

Nun schämte sich Wang Lung aber zu gestehen: »Der Sohn meines Onkels ist in meinem Haus, und er ist ein Tiger.« Statt dessen sagte er nur:

»Ich möchte die Verantwortung für diese Jungfrau nicht länger tragen, denn ihre Mutter ist tot, und sie ist hübsch und in dem Alter, in dem sie ein Kind empfangen kann. Und mein Haus ist groß, und viele Männer gehen darin ein und aus; auch kann ich sie nicht immer im Auge behalten. Da sie deiner Familie angehören wird, so mag ihre Jungfräulichkeit hier behütet werden, und laß die Hochzeit so früh oder so spät stattfinden, wie du es wünschest.«

Da nun der Kaufmann ein nachgiebiger, verständiger Mann war, sprach er zustimmend:

»Wenn dem so ist, so laß das Mädchen kommen, und ich will mit der Mutter meines Sohnes sprechen; unter der Obhut ihrer Schwiegermutter wird sich deine Tochter in meinem Hof in Sicherheit befinden, und nach der nächsten Ernte mögen sie heiraten.«

So war die Sache denn abgemacht, und Wang Lung war zufrieden und verließ das Haus des Kaufmanns.

Auf dem Rückweg zum Stadttor, bei dem Ching mit einem Boote

auf ihn wartete, kam Wang Lung an einem Laden vorbei, in dem Tabak und Opium verkauft wurde. Und er ging hinein und kaufte ein wenig Tabak, um ihn des Abends in seiner Wasserpfeife zu rauchen; als der Verkäufer die Ware abwog, fragte er den Mann fast unfreiwillig:

»Und was kostet das Opium, falls Ihr solches habt?«

Der Mann antwortete: »Es ist nicht mehr erlaubt, Opium offen zu verkaufen, und so verkaufen wir es auch nicht; wenn du aber welches willst und genug Silber hast, so werde ich es dir im hinteren Raum abwägen, eine Unze für ein Silberstück.«

Da überlegte Wang Lung nicht länger, sondern sagte hastig:

»Gib mir sechs Unzen davon.«

XXVIII

Nun, da die zweite Tochter das Haus verlassen hatte und Wang Lung von seiner Sorge um sie befreit war, sagte er eines Tages zu seinem Onkel:

»Da du der Bruder meines Vaters bist, so habe ich dir etwas Besseres für deine Pfeife mitgebracht.« Er öffnete die Opiumbüchse, und das Zeug war klebrig und roch süßlich; Wang Lungs Onkel roch daran, und er lachte und freute sich und sprach: »Ich habe dies schon früher geraucht, aber nicht oft, denn es ist zu teuer, doch ich rauche es sehr gern.«

Wang Lung antwortete ihm ganz unbefangen: »Es ist nur ein wenig, das ich für meinen Vater gekauft hatte, als er alt geworden war und des Nachts nicht schlafen konnte; ich fand es heute unbenutzt vor und dachte bei mir: Warum soll es nicht meines Vaters Bruder haben an meiner Stelle, da ich jünger bin als er? So nimm es denn und rauche es, wenn dich danach gelüstet oder wenn du Schmerzen hast.«

Wang Lungs Onkel griff gierig nach dem Opium, denn es roch süß, und nur reiche Leute konnten es bezahlen, und er kaufte eine Pfeife und lag von nun an den ganzen Tag rauchend auf dem Bett. Auch Wang Lung kaufte Pfeifen und ließ sie hier und dort im Hause wie zufällig herumliegen, und er gab vor, selber Opium zu rauchen; in Wirklichkeit aber trug er nur eine Pfeife in sein Zimmer und ließ sie dort unbenutzt liegen. Seinen beiden Söhnen und Lotos erlaubte er nicht, das Gift zu berühren, seinem Onkel aber drängte er es auf, und auch der Frau und dem Sohn seines Onkels, und die Höfe waren erfüllt von dem süßlichen Geruch des Rauches. Und Wang Lung zahlte gern sein gutes Silber für das Gift, denn er erkaufte sich Frieden damit.

Als der Winter zu Ende ging und das Wasser zu sinken begann, so daß Wang Lung sein Land wieder betreten konnte, geschah es eines Tages, daß sein ältester Sohn ihm folgte und stolz zu ihm sagte:

»Höre, mein Vater! Bald wird es im Hause einen neuen Mund zu füttern geben, und dies wird der Mund deines Enkels sein.«

Als Wang Lung diese Nachricht vernahm, wandte er sich um und lachte, und er rieb sich die Hände und sagte:

»Heute ist fürwahr ein guter Tag!«

Noch immer lachend suchte er Ching auf und hieß ihn in die Stadt gehen, Fische und kräftige Speisen kaufen, und diese ließ er der Frau seines Sohnes bringen, und er sagte zu ihr:

»Iß, auf daß der Körper meines Enkels stark werde!«

Während des ganzen Frühlings freute sich Wang Lung auf dieses Ereignis. Er hörte nicht auf, daran zu denken, wie beschäftigt er auch sein mochte, und wenn er Sorgen hatte, so dachte er gleichfalls daran, und es war ein Trost für ihn.

Als der Frühling nun Sommer wurde, kamen die Leute, die vor der Überschwemmung geflohen waren, nach und nach zurück; der schwere Winter hatte sie erschöpft und müde gemacht, und sie freuten sich der Rückkehr, obgleich dort, wo ihre Häuser gewesen waren, sich nichts mehr befand als der gelbe Schlamm des vom Wasser befreiten Landes. Aber aus Lehm konnten neue Häuser gebaut werden, und man konnte sie mit Matten decken. Und viele kamen zu Wang Lung, um Geld von ihm zu borgen; er lieh es zu hohen Zinsen, da er sah, wie sehr man des Silbers bedurfte, und als Sicherheit ließ er sich stets Land geben. Mit dem Geld, das er ihnen lieh, kauften die Bauern Saaten, um den fetten, reich bewässerten Boden damit zu bebauen, und sie kauften auch Ochsen und Pflüge mit diesem Gelde. Einige mußten, wenn sie nichts mehr geborgt erhielten, einen Teil ihrer Felder verkaufen, um den Rest bebauen zu können. Von diesen kaufte Wang Lung Land und wiederum Land, und er kaufte es zu geringem Preise, denn die Bauern brauchten das Geld.

Nun gab es aber einige, die ihr Land nicht verkaufen wollten, und wenn diese anderen nichts hatten, um Saaten und Pflüge und Ochsen damit zu kaufen, so verkauften sie ihre Töchter, und meist boten sie sie Wang Lung an, weil es bekannt war, daß er reich und mächtig war und ein gutes Herz hatte.

Da nun Wang Lung unausgesetzt an das Kind dachte, welches seine Schwiegertochter erwartete, und an die Kinder, die kommen würden, wenn seine beiden anderen Söhne verheiratet wären, so kaufte er fünf Sklavinnen, zwei etwa zwölfjährige mit großen Füßen und kräftigem Körper und zwei jüngere als Dienerinnen und für Botengänge und endlich eine für Lotos, denn Kuckuck wurde allmählich alt, und seitdem die Tochter weg war, gab es niemand, um die Hausarbeit zu verrichten. Alle fünf Sklavinnen kaufte er an einem Tage, denn er war reich genug, um das, was er beschlossen hatte, rasch durchzuführen.

Einige Zeit später kam ein Mann und brachte ein kleines, zartes Mädchen von etwa sieben Jahren, welches er verkaufen wollte; zuerst wollte Wang Lung das Kind nicht haben, denn es war klein und schwach, aber Lotos sah es, und es gefiel ihr, und sie bat:

»Diese hier will ich haben, weil sie hübsch ist, und die andere ist grob und riecht nach Ziegenfleisch, und ich mag sie nicht.«

Da blickte Wang Lung auf das Kind und sah, welch hübsche, ängstliche Augen es hatte und wie jämmerlich mager es war. Teils um Lotos eine Freude zu machen und teils weil das verhungerte kleine Wesen ihn dauerte, beschloß er:

»So mag es denn hierbleiben.«

Er kaufte das Kind für zwanzig Silberstücke, und es lebte im inneren Hof und schlief zu Lotos' Füßen.

Nun glaubte Wang Lung, daß er Frieden im Haus haben werde.

Als das Wasser vollends zurückgegangen und der Sommer gekommen war, schritt er seine Felder ab und prüfte jedes Stück, und er besprach mit Ching, was hier und was dort gesät werden sollte, um die Fruchtbarkeit des Bodens zu heben. Stets nahm er bei diesen Gängen seinen jüngsten Sohn mit, der wie er ein Bauer werden sollte; er wollte, daß der Knabe aus den Gesprächen seines Vaters mit Ching lerne. Da er sich aber nie nach seinem Sohne, der hinter ihm herwandelte, umsah, so bemerkte er die trotzigen und unzufriedenen Blicke des Knaben nicht.

So kehrte Wang Lung denn eines Tages, als alles wohlbedacht war, zufrieden von seinen Feldern nach Hause zurück, und er dachte bei sich:

»Ich bin nicht mehr jung, und es ist nicht notwendig, daß ich noch mit meinen Händen arbeite, denn ich habe Knechte auf meinem Lande, und ich habe Söhne, und in meinem Haus ist Frieden.«

In Wahrheit aber war kein Frieden in seinem Hause. Obgleich er seinem ältesten Sohne eine Frau gegeben und Sklavinnen gekauft hatte, um alle zu bedienen, und obgleich sein Onkel und das Weib seines Onkels genug Opium hatten, um den ganzen Tag über darin zu schwelgen, war dennoch kein Frieden im Hause. Und wieder lag der Grund zum Unfrieden in dem Hader zwischen seinem ältesten Sohn und dem Sohn seines Onkels. Es war, als ob Wang Lungs Sohn den Haß und das Mißtrauen gegen seinen Vetter niemals ablegen werde. Als Jüngling hatte er mit eigenen Augen gesehen, daß sein Vetter voll übler Triebe steckte, und es kam so weit, daß Wang Lungs Sohn nicht einmal mehr in das Teehaus ging, wenn nicht sein Feind das Haus gleichfalls verließ. Er verdächtigte den Mann, Übles mit den Sklavinnen und selbst mit Lotos zu treiben. Des Umgangs mit Lotos freilich verdächtigte er ihn grundlos, denn Lotos wurde jeden Tag fetter und älter und legte seit langem nur noch auf ihr Essen und ihre Weine Wert; sie würde sich gar nicht die Mühe genommen haben, den Vetter anzusehen, wenn er sich ihr genähert hätte, und sie war sogar froh darüber, daß Wang Lung mit zunehmendem Alter seltener und seltener ihrer begehrte.

Als nun Wang Lung mit seinem jüngsten Sohn von den Feldern zurückkehrte, nahm ihn sein ältester Sohn beiseite und sprach zu ihm:

»Ich dulde diesen schlimmen Gesellen, meinen Vetter, nicht mehr länger im Hause; unausgesetzt verfolgt er die Sklavinnen mit seiner Lüsternheit.« Er wagte es nicht, hinzuzufügen, was er sich im

Innern dachte: Und er erfrecht sich sogar, in dem inneren Hof deinem Weib nachzustellen, denn er erinnerte sich mit Unbehagen und tiefer Scham daran, daß er sich Lotos einstmals selbst genähert hatte, und wenn er sie nun vor sich sah, fett und älter aussehend, als sie war, so erschien ihm das, was er damals getan hatte, unmöglich, und um nichts in der Welt hätte er seinen Vater daran erinnert. Deshalb schwieg er davon und sprach nur von den Sklavinnen.

Wang Lung war voll Kraft und Heiterkeit von den wieder zum Leben erwachten Feldern zurückgekehrt, und er antwortete erzürnt über dieses neue Ärgernis in seinem Hause:

»Wahrhaftig, du bist wie ein törichtes Kind! Du hast deine Frau zu liebgewonnen, und es ist nicht schicklich, daß ein Mann die Frau, die seine Eltern ihm gegeben haben, höher stellt als alles andere in der Welt. Es ist eines Mannes nicht würdig, sein Weib mit solcher Leidenschaft zu lieben, als sei sie eine Dirne.«

Wang Lungs Verweis schmerzte den jungen Mann tief, denn nichts fürchtete er mehr, als für einen ungebildeten Menschen gehalten zu werden, der die Vorschriften der guten Sitte nicht beachtet. Deshalb entgegnete er sogleich:

»Es handelt sich nicht um mein Weib, sondern darum, daß mein Vetter sich im Hause meines Vaters ungebührlich benimmt.«

Aber Wang Lung hörte ihn nicht; voll Groll hing er seinen Gedanken nach und fuhr fort:

»Werde ich denn niemals Ruhe haben in meinem eigenen Hause? Nun bin ich reif an Jahren, und mein Blut ist kühl geworden, und ich bin endlich befreit von der Wollust. Muß ich jetzt, wo ich ein wenig Frieden haben möchte, die Lüste und die Eifersucht meiner Söhne erdulden?« Und nach einem kurzen Schweigen setzte er laut und zornig hinzu:

»Nun denn, was willst du, daß ich tue?«

Der junge Mann hatte geduldig darauf gewartet, daß der Grimm seines Vaters vergehe, und er antwortete ruhig:

»Ich möchte, daß wir dieses Haus verlassen und in die Stadt ziehen, um dort zu wohnen; es ziemt sich nicht für uns, noch länger auf dem Lande zu leben wie gemeine Bauern. Den Onkel und sein Weib und seinen Sohn, meinen Vetter, könnten wir hier zurücklassen, wir aber könnten ruhig und in Frieden hinter den Wällen der Stadt wohnen.«

Wang Lung lachte bitter auf, als er diese Worte hörte, und er verwarf den Wunsch seines Sohnes als töricht und der Überlegung unwert.

»Dies ist mein Haus«, sagte er entschieden und setzte sich an den Tisch, »und du magst darin leben oder nicht, wie es dir beliebt. Mein ist das Haus, und mein ist das Land, und wir alle würden hungern wie die anderen, wenn wir nicht das Land hätten, und du könntest auch nicht in deinen feinen Gewändern das müßige Leben eines Gelehrten führen. Der guten Erde hast du es zu danken, daß du etwas Besseres bist als ein Bauernbursche.«

Und Wang Lung erhob sich und ging mit wuchtigen Schritten im Zimmer umher, und er spie auf den Boden und benahm sich wie ein rechter Bauer, denn wenn er auch mit einem Teile seines Herzens stolz war auf die feinen Manieren seines Sohnes, so verachtete er ihn doch mit dem anderen Teile seines Herzens, vielleicht eben deshalb, weil niemand, der den jungen Mann sah, geahnt hätte, daß sein Vater ein Bauer war.

Sein Sohn aber war keineswegs gewillt, von seinem Wunsch abzustehen. Er ging hinter seinem Vater her und sagte eindringlich:

»Das große, alte Haus der Hwangs wäre eben recht für uns. Der vordere Teil ist voll mit gemeinem Pack, aber die inneren Höfe sind verschlossen und liegen ungenützt, und wir könnten sie mieten und friedlich in ihnen leben. Du könntest mit meinem jüngsten Bruder so oft auf die Felder hinausgehen, wie du begehrst, ich aber würde nicht mehr von meinem Vetter, diesem Hunde, behelligt werden.« Tränen traten ihm in die Augen, und er wischte sie nicht ab, sondern ließ sie ungehindert die Wangen hinabrinnen, und um seinen Vater zu rühren, sagte er: »Ich versuche, dir ein guter Sohn zu sein, mein Vater, und ich spiele nicht und rauche kein Opium, und ich bin zufrieden mit der Frau, die du mir gegeben hast. Nur diesen einen Wunsch habe ich, und es ist alles.«

Ob es nun die Tränen seines Sohnes waren, die Wang Lung rührten, oder ob es die Worte »das große Haus der Hwangs« waren – er war bewegt.

Niemals hatte Wang Lung vergessen, daß er einmal zitternd und demütig in dieses große Haus geschlichen war, daß er beschämt vor denen gestanden war, die dort lebten, und daß er sogar vor dem Torwächter Angst gehabt hatte; sein ganzes Leben lang hatte er diese Erinnerung in sich bewahrt und sich ihrer geschämt und sie gehaßt. Sein ganzes Leben lang bedrückte ihn das Gefühl, daß er für geringer geachtet werde als jene, die in der Stadt lebten. Als sein Sohn nun sagte: »Wir können in dem großen Hause wohnen«, stand mit einemmal ein Bild vor seinen Augen, so klar und deutlich, als ob es Wirklichkeit wäre. »Ich könnte auf dem Thronsessel sitzen, auf dem die alte Herrin saß, als ich damals vor ihr stand und sie mich behandelte wie einen Sklaven. So könnte ich nun dort sitzen und einen anderen vor mich rufen lassen, wie sie es damals tat.« Und er versank in Nachdenken und sagte wieder und wieder zu sich selbst: »Dies könnte ich tun, wenn ich wollte.«

Wang Lung spielte mit diesem Gedanken und saß schweigend da; er schien die Gegenwart seines Sohnes vergessen zu haben, nahm seine Pfeife und zündete sie an und begann zu rauchen, und er träumte davon, im Hause der Hwangs zu leben, aber nicht um des Sohnes seines Onkels willen, sondern weil seine Jugend wieder in ihm lebendig geworden war.

Zwar gab er am Anfang nicht zu erkennen, daß er daran dachte, eine Änderung eintreten zu lassen, aber das Herumlungern des Sohnes seines Onkels im Hause mißfiel ihm von dieser Stunde an noch mehr, und er beobachtete den Mann scharf, und als er erkannt hatte, daß er in der Tat den Mägden nachstellte, murmelte er vor sich hin: »Nein, ich kann mit diesem Lüstling nicht länger unter einem Dache leben.«

Er beobachtete auch seinen Onkel und fand, daß dieser immer magerer wurde, je mehr Opium er rauchte; seine Haut war gelb von dem Gift, und er war gebeugt und gealtert. Und er spie Blut, wenn er hustete. Die Frau seines Onkels war zu einem unförmig dicken Weib geworden, und auch sie frönte dem Opium und fand ihr Genügen daran, und sie war immer berauscht von dem Gifte. So gaben ihm diese beiden wenig mehr zu schaffen, und das Opium hatte seinen Zweck erfüllt. Aber da war des Onkels Sohn, der noch immer unvermählt und in seiner Begierde wie ein wildes Tier war; dieser unterlag dem Laster des Opiumrauchens nicht so leicht wie seine Eltern. Wang Lung wollte ihn nicht im Hause heiraten lassen, denn er fürchtete, daß seine Brut nicht besser sein würde als er selbst, und an einem dieser Art war es wirklich genug. Auch wollte der Mann nicht arbeiten, es sei denn, daß man die geheimnisvollen Streifzüge, die er zuweilen des Nachts machte, Arbeit nennen wollte. Übrigens verließ er das Haus seltener und seltener, denn als die Menschen wieder in die Gegend zurückkehrten, begann aufs neue Ordnung auf dem Lande und in der Stadt zu herrschen, und die Räuber zogen sich in das Gebirge zurück; der Sohn des Onkels wollte jedoch nicht mit ihnen gehen, da es ihm in Wang Lungs Haus an nichts gebrach. So störte er denn auch weiterhin den Frieden des Hauses und verbrachte seinen Tag mit Müßiggang, Gähnen und leerem Geschwätz, und selbst um die Mittagsstunde trieb er sich noch halb bekleidet im Hause umher.

Als daher Wang Lung eines Tages in die Stadt ging, um seinen Sohn, der ein Kaufmann werden sollte, zu besuchen, fragte er ihn: »Nun denn, mein zweiter Sohn, was sagst du zu dem Wunsche deines älteren Bruders, in das Haus der Hwangs zu ziehen?«

Der zweite Sohn war mittlerweile zu einem jungen Mann geworden, und er war fein und geschniegelt wie die anderen jungen Kaufleute, obzwar klein von Gestalt und gelbhäutig. Und er antwortete in wohlgesetzten Worten:

»Der Plan dünkt mich vortrefflich, und es käme mir sehr gelegen, denn auch ich könnte dann heiraten und mit meiner Gattin dort leben, und wir könnten wie eine einzige Familie unter demselben Dache wohnen.«

Nun hatte Wang Lung bisher an eine Heirat seines zweiten Sohnes noch nicht gedacht, denn dieser war ein Jüngling von kühlem Blute, den die Sinneslust anscheinend nicht quälte; auch hatte Wang Lung an zu viele andere Dinge zu denken gehabt.

Nun gestand er ihm ein wenig beschämt, denn er war sich bewußt, an seinem zweiten Sohn nicht recht gehandelt zu haben: »Ich habe mir seit langem gesagt, daß es an der Zeit wäre, dich zu verheiraten, aber im Drange der Geschäfte bin ich nie dazugekommen; zu alldem kam die Hungersnot, in der es nicht angemessen gewesen wäre, Feste zu feiern; nun aber, da die Menschen wieder essen, soll es geschehen.«

Er überlegte insgeheim, wo er ein geeignetes Mädchen für seinen Sohn finden könne. Der junge Mann aber hub aufs neue an zu reden:

»Mit Freuden will ich heiraten, denn es ist besser, eine Frau zu besitzen, als Geld für eine Dirne auszugeben, wenn die Begierde erwacht. Nur bitte ich dich, kein Mädchen aus einem Stadthaus für mich zu wählen, gleich der Frau meines Bruders, denn eine solche würde immer davon sprechen, wie es im Hause ihres Vaters war, und würde mich zu vielen Geldausgaben zwingen, und dies würde mich betrüben.«

Wang Lung hörte dies mit Erstaunen, denn er hatte nicht gewußt, daß seine Schwiegertochter von solcher Art war, sondern nur, daß sie sich bemühte, ein schickliches Benehmen an den Tag zu legen. Aber die Worte seines Sohnes schienen ihm klug und beachtenswert, und er freute sich darüber, daß der junge Mann so weise auf Sparsamkeit bedacht war. Wenn er es recht bedachte, so hatte er diesen Sohn bisher kaum gekannt, denn er schien schwächlich neben dem kraftvollen Bruder, und man hatte ihm bereits als Kind wenig Beachtung geschenkt, außer wenn er weinte. Seitdem der Jüngling in dem Geschäfte des Getreidehändlers in der Stadt war, hatte Wang Lung noch seltener an ihn gedacht; nur wenn einer ihn fragte, wieviel Kinder er habe, antwortete er:

»Je nun, ich habe drei Söhne!«

Nun aber betrachtete er seinen zweiten Sohn, und er bemerkte sein glattgeschnittenes, wohlgeöltes Haar, sein sauberes Gewand aus kleingemusterter, grauer Seide und auch seine ruhigen, wohlbedachten Bewegungen und seine pfiffigen Augen; beinahe überrascht dachte er: »Also auch dieser ist mein Sohn«, laut aber fragte er:

»Was für ein Mädchen möchtest du denn haben?«

Da antwortete der junge Mann so geläufig und bestimmt, als habe er all dies seit langem bedacht:

»Ich wünsche mir ein Mädchen aus dem Dorfe, aus einer guten Grundbesitzersfamilie, ohne arme Verwandte, eine, die eine ordentliche Mitgift mitbringt; sie soll weder häßlich noch allzu schön sein und eine gute Köchin, so daß sie, selbst wenn Mägde in der Küche sind, diese überwachen kann. Wenn sie Reis kauft, so soll es genug sein, aber nicht um eine Handvoll zuviel. Und wenn sie Stoff kauft, so soll das Kleidungsstück gerade richtig geschnitten sein, so daß der Rest, der übrigbleibt, nicht größer als ihre Hand ist. Eine solche wünsche ich mir.«

Wang Lung war über diese Worte um so erstaunter, als sie aus dem Munde eines jungen Mannes kamen, von dessen Leben er nichts wußte, obgleich er sein Sohn war, und dessen Blut anders sein mußte als das, welches in seinem eigenen wollüstigen Körper floß, als er jung war, und auch anders als das Blut seines ältesten Sohnes; dennoch bewunderte er die Weisheit des jungen Mannes, und er antwortete lachend:

»So sei es! Eine solche Jungfrau will ich für dich wählen, und Ching soll in den Dörfern nach ihr Umschau halten.«

Noch immer lachend, ging er weg und begab sich zu dem großen Hause; vor dem steinernen Löwen zögerte er, aber da niemand ihn am Eintritt hinderte, ging er weiter, und die vorderen Höfe waren noch so wie damals, als er seines Sohnes wegen die Hure gesucht hatte. An den Bäumen waren Kleidungsstücke zum Trocknen aufgehängt, und überall saßen miteinander schwatzende Frauen, mit verschiedener Hausarbeit beschäftigt; auf den Steinen des Hofes balgten sich nackte, schmutzige Kinder, und der Platz roch übel nach den Ausdünstungen des gemeinen Volkes, das die Höfe der Großen bevölkert, wenn die Großen verschwunden sind. Wang Lung blickte auf die Türe, hinter der die Hure gelebt hatte, aber die Türe stand weit offen, und ein anderer wohnte jetzt dort, ein alter Mann, und hierüber freute sich Wang Lung und ging weiter. Nun hatte sich Wang Lung in den alten Tagen, als die große Familie hier lebte, als zu dem gemeinen Volk gehörig gefühlt, und die Großen hatte er halb gehaßt, halb gefürchtet. Jetzt aber, da er Land besaß und Silber und Gold in sicheren Verstecken, verachtete er diesen wimmelnden Menschenhaufen; er hütete sich, an jemand anzustreifen, und ging wegen des Gestankes, der diesen Menschen entströmte, mit erhobener Nase und angehaltenem Atem weiter. Und er blickte auf sie herab und war ihnen feindselig gesinnt, so, als ob er selbst zu dem großen Haus gehört hätte.

Er durchwandelte die Höfe, aber nur aus müßiger Neugierde, und nicht weil er einen festen Entschluß gefaßt hatte. Schließlich kam er an ein verschlossenes Tor, welches die hinteren Höfe absperrte, und daneben saß eine alte Frau, die eingeschlummert war; als er sie näher betrachtete, sah er, daß es das pockennarbige Weib des Mannes war, der einstmals das Tor des Hauses gehütet hatte. Dies erstaunte ihn, denn die, welche er als eine kräftige Frau mittleren Alters in Erinnerung hatte, war nun hager und runzelig und weißhaarig, und von ihren Zähnen waren nur gelbe Stümpfe übriggeblieben. Wie er die Frau so anblickte, erkannte er in einem einzigen erleuchteten Augenblick, wie schnell die Jahre dahingeschwunden waren, seit er als junger Mann mit seinem Erstgeborenen auf dem Arm dieses Weges gekommen war. Und zum erstenmal in seinem Leben durchschauerte Wang Lung die Erkenntnis, daß er alt war. Da rief er die alte Frau ein wenig traurig an:

»Erwache und öffne mir das Tor!«

Und die Frau fuhr blinzelnd aus dem Schlafe auf und murmelte:

»Ich darf keinem öffnen, nur dem, der die ganzen inneren Höfe mieten will.«

Da antwortete Wang Lung rasch:

»Nun denn, das will ich, wenn mir die Höfe gefallen.«

Er sagte aber nicht, wer er war, sondern trat stumm durch das geöffnete Tor und erinnerte sich wohl des Weges. Die Höfe lagen in tiefem Schweigen da; hier war das kleine Zimmer, in dem er seinen Korb gelassen hatte, dort die von zierlichen rotlackierten Säulen getragenen Altane. Er folgte der Frau in den großen Saal, und seine Gedanken wanderten mit Blitzeseile zurück durch die Jahre zu dem Augenblick, als er hier wartend stand, um eine Sklavin des Hauses in sein Ehebett zu holen. Dort vor ihm stand der große, geschnitzte Thronsessel, auf dem die alte Herrin gesessen hatte, die gebrechliche Gestalt in silbern schimmernde Seide gehüllt.

Und bewegt von einem seltsamen Triebe, trat er vor und setzte sich dorthin, wo sie gesessen hatte. Und er stützte die Hand auf den Tisch, und er blickte nieder auf die trüben Augen der alten Frau, die ihn anstarrte und schweigend auf seine Entscheidung wartete. Da erfüllte das Gefühl eines Triumphs, auf den er sein Leben lang unbewußt gewartet hatte, sein Herz, und er schlug mit der Hand auf den Tisch und rief mit lauter Stimme:

»Dieses Haus will ich haben!«

XXIX

Wenn Wang Lung in diesen Tagen den Entschluß faßte, irgendeine Sache zu tun, so tat er sie stets so rasch wie möglich. Mit zunehmendem Alter wurde er ungeduldig, wenn die Geschäfte ihn allzu lange in Anspruch nahmen, und er liebte es, einen Teil des Tages in Muße zu verbringen, dem Scheiden der Sonne zuzusehen und ein wenig zu schlafen, nachdem er den gewohnten Gang über seine Felder beendet hatte. So unterrichtete er denn seinen ältesten Sohn von seinem Entschluß und betraute ihn damit, den Mietvertrag abzuschließen. Er beauftragte seinen zweiten Sohn, beim Umzug mitzuhelfen, und als der Tag kam, an dem alles bereit war, zogen sie in die Stadt, zuerst Lotos und Kuckuck mit ihren Sklavinnen und ihrem Hausrat, und dann Wang Lungs ältester Sohn mit seiner Frau und den Dienerinnen und Sklavinnen.

Wang Lung aber wollte das alte Haus nicht sogleich verlassen, und er behielt seinen jüngsten Sohn bei sich. Nun, da der Zeitpunkt gekommen war, von dem Lande fortzuziehen, auf dem er geboren war, fiel es ihm schwer, und er konnte sich nicht so rasch dazu entschließen, wie er geglaubt hatte. Als seine Söhne ihn aufforderten, seinen Wohnsitz gleichfalls in die Stadt zu verlegen, sagte er zu ihnen:

»Nun wohl denn, bereitet einen Hof für mich allein vor, und am Tage, bevor mein Enkel geboren wird, will ich in die Stadt kommen, und wenn ich es wünsche, so kann ich zu meinem Lande zurückkehren.«

Und als sie aufs neue in ihn drangen, erklärte er ihnen:

»Ich muß an meine arme Närrin denken, und ob ich sie in die Stadt mitnehmen soll, weiß ich nicht, doch werde ich es wohl tun müssen, denn niemand kümmert sich darum, ob sie ihre Nahrung und Pflege erhält, wenn ich es nicht tue.«

Diese Worte enthielten einen leisen Vorwurf gegen die Frau seines ältesten Sohnes, welche die Schwachsinnige nicht in ihrer Nähe dulden wollte, sondern zimperlich und wehleidig war und zu sagen pflegte:

»Eine solche sollte gar nicht am Leben bleiben, und wenn ich sie anblicke, so wird das Kind, das ich trage, entstellt zur Welt kommen.« Und Wang Lungs ältester Sohn dachte an die Abneigung seiner Frau gegen das arme Wesen, und er schwieg. Da bereute Lung seinen Vorwurf und sagte milde:

»Ich will kommen, wenn das Mädchen gefunden ist, das mein zweiter Sohn heiraten soll, denn es ist besser, daß ich hierbleibe, wo Ching ist, bis diese Angelegenheit erledigt ist.«

So gaben die Söhne es denn auf, weiter in ihren Vater zu dringen.

In dem Hause blieb niemand als der Onkel und seine Frau und deren Sohn und Ching mit den Knechten außer Wang Lung und seinem jüngsten Sohn und der Närrin. Und der Onkel zog mit seiner Familie in den inneren Hof, den Lotos bewohnt hatte, und sie taten, als ob er ihnen gehöre, aber dies ärgerte Wang Lung nicht allzusehr; denn er wußte, daß die Tage des Onkels gezählt seien; nach dem Tode des alten Mannes hörten aber Wang Lungs Pflichten gegen die ältere Generation auf, und wenn der Sohn des Onkels nicht täte, wie ihm geheißen, so würde niemand Wang Lung einen Vorwurf machen können, wenn er ihn aus dem Hause wiese. Ching aber zog in die äußeren Räume und die Knechte mit ihm, und Wang Lung und sein Sohn und die Schwachsinnige wohnten in den mittleren Räumen, und als Dienerin bestellte er eine kräftige Frau, das Weib eines der Knechte.

Und Wang Lung schlummerte und ruhte, und er kümmerte sich um nichts, denn er war mit einemmal sehr müde geworden, und es herrschte Frieden im Hause. Niemand störte ihn nun, und sein jüngster Sohn war ein schweigsamer Jüngling, der dem Vater aus dem Wege ging, und Wang Lung wußte kaum, wie er war, so schweigsam war der Jüngling.

Schließlich aber raffte sich Wang Lung dazu auf, Ching zu beauftragen, er möge sich auf die Suche nach einer Braut für seinen zweiten Sohn machen.

Nun war Ching alt geworden und verwittert und dünn wie ein Bambusrohr, aber noch immer war die Kraft eines alten, treuen Hundes in ihm. Wenn ihm Wang Lung auch nicht mehr erlaubte, einen Spaten in die Hand zu nehmen oder hinter dem Pflug zu gehen, so machte sich der alte Mann doch noch nützlich, denn er beaufsichtigte die Arbeit der anderen, und er stand dabei, wenn das Korn gewogen und gemessen wurde. Als er hörte, was Wang Lung von ihm wünschte, wusch er sich und zog eine gute, blaue Baumwolljacke an, und er wanderte in den Dörfern umher und besichtigte viele Mädchen.

Schließlich kam er zurück und berichtete:

»Wenn ich jung wäre und selbst heiraten wollte, so wüßte ich mir ein Mädchen, drei Dörfer von hier entfernt, ein gutes, kräftiges, tüchtiges Mädchen mit keinem anderen Fehler, als daß sie rasch und gern lacht, und ihr Vater ist mit Freuden bereit, durch seine Tochter mit deiner Familie verbunden zu werden. Und die Mitgift ist gut für diese Zeit, und er besitzt Land. Ich habe ihm aber gesagt, daß ich kein Versprechen geben kann, ehe du dich einverstanden erklärt hast.«

Wang Lung schien all dies nach Wunsch zu sein, und er hatte es eilig, die Sache zu erledigen; so gab er denn seine Einwilligung, und als der Heiratsvertrag kam, setzte er sein Zeichen darunter, und es fiel ihm eine Last von der Seele, und er sagte:

»Nun kommt nur noch ein Sohn an die Reihe, und dann bin ich fertig mit all dem Verheiraten, und ich bin froh, daß ich bald Frieden haben werde.«

Und als es geschehen und der Hochzeitstag festgesetzt war, ruhte er und setzte sich in die Sonne und schlief, geradeso wie sein Vater vor ihm getan hatte.

Es schien Wang Lung, da Ching altersschwach geworden war und auch er selbst schwerfällig und müde zu werden begann, es sei an der Zeit, einige der abgelegeneren Felder an Leute aus dem Dorfe zu verpachten, um so mehr, als seine drei Söhne noch zu jung waren, ihn auf rechte Art zu unterstützen. Dies tat Wang Lung denn auch, und viele Männer aus dem Dorfe und auch aus den umliegenden Dörfern kamen zu ihm, um Land von ihm zu pachten. Und die Pachtverträge waren derart abgeschlossen, daß die Hälfte der Ernte Wang Lung gehören sollte, weil er das Land besaß, und die Hälfte dem Pächter für seine Arbeit. Und außerdem nahm jeder der beiden Vertragschließenden noch andere Verpflichtungen auf sich: Wang Lung mußte gewisse Mengen Dünger und Bohnenkuchen und Sesamabfälle aus seiner Ölpresse liefern, der Pächter hingegen Getreide für Wang Lungs Haus.

Und da die Verwaltung seines Landes Wang Lung nun nicht mehr so stark in Anspruch nahm, ging er zuweilen in die Stadt und schlief in dem Hofe, den man für ihn eingerichtet hatte, aber wenn der Tag kam, war er wieder auf seinen Feldern; sobald die Tore der Stadt am frühen Morgen geöffnet wurden, wanderte Wang Lung hinaus, und er sog den frischen Geruch der Felder ein, und wenn er zu seinem eigenen Land kam, so ward ihm wohl zumute.

Die Götter schienen es nun einmal gut mit ihm zu meinen und ihm Frieden für sein Alter zu gewähren, denn es begab sich, daß der Sohn seines Onkels, der in dem stillgewordenen Haus, in dem es keine Frauen gab, die seine Begierde reizten, ruhelos wurde, als er von einem Krieg im Norden hörte, und zu Wang Lung sprach:

»Man sagt, daß nördlich von uns Krieg ist, und ich will dort hingehen und mich daran beteiligen, um etwas zu tun zu haben und etwas zu sehen. Dies will ich tun, wenn du mir Silber gibst, denn ich muß mir neue Kleider kaufen und Bettzeug und einen ausländischen Feuerstock, um ihn über die Schulter zu hängen.«

Da hüpfte Wang Lungs Herz vor Freude, aber er verbarg geschickt seine Genugtuung, und er sagte ihm, scheinbar unwillig:

»Du bist der einzige Sohn meines Onkels, und wenn du fort bist, so ist keiner da, um die Leiche zu tragen. Und wer weiß, was dir geschehen kann, wenn du in den Krieg ziehst.«

Der Mann antwortete lachend:

»Habe keine Angst! Ich bin kein Narr und werde mich nicht irgendwo hinstellen, wo Gefahr für mein Leben besteht. Wenn es eine Schlacht gibt, so will ich weggehen, bis sie vorüber ist. Ich sehne mich nach Abwechslung und danach, ein wenig zu reisen und fremde Gegenden zu sehen, ehe ich zu alt bin, es zu tun.«

Da schüttete Wang Lung das Silber bereitwillig in des Mannes Hand, und auch diesmal fiel es ihm nicht schwer, sich von seinem Gelde zu trennen, und er dachte:

»Wenn ihm der Krieg gefällt, so hat diese Pest in meinem Hause ein Ende, denn irgendwo im Land ist immer Krieg.«

Und dann fiel ihm ein:

»Wenn mein Glück anhält, so wird er sogar getötet werden, denn zuweilen gibt es im Krieg solche, die sterben.«

Dieser Gedanke versetzte ihn in vortreffliche Laune, obgleich er dies verbarg, und er tröstete die Frau seines Onkels, als sie ein wenig über das Weggehen ihres Sohnes weinte, und er gab ihr noch mehr Opium und zündete ihr die Pfeife an und sagte:

»Ohne Zweifel wird er ein hoher militärischer Würdenträger werden und Ehre über unser ganzes Haus bringen.«

Nun endlich war der Friede im Hause vollkommen, denn das alte, schlafende Paar störte ihn nicht. Im Hause in der Stadt aber kam die Stunde der Geburt von Wang Lungs Enkel immer näher.

Je näher sie kam, desto öfter blieb Wang Lung im Stadthause, und er wandelte in den Höfen umher und hörte nicht auf, über das nachzudenken, was geschehen war, und er wunderte sich ohne Ende über dieses: daß in diesen Höfen, in denen einstmals die große Familie der Hwangs gelebt hatte, nun er selbst lebte mit seiner Frau und seinen Söhnen und den Frauen seiner Söhne und daß nun ein Kind in der dritten Generation geboren wurde.

Und sein Herz schwoll vor Hoffart, und nichts war ihm zu teuer, und er kaufte mit seinem guten Gelde Seidenstoffe für alle, denn gemeine Baumwollkleider hätten sich auf den geschnitzten Sesseln aus Ebenholz übel ausgenommen, und er kaufte guten blauen und schwarzen Baumwollstoff für die Sklavinnen, denn auch für diese hätte sich ein zerlumptes Gewand nicht mehr geschickt.

Dies tat er, und er war stolz, wenn die Freunde, die sein ältester Sohn in der Stadt gefunden hatte, in die Höfe kamen und all dies sahen.

Auch begann Wang Lung, Vergnügen an leckeren Speisen zu finden, und während er einstmals mit gutem Weizenbrot und einem Stück Knoblauch zufrieden gewesen war, wurde er nun, da er nicht mehr mit seinen Händen arbeitete, anspruchsvoll, und er kostete Winterbambus und Fischrogen und Schellfische aus dem nördlichen Meere und Taubeneier und alle die Speisen, deren sich reiche Männer bedienen, um ihren Gaumen zu reizen. Und seine Söhne aßen davon und auch Lotos, und als Kuckuck dies sah, lachte sie und sprach:

»Wahrhaftig, es ist wieder wie in den alten Tagen, als ich noch in diesen Höfen war, nur daß mein Körper welk und schlaff geworden ist und ich nicht einmal mehr einen alten Herrn reizen kann.«

Bei diesen Worten schielte sie verschmitzt auf Wang Lung und lachte wiederum; er tat so, als höre er ihre schamlosen Reden nicht, aber insgeheim gefiel es ihm, daß sie ihn mit dem alten Herrn aus dem Hause der Hwangs verglichen hatte.

So lebte er denn ein müßiges und üppiges Leben, und er ging auch des Morgens nicht mehr so früh auf die Felder, sondern schlief, solange er wollte, und so wartete er auf die Geburt seines Enkels. Eines Morgens hörte er wirklich das Stöhnen einer Frau, und er ging in die Höfe seines ältesten Sohnes, und sein Sohn kam ihm entgegen und berichtete:

»Die Stunde ist gekommen, aber Kuckuck sagt, es werde lange dauern, denn der Schoß der Frau ist schmal, und die Geburt wird schwer sein.«

So ging Wang Lung denn in seinen eigenen Hof zurück, und er saß da und horchte auf die Schreie, und zum erstenmal hatte er Angst, und die Hilfe der Götter schien ihm vonnöten. Er erhob sich und ging in den Weihrauchladen und kaufte Weihrauch, und er ging in den Tempel, in dem die Göttin der Gnade in ihrem vergoldeten Schrein thronte; dort rief er einen müßigen Priester herbei und gab ihm Geld und hieß ihn den Weihrauch vor der Göttin anzünden, und er sprach zu dem Priester:

»Es steht mir als einem Mann übel an, dies zu tun, aber mein erster Enkel wird jetzt geboren, und die Wehen sind schwer, denn die Mutter ist eine Stadtdame, und ihr Schoß ist schmal; die Mutter meines Sohnes aber ist tot, und es ist keine Frau da, die den Weihrauch spenden könnte, wie es Brauch ist.«

Während er dem Priester zusah, wie er den Weihrauch in die Urne vor der Göttin steckte, dachte er mit jähem Schrecken: »Wie nun, wenn es kein Enkel wird, sondern ein Mädchen?«, und er rief hastig:

»Wenn es ein Enkel wird, so will ich ein neues rotes Gewand für die Göttin kaufen, aber nichts dergleichen will ich tun, wenn es ein Mädchen wird.«

Aufgeregt ging er weg, weil er nicht daran gedacht hatte, daß es ein Mädchen werden könne, und er ging hin und kaufte noch mehr Weihrauch, und obgleich der Tag heiß war und der Staub in den Straßen fußhoch lag, wanderte er zu dem kleinen Tempel, in dem die beiden Götter saßen, die über seine Felder wachten. Und er legte den Weihrauch vor sie hin und zündete ihn an, und er sprach also zu dem Götterpaar:

»Nun denn, wir haben für euch gesorgt, mein Vater und ich und mein Sohn, und jetzt kommt die Frucht meines Sohnes, und wenn es kein Sohn wird, so gibt es nichts mehr für euch beide.«

Da er nun alles getan hatte, was er tun konnte, so ging er sehr erschöpft zu dem Hause in der Stadt zurück, und er setzte sich an seinen Tisch und wünschte, daß eine Sklavin ihm Tee bringe und eine andere ein in heißes Wasser getauchtes Tuch, damit er sein Gesicht damit abreibe, aber niemand kam, obgleich er in die Hände klatschte. Niemand kümmerte sich um ihn; alle liefen aufgeregt hin und her, aber er wagte es nicht, jemand zu fragen, was für ein Kind geboren worden sei und ob es bereits geboren sei. Staubig und erschöpft saß er da, und keiner sprach zu ihm.

Dann, nach einer langen Weile – es schien ihm, als müsse es bald Abend werden, so lange hatte er gewartet – kam Lotos, deren Körper schwer geworden war, auf ihren kleinen Füßen hereingewatschelt, und sie lachte und rief laut:

»Freue dich, denn es ist ein Sohn im Hause, der Sohn deines Sohnes, und Mutter und Kind sind am Leben. Ich habe das Kind gesehen, und es ist schön und gesund.«

Da lachte Wang Lung gleichfalls, und er stand auf und rieb sich die Hände, und noch immer lachend sagte er:

»Wahrhaftig, ich bin hier gewesen wie ein Mann, der seinen eigenen Erstgeborenen erwartet und nicht weiß, was er tun soll, und Angst hat vor allem.«

Als Lotos sein Zimmer verlassen hatte und er wieder allein war, versank er in Grübeln und dachte bei sich:

»Wenn ich es recht bedenke, so fürchtete ich mich nicht so sehr, als mein Weib mir den ersten Sohn geboren hat.« Und er saß schweigend da, und er erinnerte sich an jenen Tag, und wie O-lan allein in das kleine, dunkle Zimmer gegangen war und wie sie ihm einsam und ohne Hilfe Söhne geboren hatte und wieder Söhne und Töchter, und alle hatte sie schweigend getragen, und sie war auf das Feld gekommen und hatte wieder an seiner Seite gearbeitet. Und nun die Frau seines Sohnes, die vor Schmerzen wie ein Kind schrie und die alle Sklavinnen im Hause herumlaufen hatte, um ihr zu helfen, und den Gatten an ihrer Türe!

Und wieder sah er, wie man sich an einen lang vergangenen Traum erinnert, O-lan vor sich, wie sie ihre Arbeit ein wenig unterbrach und das Kind reichlich nährte und wie die üppige, weiße Milch aus ihrer Brust rann und zu Boden tropfte. Und dieses schien ihm so lange her, als wäre es niemals gewesen.

Dann kam sein Sohn lachend und mit wichtiger Miene herein und sagte stolz:

»Der Sohn ist geboren, mein Vater, und nun müssen wir ein Weib finden, um ihn an ihrer Brust zu nähren, denn ich will nicht, daß die Schönheit und die Kraft meiner Frau unter diesem leide. Keine Frau von Rang in der Stadt säugt ihr Kind selbst.«

Und Wang Lung sagte wehmütig, obgleich er selbst den Grund für seine Wehmut nicht kannte:

»Nun denn, wenn sie ihr eigenes Kind nicht nähren will, so geschehe, wie du sagst.«

Als das Kind einen Monat alt war, gab sein Vater ein Mahl zur Feier der Geburt seines Sohnes, und zu diesem lud er seine Freunde aus der Stadt und den Vater und die Mutter seiner Frau ein und alle Großen der Stadt. Und er ließ viele hundert Hühnereier rot färben, und von diesen gab er jedem Gast, aber auch allen anderen, die in sein Haus kamen, um ihm Glück zu wünschen, und ein großes Schmausen hub an, und es herrschte eitel Freude in den Höfen, denn das Kind war ein kräftiger, dicker Knabe; nun, da der zehnte Tag vorüber war und das Kind lebte, war die Angst gewichen, und alle waren sehr froh.

Als das Geburtsfest vorüber war, kam Wang Lungs Sohn zu seinem Vater und sprach zu ihm:

»Da wir nun drei Generationen in diesem Hause sind, sollten wir die Ahnentafel haben, die alle großen Familien besitzen, und diese Tafeln sollten wir aufstellen, um sie an den Festtagen anzubeten, denn wir sind jetzt eine alteingesessene Familie.«

Dies gefiehl Wang Lung über alle Maßen, und er befahl, daß es sogleich geschehe. Im großen Saal wurde die Reihe der Ahnentafeln aufgestellt; auf einer stand der Name seines Großvaters und auf der anderen der seines Vaters, und es war Raum gelassen worden für den Namen Wang Lungs und den seines Sohnes, auf daß diese Namen nach ihrem Tod eingesetzt werden könnten. Und Wang Lungs Sohn kaufte eine Weihrauchurne und stellte sie vor den Tafeln auf.

Als dies geschehen war, erinnerte sich Wang Lung an das rote Gewand, welches er der Göttin der Gnade versprochen hatte, und er ging in den Tempel, um das Geld dafür zu spenden.

Nun können aber die Götter den Menschen nicht reichlich beschenken, ohne einen Stachel in dem Geschenk zu verbergen, denn kaum war Wang Lung nach Hause zurückgekehrt, als einer vom Erntefeld gelaufen kam, um ihm mitzuteilen, daß Ching im Sterben liege und Wang Lung bitte, zu ihm zu kommen, da er ihn noch einmal sehen wolle. Als Wang Lung diese Botschaft hörte, rief er zornig:

»Sicherlich ist das verfluchte Götterpaar im Tempel neidisch, weil ich einer Stadtgöttin ein rotes Gewand gegeben habe. Die beiden scheinen nicht zu wissen, daß sie nur Macht über die Erde haben und nicht auch über die Geburt von Kindern.«

Und obwohl sein Mittagmahl für ihn bereitstand, wollte er die Speisestäbchen nicht zur Hand nehmen, wenngleich ihm Lotos laut zurief, er möge warten, bis die Sonne untergegangen sei. Er machte sich sogleich auf den Weg; als Lotos sah, daß er ihren Worten kein Gehör schenkte, sandte sie ihm eine Sklavin mit einem Sonnenschirm aus Ölpapier nach, aber Wang Lung lief so rasch, daß es dem Mädchen, obgleich es jung und kräftig war, schwerfiel, mit Wang Lung Schritt zu halten und seinen Kopf vor den Sonnenstrahlen zu schützen.

Wang Lung trat sofort in den Raum, in den man Ching gebettet hatte, und er fragte mit lauter Stimme:

»Wie ist dies geschehen?«

Der Raum war voll mit Knechten, die verwirrt und hastig durcheinandersprachen:

»Er wollte beim Dreschen helfen ... wir sagten ihm, daß in seinem Alter ... ein Knecht, der erst seit kurzer Zeit hier ist ... er konnte den Dreschflegel nicht richtig halten, und Ching wollte ihm zeigen ... diese Arbeit ist zu schwer für einen alten Mann ...«

Da rief Wang Lung mit furchtbarer Stimme:

»Bringt den Knecht her!«

Und sie stießen den Mann vor Wang Lung, und er stand dort zitternd und mit schlotternden Knien, ein großer, rotwangiger, derber Bauernbursche mit vorstehenden Zähnen und runden, blöden Augen, aber Wang Lung hatte kein Mitleid mit ihm. Er schlug den Burschen auf beide Wangen, und er nahm den Schirm aus den Händen der Sklavin und schlug ihm damit über den Kopf. Niemand wagte es, ihn zurückzuhalten, damit der Ärger nicht sein Blut vergifte, und der Tölpel nahm alles geduldig auf und schluchzte nur ein wenig vor sich hin.

Da stöhnte Ching auf seinem Bette auf, und Wang Lung warf den Schirm zu Boden und rief:

»Am Ende stirbt dieser gute Mann, während ich einen Dummkopf schlage!«

Und er setzte sich neben Chings Bett und nahm seine Hand in die seine, und die Hand war durchsichtig und trocken und klein wie ein welkes Blatt, und kein Blut schien mehr in ihr zu sein. Chings Gesicht hingegen, das sonst blaß und gelb war, war nun dunkel und blutgerötet, und seine halbgeöffneten Augen waren verschleiert und blicklos, und sein Atem ging stoßweise.

Wang Lung beugte sich zu ihm nieder und sagte ihm laut ins Ohr:

»Ich bin bei dir und will dir einen Sarg kaufen, beinahe so schön wie der meines Vaters!« Aber Chings Ohren waren erfüllt von seinem Blut, und selbst wenn er Wang Lungs Worte hörte, ließ er es durch kein Zeichen erkennen, sondern lag schweratmend und in Todesnot da, und so starb er.

Als er tot war, weinte Wang Lung, wie er nicht einmal beim Tode seines eigenen Vaters geweint hatte, und er bestellte einen guten Sarg. Und er bestellte auch Priester für das Begräbnis, und er ging im weißen Trauergewand hinter dem Sarg einher. Sogar seinem ältesten Sohn befahl er, weiße Bänder um die Knöchel zu tragen, so, als ob ein Verwandter gestorben wäre, obgleich sein Sohn sich dagegen wehrte und meinte:

»Er war nur ein höherer Diener, und es ist nicht ziemlich, um einen Diener so zu trauern.« Aber Wang Lung gab nicht nach, und wenn es nach seinen Wünschen gegangen wäre, so hätte er Ching innerhalb des Lehmwalles neben seinem Vater und O-lan beerdigt. Aber seine Söhne wollten davon nichts wissen und beklagten sich:

»Soll unsere Mutter und unser Großvater zusammen mit einem Diener liegen? Und wir auch, wenn unsere Zeit kommt?«

Da Wang Lung sah, daß er seinen Willen nicht durchsetzen konnte, und weil er in seinem Alter Frieden im Hause haben wollte, begrub er Ching am Tore des Walles, und er war getröstet und sprach:

»So ist es recht, denn er war immer ein Wächter gegen alles Übel.« Und er sagte zu seinen Söhnen, daß er nach seinem Tode ganz nahe bei Ching begraben sein wolle.

Von nun an ging Wang Lung noch seltener auf sein Land hinaus, denn Ching war nicht mehr da, und es verdroß ihn, allein zu gehen; auch war er der Arbeit müde, und seine Beine schmerzten ihn, wenn er allein über die holprigen Felder wanderte. So verpachtete er denn so viel Land, wie er konnte, und die Leute nahmen es begierig, denn es war als gutes Land bekannt. Nie aber wollte Wang Lung davon hören, auch nur ein Joch Land zu verkaufen, um welchen Preis immer, sondern er verpachtete es nur, jeweils für ein Jahr, zu einem angemessenen Preis. Auf diese Weise blieb alles als sein Eigentum in seiner Hand.

Und er bestellte einen der Knechte und dessen Weib, um in dem alten Haus zu wohnen und für die beiden Opiumträumer zu sorgen. Als er die sehnsüchtigen Augen seines jüngsten Sohnes sah, sprach er zu diesem:

»Du magst mit mir in die Stadt kommen, und ich will auch die arme Närrin mit mir nehmen, und sie kann in meinem Hof leben. Es ist zu einsam für dich, nun, da Ching tot ist, und jetzt, wo er nicht mehr da ist, bin ich nicht gewiß, daß man gut zu der Armen ist, denn niemand könnte mir berichten, wenn sie geschlagen wird oder Hunger leidet. Auch ist niemand da, der dich in der Bebauung des Landes unterweisen könnte, nun, da Ching tot ist.«

So nahm denn Wang Lung seinen jüngsten Sohn und die arme Närrin mit sich in die Stadt, und lange Zeit hindurch ging er beinahe nie auf sein Land hinaus.

XXX

Jetzt schien es Wang Lung, als ließe sein Leben nichts mehr zu wünschen übrig und als könne er nun neben seiner Närrin in der Sonne sitzen und in Frieden seine Wasserpfeife rauchen, denn sein Land war wohlversorgt, und das Geld floß in seine Hände, ohne daß er sich darum zu bemühen brauchte.

Und so hätte er wohl auch in Frieden gelebt, wenn sein ältester Sohn nicht gewesen wäre, der niemals zufrieden war, sondern immer nach mehr Ausschau hielt. Eines Tages kam er zu seinem Vater und sagte:

»Vieles fehlt noch in unserem Hause, und wir dürfen nicht glauben, eine große Familie zu sein, nur weil wir in den inneren Höfen wohnen. Die Hochzeit meines Bruders soll in kaum sechs Monaten stattfinden, und wir haben nicht genug Stühle für die Gäste und auch nicht genug Schüsseln und Tische; von keinem Ding haben wir genug. Auch ist es eine Schande, den Gästen zuzumuten, durch die vorderen Höfe zu gehen, die voll sind mit lärmendem, stinkendem Pack; nun, da mein Bruder heiratet und bald viele Kinder im Hause sein werden, brauchen wir auch die vorderen Höfe.«

Als Wang Lung seinen Sohn in seiner schmucken Gewandung so vor sich sah, schloß er die Augen und zog heftig an seiner Pfeife, und er murmelte:

»Was willst du jetzt wieder?«

Der junge Mann erkannte wohl, daß sein Vater seiner Wünsche müde war, aber er sagte hartnäckig und mit etwas lauter Stimme:

»Ich sagte, daß wir auch die äußeren Höfe haben müssen und alles, was einer Familie mit so viel Geld und so gutem Land, wie wir es haben, geziemt.«

Da brummte Wang Lung in seine Pfeife:

»Vergiß nicht, daß das Land mir gehört und daß du nie die Hand gerührt hast, um darauf zu arbeiten.«

»Dies mag wahr sein«, rief der junge Mann gekränkt, »dein Wunsch aber war es, mich zu einem Gelehrten zu machen, und wenn ich mich bemühe, einem Grundbesitzer, wie du es bist, ein würdiger Sohn zu sein, so verachtest du mich und willst mich und meine Frau zu Bauern machen.«

Und er wandte sich hinweg und tat, als ob er mit dem Kopf gegen einen Baum rennen wolle, der in dem Hofe stand.

Wang Lung fürchtete, daß der junge Mann sich in seinem Jähzorn ein Leid zufügen könne, und deshalb rief er beschwichtigend:

»Tu, wie du willst, tu, wie du willst – nur belästige mich nicht damit!«

Als sein Sohn dies hörte, ging er rasch weg, denn er fürchtete, daß sein Vater seinen Entschluß ändern könne. So rasch, wie er konnte, kaufte er geschnitzte Tische und Stühle aus Su-tschau, und er kaufte rote Seidenvorhänge und große und kleine Vasen und auch bemalte Seidenrollen für die Wände, und zwar meist solche, auf denen schöne Frauen dargestellt waren, und ferner kaufte er seltsam geformte Felsstücke, um in den Höfen Ziergärten mit Felsengruppen anzulegen, wie er sie in südlichen Gegenden gesehen hatte, und damit beschäftigte er sich viele Tage hindurch.

Da er so viele Dinge einkaufte, mußte er oftmals des Tages durch die äußeren Höfe gehen, und jedesmal, wenn er sich seinen Weg durch das gemeine Volk bahnte, tat er es mit angehaltenem Atem und hocherhobener Nase, so daß die Leute, die dort wohnten, ihn auslachten und höhnisch sagten:

»Er hat den Geruch des Düngers im Hofe seines Vaters, des Bauern, vergessen!«

Dies wagten sie aber erst, wenn er fort war, denn er war der Sohn eines reichen Mannes. Als der Festtag kam, an dem die Mietpreise neu festgesetzt werden, fanden diese Leute, daß die Miete für die Wohnungen, in denen sie wohnten, beträchtlich erhöht worden waren, weil ein anderer soviel geboten hatte, und sie mußten fortziehen. Sie wußten aber wohl, daß es Wang Lungs ältester Sohn war, der ihnen dies angetan hatte, wenn er es auch listig anstellte und Briefe des Sohnes des alten Herrn aus dem Hause der Hwangs vorwies, der in einer fernen Stadt an der Küste lebte; dieser aber überließ alles dem ältesten Sohn Wang Lungs, und er verlangte nichts anderes, als möglichst viel Miete für das alte Haus zu erzielen.

So mußten diese gemeinen Leute denn ausziehen, und sie taten es unter Verwünschungen gegen den Reichen, der alles tun konnte, was er wollte, und sie packten ihre armselige Habe zusammen und verließen das Haus, von Grimm durchwühlt, und sie drohten, eines Tages zurückzukehren, wie die Armen immer zurückkehren, wenn die Reichen zu reich sind.

Von all diesem aber hörte Wang Lung nichts, denn er hielt sich in den inneren Höfen auf und verließ diese nur selten, und er schlief und aß und machte es sich bequem, wie es seinem Alter zukam, und er überließ die Geschäfte seinem ältesten Sohn. Und sein Sohn ließ Zimmerleute und tüchtige Maurer kommen, und diese besserten die Räume und die Tore zwischen den Höfen, welche das Volk durch seine niedrige Lebensweise beschädigt hatte, wieder aus, und er setzte die Teiche in dem Hof wieder instand und kaufte gefleckte und goldene Fische für diese Teiche. Nachdem alles fertig und aufs schönste hergerichtet war, pflanzte er Lotosblumen und Wasserlilien und rote Bambusbäume aus Indien und andere Pflanzen, die er in den südlichen Städten gesehen hatte, und seine Frau kam, um alles zu besehen, und zusammen wandelten sie durch jeden Hof und jeden Raum, und sie fanden, daß dies und jenes noch fehlte, und er schaffte auch dieses noch an.

Die Leute in den Straßen der Stadt hörten von all dem, was Wang Lungs ältester Sohn tat, und sie sprachen bewundernd von dem, was in dem großen Hause vorging, nun, da wieder ein reicher Mann darin lebte. Und die Leute, die früher gesagt hatten: »Wang, der Bauer«, sagten nun: »Wang, der große Mann«, oder: »Wang, der reiche Mann.«

Das Geld für all diese Zeit floß aus Wang Lungs Hand nach und nach, so daß er kaum wußte, wann er es ausgegeben hatte, denn der älteste Sohn kam und sagte:

»Ich brauche hundert Silberstücke«, oder er sagte: »Dieses Tor kann mit ein wenig Silber wieder ausgebessert werden, daß es so gut ist wie ein neues.« Ein anderes Mal sagte er wiederum: »An dieser Stelle sollte ein langer Tisch stehen«, und Wang Lung gab ihm das Silber nach und nach, während er rauchend und ruhend in seinem Hofe saß, denn das Silber floß ihm von den Feldern auf leichte Weise zu zur Erntezeit und wann immer er es benötigte, und so gab er es auch auf leichte Weise hin. Er würde gar nicht gewußt haben, wieviel er gegeben hatte, wenn nicht sein zweiter Sohn eines Morgens, als die Sonne kaum aufgegangen war, mit diesen Worten vor ihn trat:

»Mein Vater, wird die Verschwendung des guten Silbers niemals ein Ende nehmen, und müssen wir in einem Palaste wohnen? So viel Geld, zu zwanzig Prozent Zinsen ausgeliehen, würde uns viele Pfund Silber eingebracht haben, und was ist der Zweck all dieser Teiche und der Bäume, die nicht einmal Früchte tragen, und all dieser unnütz blühenden Lilien?«

Wang Lung sah voraus, daß die beiden Brüder hierüber noch in Streit geraten würden, und er sagte schnell, um endlich Ruhe zu haben: »Es geschah alles zu Ehren deiner Verheiratung.«

Da antwortete der junge Mann mit hämischem Lächeln, das ganz ohne Heiterkeit war:

»Wahrlich, es ist eigentümlich, daß die Hochzeit zehnmal mehr kostet als die Braut. Ich muß zusehen, wie unsere Erbschaft, die einmal zwischen uns geteilt werden soll, wenn du tot bist, um nichts anderes als um die Hoffart meines Bruders verschwendet wird!«

Und da Wang Lung die Beharrlichkeit seines zweiten Sohnes kannte, entgegnete er rasch:

»Gut, es sei – ich will der Sache ein Ende machen –, ich will mit deinem Bruder sprechen und meine Hand verschließen. Es ist genug, du hast recht!«

Der junge Mann hatte eine Liste aller Geldbeträge mitgebracht, die sein Bruder ausgegeben hatte, und als Wang Lung die Länge dieser Liste sah, brach er die Auseinandersetzung mit den Worten ab:

»Ich habe noch nicht gespeist, und in meinem Alter ist man am Morgen schwach, solange man nicht gegessen hat. Wir wollen ein anderes Mal darüber reden.«

Und er wandte sich ab und ging in sein Zimmer, und so entließ er seinen zweiten Sohn.

Am selben Abend aber sprach er zu seinem ältesten Sohn:

»Mache ein Ende mit all diesen Verschönerungen in meinem Hause. Es ist jetzt genug. Schließlich sind wir Landleute.«

Da entgegnete der junge Mann hochmütig:

»Nein, das sind wir nicht. Die Leute in der Stadt beginnen, uns die große Familie Wang zu nennen. Es ziemt sich, daß wir diesem

Namen gemäß leben. Und wenn mein Bruder das Silber nur nach seinem Geldwerte zu schätzen weiß, so wollen wir, ich und meine Frau, die Ehre unseres Namens hochhalten.«

Nun hatte Wang Lung nicht gewußt, daß die Leute sein Haus so benannten, denn seitdem er älter wurde, ging er nur selten in die Teehäuser und nie mehr auf die Getreidemärkte, hatte er doch seinen zweiten Sohn, der diese Geschäfte für ihn besorgte, aber heimlich freute er sich darüber, und er sagte:

»Auch große Familien stammen vom Lande und wurzeln im Land.«

Aber der junge Mann antwortete geschmeidig:

»Ja, aber sie bleiben nicht dort. Sie breiten sich aus und tragen Blumen und Früchte.«

Es gefiel Wang Lung nicht, daß sein Sohn ihm mit so schönen und glatten Redensarten antwortete; deshalb rief er:

»Ich habe gesagt, was ich gesagt habe. Höre auf, Silber auszugeben! Und wenn Wurzeln zu früchtetragenden Bäumen werden sollen, so müssen sie tief im Erdreich stecken.«

Da es Abend wurde, wünschte er, sein Sohn verließe seinen Hof; er wollte die Abenddämmerung allein und in Frieden genießen.

Aber mit diesen seinen Söhnen gab es keinen Frieden! Der junge Mann war bereit, dem Willen seines Vaters zu willfahren, denn er war zumindest für den Augenblick zufrieden; aber er begann aufs neue:

»Gut, mein Vater, so soll es denn genug sein, aber ich muß noch über etwas anderes mit dir reden.«

Da schleuderte Wang Lung seine Pfeife zu Boden und schrie:

»Soll ich denn niemals Frieden haben?«

Doch sein Sohn fuhr hartnäckig fort: »Es handelt sich nicht um mich oder meinen Sohn. Von meinem jüngsten Bruder, der dein eigener Sohn ist, will ich mit dir sprechen. Es ist nicht recht, daß er so unwissend aufwächst. Er sollte etwas lernen!«

Wang Lung fuhr auf – dies war fürwahr etwas Neues! Er hatte seit langem das Leben seines jüngsten Sohnes vorausbestimmt, und er sagte heftig: »Wir brauchen nicht mehr Schriftzeichenschmierer in diesem Hause; an zweien ist es genug. Und wer soll das Land bebauen, wenn ich tot bin?«

»Dein jüngster Sohn will kein Bauer werden. Aus diesem Grunde weint er bei Nacht, und darum ist er so blaß und schmächtig«, antwortete der älteste Sohn.

Nun war es Wang Lung niemals in den Sinn gekommen, seinen jüngsten Sohn danach zu fragen, was er mit seinem Leben beginnen wolle. Da er seit langem beschlossen hatte, ein Sohn müsse auf das Land, war das, was sein ältester Sohn ihm eröffnete, wie ein Schlag vor den Kopf für ihn, und er schwieg bekümmert. Langsam hob er seine Pfeife vom Boden auf und erwog die Zukunft seines dritten Sohnes; dieser Jüngling war seinen Brüdern unähnlich; er war schweigsam wie seine Mutter, und weil er stets schwieg, schenkte ihm niemand Beachtung.

»Bist du dessen gewiß?« fragte Wang Lung nach einer Weile unsicher.

»Frage ihn selbst, mein Vater«, antwortete der junge Mann.

»Aber einer muß auf dem Lande sein«, brauste Wang Lung mit einem Male auf.

»Warum, mein Vater?« fuhr sein Sohn unbewegt fort. »Du bist ein reicher Mann, du brauchst keine Söhne, die als Bauernlümmel leben, und es ist nicht passend. Die Leute werden sagen, daß du engherzig bist; ›dieser Mann macht aus seinem Sohne einen gemeinen Bauern, während er selbst wie ein Fürst lebt‹, werden die Leute sagen.«

Der junge Mann sprach dies mit Arglist, denn er wußte, daß sein Vater großen Wert auf das legte, was die Leute über ihn sprachen. Und er fuhr fort:

»Wir könnten ihm einen Hofmeister nehmen, um ihn zu unterrichten, oder wir könnten ihn in eine südliche Stadt zur Schule schicken, und da du mich zu deiner Unterstützung im Hause hast und mein zweiter Bruder ein tüchtiger Kaufmann ist, so lasse meinen dritten Bruder wählen, was er mag.«

Und endlich sagte Wang Lung:

»Sende ihn zu mir.«

Nach einer Weile trat der dritte Sohn vor seinen Vater, und Wang Lung blickte ihn an, um zu sehen, wie er war, und er sah einen hochgewachsenen, schlanken Jüngling, der weder ihm noch seiner

Mutter ähnlich war, von der letzteren jedoch den Ernst und die Schweigsamkeit geerbt hatte. Aber es war mehr Schönheit in ihm, als in seiner Mutter gewesen war, und in der Tat konnte sich an Schönheit keines von Wang Lungs Kindern mit ihm messen, außer dem zweiten Mädchen, das zu der Familie ihres Mannes gegangen war und nicht mehr zu dem Hause der Wangs gehörte. Er hatte schwere, schwarze Brauen, so schwer und schwarz, daß sie das junge, blasse Gesicht beinahe entstellten, und wenn er die Stirne runzelte, was häufig geschah, so vereinigten sich seine schwarzen Brauen zu einer einzigen geraden, strengen Linie.

Wang Lung blickte lange auf seinen Sohn, als ob er ihn bis auf den Grund erkennen wolle; endlich redete er ihn an:

»Dein ältester Bruder sagte, daß du wünschest, lesen zu lernen?«

Und der Jüngling antwortete, fast ohne die Lippen zu bewegen:

»Ja.«

Wang Lung streifte die Asche von seiner Pfeife und drückte den frischen Tabak langsam hinein, und er sprach:

»Ich hoffe, mein Sohn, dies bedeutet nicht, daß du nicht auf dem Lande arbeiten willst und daß ich keinen Sohn auf meiner eigenen Erde haben werde.«

Dies sagte er in bitterem Tone; doch der Jüngling schwieg. In seinem weißen Gewand aus Sommerleinen stand er gerade und still vor seinem Vater; endlich erwachte Wang Lungs Ärger ob dieses Schweigens, und er fuhr seinen Sohn an:

»Warum sprichst du nicht? Ist es wahr, daß du nicht auf dem Lande leben willst?«

Wieder antwortete der Jüngling nur das eine Wort:

»Ja.«

Und als Wang Lung ihn nochmals anblickte, kam er zu dem Schluß, daß seine Söhne in seinem Alter eine Sorge und Bürde für ihn würden und daß er nicht wußte, was er mit ihnen beginnen solle. Sie spielten ihm übel mit, diese seine Söhne! Und von unbesiegbarem Ärger ergriffen, herrschte er seinen jüngsten Sohn an:

»Was kümmert es mich, ob du willst oder nicht! Hebe dich hinweg!«

Da eilte der Jüngling erschrocken von dannen, und Wang Lung sagte sich, daß seine beiden Mädchen im Grunde genommen besser seien als seine Söhne; die eine, als die arme Närrin, die sie war, verlangte niemals etwas anderes als ein wenig Speise und ihr Stückchen Stoff, um damit zu spielen, und die andere war verheiratet und machte ihm keine Sorgen. Als die Abenddämmerung sich über den Hof senkte, war er noch immer allein und grübelte über seine Kinder nach.

Aber wie stets, wenn Wang Lungs Ärger verraucht war, ließ er seinen Söhnen ihren Willen, und er rief seinen ältesten Sohn zu sich und sagte:

»Bestelle einen Hofmeister für den dritten, wenn er es wünscht, und er soll tun, was er will, nur will ich damit nicht belästigt werden.«

Und er ließ auch seinen zweiten Sohn zu sich kommen und sprach zu diesem:

»Da ich nun einmal keinen Sohn auf dem Lande haben soll, so ist es deine Pflicht, dafür zu sorgen, daß die Pachtgelder und das Silber für die Frucht meiner eigenen Felder zur Erntezeit pünktlich eingehen. Du kannst wägen und messen, und du sollst mein Verwalter sein.«

Der zweite Sohn war über diesen Entschluß seines Vaters sehr froh, denn es bedeutete, daß das Geld wenigstens durch seine Hände gehen müsse, und von nun an würde er sich über unnütze Geldausgaben seines Bruders bei seinem Vater beklagen können.

Dieser zweite Sohn aber erschien Wang Lung seltsamer als seine beiden anderen Söhne, denn selbst an seinem Hochzeitstag wachte er sorgsam über das Geld, das für Fleisch und Wein ausgegeben wurde, und er teilte die Tische genau ein; die besten Weine bestimmte er für seine Freunde aus der Stadt, die wußten, wieviel jeder einzelne Gang kostete, während er für die Pächter und die Bauern, die nun einmal eingeladen werden mußten, Tische in den Höfen aufstellen ließ, und diesen gab er nur das Zweitbeste an Fleisch und Wein, denn sie waren an einfache Speisen gewöhnt, und das Essen, welches nur ein wenig besser war, erschien ihnen bereits vortrefflich.

Und er prüfte auch den Wert der Geschenke, die ihm dargebracht wurden, und er gab den Sklavinnen und den Dienerinnen so wenig wie nur möglich, so daß Kuckuck höhnisch auflachte, als er zwei armselige Silberstücke in ihre Hand legte, und sie sagte so laut, daß es viele hören konnten:

»Eine wahrhaft große Familie ist nicht so geizig mit ihrem Silber, und man kann wohl sehen, daß diese Familie Wang nicht wirklich in diesen Hof gehört.«

Der älteste Sohn hörte dies, und er schämte sich und hatte Angst vor ihrer scharfen Zunge, und er gab ihr insgeheim mehr Silber, und er ärgerte sich über seinen jüngeren Bruder. So gab es selbst am Hochzeitstage, als die Gäste schon an den Tischen saßen und die Sänfte der Braut durch das Tor getragen wurde, Ärgernis.

Der älteste Sohn hatte nur einige seiner wenigen geschätzten Freunde zu dem Fest geladen, denn er schämte sich über den Geiz seines Bruders und auch darüber, daß die Braut nur ein Landmädchen war. Voll Verachtung hielt er sich abseits und murmelte:

»Mein Bruder hat einen irdenen Topf gewählt, obwohl die Stellung meines Vaters ihn berechtigt hätte, eine Schale aus Jade zu wählen.«

Er nickte nur steif, als das junge Brautpaar sich vor ihm und seiner Frau als dem älteren Bruder und der älteren Schwester verneigte, und seine Frau war kühl und hochmütig und verneigte sich nicht ein bißchen mehr, als es die Sitte unbedingt erforderte.

Unter allen, die in diesem Hofe lebten, schien sich nur einer vollkommen wohl und behaglich zu fühlen, und dieser eine war der kleine Enkel, der Wang Lung geboren worden war. Sogar Wang Lung selbst erwachte zuweilen in der Dunkelheit des großen geschnitzten Bettes und träumte mit offenen Augen, daß er wieder in dem einfachen, dunklen Haus mit den Lehmwänden lebe, in dem man ruhig seinen kalten Tee auf die Erde gießen konnte, ohne fürchten zu müssen, ein Möbelstück aus geschnitztem Holz zu beschädigen, in jenem Haus, von dem es nur einen Schritt weit zu seinen Feldern war.

Wang Lungs Söhne lebten in fortwährender Unruhe; der älteste Sohn fürchtete stets, daß zuwenig Geld ausgegeben werde und daß die Familie in den Augen der Menschen zu klein erscheine, der zweite wiederum, daß zuviel Geld verschwendet werde; der jüngste Sohn aber versuchte mit fiebriger Hast die Jahre einzubringen, die er als Bauernsohn versäumt hatte.

Es gab aber einen, der auf schwankenden Beinchen hin und her lief und mit seinem Leben zufrieden war, und dieser war der Sohn des ältesten Sohnes. Dieser Kleine dachte niemals an einen anderen Ort als an dieses große Haus, und für ihn war es weder groß noch klein, sondern nur sein Haus, denn hier war seine Mutter und hier sein Vater und sein Großvater und alle anderen, die nur zu leben schienen, um ihn zu bedienen. Und von diesem kam Wang Lung der Friede, und er wurde es nicht satt, das kleine Kind zu beobachten und mit ihm zu lachen und es aufzuheben, wenn es fiel. Er erinnerte sich sogar daran, was sein eigener Vater getan hatte, und er vergnügte sich damit, dem Kind einen Gürtel umzulegen und mit ihm umherzuspazieren, ohne daß es fallen konnte; so gingen sie von einem Hof zum anderen, und das Kind ergötzte sich an den aus den Teichen emporschnellenden Fischen, und es plapperte dies und das und riß den Kopf einer Blume ab und freute sich an allem, und nur in diesem Kinde fand Wang Lung Frieden.

Dies Kind blieb nicht das einzige; die Frau des ältesten Sohnes erfüllte ihre Pflicht und empfing und gebar und empfing und gebar regelmäßig und gewissenhaft. Und jedes Kind, das geboren wurde, erhielt seine eigene Sklavin. Auf diese Art sah Wang Lung jedes Jahr mehr Kinder und mehr Sklavinnen in den Höfen, und wenn einer zu ihm sagte:

»Bald wird es im Hofe des ältesten Sohnes wieder einen Mund zu füttern geben«, so lachte er nur: »He, he – nun, es gibt Reis genug für alle, denn wir haben ja das gute Land.«

Und er freute sich, als auch die Frau seines zweiten Sohnes zur rechten Zeit schwanger wurde und zuerst einem Mädchen das Leben schenkte, wie es gehörig und anständig war, aus Respekt vor ihrer Schwägerin. So wurden Wang Lung im Zeitraume von fünf Jahren vier Enkel und drei Enkelinnen geboren, und die Höfe waren erfüllt von ihrem Lachen und ihrem Weinen.

Nun sind fünf Jahre nichts im Leben eines Mannes, außer wenn er sehr jung oder sehr alt ist, und wenn diese Jahre Wang Lung alle diese Enkel schenkten, so nahmen sie ihm auf der anderen Seite den alten Träumer, seinen Onkel, den er beinahe vergessen hatte, wenn er auch dafür sorgte, daß er und seine Frau genährt und gekleidet wurden und nach Herzenslust Opium erhielten.

Der Winter des fünften Jahres war sehr kalt, kälter als irgendein Winter der letzten dreißig Jahre, so daß zum ersten Male, solange Wang Lung zurückdenken konnte, der Wallgraben zufror und die Menschen auf ihm umhergehen konnten. Ein unaufhörlicher, eisiger Wind blies von Nordwesten, und kein Gewand, weder Ziegenfell noch Pelz, konnte die Menschen warm halten. In allen Räumen des großen Hauses brannten sie Holzkohle auf großen Heizpfannen, und dennoch war es so kalt, daß man den Atem der Menschen sehen konnte.

Nun hatten sich Wang Lungs Onkel und sein Weib seit langem alles Fleisch von ihren Knochen heruntergeraucht, und sie lagen tagaus, tagein in ihren Betten, wie zwei alte trockene Stöcke, und es war keine Wärme in ihnen. Wang Lung hörte, daß sein Onkel sich nicht mehr in seinem Bette erheben konnte und daß er Blut spie, sooft er sich bewegte.

So ging Wang Lung denn hinaus, zu sehen, wie es mit dem Onkel stehe, und er erkannte, daß dem alten Mann nicht mehr viele Stunden gegeben waren.

Da kaufte Wang Lung zwei Särge aus Holz, das gut, aber nicht zu gut war, und er ließ die Särge in das Zimmer schaffen, in dem sein Onkel lag, damit der alte Mann sie sehe und getröstet sterben könne, und sein Onkel flüsterte ihm mit flackernder Stimme zu:

»Du handelst wie ein Sohn an mir; besser als mein eigener Sohn, der in der Welt umherwandert.«

Und die alte Frau, die ein wenig frischer als der Mann war, sagte:

»Wenn ich sterbe, ehe mein Sohn heimkehrt, so versprich mir, ein gutes Mädchen für ihn zu finden, auf daß er noch Enkel für uns zeugen möge«, und Wang Lung versprach dies.

Zu welcher Stunde sein Onkel starb, erfuhr Wang Lung nicht; man konnte ihm nur sagen, daß man ihn eines Morgens tot in seinem Bette gefunden hatte, als die Magd ihm einen Napf Suppe bringen wollte, und Wang Lung beerdigte ihn an einem bitterkalten Tage, als der Wind den Schnee in Wolken über das Land blies, und er setzte den Onkel neben seinem Vater bei, nur ein wenig tiefer, aber oberhalb der Stelle, die für sein eigenes Grab bestimmt war.

Dann gebot Wang Lung, daß die ganze Familie ein Jahr lang das Zeichen der Trauer trage, nicht weil einer von ihnen wirklich über das Hinscheiden des alten Mannes, der immer nur eine Plage für sie gewesen war, getrauert hätte, sondern weil es sich in einer großen Familie so gehört, wenn ein Verwandter stirbt.

Dann ließ Wang Lung die Frau seines Onkels in die Stadt schaffen, damit sie nicht allein sei, und er wies ihr ein Zimmer in einem entlegenen Hofe an, und er hieß Kuckuck die Sklavin überwachen, die die alte Frau pflegte.

So lag diese denn sehr zufrieden in ihrem Bette und sog an ihrer Opiumpfeife, und ihr Sarg stand neben ihr, damit sie ihn zu ihrem Troste stets vor Augen habe.

Und Wang Lung erstaunte darüber, daß er sich einstmals vor ihr, als einem großen, dicken, lärmenden Bauernweib, gefürchtet hatte und daß sie nun eingeschrumpft und gelb und still dalag, ebenso eingeschrumpft, wie die alte Herrin in dem untergegangenen Hause der Hwangs gewesen war.

XXXI

Wang Lung hatte oftmals in seinem Leben von einem Kriege hier, von einem Kriege dort gehört, aber nur ein einziges Mal hatte er die Sache, die man Krieg nannte, in der Nähe gesehen, damals, als er in seiner Jugend in der Stadt im Süden überwintern mußte. Näher war ihm der Krieg nie gekommen, obgleich er als Kind die Männer oft hatte sagen hören: »Dieses Jahr ist im Westen Krieg«, oder: »Der Krieg ist im Osten oder Nordosten.«

Und so war der Krieg für ihn eine Sache wie Erde und Himmel und Wasser, und niemand wußte, warum es Krieg gab, sondern nur, daß es Krieg gab. Hie und da hörte er Männer sagen: »Wir wollen in den Krieg ziehen«; dies geschah, wenn sie hungerten und lieber Soldaten als Bettler sein wollten; zuweilen sagten es auch Männer, die daheim keine Ruhe fanden, so wie der Sohn seines Onkels, aber immer war der Krieg weit weg in einem entfernten Teile des Landes. Nun aber kam die Sache näher an sie heran, so jäh und so grundlos wie ein Wind, der sich plötzlich erhebt.

Der erste, der Wang Lung davon berichtete, war sein zweiter Sohn, welcher eines Tages vom Markte zu seinem Mittagsreis zurückkehrte und zu seinem Vater sagte:

»Der Preis des Getreides ist plötzlich gestiegen, denn der Krieg ist jetzt im Süden von uns, und er kommt jeden Tag näher, und wir müssen unsere Getreidevorräte zurückhalten; je mehr die Armeen sich uns nähern, desto höher und höher wird der Preis steigen, und wir können mit gutem Gewinn verkaufen.«

Wang Lung lauschte diesen Worten, während er aß, und er sagte:

»Der Krieg muß eine merkwürdige Sache sein, und ich freue mich, einmal zu sehen, was es mit ihm auf sich hat, denn mein Leben lang habe ich von ihm gehört, ihn aber niemals gesehen.«

In seinem Inneren aber erinnerte er sich, daß er einmal Angst gehabt hatte, von den Soldaten gegen seinen Willen ergriffen zu werden, aber jetzt war er zu alt, und außerdem war er reich, und die Reichen haben nie etwas zu fürchten.

So schenkte er der Sache weiter keine besondere Aufmerksamkeit, sondern war nur ein wenig neugierig darauf, und er sagte zu seinem zweiten Sohn:

»Tu mit dem Getreide, wie du es für richtig hältst, es liegt in deiner Hand.«

In den darauffolgenden Tagen spielte er mit seinen Enkeln, wenn er in der Laune dazu war, und er schlief und aß und rauchte, und manchmal besuchte er seine arme Närrin, die in einer entfernten Ecke seines Hofes saß.

Dann jagte plötzlich an einem Tage des frühen Sommers aus dem Nordwesten eine Horde von Menschen hervor wie ein Schwarm Heuschrecken. Wang Lungs kleiner Enkel stand mit seinem Diener am Tore, um zu sehen, was es an diesem schönen, sonnigen Vorfrühlingsmorgen auf der Straße Neues gebe, als er die langen Reihen von Männern in grauen Röcken sah; er eilte zu seinem Großvater, rief aufgeregt:

»Sieh doch, was da kommt, Großvater!«

Da ging Wang Lung mit ihm zum Tore, um ihm eine Freude zu machen, und er sah, wie die Männer die Straße und die ganze Stadt füllten. Und es war ihm, als ob die Luft und das Sonnenlicht plötzlich abgeschnitten seien wegen der großen Menge grauer Männer, die in schwerem Gleichschritt durch die Straßen marschierten.

Als Wang Lung die Männer genauer ansah, bemerkte er, daß jeder von ihnen ein Ausrüstungsstück bei sich trug, aus dessen oberem Ende ein Messer herausragte; die Gesichter aller dieser Männer waren wild und grimmig, obgleich einige von ihnen beinahe noch Knaben waren. Als Wang Lung diese Gesichter sah, zog er das Kind hastig an sich und murmelte:

»Laß uns gehen und das Tor schließen; es sind keine guten Männer, mein kleines Herz!«

Da erkannte ihn, gerade als er sich zum Gehen wenden wollte, einer der Männer und brüllte ihm zu:

»Heda, Neffe meines alten Vaters!«

Wang Lung blickte auf, als er diesen Ruf hörte, und er erkannte den Sohn seines Onkels. Dieser war gekleidet wie die anderen und staubig und grau, aber sein Gesicht war noch wilder als das der anderen, und er lachte und rief seinen Kameraden zu:

»Hier können wir bleiben, Kameraden, denn dieser ist ein reicher Mann und mein Verwandter!«

Ehe Wang Lung in seinem Schrecken eine Bewegung machen konnte, strömte die Horde an ihm vorbei durch das Tor seines Hauses, und er war machtlos in ihrer Mitte eingekeilt. Sie ergossen sich in seinen Hof wie ekles, schmutziges Wasser, und in allen Räumen ließen sie sich nieder, und sie tauchten ihre Hände in die Teiche und tranken, und sie warfen ihre Messer auf die geschnitzten Tische, und sie spien, wohin sie wollten, und erhoben einen großen Lärm. Voll Verzweiflung über das, was geschehen war, lief Wang Lung mit dem Kinde zurück, um seinen ältesten Sohn zu suchen. Er betrat den Hof seines Sohnes und fand diesen in ein Buch vertieft. Der Sohn erhob sich, als sein Vater eintrat, und als er vernommen hatte, was Wang Lung hervorkeuchte, begann er zu stöhnen und ging hinaus. Als er aber seinen Vetter sah, wußte er nicht, ob er grob oder höflich mit ihm sein sollte; seinem Vater, der hinter ihm dreinging, flüsterte er entsetzt zu:

»Jeder hat ein Messer!«

So zog er es denn vor, höflich zu sein, und er begrüßte seinen Vetter:

»Willkommen daheim, mein Vetter.«

Und dieser antwortete mit einem breiten Grinsen:

»Ich habe ein paar Gäste mitgebracht.«

»Sie sind willkommen, da du sie mitgebracht hast«, sagte Wang Lungs ältester Sohn, »und wir wollen ein Mahl bereiten, damit sie sich stärken können, ehe sie weiterwandern.«

Darauf meinte der Vetter, noch immer grinsend:

»Tu das, aber du brauchst dich nicht zu beeilen, denn wir bleiben ein paar Tage oder Monate oder auch ein Jahr oder zwei hier; wir werden in der Stadt einquartiert, bis der Krieg uns ruft.«

Als Wang Lung und sein Sohn dies hörten, konnten sie nur mit Mühe ihre Bestürzung verbergen, aber sie mußten dennoch höflich bleiben, denn überall in den Höfen blitzten die Messer auf; so lächelten sie denn, so gut es ging, und murmelten:

»Wir freuen uns – wir freuen uns.«

Der älteste Sohn gab nun vor, daß er die nötigen Vorbereitungen treffen müsse, und er nahm seinen Vater bei der Hand, und beide eilten in den inneren Hof, und der älteste Sohn verriegelte die Türe, und Vater und Sohn starrten einander bestürzt an, und keiner wußte, was zu tun sei.

Da kam der zweite Sohn gelaufen und schlug an die Türe, und als sie geöffnet wurde, stürzte er herein und keuchte:

»Überall sind Soldaten – in jedem Haus, sogar in den Häusern der Armen, und ich bin herbeigeeilt, um euch zu sagen, daß ihr euch nicht widersetzen dürft, denn ein Schreiber in meinem Geschäft – jeden Tag arbeitet er neben mir – eilte nach Hause und fand Soldaten in dem Zimmer, in dem seine Frau krank darniederliegt – und als er sie hinausweisen wollte, jagten sie ihm ein Messer durch den Leib – durch und durch! Was immer sie verlangen, müssen wir ihnen geben, und wir können nur zu den Göttern beten, daß der Krieg sich bald in andere Gegenden verziehe!«

Alle drei blickten einander ernst an, und sie dachten an ihre Frauen und an diese zügellosen, ausgehungerten Männer. Und der älteste Sohn fürchtete für sein hübsches, wohlbehütetes Weib und rief:

»Wir müssen die Frauen zusammen in den innersten Hof bringen, und wir müssen Tag und Nacht Wache halten und das Tor verschließen und uns jederzeit bereithalten, die Pforte des Friedens zu öffnen.«

Und so geschah es; sie brachten die Frauen und Kinder in den inneren Hof, in dem Lotos bisher allein mit Kuckuck und ihren Dienerinnen gelebt hatte, und hier hielten sich diese vielen Menschen nun in unbehaglicher Enge auf. Der älteste Sohn und Wang Lung bewachten das Tor Tag und Nacht, und der zweite Sohn kam, wann immer es ihm möglich war, und bei Nacht wachten sie ebenso sorgfältig wie bei Tag.

Nun konnte man aber den Vetter nach Brauch und Sitte nicht davon abhalten, den inneren Hof, in dem sich die Frauen befanden, zu betreten, denn er war ein Mitglied der Familie. Er schlug an das Tor und trat ein und ging mit dröhnenden Schritten umher, und sein glitzerndes Messer trug er offen in der Hand. Der älteste Sohn schritt mit finsterer Miene hinter ihm drein, aber er wagte es nicht, etwas zu sagen, denn er fürchtete sich vor dem glitzernden Messer des Vetters. Der aber schätzte jede der Frauen mit seinen frechen Blicken ab.

Zuerst sah er die Frau des ältesten Sohnes an und lachte sein heiseres Lachen und sagte:

»Wahrhaftig, es ist ein leckeres Stück, das du da hast, mein Vetter, eine feine Stadtdame, mit Füßen, so klein wie Lotosknospen.«

Und zum Weibe des zweiten Sohnes sprach er: »Sieh da, ein gutes, rundes Radieschen vom Lande – ein kräftiges Stück rotes Fleisch!«

Dies sagte er, weil die Frau üppig und grobknochig und von rötlicher Gesichtsfarbe, aber dennoch hübsch anzusehen war. Und während die Frau des ältesten Sohnes zurückwich, als er sie anblickte, und ihr Gesicht hinter dem Ärmel verbarg, lachte die andere unbefangen und derb auf, so wie es ihre Art war, und sie antwortete keck:

»Ich glaube, manche Männer wissen den Geschmack eines würzigen Radieschens oder einen ordentlichen Bissen Fleisch zu schätzen.«

Und der Vetter erwiderte ohne Zögern:

»Zu diesen Männern gehöre ich«, und er schickte sich an, ihre Hand zu ergreifen.

Während sich dies begab, war der älteste Sohn außer sich vor Scham über ein solches Geplänkel zwischen Mann und Weib, die von Rechts wegen nicht einmal miteinander sprechen durften; er blickte heimlich auf seine Frau, denn er schämte sich vor ihr, die so fein erzogen war, des Vetters und der Schwägerin. Der Vetter bemerkte dies und meinte spöttisch:

»Nun, zu jeder Zeit esse ich lieber rotes Fleisch als kalten Fisch ohne jeden Geschmack gleich dieser da.«

Da erhob sich die Frau des ältesten Sohnes, denn sie fühlte sich in ihrer Würde gekränkt, und sie zog sich in den inneren Raum zurück. Der Vetter aber lachte roh auf, und er bemerkte zu Lotos, die dabeisaß und ihre Wasserpfeife rauchte:

»Diese Stadtdamen sind doch gar zu zimperlich, was, alte Herrin?« Und er sah Lotos aufmerksam an und fuhr fort: »Wahrhaftig, du bist eine richtige alte Herrin, und wenn ich nicht ohnehin wüßte, daß mein Verwandter Wang Lung reich ist, ein Blick auf dich würde es mir beweisen, so ein Fleischgebirge ist aus dir geworden, und man sieht dir an, daß du an gute und reichliche Kost gewöhnt bist. Nur die Frauen reicher Männer können so aussehen.«

Lotos freute sich unbändig darüber, daß er sie »alte Herrin« nannte, denn dies war ein Titel, der nur Damen aus großen Familien zukam, und aus ihrem fetten Busen quoll ein tiefes, glucksendes Lachen. Sie blies die Asche von ihrer Pfeife und ließ sich diese von einer Sklavin frisch füllen, dann wandte sie sich an Kuckuck:

»Man sollte es nicht glauben, was für vortreffliche Späße dieser grobe Geselle zu machen versteht.« Dabei warf sie dem Vetter einen koketten Blick zu, obgleich solche Blicke nicht mehr so mädchenhaft waren wie früher, denn ihre Augen lagen nicht mehr so groß und aprikosenförmig in ihrem fetten Gesicht.

Der Vetter aber bemerkte den Blick wohl, und er lachte unbändig und grölte:

»He, he! Die Katze läßt das Mausen nicht!«

Und noch immer stand der älteste Sohn da, ergrimmt und schweigend.

Nachdem der Vetter alles gesehen hatte, besuchte er seine Mutter, und Wang Lung wies ihm den Weg. Sie lag in ihrem Bette und schlief so fest, daß ihr Sohn sie kaum wecken konnte. Endlich klopfte er mit dem Schaft seines Gewehres auf die Fliesen des Fußbodens, und da erwachte sie und starrte ihn an wie im Traume, und er sagte zu ihr ungeduldig:

»Hier ist dein Sohn, und du schläfst weiter!«

Sie richtete sich im Bette auf und starrte ihn wiederum an, und sie flüsterte verwundert:

»Mein Sohn – es ist mein Sohn –«, und sie blickte ihn an, und schließlich hielt sie ihm ihre Opiumpfeife hin, als ob ihr kein besseres Geschenk einfiele, und sie sagte zu der kleinen Sklavin, die sie bediente: »Gib ihm auch davon . . .!«

Er aber gab den Blick der Mutter zurück und sagte:

»Nein, ich mag es nicht.«

Wang Lung stand neben dem Bett und fürchtete, daß dieser Mann sich plötzlich auf ihn stürzen und fragen werde: »Was hast du mit meiner Mutter getan, daß sie so dürr und gelb ist und all ihr gutes Fleisch verschwunden?«

Um dem zuvorzukommen, erklärte Wang Lung hastig:

»Ich wollte, sie würde sich mit weniger zufrieden geben, denn ihr Opium kostet mich jeden Tag eine Handvoll Silber, aber in ihrem Alter wollen wir sie nicht erzürnen, und sie erhält alles, was sie wünscht.«

Dabei seufzte er und blickte verstohlen auf den Sohn seines Onkels, aber der Mann sagte nichts, sondern starrte still auf die, die seine Mutter war, und als sie wieder in ihren Schlummer zurücksank, stand er auf und stapfte schweigend hinaus, und er stützte sich auf sein Gewehr wie auf einen Stock.

Unter all den wilden Gesellen, die in den vorderen Höfen hausten, war kein einziger, den Wang Lung und die Seinen so grimmig haßten und fürchteten wie diesen frechen Burschen, ihren Vetter, obgleich auch die anderen sich schlimm genug aufführten; sie brachen Zweige von den blühenden Bäumen und Sträuchern, sie zerkratzten die kostbaren Schnitzereien an den Sesseln mit ihren derben Lederstiefeln, sie verunreinigten auf üble Art die Teiche, so daß die empfindlichen Zierfische starben und mit dem weißen Bauch nach oben tot auf der Oberfläche des Wassers schwammen.

Der Vetter aber lief ein und aus, wie es ihm beliebte, und keine

Sklavin ließ er unbehelligt, und Wang Lung und seine Söhne sahen einander mit verstörten und vor Schlaflosigkeit tief eingesunkenen Augen an. Kuckuck bemerkte dies, und sie rief:

»Nur eines ist hier zu tun, man muß ihm eine Sklavin geben, damit er seine Lust an ihr büßen kann, solange er hier ist, denn sonst wird er nach Früchten langen, die ihm verboten sind.«

Und Wang Lung schien dieser Rat vortrefflich, und er beauftragte Kuckuck, den Vetter zu fragen, welche Sklavin er haben wolle, da er doch alle gesehen hatte.

Dies tat Kuckuck, und sie kehrte mit dem Bescheid zurück:

»Er will die kleine Blasse haben, die neben dem Bett der Herrin schläft.«

Nun trug diese blasse Sklavin den Namen Pfirsichblüte, und es war jene, die Wang Lung in einem Jahr der Hungersnot gekauft hatte, als ihr Vater sie klein und elend und halb verhungert gebracht hatte; weil sie immer zart geblieben war, verhätschelte man sie, und sie brauchte keine andere Arbeit zu verrichten, als Lotos zu bedienen, ihr die Pfeife anzuzünden und ihr Tee einzugießen, und so hatte der Vetter sie gesehen.

Wie nun Pfirsichblüte dies hörte, als sie gerade den Tee für Lotos eingoß und diese vor allen darüber sprach, entfiel ihr die Kanne und zerbrach, und der Tee floß über die Fliesen des Fußbodens; das Mädchen sah aber gar nicht, was sie angerichtet hatte, sondern warf sich nur vor Lotos nieder und stieß mit dem Kopf gegen die Fliesen und jammerte:

»Oh, meine Herrin, ich nicht – ich nicht – ich fürchte mich vor ihm wie vor dem Tode –«

Da war Lotos erzürnt über sie, und sie antwortete wegwerfend:

»Er ist doch nur ein Mann, und für ein Mädchen ist ein Mann wie der andere, und alle sind gleich, und wozu dies Getue?«

Und sie sagte zu Kuckuck: »Nimm diese Sklavin und gib sie dem Manne.«

Da faltete Pfirsichblüte bittend die Hände und weinte und wehklagte herzzerreißend, und sie zitterte am ganzen Leibe vor Angst und blickte flehend bald in dieses Antlitz, bald in jenes.

Die verheirateten Söhne Wang Lungs konnten aber gegen die Frau ihres Vaters ihre Stimme nicht erheben, doch konnten dies ihre

Frauen, wenn ihre Männer es nicht täten. Auch der jüngste Sohn konnte es nicht, aber er blickte die Jungfrau starr an, die Hände gegen die Brust gepreßt, die schwarzen Brauen finster zusammengezogen. Er sprach kein Wort; auch die Kinder und die Sklavinnen blickten schweigend drein, und nichts war zu hören als das schreckliche, angstvolle Weinen des jungen Mädchens.

Wang Lung blickte zweifelnden Sinnes auf Pfirsichblüte; wenn er es auch vermeiden wollte, Lotos durch Widerspruch zu reizen, so rührte ihn doch die Verzweiflung der jungen Sklavin, denn er hatte immer ein weiches Herz gehabt. Das Mädchen sah sein Herz in seinen Zügen, fiel vor ihm nieder und umschlang seine Füße mit den Händen, und sie senkte den Kopf bis zur Erde und fuhr fort laut zu weinen. Und er blickte auf sie nieder und sah, wie schmal ihre Schultern waren und wie sie zuckten. Er aber dachte an den mächtigen, groben, wilden Körper seines Vetters, dessen Jugend schon lange entschwunden war, und Abscheu vor dem, was geschehen sollte, ergriff ihn.

Mahnend sagte er zu Lotos:

»Es ist übel, dieses junge Mädchen so zwingen.«

Obgleich er diese Worte in sehr sanftem Tone gesprochen hatte, rief Lotos heftig:

»Sie hat zu tun, was ich ihr befehle, und all dies Jammern um eine nichtige Sache, die jeder Frau früh oder spät geschehen muß, ist töricht.«

Beschwichtigend meinte Wang Lung:

»Zuerst wollen wir sehen, ob wir dies nicht verhindern können, und ich will dir eine andere Sklavin kaufen oder was du sonst begehrst.«

Da schwieg Lotos, die sich seit langem eine ausländische Uhr und einen Rubinring gewünscht hatte, und Wang Lung sagte zu Kukkuck:

»Geh und berichte meinem Vetter, daß dieses Mädchen an einer bösen, unheilbaren Krankheit leidet; wenn er sie dennoch haben will, so mag er sie haben, aber wenn er diese Krankheit fürchtet wie wir alle, so sage ihm, daß wir ein anderes, gesundes Mädchen für ihn haben.«

Und er ließ den Blick über die Sklavinnen schweifen, und sie wandten den Kopf ab und kicherten und taten, als ob sie sich schämten, alle, außer einer kräftigen, jungen Magd, die wohl schon zwanzig Jahre alt war, und diese kicherte mit rotem Gesicht:

»Nun, ich habe genug von dieser Sache gehört, und ich bin bereit, es zu versuchen, wenn er mich haben will, und er ist kein übler Mann.«

Erleichtert antwortete Wang Lung:

»Nun, so geh hin zu ihm!«

Und Kuckuck sagte zu der Sklavin: »Halte dich dicht hinter mir, denn ich kenne ihn, und er wird nach der ersten Frucht greifen, die sich ihm bietet.«

Pfirsichblüte aber hielt noch immer Wang Lungs Füße umklammert, nur daß sie zu weinen aufgehört hatte und den Gesprächen lauschte. Und Lotos war noch ägerlich über sie und stand auf und ging ohne ein Wort in ihr Gemach. Da richtete Wang Lung das Mädchen sanft auf, und sie stand gebückt und bleich vor ihm, und er sah, daß sie ein sanftes, sehr zartes und blasses Gesichtchen hatte und hellrote Lippen. Gütig sprach er zu ihr:

»Halte dich einige Tage fern von deiner Herrin, mein Kind, bis ihr Ärger verraucht ist, und wenn dieser Mann kommt, so verbirg dich, damit er deiner nicht wieder begehre.«

Und sie hob die Augen und blickte ihn voll und innig an, und sie huschte still wie ein Schatten an ihm vorüber und war verschwunden.

Der Vetter blieb einen Monat und noch einen halben im Hause, und er ging zu der Sklavin, die man ihm gegeben hatte, wann immer er wollte, und er schwängerte sie und rühmte sich dessen in den Höfen. Dann plötzlich rief der Krieg, und die Horde verschwand eilends wie Spreu, die der Wind wegtreibt, und nichts blieb zurück als die Zerstörungen, die sie in den Höfen angerichtet hatten. Und Wang Lungs Vetter befestigte sein Messer an der Hüfte, und er stand mit geschultertem Gewehr vor ihnen und sagte spottend:

»Wenn ich nicht zurückkehre, so habe ich euch doch mein Ebenbild zurückgelassen als einen Enkel für meine Mutter, und nicht jeder Mann kann einen Sohn hinterlassen, wenn er einen Monat oder zwei an einem Orte verweilt; es ist ein Vorrecht der Soldaten – seine Saat geht hinter ihm auf, und andere müssen sie betreuen!«

Und er lachte ihnen noch einmal zu und zog seines Weges mit seinen Kameraden.

XXXII

Nun waren die Soldaten fort, und dieses eine Mal waren sich Wang Lung und seine beiden ältesten Söhne einig, nämlich darüber, daß alle Spuren des unwillkommenen Besuches entfernt werden müßten. Die Diener reinigten die Höfe, und die Zimmerleute stellten die zerbrochenen Schnitzereien kunstvoll wieder her, und die Teiche wurden entleert und frisches Wasser eingelassen; wiederum kaufte der älteste Sohn gefleckte und goldene Fische, und er stützte die geknickten Äste und pflanzte neue Bäume und Sträucher, wo es vonnöten war. Nach einem Jahr sah alles wieder frisch und blühend aus, und jeder der Söhne zog wieder in seinen eigenen Hof, und die alte Ordnung war wiederhergestellt.

Wang Lung befahl der Magd, die das Kind des Vetters in ihrem Schoße trug, die Frau seines Onkels zu pflegen, solange diese lebte, und sie nach dem Tode in den Sarg zu legen, und er wußte, daß die alte Frau nun nicht mehr lange leben könne. Er freute sich darüber, daß diese Sklavin nur eine Tochter gebar, denn wenn es ein Sohn gewesen wäre, so hätte sie einen Platz in der Familie beanspruchen können, aber da es ein Mädchen war, so hatte eine Sklavin eine Sklavin geboren, und die Mutter war nicht mehr als zuvor.

Nichtsdestoweniger war Wang Lung gerecht gegen sie wie gegen alle, und er versprach ihr das Zimmer der Alten nach deren Tode; ein Zimmer und ein Bett würden unter den sechzig Zimmern des Hauses bestimmt nicht vermißt werden. Und er gab der Sklavin ein wenig Silber, und das Mädchen war zufrieden und sagte zu Wang Lung:

»Bewahrt das Silber als Mitgift für mich, und wenn es euch nicht zuviel Mühe macht, so verheiratet mich mit einem Bauern oder einem braven armen Mann. Ihr tut ein gutes Werk damit, denn da ich mit einem Mann gelebt habe, ist es schwer für mich, allein in meinem Bette zu liegen.«

Dies versprach Wang Lung bereitwillig, und auf einmal kam ihm ein Gedanke, und zwar dieser: Jetzt versprach er eine Frau einem armen Mann, und einstmals war er selber als armer Mann in diese Höfe gekommen, weil man ihm eine Frau versprochen hatte.

Seit einem halben Menschenalter hatte er nicht mehr an O-lan gedacht, und nun gedachte er ihrer mit einer Wehmut, die keine Trauer war, sondern nur ernste Erinnerung an Dinge, die lang vergangen waren und sehr ferne. Und er sagte väterlich:

»Wenn die alte Opiumträumerin stirbt, so will ich einen Mann für dich suchen, und es kann nicht mehr lange währen.«

Und Wang Lung tat, wie er gesagt hatte. Die Sklavin kam eines Tages zu ihm und bat:

»Nun macht euer Versprechen wahr, Herr, denn die Alte ist heute in der Morgendämmerung gestorben, ohne aus ihrem Schlafe zu erwachen, und ich habe sie in ihren Sarg gelegt.«

Da dachte Wang Lung darüber nach, welchem Mann von seinem Lande er die Frau geben könne, und er erinnerte sich des schluchzenden Burschen mit den vorstehenden Zähnen, der Chings Tod verursacht hatte, und er dachte:

»Er hat es nicht absichtlich getan, und er ist so gut wie irgendein anderer, an den ich mich erinnern kann.«

So ließ er den Burschen rufen, und dieser kam, und er war nun ein erwachsener Mensch, aber noch immer war er derb und einfältig, und seine Zähne waren noch so, wie sie gewesen waren. Und es reizte Wang Lung, sich auf den erhöhten Thronsessel im großen Saal zu setzen und die beiden vor sich zu rufen, und langsam, damit er die Seltsamkeit dieses Augenblickes voll auskosten könne, sprach er:

»Hier, Mann, ist diese Frau, und sie ist dein, wenn du sie haben willst, und keiner hat sie erkannt außer dem Sohn meines eigenen Onkels.«

Und der Mann nahm sie dankbar, denn sie war ein kräftiges, gutmütiges Weib, und er war zu arm, um eine andere als eine solche heiraten zu können.

Und Wang Lung war es nun, als habe der Kreis seines Lebens sich gerundet; alles hatte er erreicht, was er sich in seinem Leben vorgenommen hatte, ja mehr, als zu erreichen er sich je hätte erträumen können, und er wußte selbst nicht, wie sich alles begeben hatte. Jetzt erst schien es ihm, als ob wirklich Frieden zu ihm kommen könne und als ob er ruhig in der Sonne schlafen dürfe. Es war auch Zeit für ihn, denn er näherte sich seinem fünfundsechzigsten Lebensjahr, und seine Enkel umgaben ihn wie junge Bambusbäume, drei Söhne seines ältesten Sohnes, deren einer beinahe zehn Jahre alt war, und zwei Söhne seines zweiten Sohnes. Und auch der Hochzeitstag seines dritten Sohnes würde nun wohl bald kommen, und dann würde es keine Sorge mehr geben, und er würde Frieden haben.

Doch noch gab es keinen Frieden. Es war, als ob die Soldaten wie wilde Bienen gewesen wären, die Stacheln hinterlassen, wo immer sie sich niederlassen. Die Frau des ältesten Sohnes und die Frau des zweiten Sohnes waren recht höflich zueinander gewesen, solange sie gemeinsam in einem Hofe lebten, jetzt aber war grimmiger Haß zwischen ihnen entbrannt. Dieser Haß hatte seinen Ursprung in hundert kleinen Streitigkeiten zwischen Frauen, deren Kinder miteinander leben und spielen müssen und die sich dennoch nicht besser vertragen als Hund und Katze. Jede der beiden Mütter ohrfeigte die Kinder der anderen und verschonte ihre eigenen, und ihre eigenen Kinder hatten immer recht, und so herrschte Feindseligkeit zwischen diesen beiden Frauen.

Und dann kam der Tag, an dem der Vetter der Frau vom Lande schmeichelte und die Frau aus der Stadt verspottete, und nun gab es keine Aussicht auf Versöhnung mehr. Die Frau des ältesten Sohnes erhob von nun an hochmütig den Kopf, wenn sie ihrer Schwägerin begegnete, und eines Tages sagte sie zu ihrem Gatten so laut, daß die Feindin es hören konnte:

»Es ist eine schwere Last, ein freches und unerzogenes Weibsbild in der Familie zu haben, so daß ein Mann sie ›rotes Fleisch‹ nennen darf und sie ihm nur ins Gesicht lacht.«

Und die Frau des zweiten Sohnes antwortete, ohne zu zögern:

»Nun ist meine Schwägerin eifersüchtig, weil ein Mann sie mit kaltem Fisch verglichen hat.«

So gab es denn nichts mehr als haßerfüllte Blicke zwischen ihnen, obgleich die ältere, stolz auf ihre Wohlerzogenheit, sich von nun an mit schweigender Verachtung begnügte und die Gegenwart der anderen geflissentlich übersah. Wenn ihre Kinder aber ihren eigenen Hof verlassen wollten, so rief sie ihnen zu:

»Ich will, daß ihr euch von unerzogenen Kindern fernhaltet.«

Dies rief sie in Gegenwart ihrer Schwägerin, die am Eingang des nächsten Hofes stand, und diese mahnte wiederum ihre eigenen Kinder:

»Spielt nicht mit Schlangen, sonst werdet ihr gebissen.«

So haßten die beiden Frauen einander immer mehr und mehr, und das war um so schlimmer, als auch die beiden Brüder einander nicht in Liebe zugetan waren; der ältere fürchtete immer, daß seine Familie in den Augen seiner Frau, die von höherer Abkunft war, gering erschiene, während der jüngere in der Angst lebte, daß durch die Verschwendungssucht seines Bruders die gemeinsame Erbschaft vorzeitig aufgezehrt werde. Auch empfand es der ältere Bruder als eine Schande, daß der jüngere genau wußte, wieviel Geld ihr Vater hatte und welche Summen ausgegeben wurden, da alles Geld durch seine Hände ging, während er als der ältere seinen Vater nach diesem und jenem fragen mußte wie ein Kind. So konnte es nicht wundernehmen, daß sich der Haß zwischen den beiden Frauen auf die Männer übertrug; arge Feindseligkeit herrschte in den Höfen der beiden, und Wang Lung ächzte, weil in seinem Hause kein Friede war.

Aber auch Wang Lungs eigenes Leben war nicht frei von Verdrießlichkeiten, und zwar rührten diese von dem Tage her, an dem er die Sklavin von Lotos vor dem Sohn seines Onkels geschützt hatte. Seit jenem Tage war Pfirsichblüte bei Lotos in Ungnade. Obgleich sie ihren Dienst still und ergeben erfüllte, bei Tag neben ihrer Herrin stand, um ihre Pfeife zu füllen, und ihr bei Nacht die Beine und den Körper rieb, wenn sie keinen Schlaf finden konnte, war Lotos ihr nicht wohlgesinnt.

Sie war eifersüchtig auf die junge Sklavin und schickte sie aus dem Zimmer, wenn Wang Lung eintrat, und sie beschuldigte Wang Lung, das Mädchen begehrlich anzusehen. Nun hatte Wang Lung in der jungen Sklavin nie etwas anderes als ein armes, hilfsbedürftiges Kind gesehen, und er hatte für sie keine andere Empfindung als die, welche er seiner armen Närrin entgegenbrachte. Erst als Lotos ihn beschuldigte, dachte er daran, sie näher zu betrachten, und er bemerkte, daß sie in der Tat hübsch und blaß wie eine Pfirsichblüte war, und sein Blut, das seit mehr als zehn Jahren kühl und ruhig durch seine Adern geflossen war, begann zu wallen.

Und während er scherzend zu Lotos sagte: »Wie – glaubst du, daß ich noch Lüsternheit kenne, da ich doch nur dreimal im Jahre in dein Bett komme?«, blickte er insgeheim auf das Mädchen.

Wenn nun Lotos auch in allen anderen Dingen unwissend war, so war sie doch in Liebessachen sehr erfahren und wußte wohl, daß die Männer im Alter noch einmal zu einer kurzen Jugend erwachten, und deshalb war sie der Sklavin nicht wohlgesinnt, und sie sprach davon, sie an das Teehaus zu verkaufen.

Andrerseits aber liebte Lotos ihre Bequemlichkeit und Ruhe, und Kuckuck wurde alt und faul, während das Mädchen flink und anstellig war und sah, was ihre Herrin benötigte, ehe diese es selber wußte. Lotos wollte sie um sich haben und auch wieder nicht um sich haben, und durch diesen unlösbaren Zwiespalt wurde sie immer verstimmter, und es war noch schwerer mit ihr zu leben als sonst. Wang Lung blieb ihrem Hofe viele Tage fern, und er hoffte, daß Lotos' schlechte Laune vorübergehen werde. In der Zwischenzeit aber dachte er öfter an das hübsche, blasse, junge Ding, als er es selbst für möglich gehalten hatte.

Als ob es des Ärgers noch nicht genug gewesen wäre, brachte sodann sein jüngster Sohn Kummer über Wang Lungs Haupt. Er war zu einem stillen, schlanken Jüngling herangewachsen, den man nie anders sah, als mit Büchern unter dem Arm; sein alter Hofmeister lief stets hinter ihm her wie ein Hund.

Aber der junge Mann hatte viele Stunden inmitten der Soldaten zugebracht, die im Hause gewesen waren, und in atemloser Spannung ihren Erzählungen von Schlachten und Plünderungen gelauscht. Dann hatte er sich Romane von seinem alten Hofmeister ausgeborgt, Geschichten von den Kriegen der drei Königreiche und den Räubern, die in den alten Zeiten in der Nähe des Swei-Sees gehaust hatten, und sein Kopf war voll von Träumen.

So ging er denn jetzt zu seinem Vater und sagte:

»Ich weiß, was ich tun will. Ich will ein Soldat werden und in den Krieg ziehen.«

Als Wang Lung dies hörte, dachte er verzweifelt, daß dies das

Schlimmste war, das ihm geschehen könne, und er rief in zornigem Tone:

»Welcher Wahnsinn! Soll ich denn niemals Ruhe vor meinen Söhnen haben?« Und er stritt mit seinem Sohne, und er bemühte sich, gütig und milde zu sein, als er bemerkte, wie sich die Augenbrauen des Jünglings finster zusammenzogen, und er sagte:

»Mein Sohn, es ist ein weises, altes Sprichwort, daß man kein gutes Eisen nimmt, um Nägel zu machen, und keinen guten Mann, um einen Soldaten zu machen, und du bist mein Söhnchen, mein liebes, jüngstes Söhnchen, und wie soll ich des Nachts schlafen, wenn du in der Ferne umherwanderst und in den Krieg ziehst?«

Der Sohn aber war entschlossen und blickte seinen Vater traurig an, und er sagte nur: »Ich will fort.«

Da lockte ihn Wang Lung mit diesen Versprechungen:

»Ich will dich in die große Schule des Südens senden, ja sogar in eine fremde Schule, damit du neue und seltsame Dinge lernen kannst; du magst gehen, wohin du willst, um zu studieren, wenn du es aufgibst, Soldat zu werden. Es ist eine Schande für mich, einen Soldaten zum Sohn zu haben.«

Als der Bursche noch immer schwieg, fragte Wang Lung eindringlich: »Sage deinem Vater doch, warum du Soldat werden willst.«

Da antwortete der Jüngling rasch und mit blitzenden Augen:

»Ein Krieg ist nahe, der keinem gleicht, von dem wir je gehört haben – Revolution nennt man ihn. Wir alle kämpfen, damit unser Land frei wird!«

Wang Lung lauschte diesen Worten seines Sohnes mit größtem Erstaunen.

»Ich weiß nicht, was dieses törichte Geschwätz bedeuten soll«, sagte er kopfschüttelnd, »unser Land ist schon frei – all unser gutes Land ist frei. Ich verpachte es, wem ich will, und es bringt mir Silber und gutes Getreide, und es nährt und kleidet auch dich, und ich weiß nicht, welche andere Freiheit du begehrst als die, welche du schon hast.«

Aber sein Sohn murmelte bitter: »Du verstehst mich nicht – du bis zu alt –, nichts verstehst du!«

Und Wang Lung erwog diese Worte und blickte in das schmerzlich bewegte junge Gesicht, und er dachte bei sich:

»Alles habe ich diesem Sohn gegeben, sogar sein Leben. Alles hat er von mir. Ich habe ihm erlaubt, das Land zu verlassen, obgleich ich nun keinen Sohn habe, der nach mir das Land bestellen wird, und ich habe ihn lesen und schreiben lernen lassen, obgleich dieses in einer Familie, in der bereits zwei Schriftkundige sind, nicht nötig war.«

Und er grübelte weiter, und während er den Jüngling noch immer anstarrte, wiederholte er bei sich:

»Alles hat dieser Sohn von mir.«

Noch immer ruhte sein Blick prüfend auf seinem Sohn, und er sah nun, daß dieser schön und hochgewachsen wie ein Mann war, wenn auch noch schlank wie ein Jüngling; und zweifelnd, denn er sah kein Zeichen der Sinnenlust in dem jungen Antlitz, murmelte er vor sich hin: »Vielleicht braucht er etwas anderes!« Dann sagte er laut und bedächtig: »Nun, wir werden dich bald verheiraten, mein Sohn.«

Da schoß unter den ernst zusammengezogenen Brauen des Jünglings ein furchtbarer Blick hervor, und Wang Lungs jüngster Sohn sagte mit Verachtung: »Dann will ich erst recht von zu Hause weglaufen, denn für mich ist eine Frau nicht alles wie für meinen ältesten Bruder.«

Wang Lung bemerkte sogleich, daß er einen falschen Weg eingeschlagen hatte, und sagte hastig, gleichsam, um sich zu entschuldigen: »Nein, nein, wir wollen dich nicht verheiraten – ich meine nur, wenn es eine Sklavin gibt, die du begehrst –«

Da faltete der Jüngling die Hände über der Brust und antwortete mit ernster Würde:

»Ich bin nicht wie meine Brüder. Ich träume von großen Dingen. Ich dürste nach Ruhm. Frauen gibt es überall.«

Und so, als ob er sich an etwas erinnere, das er vergessen hatte, ließ er die würdevolle Haltung fallen, und während seine Arme herabsanken, sagte er in dem Tone, in dem er sonst zu sprechen pflegte: »Außerdem sind unsere Sklavinnen häßlich. Nur eine ist schön – mir gilt es gleich, denn ich begehre keine –, und diese eine ist das kleine, blasse Mädchen, das die Frau in dem inneren Hofe bedient.«

Da erkannte Wang Lung, daß sein Sohn Pfirsichblüte meinte, und eine unerklärliche Eifersucht packte ihn. Und mit einemmal fühlte er sich älter, als er den Jahren nach war – ein Mann, der bejahrt und zu fett um die Hüften war und dessen Haar sich bleichte. Und hier stand sein Sohn vor ihm, schlank und jung, und sie waren in diesem Augenblick nicht Vater und Sohn, sondern zwei Männer, ein alter und ein junger, und Wang Lung sagte gereizt:

»Halte dich fern von den Sklavinnen – ich dulde die üblen Wege der jungen Herren nicht in meinem Hause. Wir sind gute Bauersleute, welche die Sitten achten, und ich will derlei in meinem Hause nicht haben.« Da zog der Jüngling die Brauen hoch und zuckte die Achseln, und er sprach zu seinem Vater:

»Du hast zuerst davon gesprochen, mein Vater!« und damit drehte er sich um und ging hinaus.

Da saß Wang Lung nun allein an seinem Tisch, und er war traurig und fühlte sich einsam, und er murmelte vor sich hin:

»Nirgends in meinem Hause habe ich Frieden.«

Er war erfüllt von mancherlei Ärger, aber er spürte undeutlich, daß dieser Ärger der schlimmste von allen war: Sein Sohn hatte eine kleine, blasse Sklavin angeblickt und sie schön gefunden.

XXXIII

Wang Lung mußte ohne Unterlaß daran denken, was sein jüngster Sohn über Pfirsichblüte gesagt hatte, und sooft die junge Sklavin kam oder ging, beobachtete er sie, und ohne daß er sich dessen bewußt war, beherrschte ihn der Gedanke an dieses Mädchen, aber er sprach zu niemand darüber.

An einem frühen Sommerabend dieses Jahres, zu jener Stunde, in der die Luft weich und schwül ist, saß er allein in seinem Hofe unter einem blühenden Kassienbaum, und der süße, schwere Duft der Kassienblüten umschmeichelte ihn, und sein Blut strömte heiß und feurig durch seine Adern wie das Blut eines jungen Mannes. Schon während des Tages hatte er das Rauschen seines Blutes verspürt und daran gedacht, auf sein Land hinauszuwandern und seine Schuhe und Strümpfe auszuziehen, um die gute Erde unter seinen Füßen zu spüren.

Dies würde er auch getan haben, wenn er sich nicht geschämt hätte, daß jemand ihn sehe, denn er galt in der Stadt nicht mehr als

Bauer, sondern als ein Grundbesitzer. So blieb er denn im Hause, aber er war darauf bedacht, sich nicht dem Hof zu nähern, in dem Lotos im Schatten eines Baumes saß und ihre Wasserpfeife rauchte, denn sie hatte scharfe Augen und bemerkte sogleich, wenn ein Mann unruhig war. Auch wollte er seinen beiden zankenden Schwiegertöchtern nicht begegnen, ja nicht einmal seinen Enkelkindern, deren Gesellschaft ihn zu anderen Zeiten erquickte.

So war dieser Tag langsam und in Einsamkeit vergangen. Er konnte nicht vergessen, wie sein jüngster Sohn hochgewachsen und schlank mit zusammengezogenen Brauen vor ihm gestanden war, und auch die junge Sklavin konnte er nicht vergessen. Er sprach zu sich selbst:

»Ich vermute, daß sie im gleichen Alter sind – mein Sohn muß nun wohl das achtzehnte Jahr erreicht haben, und auch sie ist nicht älter als achtzehn.«

Da fiel ihm ein, daß er selbst in Kürze das siebzigste Lebensjahr erreichen würde, und er schämte sich seines heißen Blutes und dachte, es würde gut sein, das Mädchen dem Jüngling zu geben.

Und dies sagte er sich immer wieder vor. Sooft er es sich vorsagte, schmerzte es ihn, als ob er eine offene Wunde an seinem Körper berührte, und dennoch konnte er nicht davon abstehen.

Als die Nacht herabsank, saß er noch immer einsam in seinem Hofe, und in seinem ganzen Hause war niemand, zu dem er wie zu einem Freund gehen konnte, und die Nachtluft war schwül und weich und erfüllt von dem Dufte der Kassienblüten.

Als er so in der Dunkelheit unter dem Baume saß, ging jemand am Tor seines Hofes vorbei, und er blickte rasch auf, und es war Pfirsichblüte.

»Pfirsichblüte!« rief er, und es war wie ein Flüstern.

Sie hielt plötzlich im Gehen inne und senkte lauschend den Kopf. Da rief er sie wiederum mit gepreßter Stimme:

»Komm her zu mir!«

Als sie ihn hörte, huschte sie durch das Tor und stand vor ihm, und Wang Lung konnte sie in der Dunkelheit kaum erkennen, aber er fühlte ihre Nähe und streckte seine Hände aus und legte sie auf ihr Jäckchen, und er sagte leise:

»Kind –!«

Die Stimme versagte ihm. Er wußte wohl, daß er alt sei und daß das, was er zu tun im Begriffe war, eines alten Mannes, der Enkel und Enkelinnen fast im Alter dieses Mädchens hatte, unwürdig sei; sanft und mit verhaltener Zärtlichkeit glitten seine Hände über ihre Jacke.

Sie aber war ergriffen von der Hitze seines Blutes, und sie beugte sich nieder und sank zu Boden wie eine Blume, deren Stengel geknickt wurde, und sie umklammerte seine Füße und blieb liegen.

Langsam sagte er:

»Kind, ich bin ein alter Mann – ein sehr alter Mann –«, und zart und leise wie ein Hauch klang ihre Stimme aus dem Dunkel: »Ich liebe alte Männer – sie sind gütig –«

Er neigte sich sacht zu ihr nieder und sprach zärtlich:

»Ein kleines Mädchen wie du sollte einen schmucken schlanken Jüngling haben – ein kleines Mädchen wie du!«

Und in seinem Innern fügte er hinzu: wie meinen Sohn; aber laut konnte er es nicht sagen, denn er hätte vielleicht den Gedanken in ihr Herz versenkt, und dies hätte er nicht ertragen können.

Sie aber sagte:

»Junge Männer sind nicht gut – sie sind nur wild.«

Und wie er ihre leise, kindliche Stimme so zu sich emportönen hörte, ward sein Herz von einer großen Welle der Liebe zu diesem Kind erfaßt, und er hob sie sanft empor und führte sie in sein Gemach.

Und diese Liebe seines Alters erstaunte ihn mehr als alle Lüste seines bisherigen Lebens, denn trotz all seiner Zärtlichkeit für Pfirsichblüte stürzte er sich nicht auf sie, wie er sich auf die anderen gestürzt hatte. Nein, er hielt sie sanft in seinen Armen und war damit zufrieden, ihre leichte Jugend an seinem schweren, alten Körper zu spüren; bei Tage genügte ihm ihr Anblick und die Berührung ihres flatternden Gewandes und bei Nacht die warme Nähe ihres ruhenden Leibes. Und er wunderte sich über die Liebe des Alters, die so zärtlich ist und doch so leicht gestillt.

Sie aber war ein Mädchen ohne Leidenschaft, und sie hing an ihm wie an einem Vater, und auch für ihn war sie mehr ein Kind als eine Frau.

Das Verweilen des Mädchens Pfirsichblüte im Hofe Wang Lungs

wurde nicht sogleich bemerkt, denn er sprach nicht darüber, und warum hätte er es auch tun sollen, da er doch Herr in seinem Hause war!

Kuckuck war es, die es zuerst bemerkte; einmal im Morgengrauen sah sie Pfirsichblüte aus Wang Lungs Hof schlüpfen, und sie lachte dem Mädchen zu:

»So ist unser Herr wieder der alte geworden!«

Als Wang Lung dies in seinem Zimmer hörte, zog er rasch sein Gewand um sich und kam heraus und lächelte halb verlegen, halb stolz, und er murmelte:

»Nun, ich habe ihr geraten, lieber einen Jungen zu nehmen, aber sie zog den Alten vor!«

»Eine hübsche Nachricht für die Herrin!« rief Kuckuck, und ihre Augen sprühten vor Bosheit.

»Ich weiß selbst nicht, wie es gekommen ist«, sagte Wang Lung langsam, »und ich hatte gar nicht die Absicht, eine Frau in meinem Hofe aufzunehmen; wahrhaftig, es kam von selbst.«

Aber Kuckuck blieb dabei: »Jedenfalls muß es die Herrin erfahren.«

Wang Lung, der Lotos' Zorn überaus fürchtete, sprach zu Kuckuck: »Sag es ihr, wenn du willst, und wenn du dies tun kannst, ohne daß sie mich ihren Ärger spüren läßt, so will ich dir eine Handvoll Silber geben.«

Noch immer lachend versprach Kuckuck, dies zu versuchen, und Wang Lung kehrte in seinen Hof zurück und verließ ihn nicht, bis Kuckuck zurückkam und meldete:

»Ich hab es ihr gesagt, und sie war sehr erbost, bis ich sie daran erinnerte, daß sie sich seit langem die ausländische Uhr wünscht, die du ihr versprochen hast; auch möchte sie einen Rubinring für ihre Hand haben, besser noch deren zwei, einen für jede Hand. Und sie will noch andere Dinge haben, über die sie noch nachdenken muß, und außerdem eine Sklavin an Stelle der Pfirsichblüte; diese aber darf ihr nicht mehr in die Nähe kommen, und auch du sollst dich eine Weile nicht blicken lassen, denn dein Anblick bereitet ihr Übelkeit. Dies läßt sie dir sagen.«

Wang Lung versprach alles bereitwillig, und er fügte hinzu:

»Besorge alles, was sie will, und du brauchst nicht zu sparen.«

Und er freute sich darüber, daß er Lotos nicht zu sehen brauchte, bis ihr Grimm durch die Erfüllung ihrer Wünsche abgekühlt sei.

Nun blieben aber noch seine drei Söhne, und er schämte sich vor diesen, obgleich er sich vorhielt: »Bin ich nicht der Herr in diesem Hause und darf ich nicht meine eigene Sklavin nehmen, die ich mit meinem Silber gekauft habe?«

Aber er schämte sich dennoch und war gleichzeitig ein wenig stolz, so wie einer, der noch die Begierde des Mannes verspürt, während die anderen nur noch den Großvater in ihm sehen. Und er wartete darauf, daß seine Söhne in seinen Hof kämen.

Und sie kamen, einer nach dem anderen, und jeder für sich, und der zweite Sohn kam zuerst. Am Anfang sprach er nur von dem Lande und der Ernte und der Dürre dieses Sommers, welche die Ernte um zwei Drittel verkürzt habe. Wang Lung aber kümmerte sich zu dieser Zeit seines Lebens kaum mehr um Regen oder Trokkenheit, denn wenn ihm die Ernte eines Jahres nur wenig einbrachte, so war immer genügend Silber vom vergangenen Jahre übrig, und seine Höfe waren vollgestopft mit Silber, und man schuldete ihm Geld auf den Getreidemärkten. Auch hatte er viel Geld gegen hohe Zinsen ausgeliehen, die sein zweiter Sohn für ihn einsammelte, und er blickte nicht mehr nach oben, um zu sehen, wie der Himmel über seinem Lande sei.

So redete der zweite Sohn fort, und während des Redens sah er sich ziemlich in dem Raum um, und Wang Lung wußte, daß sein Sohn in Erfahrung bringen wollte, ob das, was er gehört hatte, auf Wahrheit beruhe. Da rief Wang Lung dem Mädchen, welches sich im Schlafgemach verborgen hielt, zu:

»Bringe mir Tee, mein Kind, und Tee für meinen Sohn!« Und sie kam heraus, und ihr zartes Gesicht war rosig angehaucht wie ein Pfirsich, und sie senkte den Kopf und huschte auf ihren kleinen Füßen geräuschlos vorbei; der zweite Sohn aber starrte ihr nach, als ob er dieses wohl gehört, aber bis jetzt nicht geglaubt habe.

Er fuhr jedoch fort, davon zu berichten, daß das Land so und so sei und daß dieser und jener Pächter am Ende des Jahres gewechselt werden müsse, und Wang Lung fragte seinen Sohn, wie es seinen Kindern gehe, und dieser antwortete, sie hätten den Husten, der hundert Tage dauert, aber es sei keine schlimme Krankheit bei diesem warmen Wetter.

So plauderten sie miteinander und tranken Tee, und der zweite Sohn war erfüllt von dem, was er gesehen hatte, aber er sagte nichts und ging endlich weg, ohne darüber zu sprechen, was ihm am Herzen lag. Und so hatte Wang Lung den Besuch seines zweiten Sohnes überstanden.

Ehe der Tag noch halb vergangen war, kam der älteste Sohn, stattlich und stolz in der Würde seiner reifen Männlichkeit. Wang Lung fürchtete sich ein wenig vor dem Stolz dieses Sohnes, und zunächst rief er Pfirsichblüte nicht, sondern wartete und rauchte seine Pfeife. Der älteste Sohn saß vor ihm, steif vor Würde, und er erkundigte sich in schicklicher Weise nach dem Gesundheitszustand und dem Wohlergehen seines Vaters. Wang Lung antwortete ruhig, daß er sich wohl fühle; als er aber seinen Sohn prüfend betrachtete, verließ ihn seine Furcht.

Denn er erkannte mit einem Male seinen ältesten Sohn als das, was er war: ein Mann von stattlicher Gestalt, der jedoch vor seiner städtischen Frau Angst hatte und noch mehr Angst davor, nicht als Edelmann zu gelten. Und die gesunde Kraft des Landes, die noch immer in Wang Lung lebte, obgleich er es selbst nicht wußte, schwoll in seinem Körper, und er achtete der Meinung seines Sohnes nicht mehr, und plötzlich rief er:

»Komm, Pfirsichblüte, mein Kind, und gieße auch meinem anderen Sohne Tee ein.«

Das Mädchen kam aus ihrem Versteck, und diesmal war ihr zartes Gesicht weiß wie die Blume, der sie ihren Namen verdankte. Sie senkte die Augen und tat still, wie ihr geheißen, und verließ rasch das Gemach.

Die beiden Männer waren schweigend dagesessen, während sie den Tee eingoß. Aber nun, als sie weg war, sah Wang Lung seinem Sohn voll in die Augen, und er bemerkte dort den Ausdruck unverhohlener Bewunderung; es war der Blick eines Mannes, der einen anderen insgeheim beneidet. Dann tranken sie ihren Tee, und schließlich sagte der Sohn mit unsicherer Stimme:

»Ich hatte nicht geglaubt, daß es wahr sei.«

»Warum nicht?« fragte Wang Lung ruhig. »Ist es nicht mein Haus?«

Da seufzte der Sohn, und nach einer Weile sagte er:

»Du bist reich, und du kannst tun, was du willst«, und er seufzte nochmals und fügte hinzu: »Hm! Eine Frau ist wohl nicht immer genug für einen Mann, und es kommt die Zeit –«

Er brach ab, aber in seinen Augen war das zu lesen, was er nicht ausgesprochen hatte, nämlich, daß er seinen Vater gegen seinen Willen beneidete.

Innerlich lachte Wang Lung, denn er kannte die wollüstige Natur seines Sohnes und dachte sich, daß die keusche Stadtfrau ihn wohl nicht immer am Gängelband führen und daß eines Tages der Mann in ihm wieder erwachen werde.

Der älteste Sohn sprach nichts Weiteres mehr, sondern verließ seinen Vater wie ein Mann, dem man einen neuen Gedanken in den Kopf gesetzt hat, und Wang Lung saß da und rauchte seine Pfeife und war stolz darüber, daß er noch als alter Mann das tat, was er wünschte.

Es wurde Nacht, ehe der jüngste Sohn kam, und auch dieser kam allein. Wang Lung saß rauchend im mittleren Gemach seines Hofes, und die roten Kerzen auf seinem Tisch waren angezündet; Pfirsichblüte saß ihm schweigend gegenüber, und ihre Hände lagen gefaltet in ihrem Schoß. Dann plötzlich, ohne daß jemand ihn eintreten sah, stand sein dritter Sohn vor ihm. Seltsam geduckt stand er da, und in Wang Lung blitzte bei seinem Anblick die Erinnerung an einen Panther auf, den die Bauern einstmals im Gebirge gefangen und in das Dorf gebracht hatten; das Raubtier war gefesselt, aber es duckte sich wie zu einem Sprung, und seine Augen glitzerten, und so glitzerten nun auch die Augen des Jünglings, die er auf das Antlitz seines Vaters gerichtet hatte, und über diesen Augen waren die schwarzen Brauen, die allzu schwer waren für sein Alter, wie im Grimm zusammengezogen. So stand er da, und endlich sagte er leise und gepreßt:

»Nun will ich unter die Soldaten – ich will Soldat werden.«

Er blickte aber nicht auf das Mädchen, sondern nur auf seinen Vater, und Wang Lung, der weder vor seinem ältesten Sohn noch vor seinem zweiten Sohn Angst gehabt hatte, hatte plötzlich Angst vor diesem hier, den er von klein auf übersehen hatte.

Und Wang Lung wollte sprechen, aber als er die Pfeife aus dem Munde nahm, brachte er keinen Laut hervor, sondern starrte stumm auf seinen Sohn. Und der Jüngling wiederholte ein um das andere Mal:

»Jetzt gehe ich – jetzt gehe ich.«

Nun wandte er den Kopf und blickte das Mädchen ein einziges Mal an, und sie blickte auf ihn zurück und zuckte zusammen, und sie schlug ihre beiden Hände vor das Gesicht, um ihn nicht mehr sehen zu müssen. Dann riß der junge Mann seinen Blick von ihr los und war mit einem einzigen Satz aus dem Raum. Und Wang Lung starrte durch die offene Türe in die dunkle Sommernacht hinaus, aber der Jüngling war verschwunden, und überall war Schweigen.

Endlich wandte er sich dem Mädchen zu und sprach zu ihr, sanft und demütig, und aller Stolz war von ihm gewichen:

»Ich bin zu alt für dich, mein Herz, und wohl weiß ich dies. Ich bin ein alter, alter Mann.«

Pfirsichblüte aber ließ ihre Hände vom Gesicht sinken, und sie schrie mit ungewohnter Leidenschaft:

»Die jungen Männer sind so grausam . . . ich mag nur alte Männer!«

Als der Morgen des nächsten Tages graute, war Wang Lungs jüngster Sohn gegangen, und niemand wußte wohin.

XXXIV

Wie der Herbst noch einmal mit der falschen Wärme des Sommers prahlt, ehe er in den Winter hinüberstirbt, so war es mit Wang Lungs jäher Liebe zu dem Mädchen Pfirsichblüte. Das jähe Feuer brannte nieder, und die Leidenschaft starb in seinem Herzen; er liebte sie; doch liebte er ohne Leidenschaft.

Und nun kam mit einem Male die Kälte des Alters über ihn, und er wurde in Wahrheit ein alter Mann. Aber die Zuneigung zu dem Mädchen wich nicht von ihm, und es war ein Trost für ihn, daß sie bei ihm war, und sie diente ihm treu und über Jahre geduldig. Immer war er gütig zu ihr, und mehr und mehr wurde seine Liebe zu dem Mädchen die des Vaters zu seiner Tochter.

Um seinetwillen war sie sogar gut zu seiner armen Närrin, und auch dieses war ein Trost für Wang Lung. Oft hatte er daran gedacht, was aus der armen Schwachsinnigen werde, wenn er einmal tot sein würde, denn außer ihm gab es keinen, der sich darum kümmerte, ob sie lebte oder verhungerte; aus diesem Grunde hatte er in dem Arzneiladen eine kleine Menge eines weißen Giftes gekauft, und er hatte sich vorgenommen, dieses Gift seiner Tochter einzugeben, wenn er seinen Tod nahe fühlen würde. Aber dennoch fürchtete er dies mehr als die Stunde seines eigenen Todes, und es gab ihm nur Trost, daß Pfirsichblüte ihm treu und ergeben war.

So rief er sie denn eines Tages zu sich und sprach zu ihr:

»Es gibt niemand außer dir, dem ich diese meine arme Närrin anvertrauen kann; sie wird nach meinem Tode weiter und weiter leben, denn sie kennt keine Sorgen, die ihr Leben verkürzen könnten. Und ich weiß wohl, daß niemand es der Mühe wert finden wird, sie aus dem Regen und der Kälte des Winters zu führen, noch sie in die Sommersonne zu setzen, wenn ich nicht mehr da bin, und man wird sie vielleicht auf die Straße hinausstoßen – dieses arme Wesen, welches sein Leben lang von seiner Mutter und von mir behütet wurde. In diesem Päckchen aber ist ein Tor der Sicherheit für sie, und nach meinem Tode sollst du ihr dieses Pulver in den Reis mischen und sie es essen lassen, damit sie mir dorthin folge, wo ich sein werde. Und so werde ich in Frieden sterben können.«

Aber Pfirsichblüte zuckte vor dem Gift in seiner Hand zurück, und sie sagte in ihrer sanften Art:

»Ich kann keinen Käfer töten, wie könnte ich dieser das Leben nehmen? Nein, Herr, dies kann ich nicht, aber ich will mich dieses armen Wesens annehmen, weil Ihr gut zu mir gewesen seid, der einzige, der je in meinem Leben gut zu mir war.«

Wang Lung hätte um ihrer Worte willen weinen können, denn noch nie hatte ihm jemand so vergolten, was er getan hatte. Sein Herz klammerte sich an sie, und er sprach:

»Nimm es dennoch, mein Kind, denn niemand kann ich so vertrauen wie dir, aber auch du mußt eines Tages sterben – obgleich ich diese Worte kaum aussprechen kann –, und nach dir ist keiner da, der sich meiner armen Tochter annehmen wird, und ich weiß wohl, daß die Frauen meiner Söhne mit ihren Kindern und ihren Streitereien zu beschäftigt sind und daß meine Söhne Männer sind, die an solche Dinge nicht denken können.«

Als nun Pfirsichblüte sah, wie er es meinte, nahm sie das Päckchen aus seiner Hand und sprach nicht mehr darüber, und Wang Lung vertraute ihr und war über das Schicksal seiner armen Närrin beruhigt.

Von nun an zog sich Wang Lung mehr und mehr in sein Alter zurück, und er lebte viel allein; nur die beiden in seinem Hofe, seine arme Närrin und Pfirsichblüte, waren stets um ihn. Zuweilen raffte er sich ein wenig auf und blickte Pfirsichblüte an, und er sorgte sich um sie und sagte:

»Dieses Leben ist zu ruhig für dich, mein Kind!«

Sie antwortete immer sanft und voll Dankbarkeit:

»Mein Leben ist ruhig, aber sicher.«

Und zuweilen sagte er zu ihr:

»Ich bin zu alt für dich, und mein Feuer ist Asche.«

Dann entgegnete sie schlicht:

»Ihr seid gut zu mir, und mehr verlange ich von keinem Mann.«

Als sie dies eines Tages sagte, war Wang Lung neugierig, was es bedeuten möge, und er fragte sie:

»Was hat dich in deinen jungen Jahren so mit Angst vor den Männern erfüllt?«

Ein Ausdruck des Schreckens war in ihren Augen zu lesen, und sie bedeckte sie mit ihren Händen und flüsterte:

»Alle Männer hasse ich, außer Euch – alle Männer habe ich gehaßt, selbst meinen Vater, der mich verkauft hat. Ich habe nur Übles von ihnen erfahren, und hasse sie alle.«

Voll Verwunderung fragte er:

»Ich glaubte, daß du stets ruhig und unbekümmert in meinem Hofe gelebt hättest?«

»Ich bin erfüllt mit Abscheu«, sagte sie und wandte den Kopf ab. »Ich verabscheue alle jungen Männer.«

Mehr aber wollte sie nicht sagen, und er grübelte, ob Lotos dem Mädchen durch Erzählungen aus ihrem Leben diesen Abscheu eingeflößt oder ob Kuckuck sie durch ihre Schamlosigkeit abgestoßen habe oder ob ihr am Ende heimlich etwas widerfahren sei, das sie ihm nicht sagen wollte.

So seufzte er denn nur und gab das Fragen auf, denn über alles ging ihm jetzt seine Ruhe, und er wünschte nichts anderes, als in seinem Hofe neben diesen beiden zu sitzen.

So saß Wang Lung in seinem Hofe, und so ergriff das Alter Besitz von ihm, Tag für Tag und Jahr für Jahr. Und er schlummerte in der Sonne den leisen Schlummer des Alters wie sein Vater vor ihm, und er sagte zu seinem Herzen, daß sein Leben getan und daß er zufrieden damit sei.

Zuweilen, doch selten, ging er in die anderen Höfe, und manchmal, aber noch seltener, besuchte er Lotos, und niemals tat sie des Mädchens Erwähnung, das er zu sich genommen hatte; aber sie empfing ihn gut, denn auch sie war alt geworden, zufrieden mit ihrem Essen und ihrem Wein, und wenn sie Essen und Wein und ein wenig Silber hatte, so fehlte ihr nichts. Sie und Kuckuck saßen nach all diesen Jahren als Freundinnen beisammen und nicht mehr als Herrin und Dienerin, und sie plauderten von diesem und jenem und am häufigsten von den alten Tagen mit Männern. Und sie flüsterten einander zu, was sie nicht laut aussprechen wollten, und sie aßen und tranken und schliefen und erwachten, um aufs neue zu schwatzen und zu essen und zu trinken.

Und wenn Wang Lung, was sehr selten geschah, die Höfe seiner Söhne betrat, behandelten sie ihn mit großer Höflichkeit und beeilten sich, ihm Tee zu bringen, und er verlangte das letztgeborene Kind zu sehen, und er fragte oft, denn er vergaß leicht:

»Wieviel Enkelkinder habe ich jetzt?«

Man antwortete ihm:

»Elf Söhne und acht Töchter haben deine Söhne zusammen.« Und er meinte schmunzelnd:

»Und es werden ihrer immer mehr – immer mehr!«

Dann pflegte er eine Weile sitzen zu bleiben und die Kinder um sich zu versammeln. Seine Enkel waren nun schon große Knaben, und er beugte sich vor, um sie besser zu sehen, und er murmelte vor sich hin:

»Dieser hier ähnelt seinem Urgroßvater, und der hier ist ein kleiner Kaufmann Liu, und hier bin ich selbst, als ich jung war.«

Und dann fragte er sie: »Geht ihr in die Schule?«

»Ja, Großvater«, antworteten sie alle durcheinander.

Und er fragte aufs neue:

»Studiert ihr auch die vier Bücher?«

Da lächelten sie mit der Verachtung ihrer Jugend über einen, der so alt war, und antworteten:

»Nein, Großvater, niemand studiert mehr die vier Bücher seit der Revolution«, und er antwortete sinnend:

»Jaja, ich habe von einer Revolution gehört, aber ich habe zuviel Arbeit gehabt in meinem Leben, um darauf aufzupassen. Immer hatte ich mit dem Lande zu tun.«

Aber die Knaben begannen zu kichern, und schließlich erhob er sich, fühlte er sich doch als ein Gast in den Höfen der Söhne.

Dann kam die Zeit, in der er seine Söhne nicht mehr besuchte und auch diese nicht Zeit fanden, ihn aufzusuchen, aber zuweilen fragte er Kuckuck:

»Leben meine beiden Schwiegertöchter nach all diesen Jahren in Frieden?«

Und Kuckuck spie auf den Boden und antwortete:

»Die? Sie leben in Frieden wie zwei Katzen, die einander anfauchen. Aber dein ältester Sohn ist der ewigen Klagen seiner Frau müde – diese Frau ist zu tugendhaft für einen Mann –, und immer spricht sie davon, was sie im Hause ihres Vaters getan habe, und das macht einen Mann müde. Man redet davon, daß er eine andere nehmen wolle, er geht oft in die Teehäuser.«

»So, so«, sagte Wang Lung.

Aber wenn er beginnen wollte, darüber nachzudenken, so schwand auch schon seine Anteilnahme daran, und ehe er es wußte, dachte er statt dessen an seinen Tee und daran, daß ihm kalt war im jungen Frühlingswind.

Ein anderes Mal wieder fragte er Kuckuck:

»Hört man jemals etwas von meinem jüngsten Sohn, der vor langer Zeit fortgewandert ist?«

Da antwortete Kuckuck, denn es gab nichts in den Höfen, was sie nicht wußte:

»Er schreibt keine Briefe, aber hie und da kommt einer aus dem Süden und erzählt, daß er einen hohen militärischen Rang bekleidet und ein großer Mann in etwas geworden ist, was sie Revolution nennen, was dies aber ist, weiß ich nicht – vielleicht eine Art Geschäft.«

Und wieder sagte Wang Lung: »So, so!«

Und er würde wohl darüber nachgedacht haben, wenn nicht der Abend gekommen wäre und es ihn gefröstelt hätte, denn seine Gedanken schweiften nun wohin sie wollten, und er konnte nicht lange bei einer Sache verweilen. Und das Bedürfnis seines alten Körpers nach Speise und heißem Tee war ihm wichtiger als alles andere. Bei Nacht aber, wenn es kalt war, lag Pfirsichblüte warm und jung an ihn geschmiegt und gab seinen Nächten heiteren Frieden.

Und jedes Jahr wurde es Frühling, und immer undeutlicher und undeutlicher spürte er sein Kommen. Eines aber blieb ihm, und das war die Liebe zu seinem Land. Er hatte es verlassen, und er hatte sein Haus in der Stadt errichtet, und er war reich. Aber er wurzelte in der Erde, und obgleich er sie viele Monate hintereinander vergaß, so mußte er, wenn der Frühling kam, hinaus auf das Land. Wenn er auch jetzt keinen Pflug mehr halten, sondern nur noch zusehen konnte, wie die andern den Pflug durch die Erde trieben, zog es ihn dennoch hinaus, und er folgte dem Rufe seines Herzens. Zuweilen nahm er eine Dienerin und sein Bett mit und schlief wieder in dem alten Lehmhaus in dem Bett, in dem er seine Kinder gezeugt hatte und in dem O-lan gestorben war.

Wenn er in der Morgenfrühe erwachte, ging er hinaus und pflückte mit seinen zitternden Händen ein paar knospende Weidenkätzchen und einen Zweig Pfirsichblüten und hielt sie den ganzen Tag über in der Hand.

So wanderte er eines Tages gegen Ende des Frühlings ein Stückchen über seine Felder und kam auf den Hügel, wo er seine Toten beerdigt hatte. Auf seinen Stab gestützt, stand er zitternd da, und er blickte auf die Gräber und erinnerte sich an jene, die dort lagen. Diese standen nun klarer vor ihm als die Söhne, die in seinem eigenen Haus lebten, klarer als alle andern außer seiner armen Närrin und Pfirsichblüte, und seine Gedanken wanderten viele Jahre zurück, und er sah alles deutlich vor sich, sogar seine zweite Tochter, von der er nun lange nichts gehört hatte, und er sah sie als das hübsche kleine Mädchen, als das sie in seinem Hause gelebt hatte, mit

Lippen so schmal und rot wie ein Stückchen Seide – und sie war jetzt für ihn gleich denen, die hier in der Erde lagen. Er grübelte vor sich hin, und plötzlich fiel ihm ein: »Nun, ich werde der nächste sein.«

Dann betrat er die umfriedete Stelle und besah sich genau den Platz, wo er liegen würde – unterhalb seines Vaters und seines Onkels und oberhalb Chings und nicht weit von O-lan. Und er starrte nieder auf das Stückchen Erde, wo er liegen sollte, und er sah sich selbst, für immer zurückgekehrt in sein eigenes Land, und er murmelte:

»Ich muß den Sarg besorgen.«

Diesen Gedanken hielt er krampfhaft fest in seinem Kopf, und er ging in die Stadt zurück, und er ließ seinen ältesten Sohn kommen und sprach zu ihm:

»Ich habe dir etwas zu sagen.«

»So sprich, mein Vater«, antwortete der Sohn.

Als Wang Lung aber sprechen wollte, konnte er sich plötzlich nicht mehr daran erinnern, was es gewesen war, und die Tränen traten ihm in die Augen, weil er sich so sehr bemüht hatte, es in der Erinnerung zu bewahren, und jetzt war es ihm entfallen. So rief er Pfirsichblüte und fragte:

»Was war es, Kind, das ich sagen wollte?«

Und Pfirsichblüte antwortete: »Wo wart Ihr heute?«

»Ich ging auf mein Land«, antwortete Wang Lung. Und er hielt wartend seinen Blick auf ihr Gesicht gerichtet.

Wieder fragte sie sanft:

»Auf welchem Teil Eures Landes, Herr?«

Da kam ihm der Gedanke plötzlich wieder in das Gedächtnis zurückgeflogen, und er rief, mit nassen Augen lachend:

»Ich erinnere mich! Mein Sohn, ich habe einen Platz in der Erde für mich gewählt, und er ist unterhalb meines Vaters und seines Bruders und oberhalb eurer Mutter, und ich möchte meinen Sarg sehen, bevor ich sterbe.«

Da rief Wang Lungs ältester Sohn pflichtgemäß und wie es sich schickte: »Sprich dieses Wort nicht aus, mein Vater, aber ich will tun, was du wünschest.«

Dann kaufte dieser Sohn einen geschnitzten Sarg, der aus wohlriechendem Holz gemacht war, welches nur dazu benutzt wird, um die Toten zu beerdigen und zu nichts anderem, denn es ist so dauerhaft wie Eisen und dauerhafter als menschliche Knochen, und Wang Lung war beruhigt.

Und er ließ den Sarg in sein Zimmer bringen, und er sah ihn jeden Tag an.

Dann plötzlich kam ihm ein Gedanke, und er sagte:

»Ich will, daß man den Sarg in das alte Haus schaffe, und dort will ich die wenigen Tage, die mir noch bleiben, leben, und dort will ich sterben.«

Und als die Söhne sahen, daß sein Herz daran hing, willfahrten sie seinem Wunsch, und er kehrte zurück in das Haus auf dem Lande. Er, Pfirsichblüte, die Närrin und die Dienerinnen, die sie benötigten. Und Wang Lung ließ sich aufs neue auf seinem Lande nieder, und er überließ das Haus in der Stadt der Familie, die er gegründet hatte.

Der Frühling zog vorüber, und aus dem Sommer wurde Erntezeit, und in der warmen Herbstsonne, ehe der Winter kam, saß Wang Lung, wie einst sein Vater, gegen die Wand gelehnt, und er dachte an nichts anderes als an sein Essen und Trinken und sein Land. Aber er dachte nicht mehr daran, welche Ernte ihm sein Land bringen werde oder welche Saat gepflanzt werden solle; er dachte nur noch an das Land selbst, und er bückte sich zuweilen, nahm ein wenig Erde in seine Hand, und wie er sie so in seiner Hand hielt, schien sie ihm voll Leben zu sein. Und er war zufrieden, da er die Erde so in seiner Hand hielt, und auf Augenblicke fiel ihm wieder der gute Sarg ein, der dort drüben stand, und die gute Erde wartete ohne Ungeduld, bis er zu ihr kam.

Das Benehmen seiner Söhne war ehrerbietig, wie es sich ziemte; jeden Tag oder wenigstens jeden zweiten Tag kamen sie, um ihn zu besuchen, und sie sandten ihm leichte, leckere Speisen, aber am meisten liebte er es, ein wenig Mehl in heißem Wasser aufgelöst zu essen, so wie einst sein Vater.

Zuweilen beklagte er sich ein wenig über seine Söhne:

»Was haben sie zu tun, daß sie nicht kommen?«

Und Pfirsichblüte antwortete:

»Sie stehen in der Blüte des Lebens und haben vielerlei Geschäfte; Euer ältester Sohn hat eine Ehrenstelle unter den reichen Leuten der Stadt erhalten, und er hat eine neue Frau, und Euer zweiter Sohn ist damit beschäftigt, selbst einen großen Getreidemarkt zu errichten.« Wang Lung hörte ihr zu, aber er konnte nicht alles verstehen, und er vergaß es, sobald er auf sein Land hinausblickte.

Dann aber kam ein Tag, an dem er eine kurze Weile klarsah. Seine beiden Söhne waren gekommen; nachdem sie ihn mit Ehrfurcht begrüßt hatten, gingen sie auf das Feld hinaus. Wang Lung folgte ihnen: Sie blieben stehen, und er kam ihnen langsam näher; sie hörten seine Schritte nicht, noch auch seinen Stab auf der weichen Erde. Und Wang Lung vernahm, wie sein zweiter Sohn sagte:

»Dieses Feld wollen wir verkaufen und jenes, und das Geld wollen wir gleichmäßig zwischen uns verteilen. Deinen Teil kannst du bei mir gegen hohe Zinsen anlegen, denn jetzt, wo die direkte Eisenbahnlinie besteht, kann ich Reis nach den Häfen des Meeres verladen, und ich ...«

Aber der Alte hatte nur die Worte: »Dieses Feld wollen wir verkaufen« gehört, und mit vor Grimm zitternder Stimme rief er:

»Wie, ihr schlechten, faulen Söhne, – das Land wollt ihr verkaufen?«

Es würgte ihn im Hals, und er wäre gefallen, wenn sie ihn nicht aufgefangen und gehalten hätten, und er begann zu weinen.

Da sprachen sie zu ihrem Vater, um ihn zu beruhigen:

»Nein, nein, niemals werden wir das Land verkaufen –«

»Es ist das Ende einer Familie – wenn man beginnt, das Land zu verkaufen«, sagte er gebrochen. »Aus der Erde sind wir gekommen und in die Erde müssen wir zurückkehren – und wenn ihr euer Land behaltet, so werdet ihr leben – und niemand kann euer Land rauben –«

Die Tränen rannen dem alten Mann über die Wangen. Er beugte sich nieder und hob eine Handvoll Erde auf und hielt sie vor sich hin, und er sagte:

»Wenn ihr das Land verkauft, so ist es das Ende.«

Und Wang Lung stand zwischen seinen beiden Söhnen, und sie stützten ihn, und seine Hände schlossen sich fest um die warme, lockere Erde. Und sie beschwichtigten ihn, und sie sagten ein über das andere Mal, der ältere Sohn und der jüngere:

»Sei beruhigt, Vater, sei beruhigt! Wir werden das Land nicht verkaufen.«

Aber über den Kopf des alten Mannes hinweg blickten sie einander an und lächelten.

ENDE

Bitte beachten Sie die folgende Anzeigenseite. Die dort genannten Preise entsprechen dem Stand vom Sommer 1973 und können sich nach wirtschaftlichen Notwendigkeiten ändern.

Verehrter Leser,
senden Sie bitte diese Karte ausgefüllt an den Verlag. Sie erhalten kostenlos unsere Verlagsverzeichnisse zugestellt.

WILHELM GOLDMANN VERLAG · 8 MÜNCHEN 80

Bitte hier abschneiden

Diese Karte entnahm ich dem Buch ______________________

____

Kritik + Anregungen ______________________

____

____

____

____

____

____

____

____

Ich wünsche die kostenlose und unverbindliche Zusendung des Verlagskataloges und laufende Unterrichtung über die Neuerscheinungen des Wilhelm Goldmann Verlages.

Name ______________________

Beruf ______________ Ort ______________

Straße ______________________

Ich empfehle, den Katalog auch an die nachstehende Adresse zu senden:

Name ______________________

Beruf ______________ Ort ______________

Straße ______________________

Aus dem WILHELM GOLDMANN VERLAG
8 München 80, Postfach 80 07 09 bestelle ich
durch die Buchhandlung

Anzahl	Titel bzw. Band-Nr.	Preis

Datum: Unterschrift:

4020 · 7024 · 3.000

Bitte mit
Postkarten-
Porto
frankieren.

Wilhelm Goldmann Verlag

8000 MÜNCHEN 80

Postfach 80 07 09